教育部人文社会科学重点研究基地
首都师范大学中国诗歌研究中心 主办

中国诗歌研究动态

第二十五辑·新诗卷

主　编　赵敏俐
执行主编　孙晓娅

学苑出版社

图书在版编目（CIP）数据

中国诗歌研究动态．第二十五辑，新诗卷/赵敏俐主编．—北京：学苑出版社，2021.12

ISBN 978-7-5077-6343-0

Ⅰ.①中…　Ⅱ．①赵…　Ⅲ.①诗歌研究-中国-丛刊②新诗-诗歌研究-中国　Ⅳ.①I207.22-55

中国版本图书馆 CIP 数据核字（2021）第 271737 号

责任编辑：李　耕
出版发行：学苑出版社
社　　址：北京市丰台区南方庄 2 号院 1 号楼
邮政编码：100079
网　　址：www.book001.com
电子信箱：xueyuanpress@163.com
销售电话：010-67601101（营销部）、010-67603091（总编室）
印 刷 厂：北京建宏印刷有限公司
开本尺寸：787×1092　1/16
印　　张：25
字　　数：400 千字
版　　次：2021 年 12 月第 1 版
印　　次：2021 年 12 月第 1 次印刷
定　　价：128.00 元

目　　录

诗集与史学论著叙录

论文索引

书评（一）

书评（二）

驻校诗人研究（一）

驻校诗人研究（二）

驻校诗人讲座

诗选现场

学术研讨会综述

访 谈

诗歌活动通讯

新诗著作书目（2019）

◇刘福春

＊本书目收录2019年新诗著作书目，分“诗集”“诗论与资料集”两组。“诗集”在前，“诗论与资料集”在后。

＊组内按年月顺序排列（无月份者列最末）。个人集在前，按作者名音序排列；合集、选集在后，按书名音序排列。

＊每个条目所列内容为：书名，作者及著作方式，出版地：出版社，出版年月，开本，页数，其他。

＊个别作品在发表时文字或标点不甚规范或有错误，但为了与发表时的原貌一致，不做修改。

诗　集

包临轩诗选　包临轩著

西安：太白文艺出版社　2019年1月　32开　236页　常春藤诗丛·吉林大学卷

装修工　程鹏著

广州：花城出版社　2019年1月　大32开　237页　龙岗文丛

宽阔的大海没有家园　董胜著

南京：江苏凤凰文艺出版社　2019年1月　大32开　289页

伐柯诗选　伐柯著

西安：太白文艺出版社　2019年1月　32开　202页　常春藤诗丛·吉林大学卷

月光菩提　耿小会著

北京：团结出版社　2019年1月　大32开　184页　暖心集

郭力家诗选 郭力家著

西安：太白文艺出版社 2019年1月 32开 184页 常春藤诗丛·吉林大学卷

状物之悲 果玉忠著

北京：中国青年出版社 2019年1月 大32开 155页 东大陆青年诗丛

1984—1989 闪耀·燃烧：海子·诗 海子著，李元胜选编，李小光插图

北京：中国画报出版社 2019年1月 横12开 137页

异己者雅克 何不度著

武汉：长江文艺出版社 2019年1月 16开 354页

岁月的尘埃 蒋三立著

桂林：广西师范大学出版社 2019年1月 大32开 185页 诗想者·诗歌文库

李少君诗选 李少君著

西安：太白文艺出版社 2019年1月 32开 160页 常春藤诗丛·武汉大学卷

李占刚诗选 李占刚著

西安：太白文艺出版社 2019年1月 32开 218页 常春藤诗丛·吉林大学卷

河西走廊诗篇 梁积林著

西安：太白文艺出版社 2019年1月 16开 168页

吕贵品诗选 吕贵品著

西安：太白文艺出版社 2019年1月 32开 227页 常春藤诗丛·吉林大学卷

马铃薯兄弟诗选 马铃薯兄弟著

西安：太白文艺出版社 2019年1月 32开 241页 常春藤诗丛·华东师范大学卷

任白诗选 任白著

西安：太白文艺出版社 2019年1月 32开 261页 常春藤诗丛·吉林大学卷

苏历铭诗选 苏历铭著

西安：太白文艺出版社 2019 年 1 月 32 开 239 页 常春藤诗丛·吉林大学卷

春山空 王单单著

北京：中国青年出版社 2019 年 1 月 大 32 开 155 页 东大陆青年诗丛

王小妮诗选 王小妮著

西安：太白文艺出版社 2019 年 1 月 32 开 229 页 常春藤诗丛·吉林大学卷

西渡诗选 西渡著

西安：太白文艺出版社 2019 年 1 月 32 开 234 页 常春藤诗丛·北京大学卷

徐敬亚诗选 徐敬亚著

西安：太白文艺出版社 2019 年 1 月 32 开 229 页 常春藤诗丛·吉林大学卷

诗般若 叶舟著

长沙：湖南文艺出版社 2019 年 1 月 32 开 201 页

数羊 尹马著

北京：中国青年出版社 2019 年 1 月 大 32 开 175 页 东大陆青年诗丛

野薄荷 张猫著

北京：中国青年出版社 2019 年 1 月 大 32 开 128 页 东大陆青年诗丛

寻洲记 张翔武著

北京：中国青年出版社 2019 年 1 月 大 32 开 255 页 东大陆青年诗丛

洒渔河 赵家鹏著

北京：中国青年出版社 2019 年 1 月 大 32 开 115 页 东大陆青年诗丛

那夜下的你 朱定局著

北京：作家出版社 2019 年 1 月 32 开 263 页

哀歌与颂 邹进著

北京：中国书籍出版社 2019年1月 大32开 190页 当代诗人自选诗

邹进诗选 邹进著

西安：太白文艺出版社 2019年1月 32开 242页 常春藤诗丛·吉林大学卷

北漂诗篇（2018卷） 师力斌、安琪主编

北京：中国言实出版社 2019年1月 16开 343页

2018 **中国年度诗歌** 《诗探索》编辑委员会选编，林莽主编

桂林：漓江出版社 2019年1月 16开 292页 2018中国年度作品系列

2018 **中国年度作品·诗歌** 中国当代文学研究会诗歌委员会选编，林莽主编

北京：现代出版社 2019年1月 16开 276页 现代版年选

2018 **年中国诗歌精选** 中国作家协会创研部编

武汉：长江文艺出版社 2019年1月 16开 271页 2018中国年选系列

21 **世纪两岸诗歌鉴藏（戊戌卷）（上中下册）** 李强主编，刘洁岷、郑慧如执行主编

上海：东方出版中心 2019年1月 大32开 939页

山中喜遇白鹤：新湖畔诗选（二） 许春夏、卢山主编

北京：中国文联出版社 2019年1月 大32开 339页

中国新诗百年精选 徐正华主编

南昌：百花洲文艺出版社 2019年1月 16开 408页

无边的苍茫 何苾著

广州：花城出版社 2019年2月 大32开 247页

柔软的石头 徐林著

北京：团结出版社 2019年2月 大32开 159页 秋野文集

风景 杨唤著

台北：文讯杂志社 2019年2月 32开 110页 经典复刻·新

诗系列

舟子的悲歌 余光中著

台北：文讯杂志社 2019年2月 32开 70页 经典复刻·新诗系列

孤独国 周梦蝶著

台北：文讯杂志社 2019年2月 32开 63页 经典复刻·新诗系列

中国诗歌·2019新发现诗人作品选 阎志主编

北京：人民文学出版社 2019年2月 大32开 312页

潍河滩 韩宗宝著

北京：中国文联出版社 2019年3月 大32开 214页

隐逸在白昼（诗选1997—2018） 靳小蓉著

上海：上海文艺出版社 2019年3月 大36开 184页 新诗学诗丛

潮水来了 李强著

上海：上海文艺出版社 2019年3月 大36开 488页 新诗学诗丛

在蚂蚁的阴影下 刘洁岷著

上海：上海文艺出版社 2019年3月 大36开 412页 新诗学诗丛

笛音和语音（诗选1990—2018） 柳宗宣著

上海：上海文艺出版社 2019年3月 大36开 379页 新诗学诗丛

谁是王二 商震著

北京：中国青年出版社 2019年3月 大32开 131页

漂流瓶：江汉大学学生新诗读本 柳宗宣编

上海：上海文艺出版社 2019年3月 大36开 363页 新诗学诗丛

花莲之夜 沈浩波著

北京：中国青年出版社 2019年3月 大36开 562页

从群山到平原的礼赞——凉山·泸州·成都“丝绸之路”国际诗会诗文选　国际诗酒文化大会组委会编

成都：四川民族出版社　2019年3月　16开　395页

新九叶集　骆家、金重主编

桂林：广西师范大学出版社　2019年3月　大32开　375页

爸爸谣　龚学明著

南京：江苏人民出版社　2019年4月　大32开　275页

一个春天的距离：柯舒麟诗歌选　柯舒麟著

福州：福建教育出版社　2019年4月　大32开　113页

守望吉岚　念琪著

南昌：百花洲文艺出版社　2019年4月　36开　187页　百年诗库·反克诗丛

荷蕊里的妮　宋作梅著

青岛：中国海洋大学出版社　2019年4月　大32开　272页

你护送我到春天　王芳著

合肥：安徽文艺出版社　2019年4月　大32开　275页

在一间贝壳里燃烧：1993—2014诗歌精选　卧夫著

北京：中国青年出版社　2019年4月　大36开　225页

钓鱼城　赵晓梦著

北京：中国青年出版社　2019年4月　大32开　141页

2018诗歌年选　张清华、王士强编

南京：江苏凤凰文艺出版社　2019年4月　大32开　366页

中国诗歌·2019年度网络诗选　阎志主编

北京：人民文学出版社　2019年4月　大32开　306页

祖国颂（小学中高年级版）　陈卫主编

厦门：鹭江出版社　2019年4月　大32开　146页

去见见你的仇人　段若兮著

北京：作家出版社　2019年5月　大32开　163页　21世纪文学之星丛书

天真美如诗：郭力家诗句集　郭力家著，李文杰、李贺来、阿甘编选

长春：时代文艺出版社　2019年5月　16开　282页

在白纸上散步或飞翔　刘家魁著

南京：江苏人民出版社　2019年5月　16开　234页

强军，强军：刘笑伟军旅诗集　刘笑伟著

北京：华艺出版社　2019年5月　16开　195页

穆旦诗编年汇校　穆旦著，易彬汇校

北京：北京大学出版社　2019年5月　16开　390页

时间的爬虫　赵晓梦著

成都：四川文艺出版社　2019年5月　大32开　205页

鲸鱼安慰了大海　燕七著

武汉：长江文艺出版社　2019年5月　大32开　183页

于坚诗集　于坚著

南京：江苏凤凰文艺出版社　2019年5月　大32开　310页

我与沉默的橡树　张炜著

济南：山东画报出版社　2019年5月　32开　211页　双峰文丛诗文合集

禅茶诗季　向未主编

北京：光明日报出版社　2019年5月　16开　344页

《华文现代诗》三百家　陈福成编

台北：文史哲出版社　2019年5月　25开　306页

宿迁当代诗选　宿迁市人民政府史志工作办公室编

南京：江苏人民出版社　2019年5月　16开　261页　宿迁人文历史丛书

一川诗香：长川诗歌馆馆藏作品　李少君等著

武汉：长江文艺出版社　2019年5月　16开　186页

惊喜记　阿信著

海口：南方出版社　2019年6月　大32开　161页　《诗刊》2018年度诗歌奖获奖诗人作品集

我爱我　艾先著

武汉：长江文艺出版社　2019年6月　32开　191页　汉诗文丛

语言之初　布兰臣著

南京：江苏凤凰文艺出版社　2019年6月　大32开　261页

余音　灯灯著

北京：中国青年出版社　2019年6月　大32开　158页　中国好诗

川藏线上　肖勇著

北京：作家出版社　2019年6月　16开　271页　康巴作家群书系

七夕：四十九行情诗　龚璇、李云主编

上海：上海文艺出版社　2019年6月　大32开　285页

祖国万岁：多民族朗诵诗精选　赵晏彪主编

北京：中国言实出版社　2019年6月　16开　284页

金波六十年十四行诗自选集（上）　金波著

北京：中国少年儿童出版社　2019年7月　16开　149页　线装本

金波六十年十四行诗自选集（下）　金波著

北京：中国少年儿童出版社　2019年7月　16开　133页　线装本

这是一片神奇的土地　蓝珊著

上海：文汇出版社　2019年7月　大32开　264页　《名人堂》系列

星期三的珍珠船　里所著

北京：中国青年出版社　2019年7月　大32开　181页

深情可以续命　潘洗尘著

北京：中国青年出版社　2019年7月　大32开　179页　中国好诗

银花戒指　周园园著

北京：团结出版社　2019年7月　大32开　210页　纸间书存

百年新诗流派大系（上卷） 韩庆成主编

澳大利亚先驱出版社 2019年7月 大32开 486页 百年新诗典藏书库

陪孩子读好诗 卓铁锋主编

太原：北岳文艺出版社 2019年7月 大32开 200页 诗悦读丛书

群岛2019诗年卷：岛屿记 谷频、舟子主编

香港：读书文化出版社 2019年7月 16开 171页

中国先锋诗歌年鉴（2018卷） 沈浩波主编

北京：中国青年出版社 2019年7月 大32开 552页

晚祷 藏马著

武汉：长江文艺出版社 2019年8月 大36开 119页 星丛诗系

活着若无不妥 胡飞白著

海口：南方出版社 2019年8月 大32开 153页 第35届青春诗会诗丛

行走的海 贾浅浅著

海口：南方出版社 2019年8月 大32开 147页 第35届青春诗会诗丛

湖山里 津渡著

武汉：长江文艺出版社 2019年8月 大32开 192页 “海风三人行”诗丛

槐树开始下雪 敬丹樱著

海口：南方出版社 2019年8月 大32开 146页 第35届青春诗会诗丛

不可测量的闪电 孔令剑著

海口：南方出版社 2019年8月 大32开 112页 第35届青春诗会诗丛

心中的河流 李颖著

石家庄：花山文艺出版社 2019年8月 大32开 160页

三餐四季 林东林著

北京：文化艺术出版社 2019年8月 32开 268页

好久不见 林珊著

海口：南方出版社 2019年8月 大32开 144页 第35届青春诗会诗丛

号角：新时代叙事诗集 刘绍林著

太原：北岳文艺出版社 2019年8月 大32开 361页

罗广才诗选 罗广才著

上海：文汇出版社 2019年8月 大32开 213页 中国诗歌百年名家书系

欢歌 马泽平著

海口：南方出版社 2019年8月 大32开 149页 第35届青春诗会诗丛

西北行 马占祥著

北京：作家出版社 2019年8月 16开 175页 中国少数民族文学之星丛书

纸上音阶 纳兰著

海口：南方出版社 2019年8月 大32开 143页 第35届青春诗会诗丛

扫雪记 年微漾著

海口：南方出版社 2019年8月 大32开 150页 第35届青春诗会诗丛

靠山而居 漆宇勤著

海口：南方出版社 2019年8月 大32开 148页 第35届青春诗会诗丛

从麦地里长出来 黍不语著

海口：南方出版社 2019年8月 大32开 149页 第35届青春诗会诗丛

失眠术 童作焉著

海口：南方出版社 2019年8月 大32开 121页 第35届青春诗会诗丛

长假　王子瓜著

海口：南方出版社　2019 年 8 月　大 32 开　150 页　第 35 届青春诗会诗丛

养一只虎　吴素贞著

海口：南方出版社　2019 年 8 月　大 32 开　141 页　第 35 届青春诗会诗丛

幽居志　徐晓著

海口：南方出版社　2019 年 8 月　大 32 开　130 页　第 35 届青春诗会诗丛

命运遗迹　周卫民著

海口：南方出版社　2019 年 8 月　大 32 开　149 页　第 35 届青春诗会诗丛

2019 中国诗选（汉英双语版）　北塔、龚璇主编

上海：上海文艺出版社　2019 年 8 月　16 开　366 页

新湖畔诗选（三）·万物都是亲人　许春夏、卢山主编

北京：九州出版社　2019 年 8 月　大 32 开　244 页

新时代诗歌百人读本　李少君、符力主编

武汉：长江文艺出版社　2019 年 8 月　大 32 开　234 页

往回走　川美著

武汉：长江文艺出版社　2019 年 9 月　大 32 开　222 页

黎明天女的召唤　拉加才让著，久美多杰译

北京：作家出版社　2019 年 9 月　16 开　220 页　中国少数民族文学发展工程

应该对春天有所表示：李少君诗集　李少君著

太原：北岳文艺出版社　2019 年 9 月　大 32 开　207 页　天星诗库

镜中白马　梁尔源著

北京：中国青年出版社　2019 年 9 月　大 32 开　201 页　中国好诗

三十岁　卢山著

杭州：浙江人民出版社　2019年9月　大32开　228页　杭州青年作家文丛

1980年代的孩子　马铃薯兄弟著

武汉：长江文艺出版社　2019年9月　32开　291页　读诗库

尚仲敏诗选　尚仲敏著

武汉：长江文艺出版社　2019年9月　32开　204页　读诗库

我钟情的事物匿于时光　白玛曲真著

成都：四川民族出版社　2019年10月　大32开　311页

故乡的明月　杜荣辉著

成都：四川民族出版社　2019年10月　大36开　123页　草堂诗丛

库库淖尔的山鹰（上下）　海风著

北京：作家出版社　2019年10月　16开　648页

生命流向——胡昭诗选　胡昭著

长春：长春出版社　2019年10月　大32开　312页　新时代长春文学丛书

午休时间的海　江红霞著

北京：现代出版社　2019年10月　大32开　174页　诗探索诗人丛书

慢火车　路也著

太原：北岳文艺出版社　2019年10月　大32开　198页　天星诗库

天空　芒克著

北京：线装书局　2019年10月　16开　60页　煮雨山房木刻雕版诗丛

青橘的韵味　赵青著

北京：现代出版社　2019年10月　大32开　144页　诗探索诗人丛书

在陇西车站　左存文著

成都：四川民族出版社　2019年10月　大36开　131页　草堂诗丛

2020写给孩子的小小诗日历　邹进著，田鑫鑫等绘

长春：吉林大学出版社　2019年10月　16开　无页码

盛世诗典　一木、蔡丽双主编

成都：成都时代出版社　2019年10月　大32开　624页

永远的新中国：新中国七十年主题诗选　中国作家出版集团编，杨志学编选

北京：作家出版社　2019年10月　16开　431页

中国网络诗歌20年大系（1999—2019）　韩庆成、李世俊主编

澳大利亚先驱出版社　2019年10月　大32开　470页　百年新诗典藏书库

陈岩短诗选　陈岩著

香港：银河出版社　2019年11月　36开　79页　短诗自选丛书

第三翅膀　王永华著

武汉：长江文艺出版社　2019年11月　16开　244页

未央歌集　辛铭著

北京：作家出版社　2019年11月　16开　331页

伐桐——育邦诗选　育邦著

太原：北岳文艺出版社　2019年11月　大32开　252页

时空在那里联结：《扬子江》诗刊二十年诗选　扬子江杂志社编

南京：江苏凤凰文艺出版社　2019年11月　16开　408页

玉清茨　杨清茨著

北京：作家出版社　2019年12月　32开　261页

征军集　征军著，施继援编

海口：海南出版社　2019年12月　16开　278页　琼崖文库

中国新诗选（1920—1998）　槐华编

朝晖艺术及文化公司　2019年12月　大36开　236页

山水课——丽水诗歌集

浙江省丽水市文学艺术界联合会　（2019 年）　16 开　141 页

“我和我的祖国·新疆是个好地方”诗歌节作品选集

新疆文联、昌吉州党委宣传部、昌吉州文联主办　（2019 年）　16 开　221 页

中国新诗百年·经典抒情短诗 100 首　林莽主编

北京：《诗探索》编辑部　（2019 年）　大 32 开　181 页

诗论与资料集

品诗　邵燕祥著

南京：江苏凤凰文艺出版社　2019 年 1 月　大 32 开　248 页　新地文丛

诗悬　王鸣久著

长春：东北师范大学出版社　2019 年 1 月　16 开　205 页　中国诗人诗歌读本

中国当代诗歌简史（1968—2003）　张桃洲著

北京：中国青年出版社　2019 年 3 月　大 36 开　219 页

中国新诗总论·第 1 卷（1891—1937）　谢冕总主编，姜涛主编

银川：宁夏人民教育出版社　2019 年 5 月　大 32 开　577 页

中国新诗总论·第 2 卷（1938—1949）　谢冕总主编，吴晓东主编

银川：宁夏人民教育出版社　2019 年 5 月　大 32 开　669 页

中国新诗总论·第 3 卷（1950—1976）　谢冕总主编，吴思敬主编

银川：宁夏人民教育出版社　2019 年 5 月　大 32 开　712 页

中国新诗总论·第 4 卷（1977—1989）　谢冕总主编，王光明主编

银川：宁夏人民教育出版社　2019 年 5 月　大 32 开　572 页

中国新诗总论·第 5 卷（1990—2015）　谢冕总主编，张桃洲主编

银川：宁夏人民教育出版社　2019 年 5 月　大 32 开　764 页

中国新诗总论·第 6 卷（翻译卷）　谢冕总主编，赵振江主编

银川：宁夏人民教育出版社　2019 年 5 月　大 32 开　715 页

方言入诗的现代轨辙　颜同林著

广州：花城出版社　2019年6月　16开　339页　民国文学史论

民国时期新诗论稿　张洁宇著

广州：花城出版社　2019年6月　16开　378页　民国文学史论

寻找话语的森林：朱朱研究集　张桃洲编

北京：华文出版社　2019年6月　16开　301页　隐匿的汉语之光·中国当代诗人研究集

中国诗歌·2019年度诗歌理论选　阎志主编

北京：人民文学出版社　2019年6月　大32开　312页

于坚论　霍俊明著

北京：作家出版社　2019年7月　16开　460页　中国当代作家论

痖弦回忆录　痖弦口述，辛上邪记录整理

南京：江苏凤凰文艺出版社　2019年7月　大32开　276页

说徐志摩　陈子善著

上海：上海书店出版社　2019年8月　大36开　284页

诗学：关于诗本体诗创造及诗传统　洪迪著

北京：作家出版社　2019年9月　16开　602页

延安鲁艺诗人及其创作研究（1938—1945）　李扬著

新北：花木兰文化事业有限公司　2019年9月　16开　227页　民国文化与文学研究文丛

诗歌中的声音：西渡研究集　王东东编

北京：华文出版社　2019年9月　16开　310页　隐匿的汉语之光·中国当代诗人研究集

我们不能活反了：王小妮研究集　张光昕编

北京：华文出版社　2019年9月　16开　340页　隐匿的汉语之光·中国当代诗人研究集

刘士杰论诗　刘士杰著

上海：上海文化出版社　2019年10月　大32开　465页

前言后语　王光明著

北京：社会科学文献出版社　2019 年 10 月　16 开　353 页　诗与文论集

中国大陆先锋诗歌简史（1968—2003）　张桃洲著

台北：秀威资讯科技股份有限公司　2019 年 10 月　25 开　173 页　新视野

台湾现代诗史　郑慧如著

台北：联经出版事业股份有限公司　2019 年 10 月　16 开　734 页

诗歌踪迹——电子邮件辑录续编　稚夫编著

香港：三联文化出版社　2019 年 10 月　大 32 开　1318 页

新诗著作书目（2020）

◇刘福春

＊本书目收录2020年新诗著作书目，分“诗集”“诗论与资料集”两组。“诗集”在前，“诗论与资料集”在后。

＊组内按年月顺序排列（无月份者列最末）。个人集在前，按作者名音序排列；合集、选集在后，按书名音序排列。

＊每个条目所列内容为：书名，作者及著作方式，出版地：出版社，出版年月，开本，页数，其他。

＊个别作品在发表时文字或标点不甚规范或有错误，但为了与发表时的原貌一致，不做修改。

诗　集

高深作品精粹　高深著

北京：作家出版社　2020年1月　16开　569页　诗文合集

我登上的山顶已不再是同一座山顶　林莽著

北京：中国青年出版社　2020年1月　16开　321页

施浩诗选　施浩著

北京：作家出版社　2020年1月　16开　335页

北漂诗篇（第3卷）　师力斌、安琪主编

北京：中国言实出版社　2020年1月　16开　333页

2019中国年度诗歌　《诗探索》编辑委员会选编，林莽主编

桂林：漓江出版社　2020年1月　16开　301页　2019中国年度作品系列

错误简史　马叙著

桂林：广西师范大学出版社　2020年2月　大32开　231页

一个人在火星上　路也著

济南：山东文艺出版社　2020 年 3 月　16 开　252 页　山东青年文学名家文库

前世的荷香　彭鸣著

北京：中国青年出版社　2020 年 3 月　大 36 开　231 页

孤寂美丽的花园　万夏著

纽约：自印　2020 年 3 月　32 开　125 页

孔孚诗文书论集·孔孚诗文　孔孚著

济南：山东友谊出版社　2020 年 4 月　16 开　460 页

时间笔记　梁平著

广州：花城出版社　2020 年 4 月　大 32 开　231 页

有飞鸟的地方就有天空　刘剑著

长春：时代文艺出版社　2020 年 4 月　16 开　195 页

日神在左，酒神在右　邵燕祥著

北京：北京出版社　2020 年 4 月　大 36 开　243 页

比睿王　言错著

台北：谭谋远　2020 年 4 月　25 开　125 页

2019 中国年度作品·诗歌　中国当代文学研究会诗歌委员会选编，林莽主编

北京：现代出版社　2020 年 4 月　16 开　292 页　现代版年选

黄昏之前　陈陟云著

桂林：广西师范大学出版社　2020 年 5 月　大 36 开　189 页

黄河记　马累著

根德文化出品　2020 年 5 月　16 开　311 页

徐志摩墨迹（增补本）　罗烈洪主编

杭州：浙江人民出版社　2020 年 5 月　16 开　228+184+95+285+170 页

且将美酒涸诗句："诗意浓香"全球征文获奖作品选（下）　国际诗酒文化大会组委会选编

成都：四川民族出版社　2020 年 5 月　16 开　353 页

永远的江一郎　江之友编

台州人峰文化传播有限公司　2020 年 5 月　16 开　348 页　诗文合集

有限事物的无限吸引：程一身诗选　程一身著

上海：上海三联书店　2020 年 6 月　36 开　227 页

敲门　马兴著

石家庄：花山文艺出版社　2020 年 6 月　大 32 开　144 页

只有夜色配得上我　梅林著

武汉：长江文艺出版社　2020 年 6 月　大 32 开　243 页

无尽之河　崖丽娟著

上海：上海辞书出版社　2020 年 7 月　36 开　232 页

高车：昌耀诗歌图典　昌耀著，青海省文学艺术联合会，青海省作家协会选编

西宁：青海人民出版社　2020 年 7 月　大 32 开　233 页

汪曾祺诗歌全编　汪曾祺著

北京：人民文学出版社　2020 年 7 月　16 开　254 页

冷太阳：昌耀的诗　昌耀著，程一身编

天津：百花文艺出版社　2020 年 8 月　32 开　361 页　星空诗丛

记忆与追寻　杜涯著

武汉：长江文艺出版社　2020 年 8 月　大 32 开　153 页

杀像之意：废名的诗　废名著，胡少卿编

天津：百花文艺出版社　2020 年 8 月　32 开　187 页　星空诗丛

失败之书（上下册）　马启代著

香港：中华百科出版社　2020 年 8 月　16 开　871 页

各自的世界　秦立彦著

武汉：长江文艺出版社　2020 年 8 月　大 36 开　141 页

心在远方　武陵君著

烟台：黄海数字出版社　2020 年 8 月　大 32 开　218 页

放歌新时代：一个退役老兵的家国情怀　冯永杰著

广州：花城出版社　2020 年 9 月　大 32 开　293 页

那些写诗的 80 后 春树主编

北京：中国友谊出版公司 2020 年 9 月 大 36 开 328 页

正在写诗的年轻人 李柳杨主编

北京：中国友谊出版公司 2020 年 9 月 大 36 开 206 页

不要玫瑰：灰娃自选集 灰娃著，冷冰川绘

桂林：广西师范大学出版社 2020 年 10 月 大 36 开 240 页

窗外的鸟鸣 田禾著

银川：宁夏人民出版社 2020 年 10 月 大 32 开 181 页 田禾作品集

聆听火焰——郁创诗选 郁创著

北京：团结出版社 2020 年 10 月 大 32 开 208 页 竹林雅韵

闪电飞翔 张洪波著

长春：时代文艺出版社 2020 年 10 月 36 开 330 页

新性灵主义诗选 龚刚、李磊主编

广州：暨南大学出版社 2020 年 10 月 16 开 250 页

岛屿边缘 陈黎著

上海：华东师范大学出版社 2020 年 11 月 大 32 开 388 页

可遇 陈小虾著

武汉：长江文艺出版社 2020 年 11 月 大 36 开 143 页 第 36 届青春诗会诗丛

又一个春天 蒋在著

武汉：长江文艺出版社 2020 年 11 月 大 36 开 175 页 第 36 届青春诗会诗丛

羊群放牧者 李松山著

武汉：长江文艺出版社 2020 年 11 月 大 36 开 134 页 第 36 届青春诗会诗丛

黄昏里种满玫瑰 亮子著

武汉：长江文艺出版社 2020 年 11 月 大 36 开 191 页 第 36 届青春诗会诗丛

傍晚降雨：吕德安四十年诗选　吕德安著

北京：北京联合出版公司　2020年11月　大36开　402页　雅众诗丛·国内卷

马新朝诗选　马新朝著

武汉：长江文艺出版社　2020年11月　大32开　209页　闻一多诗歌奖获奖诗人丛书

毛子诗选　毛子著

武汉：长江文艺出版社　2020年11月　大32开　208页　闻一多诗歌奖获奖诗人丛书

烟柳记　芒原著

武汉：长江文艺出版社　2020年11月　大36开　143页　第36届青春诗会诗丛

云头雨　朴耳著

武汉：长江文艺出版社　2020年11月　大36开　138页　第36届青春诗会诗丛

野燕麦塬　琼瑛卓玛著

武汉：长江文艺出版社　2020年11月　大36开　167页　第36届青春诗会诗丛

时间附耳轻传　苏笑嫣著

武汉：长江文艺出版社　2020年11月　大36开　153页　第36届青春诗会诗丛

田禾诗选　田禾著

武汉：长江文艺出版社　2020年11月　大32开　207页　闻一多诗歌奖获奖诗人丛书

东河西营　王二冬著

武汉：长江文艺出版社　2020年11月　大36开　141页　第36届青春诗会诗丛

神像的刨花　王家铭著

武汉：长江文艺出版社　2020年11月　大36开　101页　第36届青春诗会诗丛

花期　吴小虫著

武汉：长江文艺出版社　2020年11月　大36开　154页　第36届青春诗会诗丛

万物法则　徐萧著

武汉：长江文艺出版社　2020年11月　大36开　138页　第36届青春诗会诗丛

方言　叶丹著

武汉：长江文艺出版社　2020年11月　大36开　159页　第36届青春诗会诗丛

眺望灯塔　一度著

武汉：长江文艺出版社　2020年11月　大36开　132页　第36届青春诗会诗丛

在月亮上醒来　银莲著

银川：宁夏人民出版社　2020年11月　大36开　179页

地铁之诗　蔡天新主编

北京：商务印书馆　2020年11月　大32开　266页

朦胧诗选新编　春风文艺出版社选编

沈阳：春风文艺出版社　2020年11月　大32开　356页

你没读过的诗　杨新宇编

上海：东方出版中心　2020年11月　大32开　510页

是什么让海水更蓝——《诗探索·作品卷》诗歌精选　林莽、陈亮主编

北京：学苑出版社　2020年11月　16开　296页　《诗探索》创刊40周年纪念丛书

李金发诗全编　李金发著，陈厚诚、李伟江、陈晓霞编

成都：四川文艺出版社　2020年12月　大32开　975页

蓝焰　梁粱著

北京：团结出版社　2020年12月　大32开　155页　秋实集

春之祭：骆一禾诗文选　骆一禾著，陈东东编

桂林：广西师范大学出版社　2020年12月　大32开　565页　时

间文丛

加冕礼 伽蓝著

北京：团结出版社 2020年12月 大32开 228页 北京老舍文学院月牙儿诗集

云南70后实力诗人诗选 周明全主编

昆明：云南大学出版社 2020年12月 大32开 245页 新青年·云南70后新实力丛书

未完成 安琪著

北京：自印 2020年 16开 388页

诗论与资料集

从催眠的世界中不断醒来：当代诗的限度及可能 姜涛著

上海：华东师范大学出版社 2020年1月 32开 320页

青龙河诗群访谈录 李文纲著

北京：学苑出版社 2020年1月 16开 251页

他总想拂去花瓣上轻微的伤痕：林莽诗歌生涯50年的追求 《诗探索》编辑部编

北京：中国青年出版社 2020年1月 16开 325页

中国新诗传播接受与经典化研究 方长安著

北京：社会科学文献出版社 2020年2月 16开 229页 中国新诗传播接受文献研究丛书

上帝与缪斯的共舞——中国新诗中的基督性（1917—1949） 薛媛元著

新北：花木兰文化事业有限公司 2020年3月 16开 279页

基督教文化研究丛书

孔孚诗文书论集·孔孚诗论 孔孚著

济南：山东友谊出版社 2020年4月 16开 226页

孔孚诗文书论集·孔孚研究论文集 张丽军编

济南：山东友谊出版社 2020年4月 16开 401页

中国新诗的形式与历史 段从学著

北京：人民出版社 2020年5月 16开 308页 奔流·中国现

代文学研究丛书

新诗十二名家 孙晓娅、张光昕著

北京：高等教育出版社 2020 年 5 月 16 开 264 页 中国现当代文学课堂丛书

中国现当代诗人传记版本辑录 张立群著

北京：社会科学文献出版社 2020 年 5 月 16 开 226 页

中国新诗年度研究报告·2018 李森主编

上海：华东师范大学出版社 2020 年 5 月 16 开 262 页

有声的左翼：诗朗诵与革命文艺的身体技术 康凌著

上海：上海文艺出版社 2020 年 6 月 大 32 开 257 页 微光·青年批评家集丛

中国新诗的视觉传播研究 王强著

北京：中国社会科学出版社 2020 年 6 月 16 开 331 页

中国现代左翼浪漫主义诗歌研究 韦良著

上海：上海三联书店 2020 年 6 月 大 32 开 206 页

中国新诗史论 方长安著

北京：高等教育出版社 2020 年 8 月 16 开 306 页

诗从细读开始 邱景华著

福州：海峡文艺出版社 2020 年 8 月 16 开 390 页

中国现当代诗人传记史料问题研究 张立群著

北京：社会科学文献出版社 2020 年 8 月 16 开 196 页

现代性的追寻：论 1919 年以来的中国新诗 张枣著，亚思明译

成都：四川文艺出版社 2020 年 8 月 大 32 开 376 页

当代中国诗歌批评史 周瓒著

北京：中国社会科学出版社 2020 年 8 月 16 开 382 页 当代中国文学批评史丛书

中国现代新诗与民间文化 郑娟著

南京：东南大学出版社 2020 年 9 月 16 开 183 页

关于读诗和写诗 田禾著

银川：宁夏人民出版社 2020 年 11 月 大 32 开 295 页 田禾作品集

《诗探索》纪事 刘福春、刘鸣谦编著

北京：学苑出版社 2020年11月 16开 206页 《诗探索》创刊40周年纪念丛书

《诗探索》与中国当代诗潮 林琳著

北京：学苑出版社 2020年11月 16开 246页 《诗探索》创刊40周年纪念丛书

《诗探索》之路 吴思敬主编

北京：学苑出版社 2020年11月 16开 456页 《诗探索》创刊40周年纪念丛书

结识一位诗人 林莽、陈亮主编

北京：学苑出版社 2020年11月 16开 445页 《诗探索》创刊40周年纪念丛书

诗学研究 张桃洲主编

北京：学苑出版社 2020年11月 16开 440页 《诗探索》创刊40周年纪念丛书

新诗发展问题研究 王士强主编

北京：学苑出版社 2020年11月 16开 400页 《诗探索》创刊40周年纪念丛书

寻找话语的森林 王光明主编

北京：学苑出版社 2020年11月 16开 458页 《诗探索》创刊40周年纪念丛书

光与岸：钟文诗论集 钟文著，孙晓娅编

南京：译林出版社 2020年12月 32开 515页

沈奇诗与诗学研究 刘福春主编

西安：陕西人民教育出版社 2020年12月 大32开 374页

2019年新诗期刊研究论文索引

◇郭紫莹

＊本索引收录2019年新诗期刊研究论文目录。

＊索引按月份分组，组内按篇名音序排列，篇名之首有标点或数字者居前。

＊每个条目所列内容及格式为：篇名，作者，刊物名，期次，页码。

＊个别文章在发表时文字或标点不甚规范或有错误，但为了与发表时的原貌一致，不做修改。

一月

1.《“江河之水是我故乡的血液”——论倮伍拉且的诗歌》，杨荣昌，《当代文坛》，2019年第1期，第158—162页。

2.《“诗人忘不了他的生存”——张执浩的日常诗学与当代经验》，霍俊明，《扬子江诗刊》，2019年第1期，第48—54页。

3.《“十七年”诗歌选本的编选法则与“强制传播”特征》，巫洪亮，《当代作家评论》，2019年第1期，第79—87页。

4.《“他还要到更远的地方去”——西楚诗歌简观》，赵卫峰，《星星·诗歌理论》，2019年1月中旬刊，第45—50页。

5.《“以石头的方式厮守着故土”——评阿苏的诗》，吴泽南，《乐山师范学院学报》，2019年第1期，第27—31页、第49页。

6.《“以文为诗”与打破诗体——简论胡适白话诗学主张的形成及其中西理据》，王光和，《南方文坛》，2019年第1期，第80—85页。

7.《〈再别康桥〉的主题探究》，陈建强，《中学语文》，2019年第3期，第94—95页。

8.《1920—1990年代李金发新诗选本数据与现代主义诗学的聚散

离合》，田源，《贵州社会科学》，2019 年第 1 期，第 52—58 页。

9.《1940 年代的中国诗论图景》，吴晓东，《北京大学学报》（哲学社会科学版），2019 年第 1 期，第 83—92 页。

10.《把熟悉的生活写成诗》，风荷，《星星·散文诗》，2019 年 1 月下旬刊，第 21—22 页。

11.《百年新诗到了重新审视的时刻——现代诗歌写作的观念和实践》，王东东，《名作欣赏》，2019 年 1 月，第 124—128 页。

12.《笔墨里的王朝——读古铜散文诗集〈狂草〉》，语伞，《散文诗》，2019 年第 1 期，第 89—92 页。

13.《参观手记》，李钢，《星星·诗歌理论》，2019 年 1 月中旬刊，第 85—91 页。

14.《沉静的写作——宁夏诗人系列之一》，白草，《朔方》，2019 年第 1 期，第 163—171 页。

15.《赤子情怀　真挚文章——读岑桑诗文的感想》，林岗，《粤海风》，2019 年第 1 期，第 34—39 页。

16.《创造："比幸福更幸福的"》，赵宗孝，《名作欣赏》评论版，2019 年 1 月，第 5—8 页、第 21 页。

17.《从"黑夜"到"白夜"——论翟永明诗歌中的时间意识》，牛艳莉，《当代作家评论》，2019 年第 1 期，第 181—186 页。

18.《从边缘到边缘的书写——对何晓坤及云南的另一种诗学认识》，林东林、何晓坤，《扬子江诗刊》，2019 年第 1 期，第 41—45 页。

19.《从城市的窗口望向语言之乡——评黄梵的诗集〈月亮已失眠〉》，翟月琴，《江南诗》，2019 年第 1 期，第 102—106 页。

20.《从新时期的繁荣步入新世纪的成熟——江西散文诗四十年综述》，刘晓彬，《创作评谭》，2019 年第 1 期，第 16—19 页。

21.《当代诗歌"及物写作"的可能性及误区》，李心释，《甘肃社会科学》，2019 年第 1 期，第 84—91 页。

22.《低于草木，心有真景——读许敏组诗〈低于一切草木〉》，李犁，《诗歌月刊》，2019 年第 1 期，第 18—19 页。

23.《东方浩诗歌中的"江南符号"元素》，田红玉，《名作欣赏》评论版，2019 年 1 月，第 65—66 页。

24.《二十四节气诗——诗意的时间生活》，董德英，《名作欣赏》评论版，2019 年 1 月，第 30—33 页。

25.《丰富的有限延续与背离——穆旦在1950年代诗坛的沉浮与创作》，仲雷，《宜宾学院学报》，2019年第1期，第87—95页。

26.《符号、自觉话语与生命的焦虑——论王琪诗歌的语言向度》，敬笃，《星星·诗歌理论》，2019年1月中旬刊，第58—64页。

27.《个人化、现代品质与形式意识——梵范诗歌印象》，冯雷，《广西文学》，2019年第1期，第78页。

28.《海子的辩解》，赵宗孝，《名作欣赏》评论版，2019年1月，第9—13页。

29.《海子小传——天才的辉煌七年》，赵宗孝，《名作欣赏》评论版，2019年1月，第18—21页。

30.《后现代幽灵：海子的爆破与建构》，赵宗孝，《名作欣赏》评论版，2019年1月，第14—17页。

31.《回顾与思考：改革开放以来的中国新诗》，吴思敬，《诗林》，2019年第1期，第8—13页、第2页。

32.《或者，女博尔赫斯——林雪诗歌印象》，章闻哲，《诗选刊》，2019年第1期，第10—13页。

33.《江西当代新诗流变中的"选本现象"》，李贤平，《创作评谭》，2019年第1期，第20—24页。

34.《口头诗学理论的范式转换及理论推进》，王艳，《青海社会科学》，2019年第1期，第191—198页。

35.《窥豹录·张新泉》，胡亮，《诗歌月刊》，2019年第1期，第37页。

36.《乐歌时代：现代歌——诗启蒙的历史机缘及其语言配置》，邱健，《思想战线》，2019年第1期，第159—165页。

37.《雷平阳诗歌笔下的云南山川》，邓薇，《名作欣赏》评论版，2019年1月，第140—141页。

38.《林莽论——兼及当代诗歌批评的"生长性"问题》，张立群，《南方文坛》，2019年第1期，第131—136页。

39.《论林庚诗歌语言的诗化与主体化理论》，李拉利，《太原师范学院学报》（社会科学版），2019年第1期，第29—34页。

40.《论诗歌韵式与音乐调式的同构性》，孙则鸣，《常熟理工学院学报》，2019年第1期，第15—21页。

41.《论诗疗诗及诗歌疗法的价值》，王珂，《长江学术》，2019年第 1 期，第 11—19 页。

42.《骆一禾：客死人间的圣徒诗人》，雷前虎，《名作欣赏》评论版，2019 年 1 月，第 145—146 页。

43.《朦胧诗的审美特征分析》，施旸，《北方文学》，2019 年第 2 期，第 65 页。

44.《女性精神生活的黑暗传与梦书——海男长诗〈夜间诗〉的精神阅读》，霍俊明，《滇池》，2019 年第 1 期，第 73—78 页。

45.《浅谈现代诗歌语言的温度》，储劲标，《中学语文》，2019 年第 3 期，第 92—94 页。

46.《诗的时间性呈现引发的相关写作问题》，樊子，《诗歌月刊》，2019 年第 1 期，第 82 页。

47.《诗歌，让世界活着》，南鸥，《星星 · 诗歌理论》，2019 年 1 月中旬刊，第 91—100 页。

48.《诗歌写作的精神积弱》，世宾，《文学自由谈》，2019 年第 1 期，第 79—85 页。

49.《诗歌作为精神生活　读徐芜城的诗》，王志军，《上海文化》，2019 年第 1 期，第 46—59 页。

50.《诗是文明之光》，西渡，《诗歌月刊》，2019 年第 1 期，第 73—76 页。

51.《诗在咸酸之外》，吕进，《星星 · 诗歌理论》，2019 年 1 月中旬刊，第 93—99 页。

52.《时代之诗与内在经验》，王光明，《福建文学》，2019 年第 1 期，第 140—141 页。

53.《抒情诗中抒情主体的时空存在》，谭君强，《中国文学研究》，2019 年第 1 期，第 8—14 页。

54.《同路人和持灯者——吴思敬与改革开放四十年诗歌》，陈亮，《诗林》，2019 年第 1 期，第 13—15 页。

55.《无限、有限的隔离与和解——浅析李元胜诗歌中的隔离感与和解意识》，余修霞，《星星 · 诗歌理论》，2019 年 1 月中旬刊，第 38—44 页。

56.《五个人眼中的诗歌世界灿烂多元——河北青年诗人新作选阅读札记》，北野，《诗选刊》，2019 年第 1 期，第 65—67 页。

57.《五四时期汉语新诗的诗韵重造》，许霆，《常熟理工学院学报》，2019年第1期，第22—29页、第44页。

58.《现代诗：接受影响论》，陈仲义，《文学自由谈》，2019年第1期，第132页。

59.《心理探索型诗歌的内在结构解析》，赵东，《诗歌月刊》，2019年第1期，第81页。

60.《新课标下现代诗歌教学应该教什么》，薛华，《中学语文》，2019年第1期，第64—66页。

61.《新诗韵书的分韵及韵书间的歧异》，张玉来，《常熟理工学院学报》，2019年第1期，第2—14页。

62.《新时代语境下的当代新诗发展前瞻》，张德明，《星星·诗歌理论》，2019年1月中旬刊，第5—13页。

63.《选本编纂与当代诗歌创作的阶段性演变》，徐勇，《南京师大学报》（社会科学版），2019年第1期，第144—151页。

64.《雪意和五点钟——评卞之琳〈距离的组织〉》，刘振周，《星星·诗歌理论》，2019年1月中旬刊，第27—31页。

65.《沿诗意的水路逐浪前行——读李云诗集〈水路〉》，邢海珍，《星星·诗歌理论》，2019年1月中旬刊，第49—56页。

66.《一株白菜引发的"突围"——解读张执浩诗歌〈尾随一株白菜出城〉》，孙蒙蒙，《名作欣赏》评论版，2019年1月，第147—149页。

67.《由常态和非常态，抵达山水圣境——黄晓华山水诗的审美透视》，孙思，《诗潮》，2019年第1期，第122—127页。

68.《游侠回到故乡——诗人慕白的深层形象》，杨碧薇，《星星·诗歌理论》，2019年1月中旬刊，第51—57页。

69.《在朴素的事物中发现美与善——胡弦诗歌阅读》，张艳梅，《星星·诗歌理论》，2019年1月中旬刊，第21—25页。

70.《臧棣：唤起生命的高贵觉醒》，赵飞，《南方文坛》，2019年第1期，第137—144页。

71.《张新泉：晚年豹变与秋天的戏剧》，霍俊明，《散文诗世界》，2019年第1期，第24—25页。

72.《张新泉的变与不变》，向以鲜，《诗歌月刊》，2019年第1期，第35—36页。

73.《张中海：在逃离中坚守的"地之子"》，吴思敬，《当代作家评论》，2019 年第 1 期，第 176—180 页。

74.《真诚为人，朴素为文——庞波诗文集〈知田种田〉读后》，马青山，《飞天》，2019 年第 1 期，第 138—139 页。

75.《中国新诗格律研究》，许霆，《常熟理工学院学报》，2019 年第 1 期，第 1 页。

76.《钟情九寨梦幻般的蓝——龚学敏〈九寨蓝〉赏析》，李汉超，《中学语文》，2019 年第 2 期，第 11—12 页。

77.《作为人间礼物盛开的羊羔花（评论）》，孔占芳，《青海湖》，2019 年第 1 期，第 13—20 页。

78.《作为语言的他者存在——读张新颖诗两首〈乌鸫〉和〈小树林〉》，卫楚臻，《名作欣赏》评论版，2019 年 1 月，第 142—144 页。

二月

79.《“大众化”的“节奏”：左翼新诗歌谣化运动中的身体动员与感官政治》，康凌，《文学评论》，2019 年第 1 期，第 110—118 页。

80.《“诗的 Montage”——论左翼朗诵诗的音响与意义》，康凌，《文艺研究》，2019 年第 2 期，第 55—65 页。

81.《“他还要到更远的地方去”——西楚诗歌简观》，赵卫峰，《星星·诗歌理论》，2019 年 1 月中旬刊，第 45—50 页。

82.《“新时代诗歌”的三个向度》，程继龙，《诗歌月刊》，2019 年第 2 期，第 70—71 页。

83.《“有意思”的写作及其理论价值——〈山高水长〉的起点与过程》，邹建军，《长江文艺评论》，2019 年第 1 期，第 70—72 页。

84.《21 世纪“及物”诗歌的突破与局限》，罗振亚，《诗歌月刊》，2019 年第 2 期，第 66—68 页。

85.《变调的语言——论北岛诗歌中的离散语境》，卢筱雯，《华文文学》，2019 年第 1 期，第 105—112 页。

86.《赤裸的灵魂——读李庄的诗》，丰云，《山东文学》，2019 年第 2 期，第 157—160 页。

87.《吹散藏在手里的满天星星：朦胧诗经典鉴赏》，王枢，《青年文学家》，2019 年第 5 期，第 45 页、第 47 页。

88.《此中有真意——评吴军诗集〈穿越丘陵〉》，王璞琇，《诗选刊》，2019 年第 2 期，第 82—85 页。

89.《从“目击”出发——张执浩诗学观念评析》，茅草，《长江文艺评论》，2019 年第 1 期，第 41—46 页。

90.《存在之痛和诗歌之痛——赵丽宏诗集〈疼痛〉法文版序》，阿多尼斯、薛庆国，《诗选刊》，2019 年第 2 期，第 11—12 页。

91.《等你写出灯塔》，冯雷，《诗刊》，2019 年 2 月号上半月刊，第 49—50 页。

92.《抵达诗人创作生命之源——论杨炼海外诗歌的空间建构》，胡王骏雄，《华文文学》，2019 年第 1 期，第 96—104 页。

93.《读〈雨巷〉后有感而发》，尹洪锋，《青年文学家》，2019 年第 5 期，第 39 页。

94.《反叛与回归间的诗意探寻：论丁小琪的网络诗歌》，刘静，《河南科技大学学报》（社会科学版），2019 年第 1 期，第 51—55 页。

95.《飞鸟唤醒了黎明——关于诗歌写作的思考》，李熙睿，《星星·诗歌理论》，2019 年 1 月中旬刊，第 84—89 页。

96.《符号、自觉话语与生命的焦虑——论王琪诗歌的语言向度》，敬笃，《星星·诗歌理论》，2019 年 1 月中旬刊，第 58—64 页。

97.《感恩〈草原〉：支持我的八十年代诗歌史研究》，姜红伟，《草原》，2019 年第 2 期，第 107—111 页。

98.《个人和时代的辩证结合》，师力斌，《诗刊》，2019 年 2 月号上半月刊，第 55—57 页。

99.《构建诗歌的命运共同体》，邹建军，《诗刊》，2019 年 2 月号上半月刊，第 57—59 页。

100.《回光灿烂——读乔良的组诗〈回光〉》，舒洁，《诗选刊》，2019 年第 2 期，第 79—82 页。

101.《寄情山水与静谧的叙说——读雨倾城的散文诗》，韩嘉川，《散文诗》，2019 年第 2 期，第 89—92 页。

102.《经由温暖与朴素所抵达的——简论曹宇翔的诗》，霍俊明，《诗歌月刊》，2019 年第 2 期，第 31—33 页。

103.《精神肖像：于坚是谁?》，霍俊明，《滇池》，2019 年第 2 期，第 136—144 页。

104.《李强诗歌意象的生命意识分析》，袁刘冬晓、庄桂成，《名作欣赏》评论版，2019 年 2 月，第 74—75 页。

105.《历时、共时以及诗歌的现实性——读古马诗集〈大河源〉》，唐翰存，《飞天》，2019年第2期，第139—142页。

106.《历史意识消退后的诗歌叙事及其它》，李商雨，《诗歌月刊》，2019年第2期，第74页。

107.《立达故交、O. M. 同人及其他——新诗“押阵大将”白采交游考略》，李洪华、许迪，《新文学史料》，2019年第1期，第109—119页。

108.《梁宗岱与象征主义诗学》，张枣（亚思明译），《学术月刊》，2019年第1期，第135—149页。

109.《刘荣恩和他的诗集——寻诗之旅（四）》，刘福春，《新文学史料》，2019年第1期，第32—39页。

110.《论废名新诗观与“温李”晚唐诗风》，杨柳，《学习与探索》，2019年第2期，第174—181页、第196页。

111.《论诗歌语言的空间属性及“语法”表现》，姜永琢、李心释，《南京理工大学学报》（社会科学版），2019年第1期，第24—30页。

112.《论旋力》，苍耳，《南京理工大学学报》（社会科学版），2019年第1期，第31—41页。

113.《论张苍水诗歌的“诗史”内涵》，毛国强，《名作欣赏》评论版，2019年2月，第169—170页。

114.《朦胧诗的审美特征分析》，施旸，《北方文学》，2019年第2期，第65页。

115.《你拿一个热爱生活的人毫无办法——张执浩访谈》，林东林、张执浩，《长江文艺评论》，2019年第1期，第46—50页、第24页。

116.《浅析海子诗歌对红颜色的运用》，臧梓洁，《名作欣赏》学术版，2019年2月，第142—143页。

117.《群众口语与“十七年新诗”的语言基座》，颜同林，《福建论坛》（人文社会科学版），2019年第2期，第125—131页。

118.《生活的目光》，李啸洋，《诗刊》，2019年2月号下半月刊，第8—9页。

119.《生命中的芦苇——浅析湖北诗人李强的诗歌〈芦苇花开〉》，陈爱娟、庄桂成，《名作欣赏》评论版，2019年2月，第76—77页。

120.《诗，作为一种认识论》，张建新，《诗歌月刊》，2019年第2期，第73页。

121.《诗人读诗》，林忠成，《诗潮》，2019年第2期，第123—127页。

122.《时代之新与诗歌之新》，李壮，《诗刊》，2019年2月号上半月刊，第50—53页。

123.《抒发中国情感，凝聚中国精神，努力创造中国诗歌新的辉煌》，吉狄马加，《诗歌月刊》，2019年第2期，第62—64页。

124.《无限、有限的隔离与和解——浅析李元胜诗歌中的隔离感与和解意识》，余修霞，《星星·诗歌理论》，2019年1月中旬刊，第38—44页。

125.《系统论视角下诗歌意象理论的建构：体系与方法——论吴晓先生〈新诗美学〉的创新性》，赵小琪，《浙江社会科学》，2019年第2期，第149—154页。

126.《想象的“极限”写作及其精神秘境》，卢辉，《广西文学》，2019年第2期，第76页。

127.《新经验与当代汉语诗歌的生成——兼及对当代工人诗歌的一种观察》，景立鹏，《广州文艺》，2019年第2期，第130—140页。

128.《新时代诗歌的美学传承》，张德明，《诗歌月刊》，2019年第2期，第68—69页。

129.《新时代诗歌翻译的基本向度》，熊辉，《诗刊》，2019年2月号上半月刊，第59—61页。

130.《新时代诗歌要有新气象》，李云雷，《诗歌月刊》，2019年第2期，第65—66页。

131.《新时代诗歌与中华美学传承》，张德明，《诗刊》，2019年2月号上半月刊，第53—55页。

132.《新时代语境下的当代新诗发展前瞻》，张德明，《星星·诗歌理论》，2019年1月中旬刊，第5—13页。

133.《新世纪乡土诗歌：乡土中国的诗意变迁——以诗人田禾的写作为中心》，魏天无，《长江文艺评论》，2019年第1期，第64—69页。

134.《叙事冲击，以及抒情性偏枯》，赵目珍，《诗刊》，2019年2月号下半月刊，第10—11页。

135.《雪意和五点钟——评卞之琳〈距离的组织〉》，刘振周，《星星·诗歌理论》，2019 年 1 月中旬刊，第 27—31 页。

136.《一首诗的右边与左边——读张执浩诗集〈高原上的野花〉》，陈澜，《长江文艺评论》，2019 年第 1 期，第 36—40 页。

137.《一种从物象到墨象的写作——评〈黄斌诗选〉》，盛艳，《长江文艺评论》，2019 年第 1 期，第 73—77 页。

138.《游侠回到故乡——诗人慕白的深层形象》，杨碧薇，《星星·诗歌理论》，2019 年 1 月中旬刊，第 51—57 页。

139.《在朴素的事物中发现美与善——胡弦诗歌阅读》，张艳梅，《星星·诗歌理论》，2019 年 1 月中旬刊，第 21—25 页。

140.《中国新诗演进的多维激变奇观》，洪迪，《台州学院学报》，2019 年第 1 期，第 56—61 页。

141.《朱英诞新诗与宋诗理趣传统》，王泽龙、任旭岚，《学习与探索》，2019 年第 2 期，第 163—173 页、第 196 页。

142.《追忆逝去的乡土——评湖北诗人李强的诗作〈回到从前〉》，陈璞、庄桂成，《名作欣赏》评论版，2019 年 2 月，第 78—79 页。

三月

143.《“麦地之子”与 1980 年代的“远方诗学”——为海子殉诗 30 周年而作》，钱文亮，《文艺争鸣》，2019 年第 3 期，第 22—28 页。

144.《〈龙〉：一首被〈海子诗全集〉漏收的“轶诗”》，姜红伟，《诗林》，2019 年第 2 期，第 93—94 页。

145.《〈七月〉的诗性蕴涵》，叶橹，《扬子江诗刊》，2019 年第 2 期，第 31—34 页。

146.《〈诗探索〉之于我》，梁久明，《诗探索·作品卷》，2019 年第 1 辑，第 47—51 页。

147.《〈新锐女诗人二十家诗选〉编后记——在心灵寻求中的相遇》，谈雅丽，《诗探索·作品卷》，2019 年第 1 辑，第 39—40 页。

148.《〈新锐女诗人二十家诗选〉编者的话》，林莽，《诗探索·作品卷》，2019 年第 1 辑，第 3—4 页。

149.《〈新诗蠡测〉意义之蠡测》，王家新、方邦宇，《中国现代文学研究丛刊》，2019 年第 3 期，第 1—8 页。

150.《〈再别康桥〉的诗意美》，谢克强，《星星·诗歌理论》，2019年3月中旬刊，第34—38页。

151.《20世纪80年代探索诗歌中自我形象的呈现——以上海文艺出版社〈探索诗集〉为例》，武帆，《名作欣赏》评论版，2019年3月，第126—127页。

152.《安琪长诗创作影响研究》，任毅、朱珊，《诗探索·理论卷》，2019年第1辑，第137—145页。

153.《百年现代诗学的辩证反思》，吕进，《诗探索·理论卷》，2019年第1辑，第12—22页。

154.《百年新诗再出发》，晓雪，《诗探索·理论卷》，2019年第1辑，第23—30页。

155.《本源诉求及审美化境——论柳沄的诗歌创作》，芦苇岸，《当代作家评论》，2019年第2期，第193—199页。

156.《不可思议的诗》，小引，《诗探索·理论卷》，2019年第1辑，第100—102页。

157.《御悟光阴的诗意翻新——读邓太忠组诗〈被光阴耕耘的自己〉》，何希凡，《星星·诗歌理论》，2019年3月中旬刊，第77—83页。

158.《沉潜与反思——评罗麒〈21世纪中国诗歌现象研究〉》，卢桢，《诗探索·理论卷》，2019年第1辑，第166—172页。

159.《乘一匹快马追回人间（评）——邵纯生诗集〈秋天的说词〉读后》，苏历铭，《诗探索·作品卷》，2019年第1辑，第108—111页。

160.《春暖花开忆海子》，吴霖，《诗歌月刊》，2019年第3期，第73—76页。

161.《词语的声音与意味》，魏天无，《诗探索·理论卷》，2019年第1辑，第97—99页。

162.《从诗刊看中国诗歌会的后续发展》，卢晓霞，《中国现代文学研究丛刊》，2019年第3期，第68—80页。

163.《打开词语的幽微通道——细读王东东〈圆明园〉》，张凯成，《诗探索·理论卷》，2019年第1辑，第63—68页。

164.《当代新诗经典化及新诗教育问题片谈》，谭五昌，《诗林》，2019年第2期，第12—14页。

165.《断裂与连接：新诗百年发展回顾》，郭军，《贵州社会科学》，2019 年第 3 期，第 49—54 页。

166. 《对生命原力的汲取与赞美———一次关于海子的对谈》，陈先发、黄涌，《诗歌月刊》，2019 年第 3 期，第 67—68 页。

167. 《对隐秘花序和精神构造的探询——评苗雨时〈临风绽放的玫瑰——网络时代女诗人论〉》，霍俊明，《廊坊师范学院学报》（社会科学版），2019 年第 1 期，第 30—32 页。

168. 《多多的诗歌"手艺"与尊严写作的可能性》，刘波，《三峡大学学报》（人文社会科学版），2019 年第 2 期，第 77—81 页、第 92 页。

169. 《废名为什么要谈新诗?》，冷霜，《江南诗》，2019 年第 2 期，第 105—110 页。

170. 《冯娜诗歌的精神地理学考察》，唐诗人，《民族文学研究》，2019 年第 2 期，第 147—156 页。

171. 《冯至：给我狭窄的心，一个大的宇宙》，木叶，《南方文坛》，2019 年第 2 期，第 21—26 页。

172. 《冯至四五十年代的诗学思考及其他》，王贺，《中国现代文学研究丛刊》，2019 年第 3 期，第 9—15 页。

173. 《郭沫若新诗创作的"颓废"审美——基于民国报刊里读者批评文献的搜集与整理》，田源，《长沙理工大学学报》（社会科学版），2019 年第 2 期，第 122—128 页。

174. 《过度追逐词语陌生化，会影响诗歌的抒情性》，鹰之，《诗刊》，2019 年 3 月号下半月刊，第 9—10 页。

175. 《海子：开天辟地，世界必然破碎》，木叶，《文艺争鸣》，2019 年第 3 期，第 29—35 页。

176. 《海子诗歌中的原始主义及其根源》，西渡，《文艺争鸣》，2019 年第 3 期，第 16—21 页。

177. 《海子与〈诗歌报〉》，姜红伟，《诗歌月刊》，2019 年第 3 期，第 77—78 页。

178. 《汉字的诗性阐释与书写——评喻子涵的〈汉字意象〉》，谭五昌，《散文诗》，2019 年第 5 期，第 91—93 页。

179. 《何必固执于新诗格律的建设?》，庄晓明，《文学自由谈》，2019 年第 2 期，第 83—89 页。

180. 《互联网时代的诗歌写作》，海马，《扬子江诗刊》，2019 年第 2 期，第 86—88 页。

181.《回忆我的哥哥海子》，查曙明，《诗歌月刊》，2019 年第 3 期，第 69—72 页。

182.《基于诗本体观的新诗诗美问题》，陈国恩，《贵州社会科学》，2019 年第 3 期，第 34—40 页。

183.《及物，抵达尘埃之上的闪烁与涌溢》，祁发慧，《青海湖》，2019 年第 3 期，第 17—22 页。

184.《经典的生成及其特征》，叶橹，《诗探索·理论卷》，2019 年第 1 辑，第 31—37 页。

185.《看他虚构的世界——读喻言近作》，李琦，《散文诗世界》，2019 年第 3 期，第 26—27 页。

186.《困境与美德：示弱者的诗学理想——张执浩论》，江雪，《诗探索·理论卷》，2019 年第 1 辑，第 78—96 页。

187.《历史的伦理与诗的开端——简论钟鸣》，张媛媛，《上海文化》，2019 年第 3 期，第 51—58 页。

188.《凉水泡茶慢慢浓（节选）——读李皓的诗》，王晓岗，《诗林》，2019 年第 2 期，第 35—36 页。

189.《论陈律——为陈律诗集〈一个自我的追忆〉而写》，王炜，《江南诗》，2019 年第 2 期，第 99—104 页。

190.《论郑敏诗歌研究尚可拓展的空间》，胡洪亮，《盐城师范学院学报》（人文社会科学版），2019 年第 2 期，第 56—59 页。

191.《漫游的风景与隐匿的疼痛——读王东东的诗》，周俊锋，《诗探索·理论卷》，2019 年第 1 辑，第 54—62 页。

192.《美好生活的有一个早晨》，王军，《诗刊》，2019 年 3 月号上半月刊，第 4 页。

193.《木叶的诗意批评》，汪广松，《南方文坛》，2019 年第 2 期，第 27—32 页。

194.《宁夏诗人代际诗语特征探析》，马晓雁，《朔方》，2019 年第 3 期，第 155—164 页。

195.《澎湃心海间——诗人庞白印象》，韦佐，《星星·散文诗》，2019 年 3 月下旬刊，第 27—28 页。

196.《浅薄世相与深刻自我的较量——荣斌诗歌评论》，芦苇岸，《南方文坛》，2019 年第 2 期，第 143—147 页。

197. 《浅析冯至〈十四行集·十八〉的用韵》，常蕊，《名作欣赏》评论版，2019 年 3 月，第 51—52 页。

198. 《神圣叙述：呈现诗歌的“情感波段”与“理性密度”——评左安军〈深夜来访〉（组诗）的艺术特色》，卢辉，《广西文学》，2019 年第 3 期，第 74 页。

199. 《诗歌材料个性化发展的命运》，张远伦，《红岩》，2019 年第 2 期，第 122—123 页。

200. 《诗歌的概括力与一个时代的整体经验》，南鸥，《星星·诗歌理论》，2019 年 3 月中旬刊，第 106—111 页。

201. 《诗歌是来自文化深处的福佑——或论诗人的幸福》，王东东，《诗探索·理论卷》，2019 年第 1 辑，第 74—75 页。

202. 《诗意引领下的多重叙述——论周庆荣散文诗集〈有温度的人〉》，陆孝峰，《当代作家评论》，2019 年第 2 期，第 200—206 页。

203. 《石头醒来之后——从赵亚东的近作谈起》，陈爱中，《廊坊师范学院学报》（社会科学版），2019 年第 1 期，第 19—21 页、第 26 页。

204. 《试析〈尝试集〉诗歌语言的建构》，邓伟，《井冈山大学学报》（社会科学版），2019 年第 2 期，第 110—115 页。

205. 《谁也没有做好谈论星空的准备——关于张二棍的诗》，霍俊明，《滇池》，2019 年第 3 期，第 80—84 页。

206. 《死亡与重生？——当代中国的马雅可夫斯基》，洪子诚，《诗探索·理论卷》，2019 年第 1 辑，第 38—51 页。

207. 《谭五昌诗学研究的几个弧面》，吴投文，《诗林》，2019 年第 2 期，第 15—16 页。

208. 《探究诗歌的空间语法》，郑超，《青年文学家》，2019 年第 9 期，第 33 页、第 35 页。

209. 《为海子起另外三个笔名的人》，姜红伟，《诗潮》，2019 年第 3 期，第 109—121 页、第 108 页。

210. 《为灵魂深度的纷争与颤动命名——谭五昌组诗〈灵魂的内核〉简评》，大枪，《诗林》，2019 年第 2 期，第 11 页。

211. 《现代文学诗歌的意象表达研究》，曾雨曦，《青年文学家》，2019 年第 8 期，第 62 页。

212. 《现代文学史著作对“新诗”的命名——以 20 世纪 20—40

年代文学史著作中的“无韵诗”为中心》，方长安、郑艳明，《福建论坛》（人文社会科学版），2019 年第 3 期，第 84—98 页。

213. 《想象力的社会学——论当代诗歌批评的文学社会学潜力》，张静轩，《南方文坛》，2019 年第 2 期，第 95—100 页。

214. 《写作：如何在“互文”诱惑下创造——育邦诗读后》，汪剑钊，《诗歌月刊》，2019 年第 3 期，第 19—21 页。

215. 《心灵的散板——对当下散文诗的几点看法》，张作梗，《星星·散文诗》，2019 年 3 月下旬刊，第 89—90 页。

216. 《新诗的当代性：刘旭阳读诗小札》，冯强，《诗刊》，2019 年 3 月号下半月刊，第 7—9 页。

217. 《新诗发生期诗人评诗矛盾现象论》，方舟，《天津社会科学》，2019 年第 2 期，第 126—131 页。

218. 《新诗之难如是说——由朱光潜致青年诗人的一封信说开去》，孙仁歌，《诗探索·理论卷》，2019 年第 1 辑，第 110—114 页。

219. 《阳光的心灵　浪漫的放歌——黄纪云早期诗歌考察》，骆寒超，《诗探索·理论卷》，2019 年第 1 辑，第 116—136 页。

220. 《野川诗歌简论》，李长空，《星星·诗歌理论》，2019 年 3 月中旬刊，第 69—76 页。

221. 《叶维廉传释学视角下的彝族现代诗歌——以阿库乌雾的诗为例》，陈秀英，《凉山文学》，2019 年第 2 期，第 132—137 页。

222. 《一百年来一件大事》，谢冕，《诗探索·理论卷》，2019 年第 1 辑，第 2—5 页。

223. 《一半沉于阴影，一半被光照耀——赵亚东诗歌创作略论》，包临轩，《诗探索·理论卷》，2019 年第 1 辑，第 158—164 页。

224. 《一次性写作，或伟大诗歌的不归路：解读海子的前提》，张清华，《文艺争鸣》，2019 年第 3 期，第 6—15 页。

225. 《一个流落者的怨与爱——读周鹏程〈迷雾城〉有感》，蒋登科，《星星·诗歌理论》，2019 年 3 月中旬刊，第 54—61 页。

226. 《一个犹豫的写作者》，吴投文，《诗探索·作品卷》，2019 年第 1 辑，第 127—132 页。

227. 《一座诗人批评家的立体塑像——评〈转世的桃花——陈超评传〉》，苗雨时，《廊坊师范学院学报》（社会科学版），2019 年第 1 期，第 22—26 页。

228.《以灵魂的复眼钩沉现实——读紫藤晴儿新作》，张作梗，《星星·诗歌理论》，2019 年 3 月中旬刊，第 62—68 页。

229.《以诗为业：张执浩的诗歌与职业化写作的意义》，魏天真，《上海文化》，2019 年第 3 期，第 39—50 页。

230.《以文字的方式化入绿色意境——论蒙古族诗人阿古拉泰文学创作的美学追求》，宋生贵，《诗选刊》，2019 年第 3 期，第 45—48 页。

231.《意义的蛇行、蜕皮和衔尾——读王东东〈雪〉一诗》，梁小静，《诗探索·理论卷》，2019 年第 1 辑，第 69—73 页。

232.《印证时代的心灵史诗——郑小琼诗歌印象》，野松，《粤海风》，2019 年第 2 期，第 83—92 页。

233.《用高贵的意象放逐灵魂的忧伤与漂泊——陈小平诗歌论痕》，大枪，《星星·诗歌理论》，2019 年 3 月中旬刊，第 45—53 页。

234.《有意味的空间、留白和形象——品读顾城〈我是一个任性的孩子〉》，邓丽娟，《名作欣赏》评论版，2019 年 3 月，第 25—28 页、第 35 页。

235.《与时代对峙的草原酋长》，德乾恒美，《青海湖》，2019 年第 3 期，第 15—16 页。

236.《灾难发生后，写诗如何不是"野蛮"的？——疫情诗歌的伦理问题》，宗城，《星星·诗歌理论》，2019 年 3 月中旬刊，第 11—15 页。

237.《在故乡与远方之间——2018 年〈延安文学〉诗歌观察》，张天煜，《延安文学》，2019 年第 2 期，第 229—235 页。

238.《在诗学的交叉小径上行走——〈通往诗学的交叉小径〉序》，吴思敬，《廊坊师范学院学报》（社会科学版），2019 年第 1 期，第 27—29 页。

239.《在他手里，诗歌成了一支狙击步枪——评张二棍的诗》，刘年，《诗林》，2019 年第 2 期，第 42—43 页。

240.《在众多的眼睑下做无人的睡眠——阎安诗集〈自然主义者的庄园〉序》，霍俊明，《诗选刊》，2019 年第 3 期，第 9—11 页。

241.《张枣的戏剧化技艺》，胡苏珍，《长沙理工大学学报》（社会科学版），2019 年第 2 期，第 113—121 页。

242.《真实与细节的力量——简读侯马的组诗〈择韭菜〉》，宫白云，《诗歌月刊》，2019 年第 3 期，第 35—36 页。

243.《中国诗歌史上的一次自觉革命——在“中国新诗百年纪念大会学术论坛”上的讲话》，赵敏俐，《诗探索·理论卷》，2019 年第 1 辑，第 6—11 页。

244.《中国现代新诗史研究的新创获——评方长安新作〈中国新诗（1917—1949）接受史研究〉》，王本朝、张望，《名作欣赏》，2019 年 3 月，第 138—143 页。

245.《主体性的回归和充盈式唤醒——蓝蓝诗歌印象》，吴作歆，《诗林》，2019 年第 2 期，第 7—8 页。

246.《自动写作、多调互换与实体的观念——论海子诗歌的抒情语调兼及新诗的音乐性问题》，张伟栋，《文艺争鸣》，2019 年第 3 期，第 36—42 页。

247.《自我的修行，或现代派的重返——关于班琳丽诗歌的辨析》，夏汉，《诗探索·理论卷》，2019 年第 1 辑，第 146—157 页。

248.《走向辽阔——评析路也诗歌〈在肇源〉》，刘丽霞，《星星·诗歌理论》，2019 年 3 月中旬刊，第 27—32 页。

249.《作为意识形态和作为心灵形式的朦胧诗》，胡书庆，《井冈山大学学报》（社会科学版），2019 年第 2 期，第 104—109 页。

四月

250.《“超善恶”的诗学——徐玉诺诗歌论》，袁恬，《现代中文学刊》，2019 年第 2 期，第 54—59 页。

251.《“动物化”与中国散文诗的现代性——以骆英〈小兔子〉〈第九夜〉为例》，陈培浩，《福建文学》，2019 年第 4 期，第 141—144 页。

252.《“匠人”身份与作为语言本体论装置的“手艺”》，李海鹏，《扬子江评论》，2019 年第 2 期，第 64—70 页。

253.《“诗性挣脱”与“诗学命运”——浅议建国后郭小川诗歌创作》，李思捷，《青年文学家》，2019 年第 11 期，第 66 页。

254.《“惜诵”与“抒情”间多重视角的诗意表达——郭建强诗歌创作简论》，冯晓燕，《南京理工大学学报》（社会科学版），2019 年第 2 期，第 49—52 页。

255.《“一次性行动的诗歌”：重评海子的史诗观念》，贾鉴，《扬子江评论》，2019年第2期，第57—63页。

256.《“余音”深处听诗》，周剑雄，《诗选刊》，2019年第4期，第54—55页。

257.《“拽紧”与“松开”——读缪克构的诗歌近作》，伍明春，《诗歌月刊》，2019年第4期，第33—34页。

258.《〈钓鱼城〉：一个人的城》，赵晓梦，《散文诗世界》，2019年第4期，第33—37页。

259.《百年新诗中的北岛与昌耀》，李少君，《中国文艺评论》，2019年第4期，第4—9页。

260.《冰山之上，天空蔚蓝——读蓝晓诗集后》，叶上珠，《草地》，2019年第2期，第77—79页。

261.《玻璃转门或冷彻的尖顶——东北七诗人读记》，霍俊明，《北方文学》，2019年第10期，第82—90页。

262.《当代诗歌对“江南”的空间美学重构》，罗小凤，《诗刊》，2019年4月号上半月刊，第52—59页。

263.《读懂诗歌的钥匙：厘清线索法》，张克秀，《中学语文》，2019年第12期，第122—123页。

264.《对现实的诗意逾越》，苏省，《广西文学》，2019年第4期，第73页。

265.《多元视阈下的舒婷诗歌经典化历程》，郭勇，《海南师范大学学报》（社会科学版），2019年第2期，第68—75页。

266.《冯至——沉思中的抒情诗人》，顾雯丽，《北方文学》，2019年第12期，第30页。

267.《孤独的快感——评纪弦〈狼之独步〉》，王子瓜，《星星·诗歌理论》，2019年4月中旬刊，第35—39页。

268.《古典理想的重构与新诗诗思的建构》，刘艳，《中国文艺评论》，2019年第4期，第10—18页。

269.《海子〈鱼筐〉的孤独主题解读》，赵子杰，《北方文学》，2019年第11期，第7—9页。

270.《海子六讲之二　以梦为马的失败与胜利、远游与还乡：海子诗歌入门》，张清华，《文艺争鸣》，2019年第4期，第125—135页。

271.《何其芳诗歌〈预言〉中“张力”的运用》，郑彦，《北方文学》，2019 年第 12 期，第 28 页。

272.《记忆和形式的辩证》，唐晓渡，《诗刊》，2019 年 4 月号下半月刊，第 61—67 页。

273.《驾着纯金的三轮马车驰骋——论麦芒的新诗，以〈麦芒诗抄〉〈麦芒小诗精选〉为例》，王美春，《昭通学院学报》，2019 年第 2 期，第 63—69 页。

274.《坚守钓鱼城——评赵晓梦长诗〈钓鱼城〉》，吕进，《诗选刊》，2019 年第 4 期，第 46—48 页。

275.《教之以诗　授之以渔》，刘晓平，《中学语文》，2019 年第 12 期，第 10—11 页。

276.《劲健与悲慨：〈钓鱼城〉长诗的境界与魅力》，吉狄马加，《散文诗世界》，2019 年第 4 期，第 30—32 页。

277.《跨文化视野与诗学声音——〈何与怀诗评集〉读后漫谈》，庄伟杰，《星星·诗歌理论》，2019 年 4 月中旬刊，第 57—61 页。

278.《蓝晓：静寂在青草深处——序蓝晓诗集〈冰山在上〉》，梁平，《草地》，2019 年第 2 期，第 66—67 页。

279.《刘福君：从静水流深的守望到诗意栖居的土地》，薛梅，《诗选刊》，2019 年第 4 期，第 60—62 页。

280.《论昌耀诗歌的“重写”现象及“昌耀体”》，王家新，《文学评论》，2019 年第 2 期，第 172—181 页。

281.《论纪弦的现代诗美学》，李艳，《大庆师范学院学报》，2019 年第 2 期，第 45—51 页。

282.《论诗歌与流行歌曲的融合》，王思淇，《青年文学家》，2019 年第 12 期，第 57 页。

283.《论台湾女性诗歌的传统文化精神》，林平乔，《学术探索》，2019 年第 4 期，第 94—105 页。

284.《论五四社会改造思潮背景下沈玄庐的新诗写作》，刘书景，《现代中文学刊》，2019 年第 2 期，第 46—54 页。

285.《马蹄声碎里的史思纵横——评赵晓梦长诗〈马蹄铁〉》，吕嘉成，《星星·诗歌理论》，2019 年 4 月中旬刊，第 59—64 页。

286.《穆旦诗歌的戏剧张力研究》，白若凡，《西安电子科技大学学报》（社会科学版），2019 年第 3 期，第 101—106 页。

287.《平凡之物的历史书写——胡弦诗集〈空楼梯〉读记》，谢君，《诗潮》，2019 年第 4 期，第 121—128 页。

288.《千古的回想：浅析张枣诗歌中的古典传统——以〈镜中〉为例》，魏雯静，《名作欣赏》学术版，2019 年 4 月，第 93—94 页。

289.《人情与物态的感应和合——评郭辉的散文诗》，崔国发，《散文诗》，2019 年第 7 期，第 88—92 页。

290.《日常风景与时间的转化》，刘波，《诗刊》，2019 年 4 月号下半月刊，第 7—9 页。

291.《诗，有故事的诗——评雷平阳〈杀狗的过程〉》，赵小爽，《昭通学院学报》，2019 年第 2 期，第 59—62 页。

292.《诗歌，在冰山回荡——浅析蓝晓诗集〈冰山在上〉》，史映红，《草地》，2019 年第 2 期，第 68—73 页。

293.《诗歌的终结及其重塑的可能》，李瑾，《诗歌月刊》，2019 年第 4 期，第 71—74 页。

294.《诗歌机体中的学者脉搏——读耿占春诗集〈我发现自己竟这样脆弱〉》，张悦，《星星·诗歌理论》，2019 年 4 月中旬刊，第 52—58 页。

295.《诗歌教学五法》，朱赟，《中学语文》，2019 年第 12 期，第 18—20 页。

296.《诗人的心路历程与时代的精神图谱》，王雪瑛，《中国文艺评论》，2019 年第 4 期，第 19—26 页。

297.《诗人应该成为新时代的报春鸟》，李少君，《诗歌月刊》，2019 年第 4 期，第 67—68 页。

298.《文类秩序与现代经验相生互动——以福建当下散文诗写作为例》，伍明春，《福建文学》，2019 年第 4 期，第 138—141 页。

299.《文学批评与思想生成——建构一种广阔的文化诗学理论》，唐诗人、蒋述卓，《文艺研究》，2019 年第 4 期，第 5—15 页。

300.《西南大后方新诗的文艺大众化实践》，荀利波，《学术探索》，2019 年第 4 期，第 113—123 页。

301.《现代"拟古主义者"：再论"旧派诗人"与其继承者——论〈现代"拟古主义者"：1900—1937 中国诗词传统的延续和创新〉》，寇志明、卢姗，《长江学术》，2019 年第 2 期，第 11—21 页。

302.《象征的游移与历史的修辞——也谈多多诗歌写作的技艺与范式》，周俊锋，《海南师范大学学报》（社会科学版），2019 年第 2

期，第59—67页。

303.《蝎子之眼：王家新作为诗人译者》，里昂·伯内特、杨东伟，《长江学术》，2019年第2期，第5—10页。

304.《谢冕先生诗学思想论要——以〈中国新诗史略〉为中心》，张志忠，《文艺争鸣》，2019年第4期，第158—166页。

305.《心灵的质地——评李元胜的诗》，马贵，《星星·诗歌理论》，2019年4月中旬刊，第24—28页。

306.《新时代中国诗歌应强化“中国味道”》，龚学明，《诗歌月刊》，2019年第4期，第69—71页。

307.《选本编纂与新时期诗歌秩序重建》，白杰，《百家评论》，2019年第2期，第42—48页。

308.《野蛮而销魂的力量——〈杂毛种马〉译后记》，远洋，《散文诗世界》，2019年第4期，第16—18页。

309.《一个“自然”主义的诗人的当代面目》，向卫国，《诗刊》，2019年4月号上半月刊，第50—51页。

310.《伊沙诗歌的语言特色分析》，卜文利，《北方文学》，2019年第12期，第27页、第37页。

311.《意识在语象中的自由呈现》，荣光启，《诗歌月刊》，2019年第4期，第76页。

312.《意象叠加的碎片化诗歌空间》，黄玲君，《诗歌月刊》，2019年第4期，第77页。

313.《隐秘的飞行——车前子诗歌阅读札记》，思不群，《散文诗世界》，2019年第4期，第27—28页。

314.《庸常话语的抒情通胀和主体的泡沫化》，沈健，《诗刊》，2019年4月号下半月刊，第9—10页。

315.《于坚论之二　一份传记资料：出生的那一刻，童年经验》，霍俊明，《滇池》，2019年第4期，第134—144页、第133页。

316.《于坚日常生活诗学建构的四个关键词》，刘书景、冷南羲，《海南师范大学学报》（社会科学版），2019年第2期，第51—58页。

317.《于历史深处为心灵赋形——评赵晓梦长诗〈钓鱼城〉》，李明泉、吕嘉成，《星星·诗歌理论》，2019年4月中旬刊，第50—56页。

318.《在零度之下剔一条晶莹诗路——蓝晓的诗集〈冰山在上〉

赏析》，何泽富，《草地》，2019 年第 2 期，第 74—76 页。

319.《在人类根源处写作——评吉狄马加诗集〈从雪豹到马雅可夫斯基〉》，弗莱迪·纳涅兹，《星星·诗歌理论》，2019 年 4 月中旬刊，第 41—51 页。

320.《中国新诗的历史源流、发展态势与诗学反思》，杨四平，《中国文艺评论》，2019 年第 4 期，第 27—37 页。

321.《中国新诗评估范式的建构与践行——兼与方长安先生商榷》，洪迪，《台州学院学报》，2019 年第 2 期，第 42—49 页。

322.《周瘦鹃白话诗“本事”及其与五四新文学的“对话”——从〈十七妙年华〉谈起》，张向东、张婧，《现代中文学刊》，2019 年第 2 期，第 60—70 页。

323.《作为语词的意象：以西渡系列海洋诗为例》，胡苏珍，《文艺争鸣》，2019 年第 4 期，第 136—142 页。

五月

324.《“比永远多一秒”：智性抒情的诗性专列——汪剑钊诗歌印象》，沈健，《诗歌月刊》，2019 年第 5 期，第 35—37 页。

325.《“亮点”与“盲区”：我看 21 世纪新诗》，罗振亚，《诗林》，2019 年第 3 期，第 10—12 页、第 2 页。

326.《“盘峰诗会”与叙述中的“90 年代诗歌”》，王士强，《天津社会科学》，2019 年第 5 期，第 135—139 页。

327.《“情人诗学”的确立与“地域景观”的延展——评雁西诗集〈致大海〉》，孙晓娅、朱瑜，《当代作家评论》，2019 年第 3 期，第 166—172 页。

328.《“诗歌与公共性”三人谈》，李壮语，《福建文学》，2019 年第 5 期，第 136 页。

329.《“头条”诗人的诗歌风景——以〈诗歌月刊〉为例的考察》，耿占春、高春林，《诗歌月刊》，2019 年第 5 期，第 69—72 页。

330.《“新诗”的时代介入与文化担当》，王光明，《中国文艺评论》，2019 年第 5 期，第 4—9 页。

331.《〈再别康桥〉中伤感情调的审美价值》，刘娟，《北方文学》，2019 年第 15 期，第 34 页。

332.《艾青〈我爱这土地〉诗歌赏析》，古丽尼格尔·居马，《青年文学家》，2019 年第 14 期，第 22 页。

333.《爱与美——艾青诗歌的主题与意象》，张笛声，《北方文学》，2019 年第 15 期，第 31 页、第 33 页。

334.《悲慨　情赍　性灵——读包临轩诗歌》，李犁，《诗林》，2019 年第 3 期，第 92—94 页。

335.《布衣驰骛，时哉时哉——读李斯之一》，黄德海，《山花》，2019 年第 5 期，第 74—82 页。

336.《从〈尝试集〉到〈女神〉：两个不同的新诗传统——兼论有关新诗的起点和奠基问题》，姜玉琴，《鲁迅研究月刊》，2019 年第 5 期，第 45—53 页、第 58 页。

337.《从诗的各个入口进入或向各个方向敞开——论吉狄马加》，向云驹，《凉山文学》，2019 年第 3 期，第 120—133 页。

338.《从与诗无关到超验精神与无穷尽》，赵依，《星星·诗歌理论》，2019 年 5 月中旬刊，第 109—111 页。

339.《当代诗歌"刺点"及"刺点诗"的价值及可能》，董迎春，《当代作家评论》，2019 年第 3 期，第 173—179 页。

340.《当代新诗发展的现状与前景——以四川新诗群体为例》，何光顺，《中国文艺评论》，2019 年第 5 期，第 10—18 页。

341.《独语与对话》，胡亮，《诗刊》，2019 年 5 月号上半月刊，第 50—51 页。

342.《反词·开耳·形态　谈诗歌的记忆与形式》，欧阳江河，《上海文化》，2019 年第 5 期，第 54—58 页。

343.《反思新诗史上的命名现象》，张桃洲，《文艺争鸣》，2019 年第 5 期，第 1—3 页。

344.《个人意识和中年困惑的突围——从王妃诗集〈我们不说爱已经很久了〉谈中年女性的思考》，风荷，《星星·诗歌理论》，2019 年 5 月中旬刊，第 68—76 页。

345.《个体化的公共性——现时代诗歌应有的一种向度》，王士强，《福建文学》，2019 年第 5 期，第 139—141 页。

346.《共鸣与变奏——诗人通信与朦胧诗的发生》，曾念长，《创作评谭》，2019 年第 3 期，第 27—29 页。

347.《广东诗歌的时代回应》，王燕子，《粤海风》，2019 年第 3

期，第87—89页。

348.《海子诗歌中的黎明意象》，杨希子，《青年文学家》，2019年第14期，第24—25页。

349.《后现代城市主义的忧虑与不安——读金指尖的〈苍阔·城市阴角线〉（组诗）》，雪峰，《星星·诗歌理论》，2019年5月中旬刊，第60—67页。

350.《疾病、疯狂、青春、死亡：作为精神现象学的海子诗歌》，张清华，《文艺争鸣》，2019年第5期，第137—146页。

351.《纪念地诗歌的空间与陷阱　一种诗歌类型批判》，刘火，《上海文化》，2019年第5期，第31—36页。

352.《就诗歌形式问题答庄晓明先生》，丁鲁，《文学自由谈》，2019年第3期，第119—123页。

353.《旷野之狼：纪弦的浪荡生命与荒唐诗歌》，郭枫，《当代作家评论》，2019年第3期，第57—68页。

354.《漫游者的城市地理学：读尹祺圣的组诗〈南宁笔记〉》，卢桢，《广西文学》，2019年第5期，第81页。

355.《毛泽东诗词与当代诗歌道路》，贺桂梅，《诗刊》，2019年5月号上半月刊，第52—60页。

356.《弥漫在诗歌中的旧诗情调和散文气息》，张光昕，《诗刊》，2019年5月号下半月刊，第10—11页。

357.《南开诗人郭士浩——寻诗之旅（五）》，刘福春，《新文学史料》，2019年第2期，第29—33页。

358.《朴素的气度和力量》，陈朴，《诗林》，2019年第3期，第17页。

359.《浅议新诗教学内容的确定与学习活动的生成——以〈悬崖边的树〉为例》，孙小羽，《中学语文》，2019年第15期，第6—7页。

360.《嵌入与疏离——林莽诗歌创作理念与路径研究》，孙晓娅，《当代文坛》，2019年第3期，第114—121页。

361.《轻躁的开端——“新诗百年”驳论》，顾星环，《当代作家评论》，2019年第3期，第12—17页。

362.《让新诗成为“文章”：罗振亚诗学研究读札》，陈爱中，《诗林》，2019年第3期，第13—14页。

363.《人类生存环境的诗性关切——读龚学敏组诗〈动物集〉》，

曹纪祖，《扬子江诗刊》，2019 年第 3 期，第 10—12 页。

364.《诗参与了世界的诞生——诗学笔记选》，西渡，《文艺争鸣》，2019 年第 5 期，第 147—152 页。

365.《诗歌未来的河流》，铁舞，《文学自由谈》，2019 年第 3 期，第 109—118 页。

366.《诗歌之血与美学形态及艺术手法》，南鸥，《星星·诗歌理论》，2019 年 5 月中旬刊，第 103—108 页。

367.《诗人读诗》，雪克，《诗潮》，2019 年第 5 期，第 138—139 页。

368.《施施然为自己的缪斯建立了个人“面部表情”》，李浩，《诗林》，2019 年第 3 期，第 64 页。

369.《时间的诗学——论梁平诗歌》，程继龙，《当代文坛》，2019 年第 3 期，第 122—126 页。

370.《树桩上的雪——读刘向东诗作〈沉默集〉》，王之峰、王克金，《星星·诗歌理论》，2019 年 5 月中旬刊，第 50—59 页。

371.《俗世生存中的金石之声——宁延达诗歌阅读印象》，辛泊平，《诗选刊》，2019 年第 5 期，第 16—18 页。

372.《蛙皮的湿润，缘于海水——伤水：人与诗》，王自亮，《江南诗》，2019 年第 3 期，第 101—106 页。

373.《汪国真诗歌的文学史地位与学院派批评的使命与职责》，寇鹏程，《福建论坛》（人文社会科学版），2019 年第 5 期，第 125—133 页。

374.《汪国真诗歌的文学史地位与学院派批评的使命与职责》，寇鹏程，《福建论坛》（人文社会科学版），2019 年第 5 期，第 125—133 页。

375.《王小妮的边缘写作姿态》，曹转莹，《当代文坛》，2019 年第 3 期，第 131—135 页。

376.《微信媒介对汉语新诗狂欢化的影响》，潘桂林，《当代作家评论》，2019 年第 3 期，第 34—40 页。

377.《我就是我自己——翟永明〈独白〉中的反凝视建构》，田晨，《星星·诗歌理论》，2019 年 5 月中旬刊，第 30—34 页。

378.《无可奈何与力：顾随诗学观念探析》，冯强，《江南诗》，2019 年第 3 期，第 107—111 页。

379.《现代文明语境下的田园诗——谷柴诗歌读后》，褚兢，《创作评谭》，2019 年第 3 期，第 55—58 页。

380.《校园期刊与新诗文体的建构——以〈新潮〉与〈清华周刊〉为例》，王雪松，《中国高校社会科学》，2019 年第 3 期，第 121—132 页、第 160 页。

381.《新名词、科学思维与白话新诗——以〈天狗〉为中心论郭沫若的白话诗学》，文贵良，《南方文坛》，2019 年第 3 期，第 15—20 页、第 30 页。

382.《新诗与新媒体：有关现代汉语诗歌的公共传播》，李壮，《福建文学》，2019 年第 5 期，第 141—144 页。

383.《新时代诗歌：尝试精神的再出发》，刘奎，《诗刊》，2019 年 5 月号下半月刊，第 63—67 页。

384.《新时代中国新诗再出发》，郭勇，《星星 · 诗歌理论》，2019 年 5 月中旬刊，第 5—16 页。

385.《虚无与救赎——评哨兵诗集〈蓑羽鹤〉》，钱刚，《当代文坛》，2019 年第 3 期，第 127—130 页。

386.《杨河山的诗与哈尔滨写作》，冬九，《诗林》，2019 年第 3 期，第 8—9 页。

387.《一个理想主义者的孤独心灵史——赵思运口语诗歌论》，韩敬源，《名作欣赏》评论版，2019 年 5 月，第 13—15 页。

388.《一个人的诗歌史——论彭金山先生的诗歌创作》，张雨，《兰州文理学院学报》（社会科学版），2019 年第 3 期，第 27—33 页。

389.《倚徙于“绝域”与“霓虹”之间——阎安诗疆寻“美”》，董晓可，《星星 · 诗歌理论》，2019 年 5 月中旬刊，第 40—49 页。

390.《余光中：李白的嫡系传人——读余光中咏李白诗四首（一）》，李元洛，《名作欣赏》，2019 年第 5 期，第 74—80 页。

391.《与 AI 的角力——一份诗学和思想实验的提纲》，杨庆祥，《南方文坛》，2019 年第 3 期，第 21—24 页。

392.《与时代同行的诗人》，师力斌，《诗刊》，2019 年 5 月号上半月刊，第 4 页。

393.《在传统与现代的罅隙中逶迤而行——江西近年来新诗创作态势和美学特征概述》，熊国太，《创作评谭》，2019 年第 3 期，第 55—58 页。

394.《在观看与倾听中寻求平衡》，万冲，《诗刊》，2019 年 5 月号下半月刊，第8—10页。

395.《在黑夜中绽放生命之光——论〈女人〉组诗中的时间意识与性别书写》，段红炜，《北方文学》，2019年第15期，第26—27页。

396.《在黄土高原点亮现代诗歌的审美精神之灯——论彭金山与“陇东诗派”》，李建荣，《兰州文理学院学报》（社会科学版），2019年第3期，第19—26页。

397.《在苦难中孤寂地吟唱——海子诗〈九月〉赏析》，高运荣，《名作欣赏》评论版，2019年5月，第150—151页。

398.《赵思运诗歌的三副面孔》，刘圣鹏、彭一家，《名作欣赏》评论版，2019年5月，第16—17页、第52页。

399.《真情和道义——郭新民诗集〈一棵树高站着〉解读》，王立世，《黄河》，2019年第3期，第97—100页。

六月

400.《“白日梦”与诗歌的意象——谈谈新诗创作之一》，席云舒，《名作欣赏》，2019年6月，第101—106页。

401.《“不惑之年需要一座森林”——诗人北塔先生访谈（上）》，胡晓莉，《名作欣赏》，2019年6月，第76—80页。

402.《“节奏”考：生命科学、文明危机与阶级政治中的诗歌与身体》，康凌，《现代中文学刊》，2019年第3期，第19—29页。

403.《“你现在比月亮还遥远”——夸西莫多〈现在天已破晓〉赏析》，钱晓国，《中学语文》，2019年第17期，第16—17页。

404.《“你一直与诗相依为命”——读张洪波组诗〈它们从一颗心走过来〉》，宗仁发，《文学港》，2019年第6期，第149—152页。

405.《“人民性”“主体性”问题的辩证思考》，李少君，《诗选刊》，2019年第6期，第49—52页。

406.《“诗歌事件化”作为传播策略——论新媒体时代的“诗歌事件化”现象及其反思》，罗小凤，《福建论坛》（人文社会科学版），2019年第6期，第147—155页。

407.《“她的话充满新鲜的歧义”》，荣光启，《诗刊》，2019年6月号上半月刊，第46—47页。

408.《“温水”写作的迷惑和危险》，左存文，《诗刊》，2019年6

月号下半月刊，第9—11页。

409.《“先锋诗歌”的历史探源——兼论1980年代以来的先锋诗歌批评》，张立群，《中国诗歌》，2019年第3期，第92—113页。

410.《“现代汉诗”：作为新的美学典范》，翟月琴、奚密，《世界华文文学论坛》，2019年第3期，第32—36页。

411.《“现代汉诗”的概念及其文化政治——从奚密的诗歌批评实践出发》，刘奎，《世界华文文学论坛》，2019年第3期，第37—41页。

412.《1920年代文学史著作中的“西洋体诗”入史论》，郑艳明，《现代中文学刊》，2019年第3期，第37—40页。

413.《阿来诗歌的意义——读〈阿来的诗〉》，陈思广，《阿来研究》，2019年第1期，第21—22页。

414.《把铁疙瘩搬出诗意的人——第广龙印象记》，李建学，《星星·散文诗》，2019年6月下旬刊，第32—33页。

415.《边缘、常态与先锋诗歌的审美可能性》，刘波，《长江文艺评论》，2019年第3期，第18—26页、第4页。

416.《不止于诗，不止于此——以扎西才让〈诗边札记：在甘南〉为例》，张莹，《阿来研究》，2019年第1期，第115—120页。

417.《曹大臣诗歌的日常语言与现象世界》，赵东，《诗歌月刊》，2019年第6期，第18—20页。

418.《朝向历史的努力——论郑小琼诗歌》，程继龙，《中国诗歌》，2019年第3期，第139—152页。

419.《陈敬容：“让所有的虚饰层层剥落”》，雪川，《散文诗世界》，2019年第6期，第121—128页。

420.《从边缘出发：范式转换与视野重构——反思1990年代以后的新诗研究》，张桃洲，《中国诗歌》，2019年第3期，第181-200页。

421.《从淤泥中抖落出来的诗——简评梁尔源诗歌》，草树，《诗歌月刊》，2019年第6期，第36—37页。

422.《促动新诗发展的多元力量探析》，杨凡，《阴山学刊》，2019年第3期，第44—47页。

423.《村庄·土地·大地·原乡：海子诗歌的基本母题与美学根基》，张清华，《文艺争鸣》，2019年第6期，第145—155页。

424.《当诗人还小的时候——孩子盘惠祎诗作读后》，冯艳冰，《广西文学》，2019年第6期，第72页。

425.《对倾听的演奏——读欧阳江河〈一夜肖邦〉》，一行，《星星·诗歌理论》，2019年6月中旬刊，第30—34页。

426.《对自然诗意细小丰盈的及物呈现》，沈健，《星星·散文诗》，2019年6月下旬刊，第29—31页。

427.《废名新诗思想初探》，刘文奇，《青年文学家》，2019年第17期，第61页。

428.《感伤的博物学家：中年特质与回忆诗学》，王年军，《诗刊》，2019年6月号下半月刊，第7—9页。

429.《高原雄鹿，或一株化归于北土的金橘——试述昌耀诗歌中的乡愁情结》，翟兴娥，《中国诗歌》，2019年第3期，第166—180页。

430.《龚学敏论——龚学敏诗歌的山水气象、情韵及内在之美》，赖廷阶，《诗潮》，2019年第6期，第119—124页。

431.《孤独灵魂的吟唱——浅析周兴诗集〈在你的手掌漂泊〉》，陈晓莉，《北方文学》，2019年第17期，第29—30页。

432.《关于严彬：贪吃蛇在球场抢断生活》，刘汀，《西湖》，2019年第6期，第89—90页。

433.《关于中国新诗诗体建设的几个问题——与叶橹先生共同探讨》，乔延凤，《中国诗歌》，2019年第3期，第298—312页。

434.《广袤大地才是诗歌最坚实的土壤》，张鑫，《诗刊》，2019年6月号上半月刊，第48—50页。

435.《海洋诗歌：一种新的美学建构》，吴辰，《诗刊》，2019年6月号上半月刊，第54—57页。

436.《海子的诗：多维家园情结中透射的生态意识》，曾道荣，《龙岩学院学报》，2019年第3期，第62—65页、第75页。

437.《行吟之歌——王侃诗论》，鲁雪莉，《扬子江评论》，2019年第3期，第88—91页。

438.《回归诗性　提升诗歌教学的适切性》，万建平，《中学语文》，2019年第18期，第70—71页。

439.《火与眼泪——读铁梅的诗》，耿占春，《星星·诗歌理论》，2019年6月中旬刊，第73—81页。

440.《价值追问与新世纪诗歌的尊严美学》，刘波，《中国诗歌》，2019年第3期，第215—230页。

441.《坚实：绽开的美丽——读〈百年女性散文诗选〉》，秦兆基，《诗潮》，2019 年第 6 期，第 108—110 页。

442.《教育视域下的郭沫若早期诗歌创作》，陶永莉、谭梅，《郭沫若学刊》，2019 年第 2 期，第 60—63 页。

443.《精神和现实的敌对状况产生诗》，巢贞，《散文诗世界》，2019 年第 6 期，第 100 页。

444.《精致的诗、“轻”之美与审美现代性的追求——柏桦诗歌的诗学、社会学讨论》，李商雨，《现代中国文化与文学》，2019 年第 28 辑，第 250—260 页。

445.《空间重构与五四新诗的发生》，陈琳，《现代中文学刊》，2019 年第 3 期，第 30—36 页。

446.《浪漫如何介入历史：抗战初期郭沫若的抒情诗学与情感政治》，刘奎，《中国现代文学研究丛刊》，2019 年第 6 期，第 118—140 页。

447.《雷平阳诗集〈云南记〉的创作研究》，孙微微，《昭通学院学报》，2019 年第 3 期，第 25—29 页、第 33 页。

448.《历史感、地域感与现实感——余光中先生访谈实录》，李睿、余光中，《世界华文文学论坛》，2019 年第 3 期，第 101—106 页。

449.《论鲁迅〈野草〉的现代主义风格——以张枣的研究为中心》，杨富波，《文艺争鸣》，2019 年第 6 期，第 61—69 页。

450.《论麦芒诗歌中的“风景”》，刘兰慧、张丽军，《昭通学院学报》，2019 年第 3 期，第 30—33 页。

451.《论穆旦晚年诗歌之“奇”与“中和”》，杨慧莹，《北方文学》，2019 年第 18 期，第 6—7 页、第 12 页。

452.《论桑恒昌的怀亲诗》，张桃洲，《中国诗歌》，2019 年第 3 期，第 181—200 页。

453.《论山鸿“落叶诗”》，毕耕，《星星·诗歌理论》，2019 年 6 月中旬刊，第 64—72 页。

454.《论新世纪散文诗的创作困境及其突围》，张光芒、董卉川，《中国诗歌》，2019 年第 3 期，第 34—48 页。

455.《论中国现代诗歌中的乡土想像》，钱韧韧，《华侨大学学报》（哲学社会科学版），2019 年第 3 期，第 114—125 页。

456.《罗念生早期诗歌中的“他者”》，邹建军、黄惠，《现代中文学刊》，2019 年第 3 期，第 49—54 页。

457.《朦胧诗的文学史归位及其意义》，吴投文，《中国诗歌》，2019 年第 3 期，第 77—91 页。

458.《民间歌谣资源对当代诗歌的建构作用》，李皓，《中国诗歌》，2019 年第 3 期，第 260—273 页。

459.《木屑覆盖空旷的中年——霍俊明〈燕山林场〉赏析》，李汉超，《中学语文》，2019 年第 17 期，第 18—19 页。

460.《穆旦的“爱情”与爱情诗的写作——从新见穆旦与曾淑昭的材料说起》，易彬，《现代中文学刊》，2019 年第 3 期，第 41—48 页。

461.《宁静之心、直觉智慧与容纳世界的无限意识——李少君诗集〈海天集〉读记》，谢君，《星星·诗歌理论》，2019 年 6 月中旬刊，第 40—47 页。

462.《叛逆之必要》，奚密，《世界华文文学论坛》，2019 年第 3 期，第 29—31 页。

463.《浅论宁夏诗歌的地域书写》，瓦楞草，《星星·诗歌理论》，2019 年 6 月中旬刊，第 83—90 页。

464.《浅谈诗歌对培养学生综合能力的作用》，陈慧玲，《中学语文》，2019 年第 18 期，第 31—32 页。

465.《墙绘者，画梦者——为王蕾诗集〈墙绘者说〉写几句话》，袁志坚，《文学港》，2019 年第 6 期，第 153—155 页。

466.《情境的现代性转化》，李少君，《中国诗歌》，2019 年第 3 期，第 1—10 页。

467.《擅为机变之巧，艺术多妻主义者——余光中论》，郭枫，《世界华文文学论坛》，2019 年第 3 期，第 5—24 页。

468.《生命觉知论：当代诗歌形式批评理论研究》，李志艳，《中国诗歌》，2019 年第 3 期，第 201—214 页。

469.《生态视域下的王性初诗歌创作》，古大勇、杨浩，《世界华文文学论坛》，2019 年第 3 期，第 69—75 页。

470.《诗歌的直径和重量——关于新时代诗歌的现实性书写》，范剑鸣，《星星·诗歌理论》，2019 年 6 月中旬刊，第 5—15 页。

471.《诗歌生态美学的理论呈现——读〈倮伍拉且诗歌创作的生态美学〉》，杨荣昌，《阿来研究》，2019 年第 1 期，第 222—225 页。

472.《诗人的“手艺”——一个当代诗学观念的谱系》，张桃洲，《文学评论》，2019 年第 3 期，第 178—188 页。

473.《诗人汤养宗的时间魔法》，韦文语，《星星·诗歌理论》，2019 年 6 月中旬刊，第 25—28 页。

474.《诗心与时代共振》，王太贵，《诗刊》，2019 年 6 月号上半月刊，第 51—53 页。

475.《天地间的那一片白——读张慧谋的诗》，温远辉，《星星·诗歌理论》，2019 年 6 月中旬刊，第 56—63 页。

476.《通往精神故乡的门——评扎西才让的诗集〈七扇门〉》，赵丽，《阿来研究》，2019 年第 1 期，第 108—114 页。

477.《万家灯火——阅读我的朋友刘汀》，严彬，《西湖》，2019 年第 6 期，第 91—93 页。

478.《闻君能有几多愁——序文君诗集〈月映青城〉》，王国平，《草原》，2019 年第 3 期，第 78—80 页。

479.《我的诗歌进阶史》，吴辰，《散文诗世界》，2019 年第 6 期，第 104 页。

480.《吴奔星的“民国诗”观以及实践》，吴心海，《现代中文学刊》，2019 年第 3 期，第 54—58 页。

481.《物禁太盛，税驾何处——读李斯之二》，黄德海，《山花》，2019 年第 6 期，第 87—97 页。

482.《西南联大诗人群史料钩沉片论》，邓招华，《现代中文学刊》，2019 年第 3 期，第 59—66 页、100 页。

483.《现代“意义”的建构与变迁——对朱自清诗学的一种理解》，颜炼军，《文艺争鸣》，2019 年第 6 期，第 156—160 页。

484.《向“道”之心——论冯强的新诗批评》，刘巨文，《贺州学院学报》，2019 年第 2 期，第 41—44 页。

485.《新媒体时代当代诗歌的生存与问题》，覃莉，《中国诗歌》，2019 年第 3 期，第 248—259 页。

486.《新诗经验的当代性：结构思维和虚—待意向》，冯强，《贺州学院学报》，2019 年第 2 期，第 28—36 页。

487.《新诗选本、诗歌传播与当代“选学”》，邹建军，《中国诗歌》，2019 年第 3 期，第 274—297 页。

488.《新时代诗歌之我见》，祝立根，《诗刊》，2019 年 6 月号上半月刊，第 57—59 页。

489.《徐志摩诗歌独特的空灵意境美分析》，保徐都，《北方文学》，2019 年第 18 期，第 24 页、第 26 页。

490.《杨绛与诗的交集、纠结及态度》，于慈江，《文学评论》，2019 年第 3 期，第 168—177 页。

491.《一个诗人灵魂的“关键词”》，吴作歆，《作品》，2019 年第 6 期，第 148 页。

492.《以孤绝和谦卑向诗歌高峰攀登的践行者——忆诗人昌耀》，郭毅，《星星・诗歌理论》，2019 年 6 月中旬刊，第 106—111 页。

493.《艺术的极限，人的极限》，黑陶，《诗刊》，2019 年 6 月号下半月刊，第 66—68 页。

494.《引领诗歌潮流，借助诗作再发力——2018 年中国的诗歌评论》，涂慧琴，《中国诗歌》，2019 年第 3 期，第 231—247 页。

495.《用火焰之笔涂写灵魂——评李见心散文诗集〈独角兽〉》，张翠，《诗潮》，2019 年第 6 期，第 110—112 页。

496.《有关地域和民族的诗意表达——读扎西才让的诗及散文诗》，栗军，《阿来研究》，2019 年第 1 期，第 91—97 页。

497.《于坚论之三尚义街六号的黄房子》，霍俊明，《滇池》，2019 年第 6 期，第 137—144 页。

498.《余光中：李白的嫡系传人——读余光中咏李白诗四首（二）》，李元洛，《名作欣赏》，2019 年第 6 期，第 90—96 页。

499.《语言之维与现代探索——盘妙彬诗歌浅论》，叶亮梅、董迎春，《星星・诗歌理论》，2019 年 6 月中旬刊，第 48—55 页。

500.《在个人与语言之间——论“九十年代诗歌”的“叙事性”问题》，娄燕京，《扬子江评论》，2019 年第 3 期，第 29—36 页。

501.《哲学意识与自由游戏——重论新诗潮》，方文竹，《中国诗歌》，2019 年第 3 期，第 114—138 页。

502.《只写自己的诗——读韩宗宝的〈一个人的苍茫〉》，叶橹，《百家评论》，2019 年第 3 期，第 20—22 页。

503.《中国现代文学史上的首次新诗评选及其意义》，郭勇，《现代中文学刊》，2019 年第 3 期，第 67—71 页。

504.《重读北岛作品〈一切〉》，李开芬，《青年文学家》，2019 年第 17 期，第 24—25 页。

505.《字的魔方：论张枣诗歌的韵律节奏与智性抒情——以结构助词“之”为中心》，周俊锋，《文学评论》，2019 年第 3 期，第 189—196 页。

七月

506.《“不惑之年需要一座森林”——诗人北塔先生访谈（下）》，胡晓莉，《名作欣赏》，2019年7月，第89—91页。

507.《“采薇阁”外也论诗——朱英诞的迷盲与现代派诗的问题》，解志熙，《文艺争鸣》，2019年第7期，第123—142页。

508.《“屠龙术”之众声喧哗——胡亮诗学之路的“一与多”》，刘朝谦，《诗探索·理论卷》，2019年第2辑，第125—134页。

509.《“我”与“我们”的辩证法——论穆旦诗歌的人称结构与主体意识》，娄燕京，《中国文学研究》，2019年第3期，第127—136页。

510.《“忆江南”或记忆的诗学——读石人诗歌札记》，耿占春，《江南诗》，2019年第4期，第102—108页。

511.《“自己的历史问题在重新审查中”——坊间新见穆旦交待材料评述》，易彬，《南方文坛》，2019年第4期，第150—162页。

512.《〈游击歌〉的两个版本》，绡红，《诗探索·理论卷》，2019年第2辑，第162—166页。

513.《悲歌一曲为小弱》，赵金钟，《诗刊》，2019年7月号上半月刊，第54—55页。

514.《昌耀诗歌的“声音”与新诗节奏之本质》，李章斌，《文艺研究》，2019年第7期，第80—92页。

515.《尝试写出更艰难的事物——读戴小栋长诗〈在累累果实与迟暮秋风之间〉》，路也，《诗探索·理论卷》，2019年第2辑，第136—144页。

516.《朝向民主文化的诗与批评——袁可嘉“新诗现代化”的政治意识》，王东东，《文艺争鸣》，2019年第7期，第173—177页。

517.《沉静的诗情——读杨四平的诗》，高健，《诗林》，2019年第4期，第23页。

518.《传统与实验：卞之琳和冯至的客观化技巧》，张枣著，亚思明译，《文艺研究》，2019年第7期，第68—79页。

519.《从“白话诗”到“新诗”》，王光明，《诗探索·理论卷》，2019年第2辑，第21—31页。

520.《从“别立新宗”到“百年和解”——新诗百年反思兼谈汉语诗歌之“大传统”与“小传统”》，沈奇，《诗探索·理论卷》，2019年第2辑，第2—20页。

521.《从过去看发光的未来》，田凌云，《诗探索·作品卷》，2019年第2辑，第67—73页。

522.《从诗的各个入口进入或向各个方向敞开——论吉狄马加》，向云驹，《南方文坛》，2019年第4期，第135—144页。

523.《从忐忑不宁到心无挂碍——“当代”语境中诗人穆旦的心态与创作》，王士强，《文艺研究》，2019年第7期，第93—102页。

524.《大海的修辞，或自然诗的双引擎　读蒋浩的〈诗·沙滩上〉》，一行，《上海文化》，2019年第7期，第65—72页。

525.《单永珍诗歌中的藏地文化研究——以诗集〈篝火人间〉为例》，德吉措、吕颖，《北方文学》，2019年第20期，第33页、第35页。

526.《淡泊与真实之下的语境搭配——浅谈菊女的诗歌》，黄昌成，《星星·诗歌理论》，2019年7月中旬刊，第52—57页。

527.《当代田园诗歌的哲学思考与诗意的发现》，南鸥，《星星·诗歌理论》，2019年7月中旬刊，第106—111页。

528.《堆出我深切的怀念——王单单〈堆父亲〉赏析》，李汉超，《中学语文》，2019年第20期，第15—16页。

529.《对诗歌抒情传统的四个追问》，胡大雷，《南方文坛》，2019年第4期，第75—79页、第85页。

530.《反差的深度与现实的情怀——评祝立根短诗〈回乡偶书，悲黑发〉》，程继龙，《诗探索·理论卷》，2019年第2辑，第76—77页。

531.《反思“日常性”和“我”宫白云的诗》，路云，《上海文化》，2019年第7期，第73—76页。

532.《分担万物的命运（评论）——评王建民的诗》，马永波，《青海湖》，2019年第7期，第21—26页。

533.《拂世磨俗，立其所欲——读李斯之三》，黄德海，《山花》，2019年第7期，第78—84页。

534.《歌谣与楹联：抗战时期两种不同抒情维度的亚文体》，肖百容、张宁，《中国文学研究》，2019年第3期，第147—154页。

535.《工业题材诗歌写作的误区与多种可能》，吕彦霖，《诗刊》，2019年7月号下半月刊，第11—12页。

536.《构建汉语诗歌“共时体”——关于新世纪中国诗歌一个向度的断想》，张桃洲，《诗探索·理论卷》，2019年第2辑，第32—38页。

537.《关于〈秋夜〉：有什么在悄悄地开始——〈野草〉精读之一》，彭小燕，《名作欣赏》，2019年7月，第65—68页。

538.《关于新时代诗歌创作的几点思考》，吴少东，《诗歌月刊》，2019年第7期，第74—75页。

539.《光影与时节中的流传》，宋宁刚，《诗歌月刊》，2019年第7期，第79页。

540.《贵人与诗人，犀牛和犀鸟——〈唐诗往事〉之一》，聂作平，《星星·诗歌理论》，2019年7月中旬刊，第92—99页。

541.《汉诗形式建构的文化哲学基础》，黄永健，《名作欣赏》，2019年7月，第49—52页。

542.《呼唤新工业抒情诗》，王学东，《诗刊》，2019年7月号下半月刊，第9—10页。

543.《胡亮的正手刀和反手剑》，蒋蓝，《诗探索·理论卷》，2019年第2辑，第121—124页。

544.《幻梦与生活的别裁——华清诗歌印象》，罗振亚、胡清华，《当代作家评论》，2019年第4期，第168—171页、第182页。

545.《幻象穿梭，生死诗写——柳宗宣诗歌的一面》，夏宏，《星星·诗歌理论》，2019年7月中旬刊，第29—32页。

546.《荒林诗歌：重新说出》，耿立，《诗探索·理论卷》，2019年第2辑，第90—93页。

547.《贾羽诗歌论：北方咏叹与自我否定》，许峰，《朔方》，2019年第7期，第161—164页。

548.《今天人类对自身的救赎，或许才能让这个地球变得更好——吉狄马加与马克·特里尼克对话录》，吉狄马加、马克·特里尼克，《山花》，2019年第7期，第116—130页。

549.《李洱诗学问题（上）》，敬文东，《文艺争鸣》，2019年第7期，第143—154页。

550.《理性之光烛照幸福之花——评析绿原〈幸福〉》，梅伟，

《名作欣赏》学术版，2019 年 7 月，第 150—152 页、第 163 页。

551.《历史结构、严肃性与在场——论诗学批评的另一种范式》，敬笃，《诗探索·理论卷》，2019 年第 2 辑，第 174—183 页。

552.《两个版本〈朦胧诗选〉的出版考证》，姜红伟，《当代作家评论》，2019 年第 4 期，第 172—178 页。

553.《岭南新诗发展流变中的地域性研究》，黎丹丽，《名作欣赏》，2019 年 7 月，第 147—149 页。

554.《论〈诗创作〉"抗战诗歌美学"》，张厚刚，《南方文坛》，2019 年第 4 期，第 163—169 页。

555.《论八十年代的新诗哲学诗》，雷文学，《福建师范大学学报》（哲学社会科学版），2019 年第 4 期，第 145—153 页。

556.《论海子生死观的悲剧美》，陈思宇，《青年文学家》，2019 年第 21 期，第 18—19 页。

557.《论诗歌传统的现代转化》，陈卫、陈茜，《诗探索·理论卷》，2019 年第 2 辑，第 43—54 页。

558.《论舒婷诗歌意象的艺术特征》，王凤月、吕祎雯，《北方文学》，2019 年第 20 期，第 39 页、第 41 页。

559.《论余秀华诗歌中的乡村意象》，魏文轩，《名作欣赏》，2019 年 7 月，第 57—58 页。

560.《洛夫先生——写在先生去世一周年（上）》，庄晓明，《名作欣赏》，2019 年 7 月，第 40—43 页。

561.《骆一禾致潞潞一封鲜为人知的"密信"》，姜红伟，《山西文学》，2019 年第 7 期，第 98—102 页。

562.《慢下来的光阴如此空阔——谈蒋雨含的诗》，赵卡，《星星·诗歌理论》，2019 年 7 月中旬刊，第 71—77 页。

563.《民族认同：1920—1924 年被压迫民族诗歌译介热潮》，宋剑华、路瑶，《长江学术》，2019 年第 3 期，第 66—74 页。

564.《民族志书写与民族志诗学——中国少数民族诗歌的文学人类学考察》，董迎春、覃才，《北方民族大学学报》（哲学社会科学版），2019 年第 4 期，第 135—142 页。

565.《女性诗歌的美学呼唤——荒林诗歌赏析》，郭道荣，《诗探索·理论卷》，2019 年第 2 辑，第 85—89 页。

566.《女性主义写作：拥有一间自己的屋子之后》，荒林，《诗探索·理论卷》，2019 年第 2 辑，第 94—100 页。

567.《平静诉说中浅泻而出的希望光辉——余秀华诗歌解读》，赖晓培，《名作欣赏》评论版，2019 年 7 月，第 54—56 页。

568.《浅谈宁夏“60 后”诗人的乡村诗美学》，瓦楞草，《朔方》，2019 年第 7 期，第 156—160 页。

569.《肉身化的灵魂书写——何晓坤诗歌读札》，王士强，《诗歌月刊》，2019 年第 7 期，第 9—11 页。

570.《如何做到“隔而有味”——解读冯至〈蚕马〉中的“转述”与“创作”》，张盛，《名作欣赏》评论版，2019 年 7 月，第 144—146 页。

571.《散点式的历史讲述与见证者的诗学建构——评〈现代诗：讲述与评论〉》，马春光，《诗探索·理论卷》，2019 年第 2 辑，第 168—173 页。

572.《设计“学的活动”，促成思维延拓——戴望舒〈雨巷〉深度教学探究》，赵洁，《中学语文》，2019 年第 19 期，第 58—61 页。

573.《沈天鸿现代诗歌理论及其美学建构》，金国泉，《星星·诗歌理论》，2019 年 7 月中旬刊，第 99—105 页。

574.《盛开在现实中的白玉兰——赏读熊曼的诗歌》，刘继林、高广梅，《星星·诗歌理论》，2019 年 7 月中旬刊，第 65—70 页。

575.《诗：寻求心灵的救赎》，林莽，《诗探索·作品卷》，2019 年第 2 辑，第 93—97 页。

576.《诗歌疗法与新诗研究——如何做健康优秀的人（上）》，王珂，《名作欣赏》，2019 年第 7 期，第 53—59 页。

577.《诗意瞬间与叙述干预——以陈陟云诗作为例探讨抒情诗中的时间叙述》，吴丹凤，《南方文坛》，2019 年第 4 期，第 145—149 页。

578.《时间的伦理——读吕德安〈父亲和我〉》，辛泊平，《星星·诗歌理论》，2019 年 7 月中旬刊，第 34—38 页。

579.《时事察识及其“人本”气场——谈巴雷河诗歌印象》，卢辉，《广西文学》，2019 年第 7 期，第 72 页。

580.《谈谈新诗的“境”的问题》，庄晓明，《星星·诗歌理论》，2019 年 7 月中旬刊，第 5—14 页。

581.《褪去鲜艳色彩的中年写作——王竞成近期诗歌论》，李浔，《星星·诗歌理论》，2019 年 7 月中旬刊，第 58—64 页。

582.《未名湖之梦——读荒林》，谢冕，《诗探索·理论卷》，2019年第2辑，第82—84页。

583.《我的写作是诗歌大背景中的浪花》，梁书正，《诗探索·作品卷》，2019年第2辑，第54—59页。

584.《现代气质、宽广气象与自由精神——多元共生的深圳现代主义诗歌》，赵目珍，《名作欣赏》学术版，2019年7月，第28—32页、第71页。

585.《乡愁情怀的现代书写》，肖炜，《诗刊》，2019年7月号上半月刊，第4页。

586.《新的时代感及其诗意生成》，赵目珍，《诗歌月刊》，2019年第7期，第76—77页。

587.《新时代　正能量　大诗歌——关于新时代诗歌创作浅识》，童光辉，《星星·诗歌理论》，2019年7月中旬刊，第15—18页。

588.《新时代诗歌发展的瓶颈及其出路》，杨四平，《诗林》，2019年第4期，第15—17页、第2页。

589.《新时代诗歌与中国梦写作》，杨四平，《诗歌月刊》，2019年第7期，第72—74页。

590.《新时代与90后诗歌》，张清华、臧棣等，《诗刊》，2019年7月号下半月刊，第55—68页。

591.《新时期诗歌多元化艺术探索的再审视》，吴开晋，《诗探索·理论卷》，2019年第2辑，第55—63页。

592.《新中国诗歌的七十年》，张德明，《诗刊》，2019年7月号上半月刊，第56—61页。

593.《言辞的幽潭，或坎普美学——〈壮游图〉与当代纪游诗的可能性》，朱钦运，《当代作家评论》，2019年第4期，第179—182页。

594.《一场阻断的大雾》，崔勇，《诗探索·理论卷》，2019年第2辑，第72—75页。

595.《一种关于存在的诗学——夜鱼诗歌印象》，龚锦明，《星星·诗歌理论》，2019年7月中旬刊，第78—83页。

596.《一种新娘式的批评文体学——记胡亮〈虚掩〉〈琉璃脆〉〈窥豹录〉》，杨碧薇，《诗探索·理论卷》，2019年第2辑，第112—120页。

597.《一座城的诗意纯度——序〈常春藤诗丛〉吉林大学系列》，

包临轩，《诗林》，2019 年第 4 期，第 94—96 页。

598.《应作如是观——评张天国诗集〈有话要说〉》，霍俊明，《星星·诗歌理论》，2019 年 7 月中旬刊，第 45—51 页。

599.《用烛火修补苍穹的人，他的孤独异常陡峭——王文海访谈》，师榕、王文海，《诗探索·理论卷》，2019 年第 2 辑，第 150—159 页。

600.《优质思维品格的诗意呈现》，李观鼎，《诗探索·理论卷》，2019 年第 2 辑，第 145—147 页。

601.《由幽深而敞亮——胡亮诗学写作的发生学刍议》，丁瑞根，《诗探索·理论卷》，2019 年第 2 辑，第 102—111 页。

602.《余光中：李白的嫡系传人——读余光中咏李白诗四首（三）》，李元洛，《名作欣赏》，2019 年第 7 期，第 60—64 页。

603.《语言与文化：诗歌细读的两面——以张枣〈镜中〉为中心》，王东东，《南宁师范大学学报》（哲学社会科学版），2019 年第 4 期，第 40—46 页。

604.《在经验表达中生成丰富诗意》，刘康凯，《诗歌月刊》，2019 年第 7 期，第 80 页。

605.《在抒情背后隐伏的领悟之光》，汪剑钊，《诗林》，2019 年第 4 期，第 12—14 页。

606.《张铎诗歌简评：地域迁移中的心灵守望》，王武军，《朔方》，2019 年第 7 期，第 165—168 页。

607.《长叹息以掩涕兮，哀民生之多艰——浅析祝立根的诗》，蔡丽，《诗探索·理论卷》，2019 年第 2 辑，第 66—71 页。

608.《智、力、情的互动共生——论叶延滨新世纪的诗歌创作》，罗振亚、许仁浩，《扬子江诗刊》，2019 年第 4 期，第 96—102 页。

609.《中国新诗：在接受的博弈中诞生和演进》，李怡，《诗探索·理论卷》，2019 年第 2 辑，第 39—42 页。

610.《主体性文学阅读教学思考——兼论〈雨巷〉的阅读教学实践》，殷小平，《中学语文》，2019 年第 21 期，第 13—15 页。

611.《追索诗歌本体的先锋批评与学理建构——论杨四平的诗歌批评与研究》，罗小凤，《诗林》，2019 年第 4 期，第 18—20 页。

612.《奏响灵魂的交响曲——黄灿然诗歌论》，牛艳莉，《文艺争鸣》，2019 年第 7 期，第 178—182 页。

八月

613.《“对诗歌心存敬畏”——李瑛访谈录》，孙晓娅、寇硕恒，《新文学史料》，2019 年第 3 期，第 42—48 页。

614.《“分裂”的痛苦与升华——20 世纪 40 年代读者批评视域中穆旦新诗的“颓废”哲思》，田源，《现代中国文化与文学》，2019 年第 29 辑，第 110—121 页。

615.《“民主诗学”的限度——比较视野中的“新诗现代化”》，姜涛，《首都师范大学学报》（社会科学版），2019 年第 4 期，第 129—139 页。

616.《“人间事”与“褶皱之诗”——读何晓坤诗歌近作》，许仁浩、罗振亚，《诗潮》，2019 年第 8 期，第 9—13 页。

617.《“是你们教了我鲁迅的杂文”——穆旦诗学思想与鲁迅杂文精神》，张洁宇，《首都师范大学学报》（社会科学版），2019 年第 4 期，第 120—128 页。

618.《“中西诗艺的融合”：一种新诗史叙述的生成与嬗变》，冷霜，《文学评论》，2019 年第 4 期，第 24—32 页。

619.《〈新月〉中的徐志摩佚文》，陈子善，《新文学史料》，2019 年第 3 期，第 143—146 页。

620.《百年新诗“第一首杰作”〈小河〉解》，张传敏，《现代中国文化与文学》，2019 年第 29 辑，第 204—218 页。

621.《比喻及其所带来的——读西渡〈冬日黎明〉》，王辰龙，《星星·诗歌理论》，2019 年 8 月中旬刊，第 55—60 页。

622.《变异式想象与四界混融：台湾新世代本土诗人笔下的奇幻性世界》，赵小琪，《福建论坛》（人文社会科学版），2019 年第 8 期，第 96—105 页。

623.《变异式想象与四界混融：台湾新世代本土诗人笔下的奇幻性世界》，赵小琪，《福建论坛》（人文社会科学版），2019 年第 8 期，第 96—105 页。

624.《沉湎于内心的独特言说——林懋予诗歌谈片》，庄伟杰，《星星·诗歌理论》，2019 年 8 月中旬刊，第 64—69 页。

625.《城郊、厂区：“罗家生”与日常“史诗”评论》，霍俊明，

《滇池》，2019 年第 8 期，第 188—200 页。

626.《城市诗及城市诗学研究设想》，许道军，《诗歌月刊》，2019 年第 8 期，第 77—79 页。

627.《此心安处是吾乡——浅读杨素筠〈原乡〉》，周正，《草原》，2019 年第 4 期，第 77—79 页。

628.《从绝望走出的“五四”邂逅——论〈女神〉的“死亡”书写》，张益智，《宜宾学院学报》，2019 年第 8 期，第 46—54 页。

629.《电线杆上的父亲以及中国的脊梁》，马知遥，《诗刊》，2019 年 8 月号下半月刊，第 8—10 页。

630.《读写结合，开创诗歌教学新境界》，史卓霞，《中学语文》，《星星・诗歌原创》，2019 年 8 月上旬刊，第 83—84 页。

631.《个人词源，个人史诗——读潘维组诗〈童年，孝丰镇〉》，纳兰，《诗歌月刊》，2019 年第 8 期，第 47—49 页。

632.《个人主义革命话语生产的幻灭——再论蒋光慈诗歌》，郑成志，《龙岩学院学报》，2019 年第 4 期，第 74—81 页。

633.《共感的整体：郭沫若的浪漫精神及其衍异》，刘奎，《诗刊》，2019 年 8 月号上半月刊，第 51—60 页。

634.《顾城诗歌的远与近》，程一身，《扬子江评论》，2019 年第 4 期，第 75—78 页。

635.《关怀一切需要关怀的：谈周庆荣的散文诗创作》，张清华，《星星・诗歌理论》，2019 年 8 月中旬刊，第 41—49 页。

636.《郭沫若新诗的诗体探求》，骆寒超，《东方论坛》，2019 年第 4 期，第 32—47 页、第 129 页。

637.《汉语新诗的“百年滋味”——以来自旧体诗词的责难为讨论背景》，朱钦运，《中国现代文学研究丛刊》，2019 年第 8 期，第 222—232 页。

638.《假面以歌：傀儡诗的戏剧情境——以杨炼、车前子和于坚的诗为例》，翟月琴，《扬子江评论》，2019 年第 4 期，第 79—86 页。

639.《解读〈致橡树〉中的女性意识》，王泽正，《北方文学》，2019 年第 24 期，第 34 页。

640.《抗争与治愈——基于汉字互文性的精神生发与生命演绎》，师飞，《散文诗》，2019 年第 15 期，第 12—15 页。

641.《李洱诗学问题（中）》，敬文东，《文艺争鸣》，2019 年第 8

期，第90—108页。

642.《论〈射虎者及其家族〉的“写作”困境》，段从学，《首都师范大学学报》（社会科学版），2019年第4期，第140—149页。

643.《论林徽因抗战时期诗歌创作》，葛月，《北方文学》，2019年第24期，第28—29页。

644.《论覃子豪海洋诗主题的“回归”叙事》，沈玲，《现代中国文化与文学》，2019年第29辑，第317—327页。

645.《朦胧诗的经典化历程研究》，王志刚，《青年文学家》，2019年第24期，第48—49页。

646.《弥合城市与诗歌之间的隔膜》，李鲁平，《长江文艺评论》，2019年第4期，第112—115页。

647.《民间性的建构与诗人的民间立场——以谢克强诗集〈巴山情歌〉为例》，邹建军，《星星·诗歌理论》，2019年8月中旬刊，第58—63页。

648.《穆旦的PTSD与诗歌疗救——从〈阻滞的路〉到〈森林之魅〉》，薛媛元，《现代中国文化与文学》，2019年第29辑，第122—134页。

649.《穆旦诗歌在港台地区的传播与影响研究》，栾慧，《现代中国文化与文学》，2019年第29辑，第90—102页。

650.《让我们好好使用春风——灯灯〈多少春风尚未使用〉赏析》，李汉超，《中学语文》，2019年第23期，第15—16页。

651.《诗歌疗法与新诗研究——如何做健康优秀的人（中）》，王珂，《名作欣赏》，2019年第8期，第62—69页。

652.《诗歌意象解读教学反思——以〈雨巷〉教学为例》，孔宪锋，《中学语文》，2019年第24期，第11—12页。

653.《诗歌主体意识与意识本体的箱叠式表达原理——评涂拥组诗〈喊一声：父亲〉》，徐澂，《星星·诗歌理论》，2019年8月中旬刊，第78—84页。

654.《诗人读诗》，林忠成，《诗潮》，2019年第8期，第121—125页。

655.《诗有法，意有度》，冯雷，《诗刊》，2019年8月号下半月刊，第10—11页。

656.《诗之语言如何通达生活——读韩东〈爸爸在天上看我〉》，

林雪婷，《星星·诗歌理论》，2019 年 8 月中旬刊，第 40—43 页。

657.《守正出新：新时代诗歌之变》，麦笛，《星星·诗歌理论》，2019 年 8 月中旬刊，第 16—20 页。

658.《我所知道的穆木天》，楚泽涵，《新文学史料》，2019 年第 3 期，第 54—59 页。

659.《写作者的位置与视线》，魏天无，《诗刊》，2019 年 8 月号上半月刊，第 49—50 页。

660.《新诗语言的两种特质——谈谈新诗创作之三》，席云舒，《名作欣赏》，《星星·诗歌原创》，2019 年 8 月上旬刊，第 119—124 页。

661.《新时代语境下“现实”如何“诗歌”》，邱志武，《星星·诗歌理论》，2019 年 8 月中旬刊，第 5—15 页。

662.《新世纪 90 后诗歌的地域开发与现代意识建构——思小云论》，董迎春、古昊鑫，《南京理工大学学报》（社会科学版），2019 年第 4 期，第 9—15 页。

663.《形式、生命与他者：读臧棣近作》，一行，《星星·诗歌理论》，2019 年 8 月中旬刊，第 33—38 页。

664.《以非诗人的身份与诗人对话——学院诗人陈建军及其诗论》，邹建军，《黄冈师范学院学报》，2019 年第 4 期，第 41—45 页、第 116 页。

665.《袁可嘉的现代主义文学研究和诗歌批评》，王宁，《浙江社会科学》，2019 年第 8 期，第 128—135 页、第 159—160 页。

666.《在“独语”与“对话”之间——论马雁的诗》，李娜，《星星·诗歌理论》，2019 年 8 月中旬刊，第 70—77 页。

667.《在矛盾中的自我追寻——鲁迅散文诗〈秋夜〉重读》，卢军、张博，《名作欣赏》学术版，2019 年 8 月，第 21—23 页。

668.《在诗歌之外：阅读、沉思与飞翔的语言——〈大道与别径〉作者、诗人郭建强访谈录》，詹斌、郭建强，《青海湖》，2019 年第 8 期，第 111—121 页、第 110 页。

669.《在语言铺就的路上》，哑石，《星星》，《星星·诗歌原创》，2019 年 8 月上旬刊，第 48—49 页。

670.《在原乡歌唱——读散文集〈原乡〉后》，扎西措，《草原》，2019 年第 4 期，第 71—74 页。

671.《指向生活哲学的语言才能——赵琳诗歌印象》，冯雷，《广西文学》，2019 年第 8 期，第 72 页。

672.《自然与生命中最美好的遇见——由〈辽阔〉看亚楠散文诗创作》，崔国发，《星星·诗歌理论》，2019 年 8 月中旬刊，第 62—68 页。

673.《宗经与诗教：源初遗忘与隐喻叙事——现代诗人王长征及其诗论》，江雪，《黄冈师范学院学报》，2019 年第 4 期，第 32—40 页。

674.《最好不相见，便可不相恋——读刘萱〈西藏三章〉》，吕进，《星星·诗歌理论》，2019 年 8 月中旬刊，第 50—57 页。

九月

675.《“70 后”诗歌与时代的对话——兼论以年龄划分代际的合法性》，余文翰，《长沙理工大学学报》（社会科学版），2019 年第 5 期，第 73—80 页。

676.《“90 后”诗歌已经登场》，吴向阳，《散文诗世界》，2019 年第 9 期，第 124—128 页。

677.《“把诗歌写在密封的心脏”——我给雷平阳做编辑》，沉河，《文艺争鸣》，2019 年第 9 期，第 107—118 页。

678.《“带着病痛”，燃亮一束微光》，黄桂元，《诗探索·理论卷》，2019 年第 3 辑，第 158—164 页。

679.《“冷”与“热”平衡中的古典抒写：程千帆的新诗创作》，罗振亚、崔筱，《南京师范大学文学院学报》，2019 年第 3 期，第 96—103 页。

680.《“诗灵”护佑的诗人——〈林季杉《第 21 号夜曲》〉序》，王光明，《诗探索·作品卷》，2019 年第 3 辑，第 182—185 页。

681.《“她”及其他——评张枣〈镜中〉》，陈娟，《星星·诗歌理论》，2019 年 9 月中旬刊，第 29—31 页。

682.《“缘情”而不“绮靡”——罗振亚诗歌的抒情品质》，赵思运，《当代文坛》，2019 年第 5 期，第 121—125 页。

683.《“在燃烧的太阳和酒精中心”：海子诗歌中的感性、身体与情欲》，张清华，《文艺争鸣》，2019 年第 9 期，第 142—153 页。

684.《“众语杂生与未竟的转型”新诗学术研讨会综述》，易彬、柳晓珊，《长沙理工大学学报》（社会科学版），2019 年第 5 期，第 55—58 页。

685.《〈慰劳信集〉与卞之琳诗歌风格的转变》，王泽龙、张皓，《兰州大学学报》，2019 年第 5 期，第 150—159 页。

686.《〈新月派诗选〉与〈新月诗选〉的“历史对话”》，白杰，《中国现代文学研究丛刊》，2019 年第 9 期，第 163—173 页。

687.《〈寻墨记〉在寻找什么》，高鹏程，《诗探索·理论卷》，2019 年第 3 辑，第 146—156 页。

688.《1949 年，诗人们开始歌唱了——以 1949 年〈当代日报〉副刊诗歌为例》，孙昌建，《江南诗》，2019 年第 5 期，第 97—110 页。

689.《90 年代口语诗歌的精神结构及其“应用”问题》，余文翰，《南方文坛》，2019 年第 5 期，第 74—79 页。

690.《朝向虚空的优雅编织——林馥娜诗歌阅读札记兼现代汉诗古典性之思考》，杨汤琛，《粤海风》，2019 年第 5 期，第 98—100 页。

691.《陈黎诗歌空间意象刍论》，江少英，《世界华文文学论坛》，2019 年第 3 期，第 69—74 页。

692.《从“田园牧歌”到“都市悲歌”——论寇宗鄂的诗歌转型》，吴昊，《诗探索·理论卷》，2019 年第 3 辑，第 122—128 页。

693.《从“杂歌谣”试验看晚清诗界革命的困境》，陶梦真，《中国现代文学研究丛刊》，2019 年第 9 期，第 174—183 页。

694.《从舒婷的爱情诗看舒婷的女性意识——以〈致橡树〉与〈双桅船〉为例》，孙岚，《青年文学家》，2019 年第 26 期，第 46 页。

695.《当下诗坛最缺乏和最需要的有哪些——关于当下诗坛十个热点问题的解答》，李犁、林喦，《扬子江诗刊》，2019 年第 5 期，第 63—66 页。

696.《低处、生死与爱：读张敏华诗所感》，荣光启，《星星·诗歌理论》，2019 年 9 月中旬刊，第 53—59 页。

697.《地方民歌在现代诗歌作品中的创造性转化——以谢克强诗集〈巴山情歌〉为中心》，邹建军、甘小盼，《北部湾大学学报》，2019 年第 9 期，第 55—62 页。

698.《都市里的最后一株植物——姜米粒诗歌创作试论》，包临轩，《诗探索·理论卷》，2019 年第 3 辑，第 165—171 页。

699.《读〈悲剧性格〉致宗鄂的信》，陈超，《诗探索·理论卷》，

2019 年第 3 辑，第 100—103 页。

700.《读诗记》，刘向东，《诗潮》，2019 年第 9 期，第 118—122 页。

701.《丰赡华美的诗学表达——论庄伟杰的诗歌批评》，杨荣昌，《诗林》，2019 年第 5 期，第 21—23 页。

702.《赋到沧桑句便工——论朱英诞的“怀母”诗》，金美杰，《诗探索·理论卷》，2019 年第 3 辑，第 85—97 页。

703.《关于格律，他们其实在谈论什么？——漫议“新诗格律与语言的诗化”》，张洁宇，《诗探索·理论卷》，2019 年第 3 辑，第 14—19 页。

704.《观看和体验也是一种内在的修行——读成路〈七日，或次仁罗布〉》，刘波，《散文诗》，2019 年第 17 期，第 13—15 页。

705.《郭沫若早期诗歌中的神话与传说》，甘小盼，《郭沫若学刊》，2019 年第 3 期，第 28—32 页。

706.《海子的遗产——深情纪念海子去世三十年》，邹汉明，《星星·诗歌理论》，2019 年 9 月中旬刊，第 84—88 页。

707.《行吟、“及物”与修辞的乡愁——梅尔诗集〈十二背后〉抒情主体的建构》，姜肖，《当代作家评论》，2019 年第 5 期，第 96—101 页。

708.《行走于天空的老虎和漫游于大地的诗人——梅尔诗歌读记》，贺嘉钰，《当代作家评论》，2019 年第 5 期，第 107—111 页。

709.《呼唤时代特色与艺术风骨的“大诗”——“我的中国时光”专题诗歌印象》，卢辉，《江南诗》，2019 年第 5 期，第 89—90 页。

710.《呼语、人称、“乱写”及其诗学的辩证——论郭沫若早期抒情诗的叙事性》，傅华，《现代中国文化与文学》，2019 年第 3 期，第 180—188 页。

711.《黄灿然，对一种写诗生活的追问》，宗城，《星星·诗歌理论》，2019 年 9 月中旬刊，第 38—44 页。

712.《火与斧：反哺汉语之途——评苏奇飞的诗》，李啸洋，《星星·诗歌理论》，2019 年 9 月中旬刊，第 60—66 页。

713.《记忆的坚持与冷峻的凝视——寇宗鄂诗歌印象》，王永、杨洋，《廊坊师范学院学报》（社会科学版），2019 年第 3 期，第 45—50 页。

714.《谫议何其芳“现代格律诗”理论》，王永，《诗探索·理论卷》，2019 年第 3 辑，第 45—55 页。

715.《困境中的飞翔，或“相遇的诗学”——论梅尔的诗》，何言宏，《当代作家评论》，2019 年第 5 期，第 89—95 页。

716.《雷平阳：十六个肉身或替身——精神关键词的解读》，霍俊明，《山花》，2019 年第 9 期，第 104—112 页。

717.《雷平阳的重要与为何重要》，王士强，《文艺争鸣》，2019 年第 9 期，第 137—138 页。

718.《雷平阳诗歌的当代性、历史感及其“泛神论”》，钱文亮，《文艺争鸣》，2019 年第 9 期，第 98—106 页。

719.《雷平阳诗歌的两重世界》，吴思敬，《南方文坛》，2019 年第 5 期，第 106—111 页。

720.《雷平阳诗歌中的自然符号破译》，李骞，《文艺争鸣》，2019 年第 9 期，第 119—124 页。

721.《李洱诗学问题（下）》，敬文东，《文艺争鸣》，2019 年第 9 期，第 34—59 页。

722.《灵魂的浩劫与转身——读寇宗鄂的诗》，张大为，《廊坊师范学院学报》（社会科学版），2019 年第 3 期，第 39—41 页。

723.《领受的诗学——谈张新颖的诗》，王子瓜，《当代文坛》，2019 年第 5 期，第 132—138 页。

724.《另一种青春写作》，廖亦奇，《诗刊》，2019 年 9 月号下半月刊，第 7—9 页。

725.《刘振周诗歌略评》，邓永江，《作品》，2019 年第 9 期，第 156 页。

726.《路东的方法——读诗集〈睡眠花〉》，张桃洲，《星星·诗歌理论》，2019 年 9 月中旬刊，第 57—64 页。

727.《论于坚诗歌中的叙事角度——以“事件系列”诗歌为例》，谭艳丽，《文化学刊》，2019 年第 9 期，第 87—90 页。

728.《论朱英诞诗歌的镜意象》，魏蒙，《诗探索·理论卷》，2019 年第 3 辑，第 66—74 页。

729.《没有陈超的世界将更显空寂——关于〈转世的桃花：陈超评传〉》，雷平阳，《诗探索·理论卷》，2019 年第 3 辑，第 174—177 页。

730.《民族传统与现代性探索——新世纪广西诗歌发展观察》，董迎春、覃才，《北部湾大学学报》，2019 年第 9 期，第 63—70 页。

731.《那是一支箭要去的地方（节选）——评梅尔诗歌》，张清华，《诗林》，2019年第5期，第15—17页。

732.《培植〈浅草〉敲击〈沉钟〉——从冯至给我的信说起》，陈漱渝，《名作欣赏》，2019年9月，第11—14页。

733.《彭燕郊〈混沌初开〉细读》，邱景华，《诗探索·理论卷》，2019年第3辑，第130—145页。

734.《七月派诗歌的语象生成》，王昌忠，《中国现代文学研究丛刊》，2019年第9期，第152—162页。

735.《潜伏在黑夜里的一只诗歌螃蟹——姚彬诗歌创作论》，周航，《南方文坛》，2019年第5期，第121—126页。

736.《桑多镇：一个不断自我繁殖的小世界》，扎西才让，《星星·诗歌理论》，2019年9月中旬刊，第94—97页。

737.《善的习得方式——在寇宗鄂诗歌研讨会上的发言》，刘向东，《诗探索·理论卷》，2019年第3辑，第108—112页。

738.《生态学视阈下的诗与画——评寇宗鄂》，苗雨时，《诗探索·理论卷》，2019年第3辑，第104—107页。

739.《诗歌“广场舞时代”诗人何为?》，阿苏越尔，《星星·诗歌理论》，2019年9月中旬刊，第99—105页。

740.《诗歌的现代之光如何划过幽暗的传统——雷平阳论》，刘波，《文艺争鸣》，2019年第9期，第125—133页。

741.《诗歌疗法与新诗研究——如何做健康优秀的人（下）》，王珂，《名作欣赏》，2019年9月，第84—90页。

742.《诗歌生产性的多维空间》，景立鹏，《诗选刊》，2019年第9期，第84—86页。

743.《诗歌在，只有语言是不够的》，李之平，《诗刊》，2019年9月号下半月刊，第9—10页。

744.《诗人的镜头意识及诗歌的影像化效果——读张执浩近作有感》，陈澜，《星星·诗歌理论》，2019年9月中旬刊，第24—27页。

745.《诗性光芒的年代记忆——评姜红伟〈诗歌年代——20世纪80年代大学生诗歌运动访谈录〉》，芦苇岸，《诗探索·理论卷》，2019年第3辑，第178—185页。

746.《诗意空间的留白与悲悯情怀的隐喻——论寇宗鄂的诗》，峭岩，《廊坊师范学院学报》（社会科学版），2019年第3期，第36—

38 页。

747.《诗意母语的陷落？——汉语新诗诗意生成的逻辑》，李森，《南方文坛》，2019 年第 5 期，第 5—12 页。

748.《诗中的“禅境”与“禅理”——读〈昌政诗选〉》，大畜，《福建文学》，2019 年第 9 期，第 138—141 页。

749.《拾捡诗的余音——寇宗鄂诗歌创作简论》，武兆强，《诗探索·理论卷》，2019 年第 3 辑，第 113—117 页。

750.《试析戴望舒诗歌的象征主义特征》，董俊，《青年文学家》，2019 年第 26 期，第 20 页。

751.《是“死亡”还是“新生”：我看二十一世纪新诗》，罗振亚，《名作欣赏》，2019 年第 9 期，第 5—10 页、第 2 页。

752.《水流心不竞，云在意俱迟——从儿童视角赏析朱英诞新诗创作》，郭颖楷，《诗探索·理论卷》，2019 年第 3 辑，第 75—84 页。

753.《思想、旅程与记忆交错的诗篇——读华清〈形式主义的花园〉》，李俊杰，《当代文坛》，2019 年第 5 期，第 126—131 页。

754.《谈海子诗歌中的死亡意识——兼论死亡意象对新诗的影响》，范伊夫，《北方文学》，2019 年第 27 期，第 16—17 页。

755.《我是“包山底”的孩子》，慕白，《星星·诗歌理论》，2019 年 9 月中旬刊，第 89—93 页。

756.《新诗编年史写作：一种“无关批评”的批评》，周俊锋、刘馨逸，《武汉理工大学学报》（社会科学版），2019 年第 5 期，第 135—142 页。

757.《新诗的精神转向与探索性写作可能（节选）》，庄伟杰，《诗林》，2019 年第 5 期，第 18—21 页、第 2 页。

758.《新诗破碎，难舍情觞——评高璨的诗》，苏勇强，《星星·诗歌理论》，2019 年 9 月中旬刊，第 45—52 页。

759.《新诗史上的叶公超》，张洁宇，《中国现代文学研究丛刊》，2019 年第 9 期，第 141—151 页。

760.《新诗语言的两种特质——谈谈新诗创作之四》，席云舒，《名作欣赏》，2019 年第 9 期，第 106—110 页。

761.《新世纪诗歌事件的时代启示》，钱刚，《星星·诗歌理论》，2019 年 9 月中旬刊，第 5—13 页。

762.《徐志摩诗歌的“水”意象隐喻内涵及成因》，叶琼琼、陈丹璐，《长沙理工大学学报》（社会科学版），2019 年第 5 期，第 59—72 页。

763.《以疼痛抵达心灵的“直觉”书写——余秀华诗歌的艺术特质与价值辨析》，刘川鄂、汪亚琴，《南方文坛》，2019 年第 5 期，第 112—120 页。

764.《音韵、形韵、意韵：诗歌跨行的功用》，许环光，《诗探索·理论卷》，2019 年第 3 辑，第 20—33 页。

765.《于生活的真实中寻找诗歌的本质——项见闻的诗歌〈北漂手记〉赏析》，野岸，《星星·诗歌理论》，2019 年 9 月中旬刊，第 67—73 页。

766.《语词生涯》，柳宗宣，《诗刊》，2019 年 9 月号下半月刊，第 62—68 页。

767.《月光原不限夷华——简论郭连城的海外行旅诗》，党月异，《德州学院学报》，2019 年第 5 期，第 63—67 页、第 87 页。

768.《在“永恒”的注视之下——关于梅尔诗集〈十二背后〉》，王士强，《当代作家评论》，2019 年第 5 期，第 102—106 页。

769.《在藏东大地上漫游与吟唱——诗人张九龄印象记》，非鱼，《星星·散文诗》，2019 年 9 月下旬刊，第 39—40 页。

770.《在生态关怀中的思索与憧憬——评寇宗鄂的诗歌创作》，薛梅，《廊坊师范学院学报》（社会科学版），2019 年第 3 期，第 42—44 页、第 50 页。

771.《在现代诗与现代抒情诗之间——刘志峰诗细读》，邱景华，《诗探索·作品卷》，2019 年第 3 辑，第 89—103 页。

772.《只有阅读使我热爱生活——诗学笔记选》，西渡，《江南诗》，2019 年第 5 期，第 91—96 页。

773.《中美战争诗中反战态度表达之对比——从诗歌意象的角度分析》，张慕林，《名作欣赏》评论版，2019 年 9 月，第 135—136 页。

774.《朱光潜〈诗论〉的形式观》，王光明，《诗探索·理论卷》，2019 年第 3 辑，第 34—44 页。

775.《朱英诞解读新月派诗刍议》，王泽龙，《诗探索·理论卷》，2019 年第 3 辑，第 58—65 页。

776.《庄伟杰的创作姿态与诗歌精神》，绿岛，《诗林》，2019 年第 5 期，第 26—27 页。

777.《自由诗的自由与难度》，师力斌，《诗探索·理论卷》，2019年第3辑，第2—13页。

778.《作为向下的向上——略论杜涯》，覃才，《星星·诗歌理论》，2019年9月中旬刊，第28—31页。

十月

779.《“春来草自青”——论爱斐儿散文诗中的自然观》，鹿丁红，《星星·诗歌理论》，2019年10月中旬刊，第54—58页。

780.《“一种伟大的荒凉展现在我们面前”——论王家新近期的诗歌创作》，李玉辉，《名作欣赏》，2019年第10期，第84—89页。

781.《“异质性”的导入与“暗示性”的想象——何里利的诗歌印象》，卢辉，《广西文学》，2019年第10期，第64页。

782.《1949年以来的新诗形式问题》，程一身，《诗选刊》，2019年第10期，第105—111页。

783.《21世纪新诗：重构形象的障碍》，罗振亚，《文艺争鸣》，2019年第10期，第1—3页。

784.《波德莱尔对中国当代诗人的影响——以柏桦为例》，文雅，《外国语文》，2019年第5期，第61—68页。

785.《穿鞋子的豹，从雅典跑到中国——对三首欧诗的交叉阅读》，毛靖宇、陈婉，《鞍山师范学院学报》，2019年第5期，第84—88页。

786.《吹尽诗情落成诗——论林庚〈春天的心〉中的“情绪”美学》，李朦，《星星·诗歌理论》，2019年10月中旬刊，第39—43页。

787.《从“诗”到“出场符号”——论21世纪诗歌符号学转向的一个面向》，罗小凤，《江苏社会科学》，2019年第5期，第209—215页。

788.《从生活现场到精神场域》，谭畅，《诗刊》，2019年10月号下半月刊，第7—8页。

789.《从一方来路中来，向八方去路里去——徐澄泉散文诗集〈谁能占卜我的命〉闲读散议》，潘志远，《星星·诗歌理论》，2019年10月中旬刊，第49—53页。

790.《歌诗观念与公木〈八路军进行曲〉的创作》，童龙超，《职大学报》，2019年第5期，第43—46页。

791.《孤独者的歌：论蹇先艾的新诗创作》，孙向阳，《江苏社会科学》，2019 年第 5 期，第 223—230 页。

792.《何谓九章，九章何为——陈先发近作印象》，钟硕，《星星·诗歌理论》，2019 年 10 月中旬刊，第 33—37 页。

793.《坚守与呼唤民族诗学的精神与特质——关于新中国七十周年诗歌品质的再思考》，李犁，《诗选刊》，2019 年第 10 期，第 99—104 页。

794.《论穆旦的“身体信仰”》，李蓉，《文学评论》，2019 年第 5 期，第 214—223 页。

795.《凝望他指给我们看的莽莽高原——陈劲松散文诗评析》，司念，《星星·诗歌理论》，2019 年 10 月中旬刊，第 59—64 页。

796.《片段》，周伟驰，《诗刊》，2019 年 10 月号下半月刊，第 65—67 页。

797.《如何把生活拼成诗——浅论现代诗的语言》，吴亚玲，《名作欣赏》评论版，2019 年 10 月，第 147—148 页。

798.《诗人读诗》，吕本怀，《诗潮》，2019 年第 10 期，第 122—124 页。

799.《武汉大学新诗研究的历史与现状概述》，雷登辉，《黄冈师范学院学报》，2019 年第 5 期，第 21—26 页。

800.《新诗文化的理论建构与公共价值维度》，吴投文，《诗刊》，2019 年 10 月号上半月刊，第 55—61 页。

801.《新时代的诗歌精神与使命》，宋宝伟，《星星·诗歌理论》，2019 年 10 月中旬刊，第 5—11 页。

802.《新时期以来新诗抒情问题的研究现状与学术空间》，朱春蓉，《绵阳师范学院学报》，2019 年第 10 期，第 117—121 页。

803.《新世纪打工歌者的流浪行吟与精神书写》，李章乐、陈子晴，《名作欣赏》学术版，2019 年 10 月，第 49—50 页、第 64 页。

804.《痖弦与现代诗歌的“音乐性”问题》，李章斌，《文学评论》，2019 年第 5 期，第 193—204 页。

805.《一路碎片，短暂何以成永恒？——关于王德宝散文诗的抽样阅读》，白鹤林，《星星·诗歌理论》，2019 年 10 月中旬刊，第 65—69 页。

806.《艺术地彰显批判力量——刘川〈这个世界不可抗拒〉赏析》，李汉超，《中学语文》，2019 年第 29 期，第 14—15 页。

807.《再谈有效的表达与表达的有效性》，南鸥，《星星·诗歌理论》，2019 年 10 月中旬刊，第 95—100 页。

808.《郑汉模早期诗歌研究——以〈标语牌〉为例》，庄庆涛，《普洱学院学报》，2019 年第 5 期，第 56—59 页。

809.《重读穆旦〈诗八首〉：原诗、自译和安德鲁·马维尔》，王毅，《文学评论》，2019 年第 5 期，第 135—144 页。

810.《重新理解诗歌的表达》，刘康，《诗刊》，2019 年 10 月号下半月刊，第 8—10 页。

811.《壮声英概颂祖国——〈散文诗〉刊庆祝新中国成立 70 周年专辑综论》，崔国发，《散文诗》，2019 年第 19 期，第 92—96 页。

十一月

812.《“朝向一首诗的完成”：〈杨牧诗选〉读记》，张伟栋，《诗林》，2019 年第 6 期，第 92—94 页。

813.《“江南诗学”：从最小的可能性出发——2019 年度〈江南诗〉作品综述》，沈健，《江南诗》，2019 年第 6 期，第 91—99 页。

814.《“经典诗人”穆旦是怎样“炼”成的——穆旦经典化历程的话语考察》，唐小祥，《福建论坛》（人文社会科学版），2019 年第 11 期，第 152—160 页。

815.《“一万句克哲的约会”——吉狄马加〈不朽者〉初窥》，胡亮，《凉山文学》，2019 年第 6 期，第 138—144 页。

816.《1948 年〈涛声〉上的艾青佚诗〈寂寞〉》，尹威，《新文学史料》，2019 年第 4 期，第 163—165 页。

817.《八十年代：诗歌与评奖》，吕进，《星星·诗歌理论》，2019 年 11 月中旬刊，第 81—86 页。

818.《北岛诗歌的两大“隐喻”：本体隐和喻体隐》，薛世昌，《天水师范学院学报》，2019 年第 6 期，第 64—68 页。

819.《当代非虚构写作的生态审美之维——以田犁散文与诗歌集〈爱，遗落在森林和草地〉为例》，王丙珍、连国义，《名作欣赏》学术版，2019 年 11 月，第 5—7 页、第 16 页。

820.《当倪湛舸遭遇思辨实在论》，刘阳鹤，《上海文化》，2019 年第 11 期，第 75—82 页。

821.《读北岛：一只轮子，寻找另一只轮子》，林颐，《中学语文》，2019年第31期，第89页。

822.《短作里的“文心”——读散皮的短诗》，马兵，《星星·诗歌理论》，2019年11月中旬刊，第50—55页。

823.《凡果：以超拔之姿行走在诗坛边缘》，张景超，《诗林》，2019年第6期，第94—96页。

824.《郭沫若新诗创作中的〈诗经〉元素》，赵希杰，《现代中国文化与文学》，2019年第4期，第128—139页。

825.《恢复汉语青瓷孤品的属性——90后诗人央措诗印象》，卢辉，《广西文学》，2019年第11期，第74页。

826.《记忆和形式的辩证》，唐晓渡，《诗刊》，2019年11月号下半月刊，第62—68页。

827.《拒绝庸常：当代新诗中的“诗性”与“现实性”》，杨亮，《星星·诗歌理论》，2019年11月中旬刊，第5—14页。

828.《看松的方式——读霍俊明〈松针是松针，生活是生活〉》，曹梦琰，《扬子江诗刊》，2019年第6期，第89—90页。

829.《靠山与面海：闽南诗群的活力与潜力》，蒋登科，《诗刊》，2019年11月号上半月刊，第51—57页。

830.《朦胧诗论争与“新时期”诗论观念的转型》，钟义荣、张慎，《现代中国文化与文学》，2019年第30辑，第303—314页。

831.《闽南的诗意多乡愁》，道辉，《福建文学》，2019年第11期，第141—144页。

832.《奇诡的抒情和天才的想象——李海洲诗歌解读》，吴沛，《星星·诗歌理论》，2019年11月中旬刊，第24—27页。

833.《虔诚面对词语在内心的沉浸——读吴小虫诗集〈一生此刻〉》，叶延滨，《星星·诗歌理论》，2019年11月中旬刊，第39—43页。

834.《浅论顾城诗歌的知性美》，王艳华，《名作欣赏》评论版，2019年11月，第12—13页。

835.《邱新荣的诗歌元气》，赵勇，《博览群书》，2019年第11期，第30—33页。

836.《日常风景与时间的转化》，刘波，《诗刊》，2019年11月号下半月刊，第7—9页。

837.《如同鸟的自在——评陆渔〈假装写诗〉》，李壮，《扬子江诗刊》，2019 年第 6 期，第 35—37 页。

838.《诗人驰骋的草原及远方——漫议印子君诗集〈身体里的故乡〉》，空灵部落，《星星·诗歌理论》，2019 年 11 月中旬刊，第 56—62 页。

839.《诗人读诗》，林忠成，《诗潮》，2019 年第 11 期，第 119—123 页。

840.《诗人读诗》，夜鱼，《诗潮》，2019 年第 11 期，第 124—127 页。

841.《诗心不老——品读潘志光诗后感》，南溪生，《文学港》，2019 年第 11 期，第 150—152 页。

842.《诗性美是精神之旅——读虞锦贵〈时间是永恒的河流〉》，朱海平，《散文诗世界》，2019 年第 11 期，第 112—116 页。

843.《世界从我的故事开始——读汤养宗诗集〈制秤者说〉》，田字格，《星星·诗歌理论》，2019 年 11 月中旬刊，第 48—60 页。

844.《思绪遨游　诗意旋转——读曹剑龙诗集〈凌晨三点〉》，杨剑龙，《星星·诗歌理论》，2019 年 11 月中旬刊，第 44—49 页。

845.《他在编织自己的作品　李昌鹏的诗》，柳宗宣，《上海文化》，2019 年第 11 期，第 48—53 页。

846.《探析当代诗之美育功能的结构变迁》，田建恩，《名作欣赏》评论版，2019 年 11 月，第 169—170 页、第 173 页。

847.《万物皆有生生之气——简论韩文戈的诗》，蒲素平，《星星·诗歌理论》，2019 年 11 月中旬刊，第 63—68 页。

848.《新诗的音乐性：回顾与反思》，陈历明，《人民周刊》，2019 年第 21 期，第 62—63 页。

849.《新诗经典的遴选与解读——〈百年新诗经典解读〉前言》，吴投文，《诗林》，2019 年第 6 期，第 14—16 页、第 2 页。

850.《新诗批评："一体化"的技术表达抑或灵性判断——略谈吴投文的新诗批评》，卢辉，《诗林》，2019 年第 6 期，第 17—18 页。

851.《形构之美与生命之力——评芒克〈阳光中的向日葵〉》，何方丽，《星星·诗歌理论》，2019 年 11 月中旬刊，第 29—33 页。

852.《严格区别价值多元与精神虚无的界限》，南鸥，《星星·诗歌理论》，2019 年 11 月中旬刊，第 76—81 页。

853.《一代人的心灵标本和精神档案——读剑书〈奔走的石头〉》，

王鹏程，《广西文学》，2019 年第 11 期，第 113—115 页。

854. 《因为疏离而如此贴近——小海诗歌综论》，林舟，《上海文化》，2019 年第 11 期，第 33—47 页。

855. 《庸常话语的抒情通胀和主体的泡沫化》，沈健，《诗刊》，2019 年 11 月号下半月刊，第 9—10 页。

856. 《用诗呵护内心的半枝莲——浅析梅萨诗集〈半枝莲〉》，史映红，《贡嘎山》，2019 年第 6 期，第 76—79 页。

857. 《有“我”之作的独特与缺憾——评剑书的〈奔走的石头〉》，王建平，《广西文学》，2019 年第 11 期，第 116—119 页。

858. 《阅读李云的一个小“切片”》，汪剑钊，《诗林》，2019 年第 6 期，第 12—13 页。

859. 《在历史遗迹中，寻找词语的灵魂——肖水诗歌论》，张曙光，《江南诗》，2019 年第 6 期，第 105—108 页。

860. 《在时空的辽阔与幅度中，体验生活的结晶——读张烨诗集〈隔着时空凝望〉》，康文静，《星星·诗歌理论》，2019 年 11 月中旬刊，第 61—68 页。

861. 《在形而上天空舞蹈的命运交响曲——关于陕西青年诗人莫浪的诗》，胭脂茉莉，《青年文学家》，2019 年第 32 期，第 12 页。

862. 《张平诗歌：真诚的诗，朴素的诗》，张作梗，《福建文学》，2019 年第 11 期，第 138—140 页。

863. 《这个世界上那可以触摸的甜——一本诗集的开始和完成》，李郁葱，《星星·诗歌理论》，2019 年 11 月中旬刊，第 101—105 页。

864. 《知音之间的相互感应》，宫铭杉，《诗刊》，2019 年 11 月号上半月刊，第 4 页。

865. 《朱朱的力量之诗》，王子瓜，《上海文化》，2019 年第 11 期，第 58—74 页。

866. 《坐下来让寂静隐隐作痛——读吴投文的诗》，向晴，《诗林》，2019 年第 6 期，第 21—22 页。

十二月

867. 《〈星星〉诗刊创刊始末》，王学东，《诗探索·理论卷》，2019 年第 4 辑，第 44—73 页。

868.《把生活的重放在轻上面——读龚学敏诗集〈四川在上〉》，黄伟，《草地》，2019年第6期，第78—80页。

869.《比较研究：现代诗歌教学的突破口》，张毛毛，《中学语文》，2019年第34期，第18—20页。

870.《并没有那阵风，那个手指——读林东林的〈巨响〉》，耿占春、纳兰，《诗探索·理论卷》，2019年第4辑，第132—134页。

871.《不动声色与激情燃烧——吴全礼散文印象》，赵金勇，《朔方》，2019年第12期，第158—162页。

872.《从乡韵的沉积到诗意的辽阔——罗晓玲诗集〈月光照在黛瓦上〉印象》，普驰达岭，《广西文学》，2019年第12期，第92—95页。

873.《大海，写作，以及幸存者表达》，马叙，《星星·诗歌理论》，2019年12月中旬刊，第80—84页。

874.《戴望舒"附逆"辨》，古远清，《诗探索·理论卷》，2019年第4辑，第21—31页。

875.《底层·逃离·生态——论雷平阳诗歌的三个主题》，鲁守广，《昭通学院学报》，2019年第6期，第76—79页。

876.《对植物秘密的另一表达——杨春礼诗歌探秘》，杨风银，《朔方》，2019年第12期，第154—157页。

877.《风物、人事与心灵史——向以鲜诗集〈我的聂家岩〉的精神还乡之旅》，王颖，《廊坊师范学院学报》（社会科学版），2019年第4期，第41—44页。

878.《顾城青少年时代的生活及诗歌创作考释》，王万顺，《廊坊师范学院学报》（社会科学版），2019年第4期，第35—40页。

879.《行走大地，歌哭人生——论雷平阳》，王士强，《文学评论》，2019年第6期，第192—202页。

880.《护持散文诗的星火——〈在城市的楼群中〉序言》，王伟，《散文诗世界》，2019年第12期，第65—66页。

881.《灰木盒中升起最亮的光束——纯子诗歌印象》，俞昌雄，《诗探索·作品卷》，2019年第4辑，第73—78页。

882.《皎洁之诗与赤子之心——解读施浩的诗歌》，李犁，《诗潮》，2019年第12期，第122—126页。

883.《劫持与归途——读方其军诗集〈一个人的诗经〉》，无奇，

《文学港》，2019 年第 12 期，第 150—151 页。

884.《静静流淌的慈悲：罗晓玲诗歌印象》，荣光启，《广西文学》，2019 年第 12 期，第 88—91 页。

885.《局外人，或声音谱系的创制者——读林东林的几首诗》，杨庆祥，《诗探索 · 理论卷》，2019 年第 4 辑，第 129—131 页。

886.《立足于大地而向天空敞开的境界——沈家庄诗歌创作刍论》，任京生，《诗探索 · 理论卷》，2019 年第 4 辑，第 154—165 页。

887 .《流淌于平淡中的韵味——评马金莲〈1987 年的浆水和酸菜〉》，罗春梅，《朔方》，2019 年第 12 期，第 163—166 页。

888.《论“后朦胧诗”》，张枣著，亚思明译，《文学评论》，2019 年第 6 期，第 164—175 页。

889.《论金子美玲诗作的寂寞心结》，王念灿，《闽南师范大学学报》（哲学社会科学版），2019 年第 4 期，第 86—91 页、第 96 页。

890.《论余光中的乡愁诗》，邓若寒，《名作欣赏》评论版，2019 年 12 月，第 87—88 页。

891.《论中国现代诗歌意象及其艺术性》，徐江涛，《青年文学家》，2019 年第 35 期，第 53 页。

892.《梦境向往的净界——读夕夏组诗〈江孜小镇〉》，陈敢，《诗探索 · 作品卷》，2019 年第 4 辑，第 81—84 页。

893.《能解释的和不可说的——解析海子的诗化语言》，郭瑾，《中国现代文学研究丛刊》，2019 年第 12 期，第 215—230 页。

894.《农耕文明式微下的心灵探求——论管清志诗歌中的城乡叙事》，陈萱，《诗探索 · 作品卷》，2019 年第 3 辑，第 48—51 页。

895.《如何改编一首诗——以〈遗言〉改编为例》，李俊杰、孙佳乐、李张丽，《名作欣赏》评论版，2019 年 12 月，第 51—53 页。

896.《三行情诗诗歌形式初探》，徐华鑫、吴冰洁，《职大学报》，2019 年第 6 期，第 61—63 页。

897.《神话现场与生活现场的“诗歌交响”——从陈坤浩组诗〈亚拉的礼物〉想到的》，卢辉，《广西文学》，2019 年第 12 期，第 45 页。

898.《诗歌塑造心的新天新地——李少君诗歌阅读记》，张绍民，《诗探索 · 理论卷》，2019 年第 4 辑，第 142—153 页

899.《诗化人生的践行者——评徐志摩及他的诗》，程艳芬，《鸭绿江》（下半月），2019 年第 12 期，第 38 页、第 40 页。

900.《诗界“领航员”——论谢冕1980年代以来诗学研究》，陈卫、蔡丹阳，《诗探索·理论卷》，2019年第4辑，第168—184页。

901.《诗来自于“一个普通的早晨”——关于林东林的诗》，霍俊明，《诗探索·理论卷》，2019年第4辑，第124—128页。

902.《诗人的任务是把诗写好》，娜夜，《星星·诗歌理论》，2019年12月中旬刊，第18—23页。

903.《诗绪万般皆有“你”——尼玛松保诗歌中的“你”意象》，马美玲，《青海湖》，2019年第12期，第124—128页。

904.《诗言我》，林东林，《诗探索·理论卷》，2019年第4辑，第135—140页。

905.《诗意的观察者——灯灯诗歌中的窗子意象》，宋云静，《诗探索·理论卷》，2019年第4辑，第114—121页。

906.《诗与火车》，川美，《星星·诗歌理论》，2019年12月中旬刊，第76—79页。

907.《时间：隐秘的主角——以南宫玉组诗〈时光之箭〉为例》，赵方新，《诗探索·作品卷》，2019年第4辑，第89—91页。

908.《台湾现代诗对新加坡的影响：以痖弦、洛夫、管管为中心》，张松建，《中国现代文学研究丛刊》，2019年第12期，第43—74页。

909.《逃逸与之间的诗——灯灯诗歌叙述及指向》，吴丹凤，《诗探索·作品卷》，2019年第4辑，第185—190页。

910.《我们以为神不在那里——灯灯近作散论》，韩宗宝，《诗探索·理论卷》，2019年第4辑，第76—93页。

911.《现代化工程的“民歌”——十三陵水库工地上的劳动、诗歌和工地文化》，范雪，《文学评论》，2019年第6期，第203—212页。

912.《新世纪诗歌生态：先锋与古典传统的对话》，刘波，《廊坊师范学院学报》（社会科学版），2019年第4期，第29—34页。

913.《夜光杯中的灵透之水——灯灯诗歌印象》，陈朴，《诗探索·理论卷》，2019年第4辑，第107—113页。

914.《一个当代女诗人的视野与胸怀——浅谈灯灯近期的诗歌创作》，符力，《诗探索·理论卷》，2019年第4辑，第94—102页。

915.《以叙事为起点——对雷平阳诗歌的阐释》，朱江，《昭通学院学报》，2019年第6期，第80—84页。

916.《因“看”而“梦”：人生况味的诗化——卞之琳〈断章〉

与张岱〈西湖七月半〉之比较》，敬亚平，《重庆第二师范学院学报》，2019 年第 6 期，第 61—65 页。

917.《由“小我”到“大我”：一份抒情诗学报告——评李自国诗集〈我的世界有过你〉》，雍措、马迎春，《廊坊师范学院学报》（社会科学版），2019 年第 4 期，第 45—47 页。

918.《由朱光潜〈新诗从旧诗里学习得些什么〉引起的论争》，朱明明，《诗探索·理论卷》，2019 年第 4 辑，第 32—43 页。

919.《怎样理解那无解的游戏——王强的诗〈鳌江站〉编读记》，吴小龙，《广西文学》，2019 年第 12 期，第 82—87 页。

920.《自然、故土、亲情构筑的诗意世界——评王德宝散文诗集〈一路走来〉》，马迎春，《草地》，2019 年第 6 期，第 74—77 页。

921.《走进灯灯的光影中》，武兆强，《诗探索·理论卷》，2019 年第 4 辑，第 103—106 页。

922.《新时代语境下的诗歌何为》，张德明，《星星·诗歌原创》，2019 年 12 月上旬刊，第 20—21 页。

923.《秘于海男的灵魂图像》，妙雯，《星星·诗歌理论》，2019 年 12 月中旬刊，第 32—35 页。

924.《此在的馈赠——海子〈黑夜的献诗——献给黑夜的女儿〉评析》，郭瑾，《星星·诗歌理论》，2019 年 12 月中旬刊，第 37—41 页。

925.《诗歌作为成长史——读李寂荡诗集〈直了集〉》，张野，《星星·诗歌理论》，2019 年 12 月中旬刊，第 48—55 页。

926.《塔在那边，诗在这里——读林旭埜、洪君植诗合集〈通天塔〉》，杨克，《星星·诗歌理论》，2019 年 12 月中旬刊，第 56—61 页。

927.《灯灯诗歌中的精神原乡》，唐小米，《星星·诗歌理论》，2019 年 12 月中旬刊，第 62—69 页。

928.《短制：走向幽微的语言可能性——浅论曹东诗歌语言艺术的可能性》，易杉，《星星·诗歌理论》，2019 年 12 月中旬刊，第 70—75 页。

929.《当代性与新诗主体的经验问题》，冯强，《文化与诗学》，2019 年第 2 期，第 128—150 页。

930.《在后现代的诗兴中“劫持”自己——读王学东诗集〈现代诗歌机器〉》，张叹凤，《阿来研究》，2019 年第 2 期，第 83—86 页。

931.《现代处境与诗意开掘——评王学东诗集〈现代诗歌机器〉》，

袁昊，《阿来研究》，2019年第2期，第91—97页。

932.《机械技术时代的自我体验与生命感悟——评王学东诗集〈现代诗歌机器〉》，吴旭，《阿来研究》，2019年第2期，第98—104页。

933.《"不"与"无"的奥秘——评王学东诗集〈现代诗歌机器〉》，拉玛伊佐，《阿来研究》，2019年第2期，第105—113页。

934.《体验的真挚与表达的超越——王学东〈现代诗歌机器〉观察》，李俊杰，《阿来研究》，2019年第2期，第114—119页。

935.《被压抑与被毁损的现代生命体验——王学东诗歌探论》，蒋林欣，《阿来研究》，2019年第2期，第120—129页。

936.《王学东诗集〈现代诗歌机器〉读后》，朱西，《阿来研究》，2019年第2期，第130—131页。

937.《在多重视界里人剑合一——当顾彬走向中国新诗》，李玫，《扬子江评论》，2019年第6期，第65—70页。

938.《"旧作再生产"与中国当代诗歌知识体系的建构》，李海英，《扬子江评论》，2019年第6期，第31—40页。

939.《青春之痛与自我之歌——杨德帅诗歌读札》，魏巍，《扬子江评论》，2019年第6期，第71—76页。

940.《青年诗人的"异面"——孙立本诗歌创作简论》，顾星环，《扬子江评论》，2019年第6期，第77—80页。

941.《民族志、人类学和"世界诗歌"——论吉狄马加》，杨庆祥，《扬子江评论》，2019年第6期，第81—86页。

942.《是引信？还是掩体？——论自然物象在吕德安诗中的抒情角色》，李倩冉，《扬子江评论》，2019年第6期，第87—94页。

943.《论宇秀诗集〈我不能握住风〉的"痛感"及其意象创设》，方向真，《扬子江评论》，2019年第6期，第109—112页。

944.《闻一多诗歌审美观新论》，骆寒超，《东方论坛》，2019年第6期，第13—35页。

945.《新诗艺术突围与观念建制的新论述——评赖彧煌〈经验、体式与诗的变奏——晚清至"五四"诗歌的"言说方式"〉》，吕东旭，《学术评论》，2019年第6期，第49—55页。

946.《从符进朝〈诗路情韵〉谈中国新诗和"老干体"诗》，郭怀玉，《殷都学刊》，2019年第4期，第96—99页。

947.《外冷内热的荒诞与苦痛：地域空间的炼金术——王学东诗

集〈现代诗歌机器〉解读》，龚奎林，《阿来研究》，2019 年第 2 期，第 132—135 页。

948.《诗与思的自我中心构建——以王学东诗集〈现代诗歌机器〉为中心》，何方丽、刘波，《阿来研究》，2019 年第 2 期，第 87—90 页。

949.《从“欧化诗”到“世界诗歌”的诡变——重审学衡派和海外汉学对新诗的文化质疑》，王峰，《名作欣赏》评论版，2019 年 12 月，第 25—28 页、第 57 页。

950.《一个诗人的“关键词”——读李自国的〈2018—2019：我的灵魂书〉》，唐小林，《星星·诗歌理论》，2019 年 12 月中旬刊，第 41—47 页。

951.《文字场景、现实气场和精神效果的“制造者”——谈谈中国 80 后诗人诗歌创作的基本走势》，卢辉，《星星·诗歌理论》，2019 年 12 月中旬刊，第 13—19 页。

952.《用诗歌弥合着“三个深圳”的距离——转换背景下的深圳写作》，赵俊，《星星·诗歌理论》，2019 年 12 月中旬刊，第 97—101 页。

953.《“每个人心里都有一座凤凰山”——飞廉论》，赵思运，《南京理工大学学报》（社会科学版），2019 年第 6 期，第 1—7 页、第 66 页。

954.《艾青长诗〈吴满有〉的生产及其文学史问题》，袁洪权，《诗探索·理论卷》，2019 年第 4 辑，第 2—20 页。

955.《“诗意”是检验新诗的唯一标准——以格律区分新诗是“诗”是“句”的做法，要不得》，肃肃，《散文诗世界》，2019 年第 12 期，第 5—8 页。

956.《新时代诗歌现实性写作的困境与前景》，陈朴，《星星·诗歌理论》，2019 年 12 月中旬刊，第 5—12 页。

957.《写好征文体诗也是一种能力》，安琪，《星星·诗歌理论》，2019 年 12 月中旬刊，第 8—10 页。

958.《触及灵魂的审视——龚学明诗歌简评》，陈苏梅，《南京理工大学学报》（社会科学版），2019 年第 6 期，第 8—12 页。

959.《由天人同构，抵达大象无形——简明诗集〈手工〉的审美特征》，孙思，《诗选刊》，2019 年第 11—12 期，第 217—224 页。

历史与诗意间的纠缠与清理

——张洁宇《历史的诗意——中国现代文学与诗学论稿》刍议

◇张福超

2021年1月，山东师范大学文学院策划多年，以展示“70后”学者整体姿态的《奔流·中国现代文学研究丛书》由人民出版社出版，丛书定名为“奔流”有“致敬前贤，赓续传统；奔流不息，创造不止”① 之意。

相较于前辈学者，“70后”学者大多于1990年代进入大学并于21世纪初在学术界崭露头角。他们成长在1990年代“史学转向”的学术背景下，受过严格扎实的学术训练，无论是知识结构、学术视野还是理论方法、学术规范上，均呈现出相似的代际特征，从而迥异于20世纪八九十年代的现代文学研究者。但因为与现代文学作家距离的渐行渐远，且成长于“史学转向”背景下的学院经历，“70后”学者们越来越难在精神气质、启蒙阐释、人文诉求上与前辈学者相提并论。仅以鲁迅研究而言，在1980年代初新启蒙思潮推动下，前辈学者们纷纷走出“革命鲁迅”“民族英雄鲁迅”的思维桎梏，创设并形成了“王得后鲁迅”“钱理群鲁迅”“王富仁鲁迅”等具有鲜明学术个性及理论自觉的个人化鲁迅研究传统，在“真的知识阶级”精神认知上与鲁迅达成共鸣。面对鲁迅和前辈，“70后”学者有着双重的压抑与焦虑。那么，在后革命、后理论、后觉醒的历史语境中，如何摆脱前辈学者的“影响的焦虑”，如何呈现这一代人对中国现代文学文化及思想史的理解，又如何在还原现代历史本相及历史人物复杂性的同时，达到对自身及时代的清理与诗意表述，实现同时代人“被压抑者的复归”，则成为“70后”学者必须直面并解决的学术课题。

《历史的诗意——中国现代文学与诗学论稿》作为“奔流”丛书之

---

① 张洁宇：《前言》，《历史的诗意——中国现代文学与诗学论稿》，人民出版社2021年版，第2页。

一，张洁宇在三个研究领域回应了上述“70后”学者的时代课题：以“行动”和“写作”为旨归的鲁迅研究；在本土化传统和文学现代性的追寻中把握新诗脉动的研究；以“人的文学”为总命题的京派及现代学人研究。

一、以“行动”和“写作”为旨归的鲁迅研究

经典之所以为经典，就在于它始终存有与不同时代、不同国域的读者在心灵上对话的可能。在现代中国文学文化研究中，没有哪个作家能够像鲁迅那样让众多学者反复阅读，从瞿秋白、毛泽东在革命逻辑上对鲁迅的定位与阐释，到新中国成立后王瑶、李何林、唐弢的解读，再到1980年代以来王富仁、钱理群、汪晖等人所带来的思想冲击，以及日本思想界“竹内鲁迅”“丸山昇鲁迅”研究范式以鲁迅作为精神动力对日本近现代历史的诘问与清理，鲁迅、鲁迅文本与鲁迅研究一直激荡着一代代人的心灵。同样地，“奔流”丛书的“70后”学者也不约而同地将鲁迅研究纳入著作的编辑出版中。与前辈学者及同辈学人相比，张洁宇将研究视域聚焦在鲁迅的1924—1927年，也即《野草》写作时期及走向杂文“自觉”的关节。① 这段时期鲁迅“运交华盖”，更遭遇了个人的思想危机，他通过《野草》和杂文的写作超克了自身危机，从而走向“对自己人生境遇的自觉；对自己同这个时代的对抗关系的自觉”②，并付诸行动。张洁宇也是基于这样的思考，认为鲁迅在四十岁前后经历了“一个思想和写作的重要的转折时期”③，而《野草》则呈现了这个转折本身。张洁宇将研究视域定位于鲁迅的1924—1927年，则不仅仅是她“进入鲁迅研究的一个入场券”④，更是找到了鲁迅研究的“金钥匙”。

---

① 张旭东在《杂文的“自觉”——鲁迅“过渡期”写作的现代性与语言政治》（上）中提到1925—1927年是鲁迅的杂文写作走向“自觉”的过渡时期，也是鲁迅杂文的特殊质地逐渐定型的时期。

② 张旭东：《杂文的“自觉”——鲁迅“过渡期”写作的现代性与语言政治》（上），《文艺理论与批评》2009年第1期。

③ 孙郁、高远东、王风、刘勇、吴晓东、李怡、黄开发、张洁宇：《〈野草〉研究的历史与现状——以〈独醒者与他的灯〉为中心的研讨》，《当代文坛》2018年第2期。

④ 孙郁、高远东、王风、刘勇、吴晓东、李怡、黄开发、张洁宇：《〈野草〉研究的历史与现状——以〈独醒者与他的灯〉为中心的研讨》，《当代文坛》2018年第2期。

在《“活”与“行”——鲁迅的生命观和文学观》一文中，张洁宇认为鲁迅在《野草》中始终焦灼于“怎么活”与“怎么写”这两个核心命题。在对鲁迅群文及实践行动进行互文式考证的细读后，她发现鲁迅的生命观并非简单地“生——死”过程，而是“一种‘行动’的‘向死而生’”，是“‘死——行——生’的过程”①。因而在反封建的“精神界战士”和反抗绝望的西西弗斯式存在主义英雄形象之外，张洁宇又赋予了鲁迅“行动者”的形象，这是更年轻一代学者对鲁迅研究和现代文学研究的贡献。在此意义上考察《青年必读书》时，张洁宇就跳出了就“读书”本身而谈“读书”的未竟争论，而落实到人的“活”与“行”上，这样或许更能贴近鲁迅的原本意图和生命体验。类似的表述还存在于《野草》中过客的“我只得走”、《死火》中的“我不如烧完”、《希望》中“肉搏这空虚中的暗夜”，这些均是基于“活”的证明而采取的“行动”。甚至后来离开北京都是以鲁迅“作为‘活人’发出的声音和做出的行动”②。

如果循着“行动”这一研究轨迹，则可发现1927年1月到10月广州时期的鲁迅做出的“弃教从文”的抉择，与之前“走异路逃异地”及“弃医从文”有同样价值的转变意义。广州时期，鲁迅在文学写作上是低产沉默的，但在思想和行动上却是高速运转的。张洁宇在《走出学院：一种反省与自觉》一文中，穿透以往研究在革命逻辑及人事纠纷中阐释鲁迅离穗的迷雾，通过对此时段鲁迅的书信、演讲和翻译以及编纂旧稿的附记序跋的发掘与研究，尤其是发现了鹤见祐辅于鲁迅的意义，即此翻译实践促成了鲁迅“对于空谈和实践的取舍、对于书斋与街头的选择”③。因而离开广州走出学院，于鲁迅来说不仅仅是地域上的转换，更是行动范式和文体策略上的转变。张洁宇从“活”与“行”两个维度对鲁迅广州时期的研究，跳出了通常“革命鲁迅”

① 张洁宇：《“活”与“行”——鲁迅的生命观与文学观》，《历史的诗意——中国现代文学与诗学论稿》，人民出版社2021年版，第15页。

② 张洁宇：《“活”与“行”——鲁迅的生命观与文学观》，《历史的诗意——中国现代文学与诗学论稿》，人民出版社2021年版，第17页。

③ 张洁宇：《走出学院：一种反省和自觉——广州时期鲁迅的思想轨迹及其意义》，《历史的诗意——中国现代文学与诗学论稿》，人民出版社2021年版，第26页。

或“政治鲁迅”的阐释模式，重新拉向鲁迅“真的知识阶级”① 的辩难与深思。

“我也不敢真说懂得，对于鲁迅先生的《野草》。鲁迅先生自己却明白地告诉过我，他的哲学都包括在他的《野草》里面。”② 对所有鲁迅研究的学者来说，《野草》直指鲁迅幽微深邃的心灵秘密，包含了鲁迅的全部哲学，是无法绕开的学术挑战。1954 年卫俊秀写出了《鲁迅〈野草〉探索》，之后又有李何林的《鲁迅〈野草〉注释》作为参考资料在“内部发行”，1980 年代孙玉石在北大开设《野草》专题课并著有《〈野草〉研究》。后王富仁博士论文《中国反封建思想革命的一面镜子：〈呐喊〉〈彷徨〉综论》、汪晖博士论文《反抗绝望：鲁迅及其文学世界》及钱理群《心灵的探寻》等均将《野草》作为重要的参照对象或研究对象。而对以现代主义新诗研究为学术生涯起点的张洁宇来说，《野草》是“一个巨大的诱惑和挑战”③，她并未像以往学者着眼于《野草》中所潜藏的鲁迅的哲学思想或隐晦的情绪，而是敏锐地发现了“鲁迅是如何在写作中以丰富多样的方式传达出这些复杂深邃的内容，如何把个人的感性的痛苦转化为成功的文学性文本”④ 这鲜为谈论的一点。故从“写作”的角度深入到《野草》那些晦涩精确又充满诗性的语言，或可将《野草》研究推到一个更高远的境界。其实，于鲁迅来说，“写作”就是“行动”，是作为斗争与实践的方式。张洁宇特别注意到鲁迅关于“真”的写作观念是始终和《野草》写作行为及单篇作品文本紧密联系在一起的，譬如对《墓碣文》背面文字“抉心自食，欲知本味”的解读即指向内心的真实与文学的真实之间表达张力的问题。张洁宇对此阐述道：“鲁迅在这里所提出的问题，显然是他自己在写作中遭遇的问题——如何在‘诗’中处理‘真’，如何在‘欲知本味’的写作中保留‘诗美’、追求艺术？这个问题，他自己无

---

① 1927 年 11 月在抵沪二十余天后鲁迅做了《关于知识阶级》的演讲，提出“真的知识阶级”是“与平民接近”“注重实行的，动的”以及“对于社会永不满意的”，这是对广州时期思考的继续，也是失落于新文化运动落潮及《语丝》逐渐分化后的一次宣言，此后彻底脱离“象牙塔”，成为体制外、党派外的自由撰稿人。

② 衣萍：《古庙杂谈（五）》，《京报副刊》1925 年 3 月 31 日。

③ 孙郁、高远东、王风、刘勇、吴晓东、李怡、黄开发、张洁宇：《〈野草〉研究的历史与现状——以〈独醒者与他的灯〉为中心的研讨》，《当代文坛》2018 年第 2 期。

④ 张洁宇：《“诗”与“真”——〈野草〉与鲁迅的“写作观”》，《历史的诗意——中国现代文学与诗学论稿》，人民出版社 2021 年版，第 58 页。

法给出清楚的回答。他的答案——或者说是他对答案的探索——都体现在《野草》等尝试性的文本之中。”①

在另一篇导论性文章《审视，并被审视——作为鲁迅“自画像”的〈野草〉》中，张洁宇将《野草》视为鲁迅的“自画像”，也即在《野草》中一直存在着一个“观察者的鲁迅”和“一个被观察着的‘自我’”。无论是两棵枣树暗含的分裂自我，还是“彷徨于无地”的影子，再或是气质年龄模样均带有鲁迅本人特征的“过客”，还是只身闯入无物之阵的“战士”，这些形象均带有鲁迅“自画像”的性质。而鲁迅更是在多篇散文诗中用象征手法“画梦”方式来“画自己”，来达到“清理自己的内心、反省自己的生命，同时更是认识和整理自己的精神世界”② 的目的。可以说，象征手法的“画梦”方式、“真”的现代文学的写作观念和“作证”意义的“野草”意象在《野草》各篇章中极大地激活了鲁迅“审视，并被审视”思维范式的内在张力。

无论是《野草》细读研究，还是鲁迅小说及杂文的研究，张洁宇将丰实的史料、细密的考证、严谨的论述与诗性的批评完美地浸溶在了“开放性细读”③ 中。周氏兄弟失和事件可以说极大地改变了彼此的情感结构和主体精神走向，影响了二人文学世界的建构，亦暗合了现代知识分子在革命历史语境下愈加分化的趋势。然而关于此事件的记述多见于周围人的回忆或猜测，并由此而形成了“家庭矛盾说”“伦理冲突说”“失敬说”“隐私说”④ 等，而当事者则很少直接记于文字。在对《影的告别》《求乞者》《我的失恋》做文本细读时，张洁宇综合翻阅了《鲁迅全集》《周作人年谱》以及《鲁迅著译编年全集》等文集资料时，发掘了《〈俟堂专文杂集〉题记》这篇少为人关注的百余字短文，并对其中的“宴之敖者”“忽遭寇劫”“聊集甓余”等词语做了

① 张洁宇：《“诗”与“真”——〈野草〉与鲁迅的“写作观”》，《历史的诗意——中国现代文学与诗学论稿》，人民出版社 2021 年版，第 71 页。

② 张洁宇：《审视，并被审视——作为鲁迅“自画像”的〈野草〉》，《历史的诗意——中国现代文学与诗学论稿》，人民出版社 2021 年版，第 38 页。

③ “开放性细读”是孙玉石在为张洁宇《独醒者与他的灯——鲁迅〈野草〉细读与研究》所写的序言提到的，其意如下：将这些文学文本与关注作家创作时候的社会历史背景、外在生活和内心世界的复杂经历体验、作者文学创作过程中对于“真”与“美”的追求、文本写作前后与刊发时同其他相关著译文本之间的隐秘联系，作者不同文本主题之间存在的显在或隐在的关联，紧密地联系起来，进行考察与分析。

④ 具体详见李宗刚《现代社会的主体性确立与传统社会的关系裂变——以鲁迅、周作人周氏兄弟作为考察对象》，《西南大学学报》（社会科学版）2020 年第 5 期。

分析细读，认为这是“鲁迅对于失和事件所做的唯一一次隐晦的表达”①，进而论证出1924年9月24日是怀着孤愤、悲苦的心境来“高产”写作的。再譬如在“开放性细读”实践中，她对鲁迅的小说《伤逝》与周作人所译古罗马诗人署名“喀都路死”的《伤逝》小诗隐隐含有对话关系的“猜想”，以及《我的失恋》意象“押韵”的新见，虽带有传统索隐考证的印记，但竭泽而渔的史料搜寻、论从史出的扎实功夫、缜密细腻的论述均让读者心服口服。这种“开放性细读”的研究路数和“非确定判断”的猜想空间，是从文本细读出发，又超越文本中心主义而进入到历史语境的关照，的确开拓了研究视野，在经典文本的再解读上做出了示范性的贡献。正如孙玉石所说，张洁宇在鲁迅研究中的“开放性细读”路数迥异于英美新批评的封闭文本细读，而与1940年代朱自清等人开创的解诗学实践相连接，但我认为，这种研究路数更是研究者结合自己的切身体验，在细读中“与作为思想者和写作者的鲁迅之间进行一场深入的对话”②，是在知人论世的方法论实践上达到了与鲁迅“尚友”的境界。

二、本土化与现代化：新诗形式与现代精神

特里·伊格尔顿在论述T. S. 艾略特时指出“两面神式的时间性处于现代主义的核心”，人们通过它可以“回到现代之前的资源里，以期向后运动而进入一个完全超越了现代性的未来”③。张洁宇对中国新诗的研究也是基于这样的“现代主义”思路：既朝着文学现代性追寻之路上迅猛前进，又不断地回望着过去的本土化传统，试图达到“古老和先锋”的兼得。

1922年，胡适在《〈尝试集〉四版自序》中将自己的新诗喻为“带着缠脚时代的血腥气”的“放脚鞋样”④。而在同一年即郭沫若

---

① 张洁宇：《沉默的灰土——〈求乞者〉考论》，《历史的诗意——中国现代文学与诗学论稿》，人民出版社2021年版，第109页。

② 张洁宇：《后记》，《独醒者与他的灯——鲁迅〈野草〉细读与研究》，北京大学出版社2013年版，第329页。

③ 伊格尔顿著：《托·斯·艾略特》，《读诗的艺术》，王敖译，南京大学出版社2013年版，第106页。

④ 胡适：《〈尝试集〉四版自序》，《胡适文集》第3卷，人民文学出版社1998年版，第172页。

《女神》出版一周年之际，郁达夫在《女神之生日》中谈道："我想谁也应该承认，就是'完全脱离旧诗的羁绊自《女神》始'的一段功绩。"① 稍后闻一多费时两个月之久写出来《〈女神〉之时代精神》长文，在"二十世纪底时代精神"的高度上将《女神》定为新诗的起点，这几乎成为新诗史起点的定论而被反复重申。而仅一周之后仍在《创造周报》上发表的《〈女神〉之地方色彩》却较少得到学界的关注与重视，张洁宇在此文章中发现了闻一多诗论的"本土化"立场，并在此基础上建构出了从胡适、闻一多到废名、梁宗岱的新诗诗论想象路径。在通常"历史的文学观念"论主导的现代文学史视域里，"地方色彩"或曰"本土化"的探索总是被遮蔽或湮没于"现代"趋向的新诗史叙事中。在这一层面上，张洁宇在大量的诗学史料中，敏锐地发现了梁宗岱1930年代格律探索之于中国新诗的意义："他将西方'纯诗'理论中的'音''义'结合的思想与中国传统诗学中的格律化的艺术方式相结合，意在建立一个现代汉语诗歌的'纯诗'传统。因此，他的格律探索也正如一个枢纽，不仅联结了世界诗歌与汉语诗歌，同时也联结了现代诗学理念与古典诗学传统，其理论意义因此超出了格律探索本身。"② 可以说，正是因为有了梁宗岱那一代人在"本土化"诗学上的探索努力，中国新诗才有了与世界诗歌对话的可能，也"才能与欧洲文艺复兴各国新诗运动——譬如，意大利底但丁和法国底七星社——并列"③ 的资格，否则只能是世界"自由诗"浪潮中一个"极渺小的波浪"④。

除梁宗岱外，在"本土化"诗学探索上做出突破性贡献的还有其他被李健吾称为"前线诗人"的北平现代派诗人，如卞之琳、何其芳、李广田、废名、曹葆华、林庚、叶公超、李长之等人。张洁宇于2003年出版的博士论文《荒原上的丁香——20世纪30年代北平"前线诗人"诗歌研究》，延续了导师孙玉石提出的"晚唐诗热"和"《荒原》冲击波"两个问题的思考，在史料的开掘搜寻、细腻的批评解读及"文学场域"的论述视角上将北平现代主义诗潮研究推向一个新的高

① 郁达夫：《女神之生日》，《时事新报·学灯》1922年8月2日。

② 张洁宇：《新诗格律化与语言的诗化——以〈大公报·诗特刊〉的格律探索为中心》，《历史的诗意——中国现代文学与诗学论稿》，人民出版社2021年版，第190页

③ 梁宗岱：《新诗底十字路口》，《大公报·文艺》第39期《诗特刊》1935年11月8日。

④ 梁宗岱：《新诗底十字路口》，《大公报·文艺》第39期《诗特刊》1935年11月8日。

度。在研究方法上，张洁宇借鉴了布尔迪厄“文学场域”的理论，将前线诗人的创作实践、“晚唐诗热”的诗学倡导以及“《荒原》冲击波”等放置在北平“文化古城”这一场域内，大大拓展了研究视域和诗学理论空间。尤其是在大学文学教育及校园文化层面上，张洁宇详细地考察了1930年代北平现代主义诗人群围绕课堂、图书馆、读书会及校内外刊物的集聚。正是在这一层面上，我们才能更深入地考察与学术传统密切相关的“晚唐诗热”及“荒原冲击波”在中国现代主义诗潮史、现代文学史及思想史上的症候性意义。废名、林庚、何其芳等人在1930年代对“晚唐诗热”的倡导，无论在诗学理论取向上，还是新诗实践上都是一种“理论的自觉”。张洁宇通过对何其芳《古镜》《古代人的情感》两首诗的细腻剖析，认为这些年轻的“前线诗人”对历史、传统与过去有一种潜意识中固执的迷恋。这种对美丽“迷恋”的书写，因其绮美晦涩、旨趣遥深的特点与西方象征主义诗学相通，都蕴含了现代诗人对文明复杂性多样性的认知和隐微情感的表达，因而不仅仅是被视为一种文艺上的“复兴”，更是一种现代性的创造。现代派诗人自觉地与晚唐相接续，超越了形式上的“新旧”，在对传统诗学的重释中抵达新诗“现代性”的追求。

北平现代派诗人在对“晚唐诗热”复归的同时，也汲汲于《荒原》等西方现代主义诗歌艺术资源的求索。1930年代，中国新诗遭遇了“《荒原》冲击波”，张洁宇在对《荒原》译介过程及北平现代主义诗作爬梳及细读过程中发现，北平现代派诗人群“不仅在《荒原》的译介上有突出贡献（叶公超、赵萝蕤），而且还在《荒原》精神的启发下，集中创造出一系列独具民族色彩和历史意识的‘古城’意象”①。其实，“古城”的荒原体验还来自1930年代初战争危机逐步加深的历史现实，也正是在历史传统的惯性想象、现实战争危机及“古城”意象的书写下，北平“文化古城”的形象在1930年代成为跳出现代性时间之外而被风沙掩埋的“边塞城市”。以1936年出版的《汉园集》为例，“古城”及其相关的书写如“废墟”等就有四十多首，占诗集总量的三分之二。“古城”“废墟”“风沙”等意象在现代派诗人笔下已经成为隐喻象征体，承载了他们对现实的批判和宏大的历史纵深感，这

① 张洁宇：《“荒原”与“古城”——20世纪30年代北平诗坛对〈荒原〉的接受和借鉴》，《历史的诗意——中国现代文学与诗学论稿》，人民出版社2021年版，第221页。

与西方的“荒原”精神是一致的。这正如张洁宇在《荒原的丁香》导言中所谈到的：“‘前线诗人’是以‘现代’的批判意识和审美眼光，对‘传统’进行重新发掘和再创造，同时又以‘本土的’立场取舍和融会‘外来的’营养。这种超越性的立场与自觉‘融合’的努力，为中国现代诗歌史提供了一个内涵丰富而又极有研究价值的文学现象。”①

三、通向“人的文学”命题的京派及学人研究

自晚清到民初，再到“五四”新文化运动，随着科举制度的废除和共和政体取代千年帝制，变动时代的读书人已经无法在庙堂或江湖、美政或美俗中进退自如，他们必须在“士”的承担与“学”的独立中做出自我定位与选择。从这一历史逻辑上看，1920年代末语丝文人的分道扬镳是周氏兄弟“历史中间物”一代读书人的历史必然，他们必须将自身从传统“士大夫”精神桎梏中解放出来，或走向一种现代知识分子的国事承担，或寄居于书斋追求学术独立与自由的“爱智者”。而周作人笔下的“爱智者”在1930年代北平则是存在于现代意义上的高等教育机构“学院”这一特殊场域中的。与传统“学而优则仕”不同，“‘学’可以成为一种单纯的职业和岗位，可以成为一种社会存在的方式”②，而相对于经世治国的责任承担，“爱智者”们更强调个体性，更落到“人”本身的观照上。因此，张洁宇在《“新文人”与新文学》一文中将1930年代京派学人称为“学院派文人”是顺理成章的。高恒文在专著《京派文人：学院派的风采》也谈到卞之琳更愿意将“京派”称为“学院派”。在“学院”这一层面上，张洁宇发现京派文人很重要的思想特征：对思想自由与专业的纯粹、学术独立的强调与尊崇，并且在狂飙突进的“革命现代性”和“颓加荡”的海派现代性之外，学院派文人开拓出了中国特有的“新传统观念”③的现代性，从而打破了“现代”与“传统”的二元对立姿态。

---

① 张洁宇：《导言》，《荒原上的丁香——20世纪30年代北平“前线诗人”诗歌研究》，中国人民大学出版社2003年版，第6页。

② 张洁宇：《“新文人”与新文学——五四新文化运动与“学院型文人”群的形成》，《历史的诗意——中国现代文学与诗学论稿》，人民出版社2021年版，第285页。

③ 史书美著：《重思现代：京派》，《现代的诱惑——书写半殖民地中国的现代主义（1917—1937）》，何恬译，江苏人民出版社2007年版，第174页。

在对京派及现代学人研究中，张洁宇还努力跳脱出“京海对举”的传统思路与方法，将京派放置在历史纵贯的视野中，考察京派文人群的形成以及与五四思想的承继关系，尤其是在以“革命”“救亡”为时代主题的20世纪二三十年代，京派重申“人的问题”及重释传统又有何种历史意义。这样京派研究的参照对象就置换成了五四新文化时期的前辈学人、文人们，并且也打破了从北平城市文化维度来阐释“京派”的研究局限，而将思维触角延伸至从晚清至五四再到1930年代的思想传统上。在细致考辨京派文人的作品后，她总结出“人的文学”在1930年代京派文人中的三点新变：一是更突出“理性的健全”，也即一种强调怀疑、批判和独立思想的现代精神；二是在启蒙方式上更重视引发精神内部的改变，而不是诉诸空洞的宣传；三是更加维护“纯文学”独立自由的品格。然而，更值得思考的是，当京派文人纷纷退居到“自己的园地”里，追求独立自由的学术研究，清谈文学与人学的坚持中，又如何才能在社会启蒙及思想革命层面上完成五四新文化未竟的急迫问题。这也就是罗志田在《风雨如晦》一书中针对变动时代的读书人提出的悖论性命题：“‘去经典化’之后，‘风俗政治’便处在一种无所指引的状态之下，而‘学术思想’则扮演着一种身份似明确而意义不确定的角色：它在某种程度上是经典的替代物，但其究竟是否能够承担以前经典所行使的功用，以及怎样完成，的确都还是问题。”①

（作者单位：首都师范大学中国诗歌研究中心）

① 罗志田：《经典淡出之后的读书人》，《风雨鸡鸣——变动时代的读书人》，生活·读书·新知三联书店2019年版，第4页。

杜甫诗学中的古今之变

——兼师力斌《杜甫与新诗》之评述

◇柳春蕊

师力斌将他多年关于新诗理论与实践的思考，熔铸一炉，重读伟大的现实主义诗人（萧涤非先生称之为“人民诗人”）杜甫，并在这里找到了对话新诗的支点与界面，试图为新诗的写作实践提供一种方向，开掘出新的道路，用心可感。取精用宏，大言炎炎，细微透彻，情韵不匮，一发不可收拾，很令人兴奋。

一

正大，是该书的立足点。作者于此二字的提炼，是基于萧涤非和叶嘉莹二位先生的论断。叶先生认为，成就杜甫集大成者最重要的因素“乃在于他生而禀有着一种极为难得的健全的才性——那就是他的博大、均衡与正常”①。萧涤非先生分析杜甫抒情诗时说：“一是真实，二是重大。杜甫的抒情诗全是从真情实感中从肺腑中流露出来的。重大，也就是说，他的感情是有分量的，有巨大内容的，是和人民的感情息息相通的。”② 作者说，“高远之思想可谓大，真挚之感情可谓正”③。认识到这一点，是极紧要的。若在这一点达不成共识与自觉，是难以进入杜诗的世界，对杜甫的理解就会失之偏颇、支离、怪异。笔者于此一点之倚重，乃是多年研读杜甫之感获，更是《杜甫与新诗》于我阅读的强烈体验。每读一过，这一体验愈加强烈，逼得我不得不将“正大”二字置于首位。

大凡认真读过《杜甫与新诗》的人，一定会认同，它的基调和底

---

① 叶嘉莹：《论杜甫七律之演进及其承先启后之成就（代序）》，见《杜甫秋兴八首集说》，北京大学出版社 2014 年版，第 3 页。

② 萧涤非：《杜甫诗歌的艺术性》，《文史哲》1993 年第 2 期。

③ 师力斌：《杜甫与新诗》，团结出版社 2019 年版，第 106 页。

色是正大的，而非偏狭、怪异。

杜甫有一个强大的情感本体。他所遇之人之境之事之物，无不生发他的“思君王、忧祸乱、悲时日、念友朋、吊古人、怀远道。凡欢愉、幽愁、离合、今昔之感，一一触类而起”①。这就是杜甫的“大”，大而无外。在他这里，自不必说家国题材，民生哀苦，就是小的生灵，小的物象，小的感触，在他的世界里，同样是丰富，自然，无私，活泼而美好，为诗人寓目而欣赏。可以说，他的情感是与天地同流，与万物为一。“圣人感万物而遂有天下”，杜甫是“诗圣”（梁启超谓之“情圣”），诗中的大圣人，他能感万物，而遂有千古绝调。儒家的仁爱思想，浸润在他的诗里，我们不必读孔孟六经，他的诗，就是儒家怀抱；我们不必读后来者的宋明理学，他的诗，就是民胞物与，风光霁月；甚而我们也不必读庄子以及他的家族，杜甫的诗，就是与物为春，与时俱化。他的诗，是有“教”与“道”的，是儒教，有诗道。这是他的大，也是他的正。在现代马一浮先生的诗中，我们同样能读到这样的儒道精神与文化情怀。这是中国诗学的最为重要的精神命脉，也是最易知易感的人间情怀。

《风》《骚》以降，凡是伟大的诗人，都要在这里流连忘返，辗转徘徊，驻足赏叹。这是作者的一个重要发现，书中三复致意。作为以建设新诗为自觉使命的诗论家，力斌自然要在这里驻足赏叹，流连忘返，在回望百年新诗发展道路，在理性思考新诗创作之得失，他铁肩“正大”，喊出了“正大”的最强音（“用尽闺中力，君听空外音”），他似乎要让世间的诗人们看一看杜甫，以及像杜甫一样的诗人。笔者读《杜甫与新诗》的敬佩，多由此而生。

师力斌以杜甫的《题桃树》《见萤火》《再呈吴郎》为例，作“同情”之解读，小中见大，细致入微，认为杜甫“无论多小，他的视野中总有一个宇宙，有一个家国，有一个草根，这些思想根深蒂固地长在他的心中；无论诗歌主题大小，他的思想境界总是那么正大”②。我认为，这是杜诗“能写得出”的地方。

一个伟大的诗人的基本条件，首先是也必然是，不失其赤子之心，不失去自己的人性，这便是“得性情之正”。能“得性情之正”，则性

① 叶燮等著：《原诗　一瓢诗话　说诗晬语》，人民文学出版社 1979 年版，第 17 页。

② 师力斌：《杜甫与新诗》，团结出版社 2019 年版，第 288 页。

情的本身自然会与天下人的性情相感相通，因而才能“取众人之意为己辞”“览一国之意以为己心”（孔颖达《毛诗大序正义》），创作出富于社会性而不失个性的作品。杜甫的精神和胸襟总是忧乐天下，把天下国家的忧乐悲欢凝注到自己的心中，不仅是性情之真，而是性情之正。由道德心的培养，使个性和社会性达到统一。“人的感情，在修养的升华中能得其正，在自身向下沉潜中而易得其真。得其正的感情，是社会的哀乐向个人之心的集约化；得其真的感情，是个人因现实挫折而向内沉潜的人生的真实化。”① 这是儒家“诗教”观的重要表证，写作上，是要“发乎情而止乎礼”。情感有一种节制而归宿的修饰美，思想有一种阔大而端庄的美，这是儒门内的情感，由此产出来的风化是温柔敦厚，无论是人性，还是文化。极高明而道中庸，是适合的美，是平和的美。考察中国文学史、中国诗歌史，我们会惊喜发现这一“美”的情感类型和表述范式，是如此的清晰而宽敞，是一条通衢。在现代作家梁实秋、朱自清、孙犁、汪曾祺、季羡林那里，能看到这一条通衢。而内于此情感者，就是他们写作上的文体自觉。文体，在情意的作用与功能上，毋宁说是一种节制，一种适合，更是允协人性，丽泽草木，使之道中庸而赞大化。师力斌并未涉及于此，但顺着他的思考，势不得不将在这条通衢上流连忘返，这是我们要瞩目于他探寻的未来的，尽管他是一位研究当代文化的学者。

作者还指出，这个“正”，是正常的，是日常的，非怪诞，非晦涩。他比较杜甫《佳人》与李金发《弃妇》时说，“便能明了什么是正大，什么是‘怪力乱神’”②。确实，“天寒翠袖薄，日暮倚修竹”，写因乱世而被弃的妇人，写得有涵养，有深婉，含蓄不迫，而悲苦自在，写出了一种儒者怀抱观物的美，那就是情感的正大的共流，是物色的凄美的映带。这一点，直通儒家的精神命脉，即是人世间的情感，是人世间的景、事、物、理，是自然，也是万有。

① 徐复观：《中国文学论集》，九洲出版社 2014 年版，第 84 页。

② 师力斌：《杜甫与新诗》，团结出版社 2019 年版，第 101 页。

二

书中作者对杜诗的存在和意义做了现代的阐释。他说："在阅读中强烈地体验到杜诗的建筑性。杜诗像一座高峰，更像一座诗歌的金字塔。宇宙意识、家国情怀、人道主义、草根情结构成金字塔的底座，决定着它的整体框架和思想高度。""宇宙意识代表阔大的空间，家国情怀决定历史深度，人道主义标志道德取向，草根情结显示人生底蕴。""没有恢宏的宇宙意识，它可能只是一个地方性的小石堆，不会有金字塔与天地日月对话的雄伟姿态；有宇宙意识没有家国情怀，它可能就是一座没有民族记忆的自然建筑，而不会是一座民族历史的见证；有宇宙意识，家国情怀，而没有人道主义和草根情结，它也只会是一座不接地气的、为王公贵族服务的法老陵墓，而不会是凝结了千百万劳动人民血泪和智慧的伟大建筑。仅有这四项思想的图纸，而没有精湛的建造技术，更不可能在沙漠里建造起举世闻名的伟大建筑。新诗百年，回望诗歌历史的地平线，巍峨高耸的杜诗仿佛在天际提醒我，思想边界狭隘不成，词语石料不精致不成，词语石料组合衔接有缝隙也不成。既要求思想的顶层设计，还要求技术的完美支撑。"① 这是作者阅读杜诗总结性的论断，也是新诗发展过程中必将出现的一个无比广阔的世界。他重提人民性、历史性、人道主义，与萧涤非先生所说的"人民诗人"，内在旨趣，无不相同，但在新时代诗歌写作的语境中，这样的声音无疑是空谷足音，掷地有声，有批判精神，富有现实意识。继而引出闻一多、艾青、余光中、穆旦等现当代新诗作者，与之衡量对读，并进一步阐发了杜甫的经典意义，以及于当代诗坛的示范意谓。

此外，作者对身体的理解最具现代性。他用"肉感"分析穆旦的生存意识和苦难精神（"肉感"这一词以及它的思维路径、阐释范围，还可以斟酌），然而这一"肉感"内在于意象、色调和主题，并落在一个个肉体身上，落在贫穷与苦难、沉默与忍耐上，这样赞颂人民的觉醒，有其坚实依托，是大诗的气象。穆旦说："我们这么写成一型，好似另一派，也许有人认为是'象牙之塔'，可是我不认为如此，因为我

① 师力斌：《杜甫与新诗》，团结出版社 2019 年版，第 279 页。

是特别主张要写出有时代意义的内容。问题是，首先要把自我扩充到时代那么大，然后再写自我，这样写出的作品就成了时代的作品。这作品和恩格斯所批评的‘时代传声筒’不同，因为它是具体的，有血和肉的了。”① 这与中国古代伟大诗人的书写，何其相似！作者分析穆旦《发现》这首诗，我注意到这些语句，“穆旦那种克制的激情和悲怆灿烂的感受，那样真实，那样令人憧憬、留恋而又心痛不已。”“‘你拥抱我才突然凝结成肉体’这该是怎样真切而经典的感受，‘你把我轻轻打开，一如春天’又是怎样美得让人难忘肉体接触！这首诗让我为现代新诗骄傲。”继而，他分析杜甫，说“身体的衰变与社稷安危、政治风云紧密结合在一起，充盈着丰富复杂的历史文化意蕴。如身老之诗，‘兵革身将老，关河信不通。犹残数行泪，忍对百花丛。’”② 比较二者之后，他认为杜甫的生命感受表达得“正常健全”，穆旦则“相对偏执”。杜甫写悲苦丑陋，常会有“阳光欢乐积极美好的一面”。“穆旦有些诗过分夸大了悲苦黑暗，缩小了欢乐光明。当代新诗不乏这种现象。对于大诗人而言，正常健全的确是一个不同凡响的能力。”③ 这样的评述，辨彰清浊，掎摭病利，力透纸背。

现代社会的人与物、物与欲、人与自己之间的紧张与挤压，甚而人们的物质性存在被“悬搁”，或被公共性而驱逐、流浪、吞没，使之成为“共同的人”或“孑独的人”。战争离乱，瘟疫灾难，古今并存，古代诗人不是没有揭露，不是没有批判，其实文学史关于这些主题的论述，仍是运用现实主义的“揭露与批判”语词，获得了很好的阐释效果，但古诗常有一种温润的力量，是正常的健全的力量。当代诗人关于这一主题的书写，若不予人们光明的前景或正大的力量，仅是私人的忧郁、发泄、咆哮，一己情欲之释放，或沦为时代的传声筒，那么既没有崇高的情致，自然没有感人的力量。在诗的古今嬗变之际，这是一个重要分水岭。作者能够平视古今诗人，他的全部底气就在这里。有这一标准在胸中，他的写作才不失为私写作，而是公言的言说。所以，我说《杜甫与新诗》的底色是正大的。

杜甫不失为伟大的批评理论家，虽然他诗的理论著述甚少。如果

---

① 《穆旦诗文集2》，人民文学出版社2006年版，第188页。

② 师力斌:《杜甫与新诗》，团结出版社2019年版，第96页。

③ 师力斌:《杜甫与新诗》，团结出版社2019年版，第97页。

上溯早他二百多年的刘勰《文心雕龙》，晚他半世纪的韩愈《答李翊书》，或者之后三百年的欧阳修《送徐无党南归序》，将这近六百年的文学作一长时段的考察，是很容易明白一些文学事理来的。杜甫置于这儿，是诗的坐标，风骨兼备，情采条贯，上而遥接《诗三百》之传统，下而启律诗之新途径，尤其是他在新的诗体（律诗）上做了全面的建设和系统的思考，这个工作可以说是前无古人，而后亦无来者。以黄庭坚为主的江西诗派开启并整理了诸多诗学课题，但在一些大的理论问题上，杜甫皆具备或萌蘖，有着早春二月的气息。杜甫于他们的前代是"不废江河"，是"别裁伪体"，是"转益多师"，是"清词丽句"；他于自己的创作，是惨淡经营而后的自信，是诗律细而后的"浑漫与"，是"思飘云物动，律中鬼神惊"，是理论批评与创作实践的统一。他与韩愈一样，都是唐宋之际转折性人物，也是唐宋之际坐标性人物。站在他们坐标的纵横轴上，我们能找到这一时期的任何文学家的位置，看清他们的得失。站在这一坐标上，仰观中古，俯察近古，很多文学史的问题亦易看得分明、看得亲切。

新诗的百年，桐花初开，清新细丽，或乳虎出林，气象峥嵘，如同初唐的诗人们，如同建安的诗人们，要摘着星辰似的歌咏着离乱的时代，要如电如幻似的歌咏着自己的青春，要摩天蹈海似的奏响时代的角号，这百年的能量，足与中国历史上任何一个百年相媲美，毫不逊色，且要磊落得多、慷慨得多。若将新诗做整体的考察，则是壮丽、闳硕，是民族的诗史，是史家的绝唱。它的运动，没有偏离风骚的轨道；它的情感，仍是正大的雅声。我们做这样的充分估量，是要克服"贵远贱近，向声背实，又患暗于自见，谓己为贤"的批评盲区，而归结于每个时代都是历史进程中的一环这一常理。这样做，便有坐标的意义，它的风向，它的区域，它的时空，它的存在，将获得稍精准而又开放的意谓，且有着运动的而非静止的方向，有着限制的而有想象的力量，有着真实的而并未过时的存在感。如此，参伍因革，会通适变，在"设文之体"与"变文之数"二者之间找到平衡点。

一轮明月照古今。我一直认为，今古文章有其汇通处。《杜甫与新诗》已萌其蘖象，意识到在文学史的古今问题是一个横亘的大论题。显然，以杜甫为观照对象，作新诗的症候性批评，就是试着沟通与会通的自觉。期待作者顺此时势，苞举洪纤，开源发流，斧藻群言，作圈贯与折中的努力，写出浑然而伟岸的著述。

三

深入理解汉语是新诗建设的重要一维。不唯新诗、散文、小说，亦然。汉语文学的特点和优长，如何发掘它的美，以及在新时代写作中的增长点，似乎为当代文学研究和创作界所遗忘。汪曾祺于此曾做了很多工作。《杜甫与新诗》作者紧紧抓住这一点，用较大篇幅分析“杜甫与新诗”中名词的运用与处理，及其文化要义和表达效用。不得不说，这又是作者的一大创说，是及时的，极紧要的。及时，是新诗，包括旧体诗创作，偏离汉语太久远；极紧要，是说汉语表达传统、汉语思维的缺席或弱化，在汉语的美的开掘方面，不是深广而是荒芜，并没有长成什么像样的庄稼，更不消说是丰收与成熟。

师力斌以建筑的美喻像杜诗世界，其中关于“石头”的论述，不妨看成是他回归汉语的一种努力，是一种常识的被觉醒。《杜甫与新诗》中第三章“杜诗技术之于新诗”，作者归于“杜诗学”，这个术语并不新鲜，但他找到了“名词”与“名词魅力”，提炼出“诗学是建筑学”，并在这一视阈下观照杜诗中的“炼字”“炼句”“句法”“比喻”等传统研究中的老问题（高友工、梅祖麟《唐诗三论——诗歌的结构主义批评》，萧涤非、傅庚生等前贤多有述评），古今诗的举例，中西诗学的运用，间之以作者诗人的匠心，当代文化研究的学养，析论精微，会心之论亦多，读罢应接不暇，令人激赏不已。这一章的写法，不是理论的缜密，自无批评的系统，倒像极了传统的诗话，是片段的，灵光乍现，是他的“读”与杜诗的“思”的邂逅而来的心动，随“读”而成“文”，使得这一章尤其的显眼，自然，轻盈，松散而饱满，不零乱，而有归宿。

名词意象在诗中，往往有一种趋于性质而非事物的强烈倾向，有着与英语完全不同的具体性，在传达生动性质的意义上，这些意象是具体的，也是抽象的。在伟大的诗人杜甫这里，如“片云天共远”的“天”，是具体的，也是抽象的，自然引出时空，使时空意象化；有时更多地指向历史，并有着与现实关锁的意谓。名词的组接与搭配，使得诗，尤其是律诗，易臻精妙华严之境；诗产生一种张力，既有题材大小之间的张力，又有字句之间、内外结构之间的张力。名词意象与虚词，与动词，与议论，挟情韵以行，使得杜诗深沉而邃密。宋人用

“云间”三种语境形容杜诗，谓“随波逐浪句”“斩截众流句”“涵盖乾坤句”；若以画境论，不惟平远、高远，更有深远。诗论家常用的“雄深雅健”“包涵万象”“包天地之元气，含古今之正变”，等等，皆此意。若我们将它们落实下来，与杜诗名词意象的运用有很大关联。

作者认为余光中、艾青等新诗作家有明确的名词并列意识。以余光中《大寒流》、艾青《巴黎》《我的父亲》等诗作为例，分析地理空间的变换，抽象与具象、大与小、局部与整理，它们的意义都由名字来传达。作者考察新诗名词稀释的三方面原因之后（“‘诗体大解放’带来的名词稀释”“新诗口语化、现代化，让新诗失掉了古诗的凝练简洁和丰富意蕴。一个词就是一个意思，再不会使你有其他联想，也无法再产生其他审美效果。”“名词在表达现代生活经验时捉襟见肘。如果没有动词连接、虚词连接、频繁的代词指示等复杂的现代语言的辅助，许多精细微妙新鲜的经验无法传达”），指出“这只是表面的印象。诗意是不会被打倒的。”“真正的原因只能是，新诗自动降低了词汇审美的标准，放弃了对现代生活诗意的艰苦挖掘。”“诗意有待一位有着杜甫那样词汇意识的新诗人去挑选锻造。”他大声疾呼，强调这一问题的重新讨论，“不是要回到追求对仗的老路上，而是要发扬它名词意识的传统，张扬汉语的美学潜力”。①

“张扬汉语的美学潜力”，说得多好啊！

同前人一样，作者以“新诗”的敏感瞩目于杜诗颜色名词“锦官城”“白帝城”“玉门关”“青枫江”，地理名词“渭北春天树，江东日暮云”“万里桥南宅，百花潭北庄”“关塞三千里，烟花一万重”等，颇有感慨地说，“如果杜甫活着，这些新名词该是怎样的激动而幸运呵”，——

> 比如白区、白匪、白话、白卷、白酒、白条、白开水、白兰地、白毛女、白日梦、白皮书、白色恐怖、黑幕、黑道、黑店、黑洞、黑白片、黑名单、黑芝麻、黑灯瞎火、红旗、红军、红星、红酒、红人、红壤、红烧肉、红绿灯、红领巾、红塔山、红花郎、红二代、红外线、红色江山、红十字会、打黄、黄片、黄豆、黄油、黄包车、黄段子、黄金时代、黄

① 师力斌：《杜甫与新诗》，团结出版社2019年版，第193页。

金分割、宝马、奔驰、蜗居、蚁族、棚户、电脑、机器人、计算机、宇航员、高铁、百度、万科、搜狗、三套车、七匹狼、小米黑科技、美白润肤霜。

作者是诗人，我猜想他敲入这些词汇时，脑海里一定不惟词义，而是词的连接，词在意义中的呈现，它们就像一件件宝贝、一串串珠珍，那样的夺目耀眼，辉光一时，“石韫玉而山辉，水怀珠而川媚”“立片言而居要，乃一篇之警策”。无论人们对它们的喜恶，它们都是新鲜地立着，独立地立着，它们带来新鲜的认识与感知，带来新鲜的时代，它们是弄潮儿！一切时代最终都在尘埃落定之后，形成一种感受、认知、观念、意识、精神的指谓，而这有待于名词或它的家族去完成。而诗人，又以独有的艺术才能又将这一“名词”或它的“家族”还原，出场，上演，退幕，指向它们新鲜而细丽、高大而直接的经验世界。

新诗的重要开拓者林庚先生在《我为什么特别喜爱唐诗》一文中，高度评价孟浩然《春晓》这首诗。说：“一种雨过天晴的新鲜感受，把落花的淡淡哀愁冲洗得何等纯净！花总是要落的，而落花也总是有些可惜。春天就是这样在花开花落中发展着。怎样认识这样一个世界呢？这就仿佛是一个新鲜的启示。唐诗的可贵处就在于它以最新鲜的感受从生活的各个方面启发着人们。它的充沛的精神状态，深入浅出的语言造诣，乃是中国古典诗歌史上最完美的成就。”又说，“唐诗之后，摹仿唐诗的人不知有多少，那些作品都早已被人们遗忘，而唐诗却还是那么新鲜”。①

这样读唐诗，才读懂了它是一首唐诗。这样读唐诗，才读懂“新鲜”一词的世界，以及这一世界带给我们的新鲜而细丽、高大而直接的感受。人们对诗的解读，大多数是以散文或小说的方式进行着，以概念的或叙事的逻辑进行着，以起承转合或情景相生的方法进行着，这些解读，并出版的文字著述，作品解读，还能让我们从哪儿去找到诗的出发点，诗的旅程，诗的风景与情致，诗的归宿点呢？这——是要打一个大大的问号的。作者在满目诗界的社会里，是一个清醒者，也是鼓足了劲、一门儿心思作摇旗呐喊者。因为他找到了“汉语”二

① 林庚：《我为什么特别喜爱唐诗》，《人民日报》1982年6月21日。

字，找到了建设新诗的重要也是唯一的基地，就是“汉语土壤”。不唯新诗的写作，就连散文、小说、戏剧、影视等领域里的写作，也早已“把老祖宗已经发现的宝贝当成洗脚水给倒掉了”。我们在表达自我、表达世界时的那种捉襟见肘，那种无以言表的紧迫感、内急感，甚而所谓的著名教授们自以为“正大”的特有矜持，让人们情何以堪，何颜以对！难道是诗人真的离弃了诗吗？好诗只合天上有吗？我想都不是，是我们的遗忘，我们难以做到“语不惊人死不休”，而杜甫所说“李侯有佳句，往往似阴铿”“复忆襄阳孟浩然，清诗句句尽堪传”“最传秀句寰区满”“美名人不及，佳句法如何”“故人得佳句，独赠白头翁”“新诗句句好，应任老夫传”“不薄今人爱古人，清词丽句必为邻”，就是我们的榜样。杜甫重视诗的字句的琢磨。萧涤非曾说，杜诗很少有草率的可有可无的闲字闲句。

仅以《秋兴八首》为例，名词意象如“玉露”“枫树林”“巫山巫峡”“白帝城”“夔府孤城”“京华”“八月槎”“画省香炉”“山楼粉堞”“匡衡”“刘向”“长安”“王侯第宅”“文武衣冠”“故国平居”“蓬莱宫阙”“南山”“承露金茎”“瑶池”“函谷关”“云移雉尾”“日绕龙鳞”“瞿塘峡口曲江头”“花萼夹城”“芙蓉小苑”“珠帘绣柱”“锦缆牙樯”“歌舞地”“秦中”“昆明池水”“武帝旌旗”“织女机丝”“石鲸鳞甲”“菰米”“莲房”“昆吾御宿”“紫阁峰阴”“香稻”“碧梧”等，多达六十多处。王士禛说，“皆雄浑丰丽，沈着痛快。其有感于长安者，但极言其盛，而所感自寓于中。徐而味之，凡怀乡恋阙之情，慨往伤今之意，与夫戎寇交侵，小人病国，风俗之非旧，盛衰之相寻，所谓不胜其悲者，固已不出乎意言之表矣。”郝楚望云：“八首才大气厚，格高声宏，真足虎视词坛，独步一世。”陈眉公云：“云霞满空，回翔万状，天风吹海，怒涛飞涌，可喻老杜《秋兴》诸篇。”①《八首》的情感艺术魅力，若照师力斌的理解，其中之一便是“时空的意象化”。他指出，这些名词“既是空间上的坐标，也是历史与现实在诗人精神上的区划，外在地理和内在精神完美融合”②。可以说，地理名词的运用，为其诗意之“正大”做了重要贡献。

---

① 王士禛、郝楚望、陈眉公三评语，见杨伦《杜诗镜铨》，上海古籍出版社 2019 年版，第 649 页。

② 师力斌：《杜甫与新诗》，团结出版社 2019 年版，第 32 页。

杜甫以其精湛的汉语加工组织的艺术，实现了诗中情感世界和心灵世界的熔铸与会通。正如陈寅恪先生所说，“古今事情，虽不同物，若于异中求同，同中求异，融会异同，混合古今，别造一同异俱冥，今古合流之幻觉，斯实文章之绝诣，而作者之能事矣。”① 美学家苏珊·朗格说，“假如它是一首优秀的诗篇，它就必然是一种表现性的形式。”“这种表现性形式借助于构成成分之间作用力的紧张和松弛，借助于这些成分之间的平衡和非平衡，就产生出一种有机性的幻觉，亦即被艺术家们称之为‘生命的形式’的幻觉。”② 动静、时空、虚实、古今、大小、独立与浑化、清晰与混沌、紧张与协允、形迹与神明、真实与幻境等诗的因子，在杜诗中实现了高度统一，内化为情感的生命的形式，这归于对心律的比况，体现在重新寻找组织感官材料，并使之合乎心律之秩序，同步逍遥，神采焕发。这里，重要的是名词与动词的宛转运用，如“返照入江翻石壁，归云拥树失山村”“穿花蛱蝶深深见，点水蜻蜓款款飞”“香飘合殿春风转，花覆千官淑景移”“青惜峰峦过，黄知橘柚来”；体现在“不可言之理，不可述之事，遇之于默会意象之表，而理与事无不灿然于前者也。”③ 即，杜诗语言的情感性质，直接诉诸直觉，逼近心灵，而汇入情感的世界，如“春风入鼓鼙”“高城秋自落”“月傍九霄多”“帝乡愁绪外，春色泪痕边”；在于情感主体是杜诗的语法关锁的第一要义，如“乱石闭门高”“烽火连三月”（空间之“烽火”与时间之“三月”相“连”属，通感于诗人的心灵世界，此后李商隐承学之，且于心灵世界之摹象方面更为深远）、“万事已黄发，残生随白鸥”。在“诗书遂墙壁，奴仆且旌旄”（“遂”“且”，非语法的需要，而是服务于诗人的感受：在战乱中斯文扫地，诗书只好藏入墙壁间，而武夫则得志，连奴仆也因战功而竖起旌旄！“遂”，不得已也；“且”，尤见诗人之蔑视与不平也。）“日月笼中鸟，乾坤水上萍”等诗句中，尤为明显。这正是杜甫别造之孤诣，别生之新境，以古事今情、时空交错、虚实相兼、情理共携而别造一种艺术之幻境，在语词、语句、情感、情理中跳跃，闪耀着艺术的光芒。

---

① 陈寅恪：《金明馆丛稿初编》，生活·读书·新知三联书店 2001 年版，第 234 页。

② 苏珊·朗格著：《艺术问题》，滕守尧译，中国社会科学出版社 1983 年版，第 143 页。

③ 叶燮等著：《原诗　一瓢诗话　说诗晬语》，人民文学出版社 1979 年版，第 30 页。

如此说杜，尤其是杜律，或易进入。

杜甫是这样，李商隐是这样，黄庭坚也是这样。

四

与此相应的是，杜诗的“精严”。作者在“动词技术”一节里用了“打磨功夫”“琢磨用字”等说明杜诗艺术的经典性。这是旧谭，但作者摄住新诗的发展，重提句眼，在杜甫“诗中句眼所在，以动词为多”里读出“动词是最有活性的词类”“迸发出相当可观的能量”，并引现当代诗人为证，说明穆旦、余光中、昌耀、洛夫、北岛、莫非、臧棣等诗作的动词运用，进而阐发这一艺术的古今一贯，和它与经典作品构成因素之内在关联。很巧的是，昨晚的研究生课《杜甫诗学研究》，赵汗青君朗读她的诗《闲情赋》，“偏心穿过她肩上的垂柳/如折扇梳过歌声”，这个“梳”字，就有几分神似。让我看到，动词是一首诗的眼睛，像眼睛于美人，飞檐于屋宇，湖泊于高原，星月于夜空，是其耀眼处。

郑板桥论徐渭、石涛作画，曾说：“此亦小小匠心，尚不肯刻苦，安望其穷微索渺乎？殊不知‘写意’二字，误多少事！必极工而后能写意，非不工而遂能写意也。”① 这是文艺创作的一条真正规律。即自由与精严、自然与规矩的内在统一。现代崇尚“逸笔草草”这样的画家，崇尚“萧散简远”这样的书法家，以及“不著一字，尽得风流”的文人，多得很，然而我却不明白他们的真本领在哪里，真精神在何处。就“内在统一”说，从伟大的文论家刘勰，就是“风”与“骨”的统一。刘勰说：“练于骨者，析辞必精；深乎风者，述情必显。捶字坚而难移，结响凝而不滞，此风骨之力也。”② 固然，有“深于风”的诗人，但风骨兼备，当为刘勰所推崇。杜甫的“风”，是与“析辞必精”的“骨”联系在一起。杜诗的由“骨”（雄健、骨力）而呈现的“风”（于杜甫而言为“体貌”，于诗而言为“感染力”），可以说是千古无两。杜诗的“健”，源于他的下字与造句的不苟，且久经锻炼。他说“新诗改罢自长吟”，这里的“改”，这里的“长吟”，就是在寻觅那个最合适的字与句。若是认真研究庄子的用字、造句、安章、谋篇，

① 转引自叶朗《中国美学史大纲》，上海人民出版社1985年版，第547页。

② 刘勰：《文心雕龙》，中华书局2014年版，第166页。

研究鲁迅的篇章语言，句与句的联系、段与段的安排，同样能得出这样的结论。

今日评论文艺，除了书法，“风骨”这一范畴已经很少被使用。“风”或许存留，“骨”则渺有涉及。其实，为人们津津乐道的笔力纵横，用笔老辣，大笔如椽，笔力千钧，“笔落惊风雨”，“律中鬼神惊”，波澜老成，力透纸背，入木三分，鞭辟入里等等，具体而微，就是“文辞”上事，即“析辞必精”，即由精严而出的力量。诚然，沈从文的小说、冰心的散文、海子的诗，以意象性见长，属于“深于风”者，我们可以不用“骨”去“析辞”（“析辞”主要是指评论作家的词语以及词语间的联系）；孟子、庄子、司马相如、阮籍、李白、苏轼、姚鼐、康有为、马一浮、郭沫若，大抵属于“深于风”者；荀子、扬雄、嵇康、杜甫、黄庭坚、戴震、章太炎、陈三立、鲁迅，大抵属于“练于骨”者。然而，一旦文艺批评淡漠或缺少“骨”的意识，文学家创作重意蕴而不追求言辞的力量，接受者不能持以“忠恕”研读作品的利害得失、妍蚩好恶，汉语的力量（表现力和效用）势必减弱、稀释，以至消亡。作为“土壤”存在的汉语，在此基础上而构建的文学大厦，其建筑之牢固、力量之坚拔、美观之格调，皆可准于此而平衡之。

无论是诗，还是散文，最要讲的是字句篇章和剪裁割爱。刘勰在《文心雕龙章句篇》中说：“夫人之立言，因字而生句，积句而成章，积章而成篇。篇之彪炳，章无疵也；章之明靡，句无玷也；句之清英，字不妄也；振本而末从，知一而万毕矣。”① 章，是段落，一层意思的收束，要它的“明靡”，须保证句子没有玷污。一个个句子，仿佛一树的枝条，它的清美峻拔，字必须是稳健而妥帖。又说：“句司数字，待相接以为用；章总一义，须意穷而成体。其控引情理，送迎际会，譬舞容回环，而有缀兆之位；歌声靡曼，而有抗坠之节也。”② 我们把情理（“意义”）安顿在一章中，一个段落就要完成一层意义，这个意义是个空间，“须意穷而成体”；而句子则是有长有短，“待相接以为用”。情理的控与引、节奏的迎（呼）与送（应），在句子里面，就是“言之短长”与“声之高下”。而在文调上，则成为回环的美妙，抗坠的谐和。汉语的奥秘，不过是长句与短句的搭配。一泻千里，戛然而止，

① 刘勰：《文心雕龙》，中华书局 2014 年版，第 196 页。
② 刘勰：《文心雕龙》，中华书局 2014 年版，第 196 页。

画舫笙歌，骏马收缰，可长则长，能短则短，运用一妙，在乎一心，随变适会，莫见定准。中国语言的一个特点是有“四声”。“声之高下”不但造成一种音乐美，而且直接影响意义。不仅写诗，就是写散文、写小说，也要注意语调。

好的作品，是最有“篇章的组织”。它是一种关系的美、结构的美，也是秩序的美、适合的美，自然是情理的美。细拆开来，每一句都是平平常常的，而组织（编织）在一起，就有点意味，有些神韵。若每句话都是名言警句，每句诗都是秀句，那就毫无篇章之美了。语言不是一句一句写出来的，叠加起来的。语言不是盖房子，一块砖、一块砖地垒起来，那样是之谓“堆砌”。语言的美，不在一句一句的话，而在话与话之间的联系。汪曾祺的《中国文学的语言问题》引用清代包世臣评论王羲之的字，说单看一个一个的字，并不怎么好看，但是字的各部分，字与字之间“如老翁携带幼孙，顾盼有情，痛痒相关”。中国人写字讲究“行气”。语言是处处相通，有内在联系的。语言像树，枝干树叶，汁液流转，一枝动，百枝摇；它是“活”的。

杜甫的五七言组诗，五言排律，张谦宜说：“有层次，有转接，有渡脉，有盘旋，有闪落收缴，又妙在一气。”① 沈德潜说：“五言长篇，固须节次分明，一气连属。然有意本连属而转似不相连属者，叙事未了，忽然顿断，插入旁议，忽然联续，转接无象，莫测端倪，此运《左》《史》法于韵语中，不以常格拘也。千古以来，且让少陵独步。”② 这些评语，皆指出杜诗篇章之妙用，也就是汉语的篇章之美。

晋力，是作者的笔名。“晋”是作者的郡望，“力”是作者的追求。“力”，无外乎两种，一是正大。或缘苦难之境遇而后出生真知灼见与共情同感（另一面，苦难常常赐予人以仇恨和消极）；一是语词的力量，汉语的表达。同样，它指向的是文辞。文辞以骨，情韵以风。一个有“风”的人，未必有骨（就请伊去做天涯的浪子吧），而有“骨”的人，自有风神。“风”即文意，“骨”即文辞，黄侃的解读是正确的。简洁，洗练，缜密，概括，精确，遒劲，这些是“力”的义界。相反，冗长，汗漫，松散，无节制，“下笔不能自休”，随意点染或咆哮喧哗，

---

① 张谦宜：《茧斋诗谈》，转引自萧涤非主编《杜甫全集校注》，人民文学出版社 2014 年版，第 6954 页。

② 沈德潜：《说诗晬语》，转引自萧涤非主编《杜甫全集校注》，人民文学出版社 2014 年版，第 6958 页。

往往经不住风吹浪打，是立不起来的。这是锻炼的妙处，是锻炼之德用。研究杜诗，就要研究杜甫在诗的语词上“力破馀境”，研究杜诗的“力”的美。像“峡束沧江起，岩排石树圆”“群山万壑赴荆门”“地平江动蜀，天阔树浮秦”“骅骝开道路，鹰隼出风尘”“帝力收三统，天威总四溟”“追饯同舟日，伤春一水间”“欹倒衰年废，招寻令节同”，或激荡，或挺拔，或扭转乾坤，或“意惬关飞动，篇终接混茫”，或“笔落惊风雨，诗成泣鬼神”，无不具备“力”感。

杜甫是革命性的诗人。他实现了自己的革命，在情意的表达，在志不申获而归属自然的紧张与和谐；也实现了艺术上的革命，在语词的灵用，在规矩法度与自然神明。这，也可以说是前无古人。顾随先生说，“老杜在唐诗中是革命的，因他打破了历来酝酿之传统，他表现的不是‘韵’，而是‘力’。”① 这是卓识。

杜甫是儒门内的诗人。但，他的情感却实现了自由的超越，从儒门内，往天地外；他不像李太白，是谪辞，他是在世间饱含苦难、磨炼而成的诗的精灵，雄擘万古，淬励将来，实现了诗律自由；在诗里的美感中，实现了力量的转化，从温柔敦厚直抵鲸鱼碧海。

师力斌说：“我读杜甫，头一件事就是想把他作为自由诗人，而不是格律诗人。这是读杜越来越强烈的感受，也得益于闻一多给我的历史启示。”② 从上面说来，从杜诗的革命与自由之意志说来，这，——是成立的。

五

师力斌将杜甫理解为自由体诗人。笔者于此，不敢苟同。相对于汉语写作规律的回归与继承，这是下位的事情。整体而言，杜甫是七言律诗的全面建设者，是总设计师。他关于“律”的论述和思考很多，非常自觉，不能简单说，他是自由体诗人。七律，在杜甫这里，不是“扶贫”，不是“帮扶”，而是全面建设“小康”时期。

初唐之世，七律还是沈德潜所云“英华乍启，门户未开”，是早春

① 顾随讲，叶嘉莹笔记，顾之京、高献红整理：《中国古典诗词感发》，北京大学出版社 2012 年版，第 89 页。

② 师力斌：《杜甫与新诗》，团结出版社 2019 年版，第 13 页。

的蓓蕾，并未开出灿烂的花朵。七律，从应制诗中逐渐发展起来，内容单薄，是它先天的旧疾。到了盛唐时期，依旧是歌颂、唱酬、流连光景，描写广泛的社会生活题材，反映诗人复杂思想情感的诗篇，并不多见。“在艺术上，他们所追求的一味是秀丽融浑、匀称自然，以兴象超妙取胜。论其意境，有如七宝楼台，空灵缥缈，然而它终究是显现在云阶月地之中，而不是奠基在人间的土壤上。而且他们的作风，彼此大致相同，合起来，有个共同的时代风貌，分开来，就很难以看出作家的个性特征。”①

杜甫的七律创作，不俯仰随人，于盛唐诸公之外，自辟蹊径。万里苍梧，此其发轫，而全面收功者，待于入蜀之后。诗歌题材上，打开了七律广阔的天地。不唯此前物色描摹，赠答唱酬，且抒写忧国忧民之情怀，书写漂泊支离身世之感，触手即在。像“闻道河阳近乘胜，司徒急为破幽燕”（《恨别》），“寡妻群盗非今日，天下车书正一家”（《题桃树》），“惟将迟暮供多病，未有涓埃答圣朝”（《野望》），“花近高楼伤客心，万方多难此登临”（《登楼》），“新松恨不高千尺，恶竹应须斩万竿”（《将赴成都草堂途中有作先寄严郑公》），这些极寻常的题目里，却跳动着时代的脉搏，闪耀着诗人个性的光辉。像《诸将》《咏怀古迹》《秋兴》这类大型组诗，终于登上了杜诗的宽阔舞台，演出了壮丽的剧幕。《诸将》五首，指摘将帅，议论时事。《秋兴》八首，沈雄博丽，体大思精，全面地反映了杜甫进步的政治见解和湛深的艺术造诣。

唐人七律，到了杜甫，境界始大，感慨始深。

杜甫入蜀之后，开始了七律的全面建设时期。七律，是杜甫诗作中的一丛晚秀之花，却开着灿烂，遍地黄金，残照苍茫。

盛唐诗人的七律以兴趣情韵见长，由于色彩的渲染、音调的配合，表现风度端凝，仪容修整，给人“态浓意远淑且真，肌理细腻骨肉匀”的美感。到了杜甫这里，摹写物象，抒发性情，“壮浪纵恣，摆去拘束”，于尺幅之中，运以磅礴飞动的气势，一变而为巨刃磨天、金鸩擘海的壮观。磅礴飞动的气势和精严的诗律融合一起，构成杜诗七律的独特风格。即“思飘云物外，律中鬼神惊”（《敬赠郑谏议十韵》），可得其仿佛。唯其运之以气，故能开阖排奡，运掉自如，造成不平凡

① 马茂元：《晚照楼文集》，商务印书馆2015年版，第168页。

之体势；唯其深于律，故而又能于拏掷骞腾的气势中见出精细的脉络。杜甫七律所以“工而能化”，别于盛唐诸家者，正在此等处。姚鼐所谓“杜公七律，含天地之元气，包古今之正变，不可以律缚，亦不可以盛唐限者”者，意即在此。

自声病之说盛行而后，古诗变而为律诗。李白爱作乐府，占三卷之多；杜甫则不做乐府，把诗和乐的性质完全分开。清代王渔洋《古诗平仄论》发现古诗的平仄，矜为独得之秘，七古用平韵后三字，必是平声，尤以第五字为最紧要。如韩愈“五岳祭秩皆三公，四方环镇嵩当中”、东坡诗“春江绿涨葡萄醅，武昌官柳知谁栽”，若改第五字平声为仄，便为律调。东坡七古学韩，韩学杜，然其始者若王昌龄《箜篌引》。惟杜甫用之最多。又七律最早作者，如汤惠休《秋思引》“秋寒依依风过河，白露萧萧洞庭波。思君末光光已灭，眇眇悲望如思何！”隋无名氏“杨柳青青着地垂，杨花漫漫搅天飞。柳条折尽花飞尽，借问行人归不归?”，李白七绝，受此影响者多，音调和谐。杜甫前二句多拗者，前二句又以前一句拗者为多，此一做法黄庭坚最喜。杜甫作诗，内容及声律，力避前人旧式，所谓“用一调即变一调”，后来宋人学杜，学其善变处。明人只学得他的高腔大调。

杜甫是诗国中一位狂热的革命家！凡他在现实中、政治上施展不开的、未能施展的，全安放在他的诗里，这种力气比韩愈还要大！李白守着诗的过往，杜甫则抉破藩篱，开辟诗的未来。李白间用复笔，其妙处犹在单笔；杜甫则全在排偶。李之体，古多律少；杜只讲变化，律体与排偶者为多。李白尚文学之旧贯，杜甫则诗体呈散文化、历史化特征，多文化之新知。自《古诗十九首》至李白，作一结穴，可谓成家；从子美开篇，此后至明清，可云开派。总而言之，李是复古的健将，杜是革命的先锋。杜守儒学之旧教义，而革命如是；韩退之守北方儒家之旧传统，而革命亦如彼，此吾国文化之矛盾现象而并存于一人者，治吾国旧学者不可不知也。

杜律而后的诗歌世界，有如百花争艳。刘禹锡、柳宗元以精警凝练见长，白居易以纡徐坦易取胜，苏轼运之以纵横豪宕之气，黄庭坚则耽于奇峭幽奥之思，陆游雄浑健拔，元好问沉痛激昂。生活感受不同，风格各异，自成面目；而在传统继承上，无不可看成杜律的支流与旁裔。至于李义山七律，是唐代的殿军，演出了王安石一派。若论其渊源所自，则虽兼备众体，而瓣香则在少陵。杜律的贡献和意义，置于这个统系中，方能明其广大；阐明杜律为何影响如此的深远，则能明了“汉语土壤”的特性和优长，然后艺植培养，施肥浇灌，培本接种，移植花木，即有方向和途径。回望新诗百年，这样的结论，势不得不为发愿壮大而革命新诗的人们所注重。

同时，又要注意到，在律诗的世界里，杜甫又有自由的一面。这源于他的刻苦与努力，即情感的协律与破律，达到开阖有度、骞腾裕如，前人于杜甫这方面的研究甚多。从杜诗的开创意义论之，这种“自由”固为杜甫所寓目，钻研有年。他说过，“陆机二十作《文赋》”。他与这位身世相同、“服膺儒术”的西晋文学家陆机颇为相类。我们不妨关注这一点，“服膺儒术”而才华横溢的大作家，他们如何做文章，前有蔡邕和汉儒“从经术到文章”一线的作家们，考察这一群体的创作实际，颇能说明魏晋文学之自觉，其实而有力处，乃在于这一支的努力与突破。至于文学史所谓的“建安风力”“魏晋风度”，则反倒在其次。陆机《文赋》说，“在有无而僶俛，当浅深而不让。虽离方而遁圆，期穷形而尽相。”这就是“实而有力”的实践。由此而阐发的“夸目者尚奢，惬心者贵当。言穷者无隘，论达者唯旷”的创作追求，“其为物也多姿，其为体也屡迁，其会意也尚巧，其遣言也贵妍”的艺术用心，“应、和、悲、雅、艳”的审美理想，都可看作是“儒门内”的文学努力，即力破馀境而臻自然的努力。这在后世的文艺实践中，浩浩荡荡，浑无际涯，如同“发乎情，止乎礼义”一样，成为文学史上光辉的命题，构成中国文艺思想史上的优秀艺术传统。如果我们的文学研究还注重文学的主体性，强调文学中的“人”，研究“人”与“文”，那么这一深藏历史深处、久为人所却忘的艺术传统，应该为之深切著明而弘扬光大。做此种古今之际的沟通，并建立它们之间友好之联系，势必会丰富我们的“汉语土壤”，使之“正德、利用、厚生”，且在多样的差异性上达到“和”的统一。我想，在复兴中华文化的伟大征程中，这一认识究竟当为自明而将自觉。

一个伟大的诗人，写大有大的伟岸，写小有小的细丽，手法之超妙，力度之稳健，语词之峭拔，节奏之协律，腾挪运掉，无所不能。从蔡邕到陆机，从陆机到杜甫，从杜甫到黄庭坚，从黄庭坚到姚鼐，从姚鼐到马一浮，他们在这方面做了许多富有开创性的工作，也是探索，有时是失意的，但在跳动着的“思理”与“语词”之间纵横驰骋，思理为妙，神与物游，骈散相时而为用，思境相偕而为言，情景妙合，无垠凑泊之境，是一致的。

“有所法而后能”，在这里；“有所变而后大”，也在这里。

他们不愧是思想的圣手，文苑的巧匠！

六

师力斌是一位执着的新体诗人，又是有着一腔热望的批评理论家，有着诗的气质与精神。凡长日里写诗，或多或少具有诗的气质；而精神，且一以贯之、持之久远的，则不易提炼凝聚。师力斌是有诗的精神，他试图并坚持着在诗的领地开拓一片园地，耕种百谷草木，然后江南草长，群莺乱飞，雨后春笋，游鱼毕现。他具备着牺牲的勇气，大头陀的精神，抱有墨子的气概，愿意起早摸黑地为诗人服务、为喜爱诗的人们服务，愿意在新诗的苑土里，培育新苗，惨淡经营，加以指导。这几年，他在《北漂诗人》上的努力及成绩，有口皆碑，初有规模，已树风声。我想，若没有杜甫在心中，没有现当代的优秀诗人在心中，化为自己的血脉，提炼出一种精神，不懈追求，恐怕也是朝三暮四，谈不是久远，遑论精神的气概了。

笔者读研究生时，曾与力斌兄共事于《北大研究生学志》编辑部。二十年的过往，从《学志》走出的青年学人，各自领域，建树斐然。昔日的燕园，他的干劲足、嗓门大，胸怀浩然。看到他骑着高八式自行车，载着可爱的女儿上学，迎着朝阳，又送走黄昏，在苍茫的暮色里，在朝霞的日出，我常想，这大约是青年时期的杜甫罢。不意，二十年后的今日，他依然杜公笔力以自勉，让我生出百倍的敬意！

《杜甫与新诗》，即此一端。

百年新诗，有不少的诗人和理论批评家，不断地从传统中汲取营养，没有忘记“汉语”这块肥沃的土壤，而像闻一多、冯至、余光中等人自觉学习杜甫，转益多师，有的虽未深入研究，而精神之相系，正大而长存，如艾青、穆旦等。杜甫和他的不朽诗篇，好像一轮明月，今古相照，宇宙清辉，苍穹与存。

师力斌继承了新诗的传统，又在杜甫这里做了进一步的开掘。《杜甫与新诗》有的章节是学术论文，有的是传统诗话，笔者更欣赏其中的以诗话（新诗话）形式解读杜诗。自然，语言还可以诗化一些。笔者从事诗学的研究，一直倡导，于诗的研究，需要有诗的范式。凡冗长的、无真感发、无一流的鉴赏，靠材料支撑的述学文体，皆刍狗也，蘧庐也，敝屣也。作者引用新诗，或篇幅过长，阅读割裂之感，论题为之稀化，但也不妨说，这正是作者的神思与感发。在中国诗学的古今问题上，作为经典，有着坐标系意义的杜诗，作者于它的“割情析采、笼圈条贯”“擘肌分理、唯务折衷”，尚有待深入，然而在这方面的探讨，已现端倪。如同初唐的律诗，它是早春二月的蓓蕾，它的绽放，终要等待更多的新诗作者和批评家们，作自觉的探索与实践。

无论如何，《杜甫与新诗》做了这样一种努力。

作者歌颂杜甫，绝非述赞古董，而是向着未来，要为新诗的成长拓宽大大的空间，树立坐标，寻找力量，找回真实的存在。

正如鲁迅先生所说，“北大是常为新的”。作者曾就读北大中文系，中文系的传统是“常为新的”。朱自清在文学史和批评史方面的认识多出新知，林庚《中国文学简史》新知贯穿旧义，游国恩的《中国文学史》应时而生，而吴小如先生注重“小学、辞章与义理”统一的讲法，遵循的是乾嘉考据求是之精神，不过做出来的成绩却是朝着新义方面发展，这个传统是一脉相贯的。考察“五四”新文学传统的断裂与承继，笔者在中文系学习、研究和教学，强烈感受到这一点。在“德先生”和“赛先生”之后，我愿意用“时先生”和“事先生”统贯中文系之“朝着新时代方向”的旧传统。

笔者讲授杜甫诗学研究，也是试着朝以新时代方之向，这与师力斌向着崭新的未来，钻研杜诗的精神意志，是一贯的。

这样说，我与二十年前的力斌兄，二十年后的他，初心不忘。自然，在“诗的使命”这一点上，我未敢忘，他自有未忘者焉。

（作者单位：北京大学中文系）

一个人的诗歌史
——读谭五昌《在北师大课堂讲诗》（五卷本）札记

◇向以鲜

一、过去才是充满生气的

人类是靠回忆来生活的。说得更绝对一点儿，人类的文明也是在回忆或回望之中得以延续的。如果没有这种回忆或回望的能力，轴心文明再伟大，也无法重新点燃火焰。海德格尔曾从现象学哲学的高度，来赞扬“回忆”的诗性精神及其本源意义，海氏将“回忆”称之为众缪斯之母。戏剧、音乐、舞蹈、诗歌都出自回忆女神的孕育。这儿的回忆，是作为回过头来的“思”“目睹”与“聆听”，它不仅仅是一种心理学上所指的回溯和记住过去往事的能力，更是一种本源性、幻思性、重构性的聚合体，是对人类潜在的生命激情的召唤，是对人类生命本源与生存本真的回归，是人性对神性经验，对超验的联通与超越。

因此，任何历史的书写，无论是政治史、思想史、艺术史、文学史或诗歌史，首先是一部回忆史。北京师范大学中国当代新诗研究中心主任、著名诗歌评论家谭五昌先生的五卷本诗学著作《在北师大课堂讲诗》，虽然是由一个个相对独立的讲座或讲义及师生对话构成，但由于作者具有高屋建瓴的史学视域和春秋笔法，因而是一部滔滔宏辩的现当代诗歌史，而且是一部生动的、充满在场感和个人印记的诗歌史。这种在场感同回忆的气质并不相矛盾，不仅不矛盾，反而为回忆赋予了鲜活的特质，使谭五昌的史笔具有了强烈的介入性和生活气息。《在北师大课堂讲诗》（五卷本）的讲义背景，使全书所具有罕见的口语质地，亲切而饶有趣味。这是一种古老的但又中断了的传统，从《论语》到《朱子语录》，以至叶嘉莹整理的顾随系列讲稿，我们都能从中体味到那种如沐春风般的美感。如果再联想到卡尔维诺（Italo Calvino）的《新千年文学讲演录》，我对讲义、讲稿或课堂对话录，内心中始终弥漫着无限敬意，那是一种亲切的布道和心灵撞击。《在北师大课堂讲诗》（五卷本）重拾了这种久违的珍贵火种，并且大放光明。正如诗人吉狄马加所说："这套书完整地呈现出中国当代诗歌的版图，填补了国内相关诗歌研究的空白，堪称一部口语体的中国当代新诗发展史。"

在谭五昌先生的《在北师大课堂讲诗》（五卷本）里，我读到了真诚和真实，这儿没有"粉饰"，没有"修饰"，它确实是"充满生气的"。诗人安琪甚至觉得：捧读此书，仿佛也置身于北京师范大学文学院的某间教室，就像读了五年北师大研究生课程（比正式研究生还多了两年）。

二、北师大的结构与肌质

1941 年，美国文艺批评家兰色姆（Crowe Ransom）出版《新批评》，把人们对文本的重视提高至空前的高度，从诗人转向诗本身。兰色姆提出一个重要的批评观念：结构肌质。所谓结构，就是一首诗的内在逻辑线索和旨要，可以用散文的形式进行转述，代表着这首诗歌所涉具体事物或事象——诗歌的肌质——的秩序和方向。因此，诗歌的结构和肌质是无法分离的，结构是灵魂，肌质是肉体。谭五昌先生在此基础上向前推进一步：在谭五昌先生看来，这种结构与肌质不仅存在于一首诗歌中，也存在于诗人的一生中。这是一种带有北师大痕迹的结构与肌质，我们甚至能从中隐隐抚触到鲁迅解剖事物的锋芒。北师大有着自己的学术传统，鲁迅之外，还有诗人、诗歌评论家和翻译家穆木天，学衡派中坚、中国现代植物学奠基人胡先骕以及训古文献语言学大师高步瀛、余嘉锡和杨树达等，在这些前辈学风的沾溉之下，谭五昌先生养成一种既谨严又畅达的学术品性。

无论是解析诗人还是透视诗文本，谭五昌先生都能抓住兰色姆所倡立的结构与肌质，进行鞭辟入里的分析，既延伸得开，又收束得拢。在自然、自由的氛围中，始终把握住诗人及文本的主线。讨论顾城和海子时，谭五昌先生认为二人虽然风格大不相同，但却有一个共通的特性，可以称之为共通的心理或人生结构，那就是二人有着非常深重的女性崇拜情结和恋母情结。但二人同中又有不同，海子对女性是用一种贾宝玉式的眼光去欣赏，而顾城更多的是把女性当作母亲去崇拜、去依恋，他对妻子谢烨就有这样一种情结。当他的恋母情结遭到现实毁灭性的打击无处安放的时候，他就走向了极端，将那把代表暴力的斧头砍向了他的“母亲”谢烨。这种不同，也导致二人的诗歌品质各异，海子的诗歌体现出一种王的孤独，实际上是渴望得到女性的倾慕，他热爱女性，内心是始终孤傲的；而顾城诗歌的单纯甚至偏执，恰恰是一个永远也长不大的孩子的本性使然。顾城也热爱女性，目光是纯洁和仰望的。

当代诗歌批评中，很多批评家一开腔就是艾略特或杜甫，可以大谈东西方文化，可以谈一大通相干不相干的理论，但就是不谈诗人的文本。只要一涉及具体的文本，就王顾左右而言他，几乎丧失直面文本的能力与勇气。我曾亲历过一场吊诡的对话：一个自视甚高的批评者对他所批评的本人（诗人）说，我为你撰写了长达十万字的批评解读文章，你读了没有？诗人迷惘而痛苦地说，我读了，但是读不懂，你到底要说啥子嘛？

我认为，一个诗歌批评家，如果不是一个真正的文本释读者，无论他有多么高深的理论素养，他都算不上一个合格的批评家。谭五昌先生不同，时时处处与诗人及其文本贴身肉搏，展现了精微的文本解读功夫。诗人柏桦有首短诗名叫《悬崖》，并不是经常被人提及。谭五昌先生认为，比起所谓朦胧诗人北岛、舒婷或江河、杨炼来，柏桦和张枣的有些诗篇显得更加朦胧，才称得上真正的朦胧诗。解读这首《悬崖》时，谭五昌先生从几个蒙太奇镜头（夜里的阁楼、地址的死亡、依稀的白颈项、貂蝉的耳朵、枯萎的器官、痛哭的李贺等）入手，找到了进入这个诗歌文本的有效密码。这个密码，实际上也就是兰色姆所说的结构与肌质。

三、一个人的诗歌史

在中国传统史学范畴中，通常以两种方式来描述阐释纷繁复杂的历史现象：一是纪传体，以《史记》《汉书》等为其代表；一是编年体，以《左传》《资治通鉴》等为其翘楚。而在西方的史学研究领域，实际上也可大体划分为上述两大类型，前者有希罗多德的《历史》，后者则以塔西佗《编年史》为最负盛名。

这两种史学研究方法，实际上与哲学上两种研究方法即归纳法和演绎法是相对应的。纪传体（包括纪事本末）的方法更接近于归纳法，而编年体的方法则主要是运用演绎法。这两种方法是相互依存又相互对立的，史学的研究或写作，也同样存在着这种对立又依存的困惑：过分依赖于建立在归纳法的纪传体，可能会流于空疏甚至概念化；而源于演绎思维的编年体，又可能因只见细节而忽略整体而显得零乱。如何将两者进行优势互补，一直是史学研究者的难题之一。

虽然有纪传与编年之分，在中国传统史学格局中，还是纪传体占据了大壁江山，谭五昌先生煌煌五卷本180万字的《在北师大课堂讲诗》，从体例来看，是承继了史班纪传体传统，但却注入了编年体的脉络，因而避免了通常纪传体而流于空疏的缺点，以人物（98位诗人及3个诗群）为经，以文本及诗歌事件为纬，从而编织出一部独特、宏伟的现当代诗歌史长卷。

法国历史学家亨利·贝尔（Henri Beyle）在百多年前创办《历史综合评论》杂志时，主张史学家应抛弃狭隘的政治史，书写“全面的历史”，历史学家必须打破过分专门化所造成的历史研究的狭隘性，主动同其他学科的专家进行合作，运用历史学、历史哲学、社会学、心理学等多学科的方法解释历史。谭五昌先生的《在北师大课堂讲诗》（五卷本），正是秉承了这种“全面的历史”方法，从诗人及诗歌出发，将研究的触须伸向广阔的社会历史和文化现场（比如从历史理性、批判意识、怀疑精神和英雄主义剖析北岛，用“十个海子”阐释海子的自我分裂等），构建出谭氏的诗歌史，我称之为一个人的诗歌史（尽管里面有大量的师生讨论对话）。没有冰冷的、纯客观的历史，那是死的、没有生命的历史。真正的历史总是带着人的温度，尤其历史学家个人的温度。

《在北师大课堂讲诗》（五卷本）所讲授的百余位现当代诗人，虽然不能说囊括了所有优秀诗人，但基本上反映了1949年以来的重要诗歌发展历程和关键性诗人及作品。里面牵涉大量现当代诗歌史的文本及相关史实背景，这是一部很有“故事”的诗史。比如，很多批评家都在谈论食指（郭路生）的《相信未来》，但我觉得谭五昌先生谈得最好、最具体、最有历史还原感。他提到了李立三的女儿李雅兰因《相信未来》而爱上了郭路生，也提到了何其芳的女儿何京颉如何从《相信未来》一诗中获取生活的勇气，并且还洞察了郭路生更早时期一段隐秘的爱情（爱上了一个维吾尔族少女）等等。这样的诗歌史，读来真有如饮琼浆的痛快感。谭五昌先生说，他希望他和学生们在北师大小小的课堂上讲诗、论诗、赏诗、诵诗时，在广袤的神州大地上，在有现代汉语生根开花的星球的每一个角落，都能听到中国当代诗歌美丽、活泼的音节在回响。我想，随着更多的人开始阅读和喜欢上这部内容浩瀚的诗歌讲义，一定会有越来越多的人爱上中国当代诗歌。就像食指（郭路生）让一代人相信未来一样，我们也要相信汉语诗歌。

谭五昌先生以精密而又辽阔的诗思与诗心，找到了一串串破译中国现当代诗歌的密码，为我们开启了一部壮丽的中国现当代诗歌史，它是谭五昌先生一个人的诗歌史，是北师大一群追求诗歌真理者的诗歌史，同时，也是一部我们共同见证和参与其中的活的诗歌史。

（作者单位：四川大学古籍整理研究所）

论邱景华的三位一体整体细读观
——兼评《诗从细读开始》

◇杨能群　任　毅

当代诗评家邱景华的专著《诗从细读开始》于2020年由海峡文艺出版社出版，在诗学界产生了较大影响。邱老师学术成果十分丰富。近20年来他主要从事新诗研究，在《诗探索》等各类期刊上发表的文学评论已有一百多篇，另外著有《波浪的诗魂——蔡其矫论》《蔡其矫年谱》《在虚构的世界里》等。他从新诗作品的细读开始，进而拓展到诗人论、诗学理论研究，近期完成了这部新诗阐释学新著《诗从细读开始》。从这部论著的命名可以看出，其核心观点就是"诗的细读"，这不仅体现了"细读"在诗歌研究中的重要性，也是作者对自己的诗学研究之路的典型概括。陈仲义说："实践证明，精读与细读的方法特别适用诗歌的解读。"① 这部论著包括三个层面共23篇，包括对徐志摩、辛笛、艾青、郑敏、穆旦、牛汉、彭燕郊、北岛、舒婷、林莽、海子等十多位名家诗作的"细读"和诗歌细读与诗歌接受理论。

第一层面为单部作品的文本细读。主要有《一个以康桥为原型的超现实梦境——徐志摩〈再别康桥〉新读》《郑敏〈诗人与死〉细读》《牛汉〈梦游〉细读》等在内的13个细读研究个案，这是这部论著的重点，是作者花费心思较多、所下功夫最足，也是最具特色的部分。这部分对新诗史中的名篇进行精读，是"新批评"诗歌细读理论的基础，是该著的立足点和出发点。邱景华在前人研究成果的基础上，对每部诗作均做出深刻而独特的阐释解读与深入分析。《徐志摩〈再别康桥〉新读》开篇提出："《再别康桥》并非一首浪漫主义诗歌，而是一首现代离别诗。它的主题不是单一的离别，而是内含爱情与理想幻灭的多种人生意蕴。"针对这一观点，邱景华做了如下分析，首先从这首

① 陈仲义：《现代诗接受的难关——细读、变造细读、反细读，及方法》，《扬子江评论》2016年第2期。

诗的叙述方式上提出，《再别康桥》采用了浪漫主义的叙述方式，即作者与叙述者为同一人。但是这首诗的叙述者与现实中的作者是有重大错位的，这种错位表现在这首诗的作者故意将“真情”隐藏起来，没有采用直抒胸臆的浪漫主义手法，而是由叙述者讲述了一个超现实的梦境。所以《再别康桥》的第一节就是作者梦境的开始，第二节是梦境的展开。其次，邱景华对这首诗中意象的解读也十分别致，第二节的分析中，作者提出“夕阳中的新娘”，不单单是比喻金柳，而是象征的隐喻意象，是诗人“无意识的深层意象”，“新娘”表面上看是“金柳”的明喻，却暗指已与梁思成结婚的林徽因这个新嫁娘。邱景华还提到从这首诗所创造的意境以及所选用的意象来看，这首诗具有鲜明的汉诗特点。另外，邱景华对《再别康桥》当中的标点符号也进行了解读。如对“寻梦？撑一支长篙”中的问号进行了解读，指出问号其实是一种暗示，暗藏着对“寻梦”的否定。要想理解这首诗的底蕴，只有通过对第六节的深入分析和对徐志摩生平的深入了解才能实现。最后，作者还对这首诗形式上的新诗现代格律化以及语言特点做出了细致分析。

第二层面为“以细读为方法的诗人论”。包含《“群体性呼唤”与“新诗戏剧化”——艾青抗战时期叙事诗的艺术探索》《郑敏早期诗歌的多重艺术来源》等6篇文章。这是把诗人的代表性诗作作为一个整体来进行深入分析，从而探寻诗人独特而丰富的艺术世界，也是富有创见性的。比如对诗人郑敏早期诗歌艺术来源的探讨，邱景华将她的艺术来源分为四个。第一个艺术来源是其童年时所接受的中国古典诗词，第二个艺术来源是徐志摩和废名的新诗，第三个艺术来源是对尼采的喜爱，以及由尼采、歌德等组成的德语诗歌金链，第四个艺术来源是华兹华斯和布莱克英语诗歌的影响，并对每个艺术来源进行了细致的分析，然后指出其诗歌艺术来源的丰富性，对其诗歌的复杂性所产生的影响，从而研究诗人郑敏及其诗歌的独特性。又如，舒婷三个不同创作的阶段：1981 年以前为朦胧诗；1984 年到 1990 年为“新古典”，代表作有《圆寂》《滴水观音》；后期有呈现后现代色彩的长诗，代表作有《最后的挽歌》等。作者认为以往的研究多集中在舒婷前期的朦胧诗上，而中后期诗歌尤其是具有“新古典”特征的中期诗歌往往处于被遮蔽的状态。《舒婷：被遮蔽的另一半》就是专门研究中期的“新古典”，这拓展了舒婷研究的新范畴。对于穆旦后期的思想，邱景华从穆旦后期的“悲观”、心态的“衰老”等方面做了深入辨析，采用实证研究的方法，努力接近其客观性。作者认为，当代诗人林莽是一个特殊的诗人，他对其创作道路的形成与发展做了细致而周全的研究，指出林莽为了追寻自己诗歌创作的独特个性于1984年开始转型，这一年也是他创作的爆发期。林莽诗作没有盲目跟随当代流行的诗潮，而是展现了他独特的艺术个性和精神风貌。

第三层面为“诗学理论的细读”。这一层面共有4篇文章，如《“活用典”：新诗继承传统的一种方式》《对新诗现代格律化“不定型”的思考》等。这一层面是在大量的文本细读中发现新的理论问题，从而归纳的诗学结论。邱景华指出，“用典”在古典诗学和现代诗学中都存在争议，“用典”本身有“死用典”和“活用典”之分，当代诗学中源远流长的汉诗“用典”艺术不该被全盘否定，而应该继承，要对新诗名家名篇的典故进行详注，也应该被列入文本细读的重要内容之中。对于新诗现代格律化“不定型”的思考，邱景华主要从新诗现代格律化的特点及其与“现代格律诗”的关系等方面，做出了细致的研究。总之，这本书中的诗论，与寻常的诗论不同，它的独特之处在于以细读为基础来发现新的诗学理论问题，与常见的借用各种理论来阐释新诗文本不同，专著是从诗作与诗人的个案研究中逐渐上升为现代诗学理论的探索。

专著中“细读”的独特之处在于四个方面。首先，这是有理论指导的细读。以英美新批评理论为基点，结合作者、读者与文本的联系，融入哲学阐释学，以及中国古代和现代的解诗传统，从而总结出一套独特的细读方法。以文本为中心，又不能忽视作者和读者，把三者视为不可分割的一个整体，针对不同的细读对象，而灵活地采用各种科学、完整的方法。正如“作品的意义，只有在阅读过程中才能产生，它是作品和读者相互作用的产物，而不是隐藏在作品之中，等待阐释学去发现的神秘之物。”① 其次，本书中的细读是精心选择的细读。这里每一篇的细读对象都是精心挑选的，包括徐志摩、辛笛、艾青、郑敏、穆旦等在内对诗坛有一定影响的“大家之作”，这些诗作都是有难度、有一定争议的作品。再次，本书中的细读是有所突破的细读。本

① 伊瑟尔：《文本的召唤结构》，转引自《西方二十世纪文论》，中国社会科学出版社1988年版，第275页。

书认为真正意义上的细读，不是简单地告诉读者诗歌讲了哪些内容，而是有新发现的细读。要发现历史读者没注意到的细节、文本背后的深厚内涵、诗人在文本中的暗示意义，以及前人对文本的误解，甚至是诗人自身都“未曾意识”到的部分。正所谓：“读，是文本理解的起点，侧重于文字、结构以及作者写作背景等的研究，尽量读出文本原意；解，是以文本释义为起点，侧重于文本意义的辨析、评判以及潜在意义的发掘，要求读者有创造性的发挥。”① 最后，本书的细读还是“阐释循环”的细读。邱景华认为：文本细读、诗人论、诗学理论这三个层面的细读不是独立的，而是互补的，以文本细读为基础，后扩展到诗人，进而探讨在文本与诗人的细读中发现的若干具有普遍意义的新诗理论。

总之，专著全面而系统地阐述了一个形成中的新诗史，全书先从具体的诗歌文本细读开始，进而扩展到诗人，再到诗歌的理论问题，完成了一种百年诗史的“阐释循环”。概言之，就是先从部分开始，然后逐渐走向整体，进而慢慢形成百年新诗史的“史观”。这种新诗“史观”的形成，反过来又可以从整体的角度对单篇文本和诗人进行部分阐释，并对其进行更加深入的解读，从而探索诗人和诗作在新诗史上的地位。该书展现了一种全新的整体细读观，就是融合多种阐释理论和方法的综合性细读，又追求细读的“完整性”，即以“文本中心，兼顾作者与读者”的三位一体细读法。这部专著注重可读性，作者采用生动明快的随笔体，清新温润的文笔，深入浅出的解读，将普及与提高相结合，把感悟与思辨相结合，是一本能够充分提高读者鉴赏水平的阐释学新诗专著。

（作者单位：闽南师范大学文学院）

① 蒋成瑀：《解读学论》，上海文艺出版社1998年版，第10—11页。

作为一种“诗歌史”观念
——《新诗十二名家》刍议*

◇朱　瑜

近几年，学界力倡破除学科壁垒，试图能够在学科交叉之间，激发出更多活力及问题意识。就诗歌方面，不少学者在“大文学史”视野下，注重史料的清理以及学科融合，力图在社会史的视野下为重新言说诗歌史寻找新的契机。但另一方面，如果诗歌史的脉络不织进诗之特性中，则更近似于社会史或文化史无不可，“诗歌史”之独特性难以凸显。2020年，《新诗十二名家》正式出版，这本书原为孙晓娅、张光昕两位学者的讲课稿，以讲课稿成书者不乏先例，生活·读书·新知三联书店在2018年曾出版“三联讲坛”系列，精选学者们的课堂讲稿或演讲实录，力求以此呈现原始课堂的风貌，洪子诚的《问题与方法——中国当代文学史研究讲稿》、王德威的《抒情传统与中国现代性——在北大的八堂课》、吴晓东的《从卡夫卡到昆德拉——20世纪的小说和小说家》等均在其列，对学科后来者产生较大的影响。此书沿袭该思路，将讲课稿结集成册，并保留孙晓娅、张光昕课堂中即兴演讲部分，不仅是对“诗歌史”工作的自觉传承，表达出一种接着往下做的意愿，而且作者摒弃“以史带诗”的讲述方法，弥补了通史性教材重史轻文本的弊病。他们选取十二位诗人，以诗人及诗歌本身为主体，不仅兼顾“史学化”研究潮流，而且更为强调“诗性感觉”，真正让课堂上的“诗歌史”回到“诗歌”本身。尽管孙晓娅坦言：“我们无意于为新诗经典确立或归纳尺度和标准，而是更倾向于通过对这十二位诗人的诗学观念、创作历程、代表诗作的介绍、阐释和鉴赏，力图从发生机制、文本细读、美学评价、影响研究及认知诗学等维度管窥和呈现新诗

---

* 本文系教育部人文社科重点研究基地重大项目“中国现代散佚诗集的搜集、整理与研究”（项目批准号：17JJD750003）阶段性成果。

的艺术成就与精神特质”①，但是个案的选择、臧否诗人的标杆、文本的解读等，无不潜在地体现出作者的学术趣味、史学观念以及诗歌史目光。

一、“诗”的眼光

在《新诗十二名家》中，孙晓娅将郭沫若安置在开篇第一章，不过这不是她的首创，早在1922年《女神》出版一周年之际，郁达夫、闻一多等人就认为《女神》真正摆脱了旧诗之气息，主张应该将《女神》作为新诗的起点。这种设置，实际上是作者对诗歌史由来已久的争议给出了个人见解。

晚清以降，“诗界革命”的主力黄遵宪、梁启超等人，表现出强烈变革诗歌的意愿，但“诗界革命”最具有吸引力之处在于想象中的“诗歌之力”，并不是期许某种美学建构，其并未泯灭古典而“自立”。作者看到了这一点，反问道“新诗在艺术形式上无疑感受到了古诗‘影响的焦虑’，精美成熟的古典诗歌令新诗的合法性不断受到质疑，那么，究竟如何运用白话表达现代人的心境与情感呢?”② 再者，胡适打破了晚清以降对白话入诗的偏见，把诗歌的更新推进到形式和语言方面，得益于《新青年》同人的支持，白话诗写作逐渐形成气候，在“诗艺”层面却饱受诟病，好友任鸿隽批评他的白话诗时，就以“诗美”作为切入角度，质疑白话诗的真理性：“白话则诚白话矣，韵则有韵矣，然却不可谓之诗。盖诗之为物，除有韵之外，必须有和谐之声调，审美之辞句，非如宝玉所云‘押韵就好’。”③ 此后，康白情、俞平伯等人出场，不断深化着新诗的品格，推动“新诗”走向崭新的层面。相较于胡适追求普泛性读者：“吾以为文学在今日不当为少数文人之私产，而当以能普及最大数之国人为一大能事。吾又以为文学不当与人事全无关系。凡世界有永久价值之文学，皆尝有大影响于世道人心者也。”④ 康、俞更强调写作主体的思想与情感，以此确立“自我的主

---

① 孙晓娅、张光昕：《新诗十二名家》，高等教育出版社2020年版，第2页。

② 孙晓娅、张光昕：《新诗十二名家》，高等教育出版社2020年版，第19页。

③ 胡适：《逼上梁山》，《中国新文学大系　第1集》，赵家璧编，上海良友图书公司1935年版，第18页。

④ 胡适：《胡适传记作品全编》（第一卷　上），耿云志、李国彤编，东方出版社1999年版，第5页。

张”，“我要做的就是对的/凡经我做过的都是对的/随做我的对的/随丢我的（不）对的”（《律已久铭·之四》）。值得注意的是，康白情诗中的“自我”是平面化的，与日常生活呈现出一一对应的关系。不同于康白情物我对应的“自我”，郭沫若不单纯进行具体的、面面俱到的刻画，而是更沉迷于自我的想象，将诗歌中的“自我”进一步深化，譬如“我把月来吞了/我把日来吞了/我把一切的星球来吞了/我把全宇宙来吞了/我便是我了”（《天狗》），固然其诗歌中的夸大之感也与此相关，但最重要的是发明了这种浪漫主义的生产方式，为新诗打开了更广阔的空间。该书中也提到了这一点，“他的创作初衷并不执着于打破旧形式的桎梏，而是专注于书写自己强力的内心情感以及人生思考”①。废名曾言《沫若诗集》和《冰心诗集》的“诗里头真有‘诗’，从我们现在的眼光看他们的时又每每写得不完全”②，冯至坦言《霁月》一诗意境、语言都不同于一般的新诗③，焦尹孚甚至认为郭沫若的诗歌是“新文学运动的正轨，新诗的 Standard”④，质言之，在批评家眼中，郭沫若诗歌的诗化特征，已经能够满足对白话诗的部分“诗美”期待，成为新诗“诗艺”的一个坐标。姜涛也直言，在同时代的评价中“《女神》满足了一般的‘诗美’期待，在与流行的散文文化风格的比照中，它成了新诗中‘诗’的样本”。⑤ 此外，郭沫若创作新诗时身在日本，游离于“正统”新诗坛之外，不像康、俞等人深受白话文运动的影响，这种白话写诗的自觉性，使其在新诗人中占有独特位置。囿于教材书写体例的限制，孙晓娅并没有对此做出详尽分析，但她明确提出：“郭沫若开创了中国新诗的一个‘纪元’，将新诗带到了一个绝顶的高度。”⑥ 孙晓娅与上述等人的观点暗通款曲，她以“诗美”为标杆，对于“新诗何以成立”这一命题，显然给出了自己的答案。《新诗十二名家》之“名”是针对新诗的美学诉求而言，暗含着作者在“诗艺”层面的辨析，蕴藏着作者的审美趣味。因而《新诗十二名家》以郭沫若

---

① 孙晓娅、张光昕：《新诗十二名家》，高等教育出版社 2020 年版，第 19 页。

② 废名：《冰心诗集》，《谈新诗》，商务印书馆 2018 年版，第 156—157 页。

③ 冯至：《我读〈女神〉的时候》，《诗刊》1959 年第 4 期。

④ 焦尹孚：《读〈星空〉后片段的回想》，《百家论郭沫若》，王锦厚、秦川编，成都出版社 1992 年版，第 78 页。

⑤ 姜涛：《“新诗集”与中国新诗的发生（增订本）》，北京大学出版社 2019 年版，第 247 页。

⑥ 孙晓娅、张光昕：《新诗十二名家》，高等教育出版社 2020 年版，第 24 页。

为始，串联起从新诗创生初期直到当代的诗歌史脉络。

尽管在“诗艺”层面，作者的眼光对胡适第一把交椅的地位构成了威胁，但作者也并没有忽略通常意义上的“历史真实”，作者在“绪论”中单列一节，阐述胡适在新诗语言和形式方面的贡献，肯定了胡适草创白话诗之功。康白情、俞平伯、刘大白、胡怀琛、沈玄庐等人，均为白话诗发轫期的重要诗人，但他们在“诗美”方面的表现能力，仍然缺乏深度，该书将其作为前史，在绪论中有所提及。

二、“诗歌史”的评判

胡先骕曾断言：“至于论诗，则愈见其文学造诣之浅薄。近五十年中以诗名家者，不下十余人，而胡君独赏金和与黄遵宪，则以二家之诗浅显易解，与其主张近似故也。”① 胡先骕认为胡适对于新诗相当无知，他的诗歌史完全是按自我之需进行分配。他的说法带有一定的道理，偏见之处也显而易见，史家之写史，本就带有自身的学术趣味以及史学眼光。《新诗十二名家》的“绪论”中提到，“本书所选十二位诗人是在新诗发展不同阶段中具有影响力、标识性或代表性的诗人，他们在新诗历史上的经典性意义各有侧重”②，该书在对十二位诗人的选择中，隐性地彰显出作者的“文学史”判断标准。

尽管该书志在全面梳理讲读研究对象的人生经历、诗歌成就等，但赖于作者学术研究的惯性，该书依旧是以问题意识为导向，在该书的绪论中，孙晓娅发问：“郭沫若是如何把‘五四’时期‘暴飙突进’的时代主题做出深刻有力的传达，并创造了新诗的新‘纪元’……张枣诗歌‘化欧化古’的见地和实践对当代新诗写作产生了何种新的启发?”③ 自“情感”成为“诗艺”有无的重要标杆，诗歌形式的问题逐渐摆上了写作日程，闻一多以“理智节制情感”纠正诗中情感表现的偏差，新诗“形式”的作用变得异常显豁。在第二章中，作者选取的是新月派的徐志摩，徐志摩发展出更为圆融的诗艺观念，他以“格律精巧严谨、形式整饬的诗学主张”④，使比较含糊的情感在诗艺中得到

① 胡先骕：《评胡适〈五十年来中国之文学〉》，《学衡》第18期。

② 孙晓娅、张光昕：《新诗十二名家》，高等教育出版社2020年版，第9页。

③ 孙晓娅、张光昕：《新诗十二名家》，高等教育出版社2020年版，第2页。

④ 孙晓娅、张光昕：《新诗十二名家》，高等教育出版社2020年版，第42页。

了恰当的安置。第三、四、五章的冯至、戴望舒和卞之琳，不像徐志摩从形式的层面实现情感的疏导，而是从另一个向度即意象和象征层面强化新诗的表现力。对冯至的《十四行诗集》，该书评价为“整部《十四行诗集》从多个不同的角度表现了他对民族命运与个体命运‘存在’价值的深刻思考，表达了人类命运在‘蜕变’与‘超越’过程中完成并实现生命之‘存在’的伟大主题”①。“戴望舒试图摆脱音韵和格律的束缚，以诗歌的内在情绪构成诗歌的内在节律，以诗情的抑扬顿挫促成具备音乐感的诗体。”② 卞之琳“尝试以哲学家的视角思考万物运行与相互转化规律”③。可以说，他们的出场在某种程度上消除了周作人的焦虑：“一切作品都像一个玻璃球，晶莹剔透地太厉害了，没有一点儿朦胧。”④ 在第七、八、九章中，作者展开对1940年代新诗的论述，这一时期新诗的美学质素已经相对较为成熟，创造着根植于中国大地的新诗现代性可能，中国新诗派和七月诗派超克了新诗前二十年的内在困境，穆旦“将目光投向周围宏大而混乱的历史现场……成功地将对动乱历史现实的体会和个人精神的思考化合成令人惊叹的诗歌想象力，并从中引发出对整个历史、人生形而上的追问”⑤。“以郑敏为代表的现代主义诗歌写作者与现实保持着一定距离，给以‘七月派’为主导的沉闷诗坛带来新鲜空气。”⑥ 时代季候变化的压力，甚至再次强化了作为有现代性诉求的新诗情感，实现了一种情感向另一种情感的位移，牛汉“注重把握生活的思想性并努力从个人狭小的格局中跳出，将苦斗精神指向革命战斗和复杂的现实生活，与现实的人生并进，与革命一同成长”⑦。新时期以来，知识分子以“人道主义”“人性”“启蒙”等话语相互配合，共同完成了对“革命情感”的瓦解，基于此，本书评价北岛是“新时期诗歌转型过程中绕不开的重要诗人，他是标志性的里程碑式的诗人”⑧。翟永明的出现，使新诗挣脱了单一维

① 孙晓娅、张光昕：《新诗十二名家》，高等教育出版社2020年版，第55页。

② 孙晓娅、张光昕：《新诗十二名家》，高等教育出版社2020年版，第75页。

③ 孙晓娅、张光昕：《新诗十二名家》，高等教育出版社2020年版，第101页。

④ 周作人：《扬鞭集·序》，《周作人批评文集》，杨扬编，珠海出版社1998年版，第223页。

⑤ 孙晓娅、张光昕：《新诗十二名家》，高等教育出版社2020年版，第124—125页。

⑥ 孙晓娅、张光昕：《新诗十二名家》，高等教育出版社2020年版，第147页。

⑦ 孙晓娅、张光昕：《新诗十二名家》，高等教育出版社2020年版，第163页。

⑧ 孙晓娅、张光昕：《新诗十二名家》，高等教育出版社2020年版，第198页。

度的、限定在人生观或者大写的人基础上的现代性，以性别为坐标，“在这个‘他（她）’时代中获得了新的经验和见识，逐渐找到了新的表达方式和新的语言”①，诗人骆一禾“逾越了朦胧诗的创作，去贵族化，反对英雄主义，坚持自己的口号和宣言”②，张枣在现代性与历史之间保持平衡，让“现代汉语诗歌重新在自己的传统面前抬起头来，用韧性十足、风华绝代的古典诗歌精神为现代汉语对话疗伤”③。

通过以上梳理，我们可以看到，以作者们深厚的阅读积累和扎实的理论功底作为依托，该书全面而深刻地解答了绪论中提出的问题，并坚持把美学创制囊括进不尽追求之中，是真正富有创造力的诗歌史教材，甚至有串联起20世纪以来汉语新诗版图的高度。更使读者清楚地意识到，该书选择的十二位诗人，是认识和介入中国新诗史的重要环节。此书不是通俗意义上的诗歌通史，但是其探本溯源、上挂下联，与已有文学史不断对话，彰显的是作者高度个性化的“诗歌史”观念与学术道路，“不停留于阐释性、史料性、鉴赏性以及文学史意义的研究，而是努力回到诗人主体的感受状态，挖掘写作者的思维方式与习惯”④。这十二位研究对象均在“主流”诗歌史的范畴之内，但并未闭锁在文学史的观念之中，作者无意引起文学史观念的松动，但在一定程度上尊重了诗歌史的多向度，起到了巩固阵地、扩张观念、确立诗歌史合法性的作用，是在诗歌史、学术史和教育史交叉处产生的重要成果。《新诗十二名家》作为一本教材，与学术专著的深度还有一定距离，这与作者的成书观念相关。教学普及读本，其主旨在于学人的培养过程中，完成对诗歌史观念和学术传统的守先待后。该书内容简洁明快、以点带线，充盈而实在，践行的是更适用于教学的诗歌观念，实现了教材最重要的是将议题“深入浅出地铺展开来”⑤ 的作用。这是教学过程中的大问题，也是教育史上的真问题。

另一方面，初看该书的研究对象会有一种理所当然之感，如果重新清理和回顾学科史，则会发现该书的研究对象是在“纯文学”的内在理路中展开的，依旧可以从中看到1980年代重写文学史的观念在持

---

① 孙晓娅、张光昕：《新诗十二名家》，高等教育出版社2020年版，第221页。
② 孙晓娅、张光昕：《新诗十二名家》，高等教育出版社2020年版，第237页。
③ 孙晓娅、张光昕：《新诗十二名家》，高等教育出版社2020年版，第255页。
④ 孙晓娅、张光昕：《新诗十二名家》，高等教育出版社2020年版，第3页。
⑤ 孙晓娅、张光昕：《新诗十二名家》，高等教育出版社2020年版，第2页。

续“作祟”。在这种“去政治化”视野的观照下，“中国诗歌会”等带有“革命”色彩的诗派显然不符合这种“审美现代性”，因而被排除在外。在我看来，“诗”之标准不是某种永恒、超验的理念，它是一种流动的观念建制，被“纯文学”把控的文学史同样是一种话语霸权。文学本身不应该有“正统”和“典范”的色彩，如果将这种先验的观念渗透在行文中，恐怕难以为诗歌史研究开拓更多的新领域和新空间，使后辈学人拥有更开阔的视野和更多可耕耘的土地。选择历史事实的意义取决于提出问题的方式，这又取决于关注时代演变的主观角度，因而不同的现代性观念会导致文学史叙述的差异。笔者认为不同维度的现代性观念多元共存是阐释新诗历史之真正意义的前提条件，如何弥合不同观念之间的鸿沟，爆破意识形态和学术趣味对学术和教学的限度，仍是学者和教学者们应该着重关注的问题。

在分析完作者的诗之眼光和诗歌史观念之后，本文的讨论似乎可以结束了，但在文学史的教学中，似乎一直存在着习焉不察的问题。譬如该书为了使读者准确理解作家作品，将每章分为人生经历、艺术特色和经典作品导读三部分，这种写法直白清晰，但不免过于理所当然。行文中有些地方为了简明，在论述上又显得粗糙。比如论及北岛时，作者言：“以《回答》为代表的北岛早期诗作，不单单给诗歌创作带来了一种新的美学原则，还以其直面现实的艺术旨趣和特殊时期在一般读者心目中普遍存在的情感体验，不仅具有艺术价值，还具有了相应的社会价值。”① 而对于美学原则具体是什么，有怎样的艺术价值和社会价值，似乎缺乏精细辨认。类似的叙述话语不在少数，从教学方面言，直白笃定的言说方式可以增强叙述的力量和对话性，使学习者更易于消化和吸收。但另一方面，学习者一开始就对古往今来的历史有了如此明确的走向，不自觉地把自己纳入一种主观设计的框架之中，很容易会对文学史事实做本质性的规定。放任文学史独断的生产力是危险的，可能会遮蔽历史的盘根错节和“拖泥带水”，甚至压抑“学术研究的想象力”。笔者认为，洪子诚的《材料与注释》为缓解现有文学史的压力提供了重要的解决途径，但是如何真正将原始材料解读运用到具体的教学中，如何解放文学史对观念更新的桎梏，在教学过程中让学习者更贴近复杂的历史和现实本身，确有必要进行反思。

① 孙晓娅、张光昕：《新诗十二名家》，高等教育出版社2020年版，第201页。

在历史与文本的双重注视下

——读《新诗十二名家》*

◇景立鹏

《礼记·大学》有云:“苟日新,日日新,又日新。”不断的自我革新是事物自我创造与完善的动力,不管是身体上,还是精神上。新诗就是在晚清以降的文化革新风潮中诞生的。一方面,新诗合法性的确立来自其不断自新的实践过程;另一方面,新诗的聚讼不已与理论上的内在纠缠亦来自这种不断自新的过程。可以说,新诗百年正是在不断地自新中一面分歧不断,一面寻求共识的过程。从宏观的社会历史转型来看,这一过程是诗歌现代化转型的过程。诗歌要想实现现代化至少要面对两个方面的考验:其一,历史化的考验,亦即新诗必须在不断自新的实践中寻求自身的历史合法性,通过经典化过程确立文体与文类的独立属性。其二,文本化的考验,亦即新诗的自我变革或者说现代化过程最终必须落实到一种审美文本形式,通过有效的文本将社会现代性转化为一种审美现代性。从这个意义上来看,孙晓娅和张光昕合著的《新诗十二名家》表现出了历史化与文本化的自觉,是新诗面对历史与文本双重考验的富有启发性的实践。

首先来看历史化层面。传统的新诗史叙事往往按照现代化叙事的逻辑展开。现代化叙事逻辑实际上是一种观念先行的整体性叙事。这种整体性的宏大叙事极易在一种片面的洞见与自觉不自觉的盲视中遮蔽、改写,甚至清除历史的丰富细节。比如现代派诗歌、象征主义诗歌、朦胧诗、“第三代”诗歌等等概念往往在一种便宜的大而化之的框架中被讲述,讲述者无意中忽视了其内在的矛盾性和丰富性。而在《新诗十二名家》中,作者显然打破了这种整体性叙事,试图从具体的点出发,窥见诗歌史的面貌,不求面面俱到,而是着眼于所选诗人在

* 本文系教育部人文社科重点研究基地重大项目“中国现代散佚诗集的搜集、整理与研究”(项目批准号:17JJD750003)阶段性成果。

诗歌史上的创造性价值。我们无法通过一种完整的叙事把握整个星空，但是却可以通过一个个星座抵达星空的无限魅力。这同时也启发我们，历史存在的真理也许并不完全自于无限的整体，相反，它更可能存在于历史的吉光片羽中。《新诗十二名家》正是在一种星座式的凝望与观照中实现对新诗的历史化叙事的，这是从少到多、从小到大的过程，而这其中恰恰体现的是一种诗性的表达方式。例如对卞之琳的选择，书中不是将其简单处理为新月派或者现代派诗人，而是透过卞之琳来洞察不同诗歌创作倾向在“诗歌的自身建设”上的不同侧重点，以及这种建设的尝试如何在一个诗人的创作中体现其暧昧性和丰富性。

现代化叙事的另一个特点即是清晰流畅的线性叙事。在时间神话的指引下，诗歌现象被安放在有序的链条上，遵循着因果律、矛盾律的指引自足地运行、摆荡。比如浪漫主义、现实主义、现代主义、形式主义、审美主义等等观念在新诗史的叙事中往往被讲述为一个线索清晰的历史演进过程。在《新诗十二名家》中，星座式的叙事内部虽然存在线性的历史维度，但是作者强调的不是彼此之间的线性逻辑关系，而是一种基于诗歌本体的诗歌共时体。每一个诗人都是一个星座，十二名家构成十二个星座，彼此之间交相辉映，这是一种超越时间之上的空间层面的共时性对话。比如书中既从“诗歌本体的抒情品质，主情的自我表现，泛神论的入诗，情绪与情感的现代性，超越的哲学境界”① 角度来强调郭沫若的诗歌史价值，同时又从“主智”“沉思”“戏剧性”等角度肯定冯至、卞之琳等诗人的价值；既充分肯定穆旦诗歌“把诗性思考嵌入现实中国的血肉，始终不脱离中国大地，使现世的关怀和永恒的思考达到完美的结合”② 的特征，又能在张枣的以流亡与虚无为特征，醉心于词语的内在拓展的诗歌中洞察其诗歌史意义。可以说，书中所选的十二位诗人之间是一种超越时间之上的在历史、现实、词语、想象等多个维度上的对话、辩驳、争斗、补充的过程。与其说这是一种历史叙事，不如说是一种历史景观。也就是说，本书中的历史叙事包含着一种内在的空间维度，是一种历史的空间化过程，实际上这也是艾略特在《传统与个人才能》中对传统的共时性理解给我们的启示。

---

① 孙晓娅、张光昕：《新诗十二名家》，高等教育出版社 2020 年版，第 9 页。

② 孙晓娅、张光昕：《新诗十二名家》，高等教育出版社 2020 年版，第 11 页。

其次来看文本化层面。在通常的诗歌史叙事中，文本往往作为辅助性的论据。而对于一种新的文体形式，文本具有基础地位和本体意义。新诗要想真正在现代语境中成为一种独立的文体，必须要有扎实、成熟的文本为前提。本书的一大特色是非常注重文本细读的功夫。“名家”之所以为“名家”不在于名气，而在于名篇名作。对名篇做庖丁解牛式的阐发，有效实践了新诗的现代美学想象。在解诗的过程中，新诗内部的问题才能暴露出来，进而寻求不断革新、完善的可能。在新诗文本中，由于感受方式、想象方式和表达方式的变革，新诗的结构、语言、意象、音调都发生了巨大变化。而且，在不同诗人那里，这种现代文体特征又呈现出多种形态。例如在郭沫若的诗歌中，文本特征表现为强烈的自我主体性，在冯至的沉思之诗中，文本特征表现为自然的形而上思考，在卞之琳的诗歌中，文本特征表现为精确的“戏剧化情境”的设置，而在张枣的诗歌中，文本特征集中体现为多样的对话性语调。这些灵活多样的文本特征都是新诗现代化过程中表现出来的多样的文本风貌。

新诗文本之于古典诗歌传统显豁的不同之处在于其形式表达、感受方式的个人化和一次性趋向，主体性与客观现实的紧密融合，独立的语言意识，以及自觉的批判反思性。因此，对于新诗的文本解读是综合性的智力、审美能力与表达能力的挑战。对于现代新诗文本的介入必须结合文本内外、文化语境、诗人个体经历、性格特征、文本阅读、诗歌交往等多个方面加以展开，唯其如此才能有效打开一首诗。在这一点上，本书对每位诗人的介绍基本按照从生平、交往到总体创作介绍，再到具体文本细读的逻辑展开，这种体例使得对文本的个人化解读是建立在坚实的内在背景和外在背景基础上的，因此也更有说服力。例如对于张枣的诗歌解读，年少成名，长期旅居欧洲的独特经历塑造了张枣诗歌的复杂性。两种文化的冲突导致的“流亡感”，以及在此基础上形成的表达的冲动，使得诗人的作品呈现出独特的结构性的对话特征。作者紧扣“流亡感”与“对话性”搭建出诗人的精神和话语结构，而这一结构又以不同形式呈现在具体诗作的解读中，《镜中》《跟茨维塔耶娃的对话》《卡夫卡致菲丽丝》均是在这种潜在的流亡与对话性结构中展开的。这三首诗分别在“我—我”“我—她”“他—她”的对话关系中展开，虽然人称不断变化，但是其中又潜在地渗透着“我”的身影与语调。抓住了这一潜在结构，就找到了打开一个诗人的可能的钥匙。文本是一个诗人确立自身的基础，同时也是有效的诗歌史叙事的前提。诗歌史不仅仅是诗人的历史，更为深层的是诗歌文本确立起来的文体特征和话语方式的历史。在历史化和文本化的双重视野中观照汉语新诗才能真正介入到新诗内部，可以说历史与文本构成新诗确立自身的两翼，二者相互促进、相互生成。因此，要想认识新诗、理解新诗，这两个维度是缺一不可的。从这一意义上讲，本书作为中国现当代文学课堂丛书可以有效地推进大学课堂的新诗教育。

长期以来，新诗教学在大学课堂都处于小众而尴尬的地位。外部的传媒环境与文学阅读方式的多样化当然是一方面，但是恐怕更主要的原因在于新诗教学上的薄弱。新诗由于其独特的现代文体特征，自有一定的阅读门槛，但是正因如此才需要有效的教学与推广方法，使得新诗教学在高效课堂有效展开。而本书所具有的历史化与文本化并重的特征，恰恰能够有效地推进大学课堂的新诗教学，一方面，帮助学生在整体性的语境中把握诗人的总体创作特征；另一方面，又能立足精细的文本分析切入作为一种独特的现代文体的话语内部，帮助学生形成整体性的新诗史认知。职是之故，这本书既表现出独特的新诗史意识和自觉的文本细读特征，又是一种具有针对性和有效性的诗歌学习教材，实现了学术性与教学功能的有机统一。

（作者单位：河北师范大学文学院）

有情新诗史与有效新诗课

——《新诗十二名家》阅读札记*

◇张媛媛

伴随着文学学科知识化的进程，现当代文学研究割裂为两大领域，其中现代文学以“文学史”为主要研究范式；当代文学则倾向于文学批评。高度专业分工使两种范式下的研究者各自筑起壁垒：现代文学领域紧密聚焦“三十年”，事无巨细地钻研作家作品、探究文学思潮，不遗余力地寻觅空白地带、挖掘新鲜史料，甚至本末倒置，让文学化作历史研究的注脚；当代文学批评则不乏依靠他人智慧的恩典过着“二手生活”① 者，对二三流的作品评头论足，对真正一流的文学却无从置喙，甚或理论至上，让文学成为哲学概念的附庸。

当然，根据“分久必合”的历史法则，越来越多研究者已然注意到“分而治之”的研究方式积久弊生——新的范式急需新的联结：联结现代与当代，联结治史与批评。《新诗十二名家》便是一本打破固有范式桎梏的普及式读物，这本脱胎于大学慕课（MOOC，即 Massive Open Online Courses）的小书，从百年新诗发展史中选取了郭沫若、徐志摩、冯至、戴望舒、卞之琳、穆旦、郑敏、牛汉、北岛、翟永明、骆一禾与张枣十二位具有代表性和影响力的诗人，通过介绍这十二名家的诗学观念、创作历程，从“发生机制、文本细读、美学评价、影响研究及认知诗学”② 等维度管窥并呈现一部有情的百年新诗史，并在

* 本文系教育部人文社科重点研究基地重大项目“中国现代散佚诗集的搜集、整理与研究”（项目批准号：17JJD750003）阶段性成果。

① 此处借用乔治·斯坦纳（George Steiner）对于美国文学的观察：“批评家过的是二手生活。他要依靠他人写作。他要别人来提供诗歌、小说、戏剧。没有他人智慧的恩典，批评无法存在。”［美］乔治·斯坦纳：《语言与沉默：论语言、文学与非人道》，李小均译，上海人民出版社 2013 年版，第 9 页。

② 孙晓娅：《序》，《新诗十二名家》，孙晓娅、张光昕著，高等教育出版社 2020 年版，第 2 页。

以开放式在线课程为依托的新媒介语境中探索并生成一门有效的线上新诗课。

一

尽管新诗的历史只有百余年，但从创造性、实验性勃发的诗人们所留下的纷乱线头中整理出一条清晰可辨的脉络实属不易。在已有的现当代文学史教材中，编著者往往以“革命”与“启蒙”这两条并行不悖的线索展开新诗史叙述，将诗人以流派、代际甚或地域加以划分，如此大而化之的分类方法难免削足适履，枉顾诗人或新诗文本的复杂性与独特性。然而，追寻经典的共通性与呈现文本的差异性，皆是批评者的职责所在。由诗评家孙晓娅和张光昕合著的《新诗十二名家》犹如一把探入新诗史肌理内部的剖刀，通过书写十二位经典诗人的“微型评传”，呈现出现当代诗歌历史层垒堆叠的切面。所谓评传，就是“带有评论与研究性质的传记”①，诗人评传是对线性新诗史的补充，本书著者张光昕的另一力作《昌耀论》② 便是极好的范例。书中涉及的十二位诗人，若要面面俱到地铺陈开来，恐怕十二本大部头的评传都难以承载。限于篇幅和体例，著者只好掇菁撷华，披沙拣金，浓缩为一篇篇“微型评传”。如此，“评”的部分更需凝练精要，删繁就简，贴近文本，全无赘余；“传”的部分必要笔酣墨饱，引人入胜，文思敏捷，字字珠玑。

为打破固有范式，海外汉学研究者王德威试图从“启蒙”与“革命”之外的另一角度介入文学之于中国现代性的议题，将“抒情”作为一种文类，作为“一种主体想象，一种文化形式，一种审美理想，一种价值和认识论体系”，以“抒情传统”为出发点建立了新的参考系。在他所构造的理论模型中，沈从文提出的“有情的历史”占据重

---

① 杨碧薇：《一种新娘式的批评文体学》，《诗探索》2019 年第 2 辑。诗人、批评家杨碧薇认为，“‘评’考验的是批评家的看家功夫，即对研究对象的特质的发现与抓取，这就要求批评家以大量的文本阅读为基石，在重叠的经验上进行对比、辨析和挖掘；当然，‘评’缺不了天生的艺术直觉，如果没有这份可贵的直觉，做再多的阅读和剖析，也不过只是学术的搬运工。‘传’考验的则是批评家的文字功底，其中尤为重要的是叙事能力，即批评家如何勾连起批评对象的人生经历，在学理化的观照下将其带入文中；‘传’的手法直接影响着观念的表达，它需要批评家锦心绣口，文采精华。”

② 张光昕：《昌耀论》，作家出版社 2018 年版。

要位置。《新诗十二名家》在新诗史叙述中也引入了“有情的历史”这一思路。文学史研究广义上属历史范畴，但又和历史学科其他专门史的研究范式有极大不同——文学史关注的内容既不是政治史的更迭换代，也不是经济史的赋税货殖；既不是文化史的器物铭文，也不是文献学的训诂考证，而是立足于文本内外，对一时代作家作品、文学思潮的综合呈现，此处不妨借用俄国文学史家维谢洛夫斯基（Alexander Veselovsk）的定义：“文学史，就这个词的广义而言——这是一种社会思想史，即体现于哲学、宗教和诗歌的运动之中，并用语言固定下来的社会思想史。”① 当然，简单将文学史与社会思想史画等号，便辜负了文学研究自身的独特性。这位俄罗斯历史诗学的奠基人再次重申：“思想史是一个比较宽泛的概念，文学只是它的局部表现；要使文学分化出来，就必须对于什么是诗歌，什么是诗意意识及其形式的演变具有明确的理解，否则我们就无从谈论历史。”②《新诗十二名家》潜入千变万化的诗歌生态，明确汉语新诗的版图却并不急于定义汉语新诗的边界，知人论世，进而论诗、论史，用诗与史共同复原“语境”。理想的新诗史研究被寄寓了诗与史的双重使命，既要以线性叙事的模式梳理出一条清晰可辨的脉络，又要兼顾文学自身的特性、个性、复杂性，更被期待以敏感的文学心灵与诗意笔触体察并映射时代的重大问题。

和大多数通识教材别无二致，本书的结构清晰整饬、一目了然：从生平介绍、艺术特色与经典诗作导读三个方面分别对十二位诗人的创作进行评述。但二位作者没有蜻蜓点水般止步于表面，或封闭于学界固有的定论和判断，而是以全景式的目光、探询式的笔触，将诗人的命运与诗歌的生成置于历史的语境之中，尤为难能可贵的是，这些评介兼顾了共同的新诗议题与独特的语义编码，“不停留于阐释性、史料性、鉴赏性以及文学史意义的研究，而是努力回到诗人主体的感受状态”③，以浓缩的评传打开有情的记忆。这样的研究方式与撰写思路注定不再局限于某个封闭的框架，正如张旭东的洞见：“好的文学史必须是一种主动‘打全场’的写作：它必须在文学史、文学批评、文学

① ［俄］维谢洛夫斯基：《历史诗学》，刘宁译，人民文学出版社2019年版，第12—13页。

② ［俄］维谢洛夫斯基：《历史诗学》，刘宁译，人民文学出版社2019年版，第24页。

③ 孙晓娅：《序》，《新诗十二名家》，孙晓娅、张光昕著，高等教育出版社2020年版，第3页。

研究乃至广义的文化理论、意识形态批判领域之间连续不断地穿行；在各个‘主场’之间不断访问、竞技、客居，甚至鸠占鹊巢、反客为主。"① 这样，文学研究才能发挥其最大效用。《新诗十二名家》不断向读者和听众证明，比起冷冰冰地罗列史料，浅尝辄止地解说文本，自以为是地追求"绝对客观"，不如服膺于自身主观的、感性的觉知与判断，用充满温情与敬意的眼光去打开历史的门窗，让文学的光束照进研究者与研究对象的双重时空。哪怕，最终无法还原历史的真相，呈现时代的全貌，仅仅捕捉到文学之光下飘忽无踪却真实存在的某个影子，也要好过一幅被局部放大、断章取义的低像素快照。

二

本书所选十二位诗人是在新诗发展不同阶段中具有影响力的代表性的诗人，他们在新诗历史上的经典性意义各有侧重。尽管新诗十二名家的入选原因各不相同，但他们之间存在许多共性，这些共性恰恰可以体现两位著者的诗学观念，同时映现汉语新诗值得探讨的诗学问题。这些问题包括新诗的汉语性、新诗的声音韵律、新诗的建筑结构、新诗与传统的断裂与承续、新诗与时代的碰撞与互动等。不过，作为一本具有普及性的"慕课"教材，一味使用高深的理论只会让对诗歌感兴趣的入门者望而却步，但若仅作诗意的赏析，读者希冀从中得到的新诗鉴赏能力定会大打折扣。《新诗十二名家》维系了难与易、粗与细的平衡，既有对每位诗人艺术特色的整体把握，又有对经典诗作的细密解读。

比如，书中评介的第一位诗人是郭沫若，作者认为他在新诗拓荒时期最早关注诗歌本体的抒情本质，并将《女神》视作新诗自觉实践的开端。在对郭沫若诗学成就的具体论述中，作者特别指出其诗歌内容向传统取材以借古喻今，风格接续中国诗歌浪漫主义一脉，引导读者思考新诗与古典诗歌的关联。再如全书谈论的最后一位诗人张枣，在作者看来，张枣是一位对汉语极其敏感的诗人，他的诗歌充分彰显出汉语的丰盈和灵动美，"他以足够的学养、能量和魄力，让谵妄失足、满目疮痍的现代汉语诗歌重新在自己的传统面前抬起头来，用韧

① 张旭东：《批判的文学史》，《读书》2020 年第11 期。

性十足、风华绝代的古典诗歌精神为现代汉语对话疗伤。"① 作者以"流亡感"和"对话性"准确地概括张枣诗歌的诗心，鞭辟入里地分析了《镜中》《跟茨维塔伊娃的对话》与《卡夫卡致菲利丝》这三首颇具代表性的诗作。在敏锐且感性的文本细读中，批评者语言的灵动易读与思维的沉稳可靠相辅相成，将交织于诗行间的"语义编码"抽丝剥茧、娓娓道来，向读者敞开幽深的诗境，直至陶醉于复沓回环的诗意空间。

对于诗歌的文本细读，极其考验诗评者的理解力与洞察力。伊格尔顿（Terry Eagleton）的《二十世纪西方文学理论》中有一个绝妙的譬喻："文学批评很像一个实验室，其中一些成员身穿白外衣在控制台前正襟危坐，另一些人却在耍棍子或旋硬币。"② 人们之所以对文学批评产生这种印象，或许是因为"尽管人们对诠释社区众说纷纭，批评仍旧是学术界中一项高度个性化的实践"③，虽有正襟端坐严谨探究之必要，却也不碍于颇具个性的笔墨游戏。理想的诗歌批评必须是有效的——这意味着批评者所谈论的诗歌问题必须是重要的，批评者所剖析的诗歌文本必须是一流的，与此同时，批评者与批评对象之间构成相对平等的对话关系。加拿大文学批评家弗莱（Northrop Frye）认为："批评是一种思想和知识的结构，这种结构本身有权利存在，而且不依附于它所讨论的艺术，具有一定程度的独立性。"④ 在汉语新诗批评中，谈论友人或知音的诗作实际上并不少见，甚至，诗人新作问世，批评家朋友为之吹捧已成为一种风气。这种现象造成了诗歌批评的另一重困境，并不是因为"被吹捧"的诗人本身诗艺不精或批评家的才华有限，而是诗人与批评家之间太过"同声相应"，批评家便成了诗人的回声。

这种现象已经引发诗人与批评家的注意，兼有这二重身份的冷霜在《诗歌细读：从"重言"到发现——以细读张枣〈镜中〉为例》一文中写道："在细读式批评中，其批评的生产性须经由文本阐释的中

① 孙晓娅、张光昕：《新诗十二名家》，高等教育出版社 2020 年版，第 255 页。

② ［英］特雷·伊格尔顿：《二十世纪西方文学理论》，伍晓明译，陕西师范大学出版社 1987 年版，第 218 页。

③ ［美］杰弗里·威廉斯（Geoffrey Williamson）编著：《文学制度》，李佳畅、穆雷译，南京大学出版社 2014 年版，第 37 页。

④ ［加］诺斯罗普·弗莱：《批评的解剖》，陈慧、袁宪军、吴伟仁译，吴持哲校译，百花文艺出版社 2006 年版，第 6 页。

介，然而，只有当这种阐释不是‘重言’式的，批评的生产性才可能实现。在中国当代诗歌批评中，这种‘重言’式阐释表现为两个层面：一是新时期以来追求审美自主性并接受现代主义诗学影响而逐渐将之教条化的层面，简言之就是阐释成为‘诗就是诗’的重言式表达，而是在对诗人（尤其是那些强力诗人）创作的批评中，被后者的个人化诗学所吸附，而使得批评成为后者的重言式回声。”① 《新诗十二名家》的文本解读已对“重言式表达”有所警惕，作者在还原诗人诗观的同时，也保持批评家的主体性。正如新批评派理论家所说：“批评家不是关于一首诗的统计数字报告的撰写人，而是诗的意义的启发人或诠释者；如果他的读者足够敏锐的话，他们将不满足于把批评家的话当作证词，而将把它当作一种教导来深思熟虑。”② 批评家或文学史家所选择的语言往往不是天生的，而是孳乳于由研究者自身的时间感与处境最终提供给他的语言模式，这种语言反映了“知识、观念和思想情绪的历史发展的最近阶段”③。二是文学研究者所面对的不是冰冷的数据而是带有温度的文字，他所要说出的话也将适当性地呈现研究者自身的“最内在的自我”，即他的偏爱，欢愉，反抗和困扰。④

美国评论家苏珊·桑塔格（Susan Sontag）在《反对阐释》中提出这样一个疑问——究竟什么样的批评能够服务于艺术作品而不是僭取其位置呢？对此，她自己的回答是：“首先，需要更多地关注艺术中的形式。如果对内容的过度强调引起了阐释的自大，那么对形式的更广泛、更透彻的描述将消除这种自大。其次，需要一套为形式配备的词汇——一套描述性的词汇，而不是规范性的词汇。最好的批评，而且是不落常套的批评，便是这一类把对内容的关注转化为对形式的关注

① 冷霜：《诗歌细读：从“重言”到发现——以细读张枣〈镜中〉为例》，《文艺争鸣》2015 年第 5 期。

② 威·库·威姆萨特（W. K. Wimsatt）、门·比尔兹利（Monroe C. Beardsley）：《传情说的谬误》（1949），黄宏煦译，《二十世纪文学评论》（上册），戴维·洛奇编，葛林等译，上海译文出版社 1987 年版，第 608 页。

③ ［法］罗朗·巴尔特（Roland Barthes）：《批评作为语言》，《二十世纪文学评论》（下册），黄宝生译，［英］戴维·洛奇编，葛林等译，上海译文出版社 1993 年版，第 466 页。

④ 罗兰·巴特认为：“批评话语的标准就是它的适当性（justesse），如音乐一般，一个和谐的音符并不一定就是一个准确无误的音符，乐曲的‘真实’（vraie）归根到底，取决于它的适当性，因为它的适当性是由齐唱或和声构成的，批评也不例外，要保持真实，就得适当。”［法］罗兰·巴特：《批评与真实》，温晋仪译，上海人民出版社 2016 年版，第 50 页。

的批评。”① 对于有效的文学批评而言，若抛弃各种理论、放弃“细读”分析，显然是因噎废食，处理好理论与文学之间的关系才是重中之重。此外，正如英国批评家伊恩·瓦特（Ian Walt）所说：“在最佳的情况下，对文本的精细分析则确实使人大受启发，它可以提醒我们：对于一部文学作品，如果我们对诸如它的作者，历史背景以及语言规范方面的特点等项都给予了充分注意，那么，它未必就会因此而遭到肢解和破坏。”② 对于诗歌的阐释还需要多种学科知识的助益以及对时代和社会的理解，只有这样才能打破千篇一律的批评生产线。

三

无论文学史还是文学批评，都应看作是关于文学的文学（而非历史或其他），即一种元文学（或元语言），这种属性注定了它自身的种种双重性：“它既是客观的又是主观的，既是历史的又是现存的，是极权的又是自由的。”③ 在“纯文学”视域下，文本外部的内容被大幅度排除；而在“历史化”的文学研究中，文本内部的细节、情感或者结构、隐喻又或多或少被忽略，唯有二者处恰当的平衡之时，批评才会褪去狭隘的印象，向时代的真正问题展开。学者颜炼军提出文学批评写作既要优化和更正趋于固化的文学史，又应激活文学与这个时代之间相互滋养的关系，指明“理想的批评既需要探骊求珠的纯粹与别才，也需要攒杂成文的旁通与海涵”④。孙晓娅与张光昕对十二位诗人的批评文字行云流水、深入浅出，不仅让读者感受到诗人们的诗意才情，更展露出批评家的远见卓识。乔治·斯坦纳认为批评有三个功能：其一是表明什么需要重读，如何重读；其二是沟通；其三则关注于对同时代文学的判断。在他看来，如果没有批评，创造本身或许也会陷入

① ［美］苏珊·桑塔格：《反对阐释》，程巍译，上海译文出版社 2011 年版，第 13—14 页。

② ［英］伊恩·瓦特（Ian Walt）：《〈使节〉第一段精析》，华庆江译，《二十世纪文学评论》（下册），戴维·洛奇编，葛林等译，上海译文出版社 1993 年版，第 241 页。

③ ［法］罗朗·巴尔特：《批评作为语言》，黄宝生译，《二十世纪文学评论》（下册），戴维·洛奇编，葛林等译，上海译文出版社 1993 年版，第 466 页。

④ 颜炼军：《探骊求珠，攒杂成文——文学批评写作浮想》，《文艺争鸣》2018 年第 1 期。

沉默。①。新批评理论家瑞恰慈（Ivor Armstrong Richards）则指出："一位优秀的批评家要具备三个条件。他必须是个善于体验的行家，没有怪癖，心态要和他所评判的艺术作品息息相通。其次，他必须能够着眼于不太表面的特点来区别各种经验。再则，他必须是个合理判断价值的鉴定者。"② 在批评家敬文东看来，文学批评与文学创作互相平行，不分高低，他为批评界同仁罗列出以下研究准则："一个优秀的批评家必须同时具有高远的艺术理想、深邃的洞察力、敏感的文学直觉、渊博的理论学识、远超庸众之上的文学识见、完善的道德感，以及异乎寻常的表达能力。"③ 推动文学批评范式再次转型，生成有效且精彩的批评，或许欠缺的正是这样优秀的批评家——但成为这样的行家所需的不仅是天赋，也绝非学院教育可以量产的，更需要灵感的激发与时间的酿造。

这本匠心独运的新诗课程教材，也为当下诗歌教育提供了新思路。诗人西渡曾在《怎样阅读一首诗》一文中表达过对诗歌教育的担忧，他犀利地指出："基于有效性考虑，学校教育对于诗歌知识的传授一直走在一条错误的道路上：人们把诗歌作为传播或加强某种思想的工具，或者用它来培育某种被认为值得倡导的感情和趣味；或者把它作为语义、句法、结构、声韵分析的对象，或者把它作为造句修辞练习模仿的对象；或者作为考试的材料，用它来测验记忆力……总而言之，就是把诗歌看作并非它自身的东西。"④ 校园中的诗歌课堂往往聚焦于对某首诗歌意义的探讨，将诗歌抽象为道德格言或哲学箴语，继而关注诗歌的修辞、句法和声韵，将生机勃勃的新诗解剖为死气沉沉的碎片。以致大多数读者面对一首新诗时，要么断章截句，只记住朗朗上口的几句诗行；要么钩深极奥，自言读不懂新诗甚至排斥新诗。"这样的诗歌教育完全走向了诗歌的反面，最终将导致对诗歌本身的取消。我们可以想象，一个在如此氛围中完成诗歌教育的大学文学系毕业生，他所获得的诗歌知识只会像一套笨重生硬、全副武装的甲胄，使他对诗

---

① 参阅［美］乔治·斯坦纳：《语言与沉默：论语言、文学与非人道》，李小均译，上海人民出版社2013年版，第14—18页。

② ［英］艾·阿·瑞恰慈：《文学批评原理》，杨自伍译，百花洲文艺出版社2010年版，第107页。

③ 敬文东：《文学批评漫议》，《文艺争鸣》2018年第1期。

④ 西渡：《灵魂的未来》，河南大学出版社2009年版，第337页。

歌的反应变得迟钝和麻木。”① 这无疑是诗歌教育的失败，无怪乎托多罗夫（Tzvetan Todorov）慨叹文学教育的荒谬，在他看来：“文学知识本身不是一种目的，而是使每个人得到完善的康庄大道之一。今天文学教育所走的道路，与这个方向背道而驰，可能会把我们引向一个死胡同，且不说此举要导向对文学的爱是艰难的事情。”②

依托线上开放课堂这一新媒介，《新诗十二名家》挣脱了传统课堂的束缚。慕课具有开放性、透明性，比起传统的课堂教学更注重内容与内涵的丰富性和逻辑性，教学者的研究视角、批判思维与课程整体设计都能清晰呈现，听课者不受时空限制，可以依凭兴趣选择更广泛的课程。尽管诗歌教育的目的并不是要培养诗人，但不可否认“每个诗歌的读者，都是一个潜在的诗人；或者，他干脆就是一个诗人。”③两位著者凭借在高校任教的实际经验与从事诗歌批评的切身体会，致力于在普及诗歌教育基础上提高读者对新诗的鉴赏能力，结构化的传授知识之余，尤为注重思维能力和问题意识的培养，为潜在的诗人、研究者以及教育者指引方向，让新诗的阐释与传授回归诗歌本身。

（作者单位：中央民族大学文学院）

① 西渡：《灵魂的未来》，河南大学出版社 2009 年版，第 338 页。

② 茨维坦·托多罗夫：《濒危的文学》，栾栋译，华东师范大学出版社 2016 年版，第 54 页。

③ 洪子诚主编：《在北大课堂读诗》，长江文艺出版社 2002 年版，第 3 页。

“沟通”与“揭蔽”
——读《新诗十二名家》*

◇彭　杰

如何在今天从事新诗研究？自1990年代始市场规则逐渐覆盖知识生产每一个微弱的向度后，周遭氛围的陡变不仅使得新诗写作整体转向日常生活与审美视野的博弈，同样迫使新诗研究不得不在陡峭的攀登中摸索自身的价值。一方面，“艺术”研究是一种让艺术变得可见的装置①，文本先于评价机制而存在。而逐渐被学术规制化俘获，以至于忘却了研究领域中形式结构起源的新诗研究，则永远是从研究者身处的位置向着已经完成的事件追溯与审视，依托于特定的社会结构、既往的言说传统与现实语境构建起一套后天生成的视野装置，通过这套装置划定海量的文本中何者能被界定为文学并将之汇入我们的文学传统。阿兰·巴迪欧认为，“诗并不是存在的守护者，而是对表象渊源处的语言的揭露。”② 当机械复制与商品交换的定律成为言语与行动的前提性条件后，诗仍能够“把事物从它们的脉络中抠出来以便用新角度看它们。”③ 只是当新诗研究者的深层感官同样为日常规则的运转所浸没时，依此建设的缺乏内省的新诗研究很可能并非指向诗歌作为生活的“飞地”的效应，而是将诗歌回收到了它一直试图抵抗的现代生活内部。此外，不能忽视的是，“文学史”中的“文学”同“史”之间存在着长久的抵触，即文学研究范式下实证式社会科学的种种史观，往往会造成文学中非线性因素以及虚构性的被遮蔽与禁言④。或许“新

* 本文系教育部人文社科重点研究基地重大项目“中国现代散佚诗集的搜集、整理与研究”（项目批准号：17JJD750003）阶段性成果。

① ［法］雅克·朗西埃：《美学中的不满》，蓝江、李三达译，南京大学出版社2019年版，第23页。

② ［法］阿兰·巴迪欧：《第二哲学宣言》，蓝江译，南京大学出版社2014年版，第62页。

③ ［美］苏珊·桑塔格：《论摄影》，黄灿然译，上海译文出版社2018年版，第94页。

④ 王德威：《抒情传统与中国现代性》，生活·读书·新知三联书店2018年版，第276页。

诗史”的两个构件“新诗/史”并不存在根本的矛盾，然而当研究者普遍埋头于史料研究，试图捕获所有悬浮在新诗文本上空的烟尘而缺乏价值判断与反思时，很可能会导致对“新诗”文本审美形式的普遍漠视，悬置起生气淋漓的人与事，将一切新诗写作转译成广义的“意义”，诗歌仅仅提供信息，其审美形式甚至成为解读的障碍，使得新诗的形式所焊接起的伦理价值也因而被支配与掏空，研究只能借助史料堆砌来让词语发出噪音。以诗人牛汉为例，显然，倘若忽视了牛汉在特定时期内整体诗歌构建内核的转向，而仅仅着眼于微末的材料，为其每一首诗的写作年份定位，则不仅无助于特定时期知识分子面貌的还原，也放弃了将这个话题接连到在范畴式的思想剥夺了客体的独特认知后，个人如何再次展开认识与行动的这一更宏阔的问题。对“诗歌表达方式”这一抽象议题的触及则是进入问题的路径之一，如这一段论述就照料到了牛汉诗学本源性的生成背景：“从‘文革’开始，牛汉在诗歌表达方式上进行了调整，这一调整强化了其主体精神和内在情感的表现力。与此前的创作明显不同的是，牛汉开始努力在创作中使主体精神客观化、象征化、现实化。”① 相较于模糊不清的纯粹精神立场与同样因完全基于材料而缺乏活力的史实立场，被忽视的技术分析往往能够切实折射出写作者如何挫败“时代的共鸣”。因而正如克罗齐所说，“历史绝不是关于死亡的历史，而是关于生活的历史”。②

作为新诗研究者，不能回避的是新诗史研究的范式同新诗写作间存在着深远的认识论鸿沟，在当代新诗写作往往为新诗史研究者所回避时，新诗史研究在写作者群体中同样是“不可见”的，彼此的工作在对方看来都只是诗歌空间中的幻象，并坚定认为对方的工作会被未来时间所否认，当鸿沟因双方都聚焦于各自的工作场域而蔓延时，大多时候研究者与写作者之间甚至不屑于再进行争辩，写作者开始主动承担起批评家的功能，以诗人的感官运转方式再现塑造他们认知的那个世界。与此同时，相较于新诗史研究，公众更愿意接受能够润滑、加固他们生活惯性的诗歌批评，在他们为市场法则与机械复制所渗透的深层感官作用下，诗歌更多时候作为一类文化快消品，当代诗歌事

① 孙晓娅、张光昕：《新诗十二名家》，高等教育出版社2020年版，第178页。

② ［意］贝奈德托·克罗齐：《历史学的理论和实际》，何高济、何毓宁译，商务印书馆2012年版，第69页。

件往往是自戕、生理残疾、桃色新闻等符号以诗歌的面目出场，着重于史料分析与文本生成背景的新诗史研究同样不能在公众中唤醒足够的余声。因而，诗歌批评曾经焊接起写作者与公众群体的功能已经基本丧失，当今天的批评者自作主张地试图缝合这两个群体时，遭受的却是“双倍的忽视”，即使侥幸获得其中一方的认可，在另一方看来却几乎是批评人格的丧失。

拉拉杂杂一番抱怨，还是为了引入本文的主题——对于《新诗十二名家》这本书的剖析。事实上，先前关于牛汉的论述正是出自此书。妄言这本书已经解决了先前提出的当代新诗批评的难题，在行家们看来不仅使得理性受制于臃肿的人际关系，缺乏说服的效力，也会让文章中较为踏实可靠的部分同样被置入犹疑的视野中。相较之下，我更愿意去分析这本书的作者如何有意识地去敞开与应付这个问题，即在照料到史实的前提下充分呈现诗歌形式本身的价值与诗歌写作的独异性，引导读者进入诗歌触及的绝对属性这一阐释路径，而非任凭诗歌揭蔽的言说空间被尚未经过价值过滤的史料所再次覆盖。同时，我们也应当注意到，这本书的面世源自本书的两位作者面向首都师范大学的普通本科生开办的一门网上课程：这门课程在每个学年均有近千人选择，这佐证了两位作者的诗歌课程，至少在一部分当代青年中仍能够激发出回响，也预先要求两位作者不能局限于传统的学术生产方式，而需要先验地根据学生的美学特性去构建一个世界，作为诗歌与现实接壤的中转处，通过话题的议程设置来让诗歌的“飞地”与大众文化空间具备通行的可能，进而引导学生进入新诗迥异于大众文化的言说世界。

翻到这本书的标题页面，不难发现，在十二章的标题中共计出现了四次“传奇人生”及类似标题。应当说，彼时整体时代氛围内各种人生轨道不乏交织、碰撞，加之出色的写作者大多缠绕有革命先行者与报刊意见领袖的身份，“传奇人生”其实在写作者这一身份内是普遍现象。不可否认，从作品中常析离出写作者地理地貌与心态嬗变的轨迹，只是如果一味将生平附着于作品上进行作品到材料的一一对应式解读，则使得作品与生平之间的含糊性被彻底祛魅，以一种清晰透明的学术研究范式，取代了历史本身非线性的跳跃与晦暗不明的运转。《新诗十二名家》采取了另一种开阔的、多维照料的研究方法，依托于作者的生平史料而不完全将自己沉浸于生平事迹的狭隘视野中，而是试图借助史料，将历史接入当代的视野中以使得史料具备阐释的活力，从而应对当下正在发展的问题；两位作者并不纠结于是成为悬浮于人类感性上的旁观者，抑或是彻底沉浸在机械复制时代进行学术简单再生产，而是在其中搭建起混合、含糊的桥梁，引导青年认识并克服媚俗文化对认识装置的渗透。试看本书第二讲《诗坛上的京华烟云——徐志摩诗歌创作导读》，徐志摩最广为人知的《再别康桥》一诗长期被流行文化轻浮媚俗的情调所覆盖，对徐志摩的误读不仅引导大众将新诗"标准化"为滥俗的抒情与并不整饬的韵律，也同样因写作者对这种"标准化"的拒斥而在其视野中遮蔽了徐志摩。试看本书如何再发现徐志摩的诗学理论，"每首诗偶节押韵，每行诗由三个音节组成，音节或由二字尺、三字尺，或由一字尺、四字尺组成，节奏如同撑船的人缓缓前进。"① 徐志摩的形式探索固然是为历史弃绝的一部分，但彼时情境下却直接指向胡适以来新诗抒情平面化与文本审美形式缺失的病症，他以自己独特的方式对时代进行回应，再如这两段：

> 谈及徐志摩对外国诗歌的接受，饶有兴味的是，徐志摩作为最早几位向中国译介波德莱尔的诗人之一。他诗中的"波德莱尔"意趣并不浓厚。1928年，徐志摩曾注明模仿艾略特书写《西窗》一诗，但徐志摩也并未就此转向艾略特。
>
> 如果说《翡冷翠的一夜》显示了徐志摩的诗歌创作开始向离开现实的方向发展的话，那么他在大革命后写的《猛虎集》和《云游》则更为明显地向消极颓废的情绪滑去了。②

上述介绍极为简要地勾勒出徐志摩的诗学建设性，倘若读者愿意走出遮蔽自己的惯性认识，也可以以此为契机在接下来的第三部分文本细读中深入了解徐志摩的多种诗学试验。《新诗十二名家》给予了普通读者向新诗现代化攀登的一个把手，它或许并不接近时下生鲜的写作伦理（事实上，时下写作者已经开始注意到了新诗史中"被弃绝的历史"，试图从中捕获可以加入自身探索的理论因子），却唾手可得。《新诗十二名家》也可能激发写作者诗歌史认知中的活力。当代新诗写

---

① 孙晓娅、张光昕：《新诗十二名家》，高等教育出版社2020年版，第46页。
② 孙晓娅、张光昕：《新诗十二名家》，高等教育出版社2020年版，第43页。

作与民国时期的新诗实践存在着割裂，相当一部分作者的写作直接源自外来诗歌的输入，这种现象部分出自当代新诗写作者对新诗史现有的文本价值判定的不满。新诗研究对于史料作用的强调固然不可反驳，只是研究实践中一个诗人的史料价值往往被强制阐释为文学价值，消隐了文学性的独立性。勒内·韦勒克对此有极为严苛的批评："真正的文学研究关注的不是惰性的事实，而是价值和质量。"① "学院派人士不愿评估当代作家，通常是他们缺乏洞察力或胆怯的缘故。"② 部分诗人因特殊的时代语境而得以获得诗歌史中的经典性，在当下其研究价值仅仅在于探寻彼时的文化范畴内为什么这类诗人及其文本能够获得合法性，并由此溯源出那个时代的特殊语境。那么在今天的文学研究内，研究者不仅应当重新定位这些诗人的真正文学价值与质量，也需要通过研究来重塑自身无意识领域内从那个时代继承下的审美装置。"再评估"的缺位使得当代写作者不愿意承认新诗史及其评价框架，乃至于在对新诗史整体否定的过程中让那些富有诗学建设价值的写作者同样遭受了漠视。《新诗十二名家》选取的十二位诗人中，既有卞之琳、穆旦这样在今天的写作者群体中被高度认可的拓路者，也有张枣这样在文学史中尚未充分经典化，其诗学理论及文本却在青年中反复迸发出涟漪的"后来者"，作为新诗开创者的胡适以及中华人民共和国成立后至改革开放前的数位诗人，则或许因文本只在彼时的语境中有效，缺乏对诗性本体的触碰而未被纳入选本。以第五讲卞之琳专题《"世界丰富了我的窗台"——卞之琳诗歌创作导读》为例，卞之琳在1980年代"重写文学史"潮流之前的文学评价体系中，长期被作为诗学空间中的"噪音"，尽管近年来卞之琳逐渐被研究者所关注，但视线的热度还未充分递送至与研究者并不疏通的写作群体中；同时，卞之琳在开始被作为一个重要诗人后，阐释其文本的范式仍是实证主义史观下的对照法。当卞之琳的精神通过双眼走出，以观看的方式漫步在都市生活之中，具体现实的高度抽象实则是视觉感官最本质的运转，文学史平庸化的叙述则摧毁了卞之琳的形式创见，将其回收到消费社会的话语陷阱中，"持续使用一种语言来把不断展现的生命经验客观化就是最基本

① ［美］勒内·韦勒克、奥斯汀·沃伦：《文学理论》，刘象愚、邢培明、陈圣生、李哲明译，浙江人民出版社2017年版，序言第15页。

② ［美］勒内·韦勒克、奥斯汀·沃伦：《文学理论》，刘象愚、邢培明、陈圣生、李哲明译，浙江人民出版社2017年版，第32页。

的现实维护实例”①。《新诗十二名家》则尽可能在叙述中融入了江弱水、张洁宇、姜涛等一批在诗性感知与材料分析上都卓有成就的新诗研究者的最新成果，勾连起卞之琳研究场域中写作者与研究者的沟壑。在对文本的具体分析中，也并非将庞杂意象转译为日常世界的庸俗语言，而是试图靠近卞之琳的思维路径，以技术分析的立场排除来自政治意义、社会承担等尺度的干扰，尽可能寻觅其文学性的呈现。如这一段对卞之琳《白螺壳》的文本细读，呈现了卞之琳诗歌内壁的精密与柔和：

> “戏拟”的手法在这首诗里得到了运用，抒情主体在一首诗里常常变换，人称代词也随着整首诗的逻辑而变化，在第一节里的抒情主体“我”是个“多思者”的形象。到了第二节，人称代词虽然还是“我”，但是抒情主体已然变成了“白螺壳”……②

行文至此，当然还远远没有谈够《新诗十二名家》在“沟通”与“揭蔽”这两个向度上所做的努力，但“文之悦”③ 应当更多交由读者在阅读中获取。这本书也并非没有缺陷，只是在新诗这一小众化、专业化领域内，面向的读者群体愈复杂多维，也意味着话语策略中的妥协愈多。在并不互通的群体之中所试图进行的焊接项目如果想要具备实际的效用，必然不能沉浸于自我领域的舒展，否则在一开始就被读者的惯性认知结构所拒绝。它必须部分地嵌入读者的认知结构中，作为其一部分而后向开阔的视野延伸。在这方面，这本书流畅的语言、清晰的叙述与可靠的论证都已证明了这一点。

（作者单位：首都师范大学中国诗歌研究中心）

---

① ［美］彼得·L. 伯格，托马斯·卢克曼：《现实的社会构建：知识社会学论纲》，汪涌译，北京大学出版社 2019 年版，第 190 页。

② 孙晓娅、张光昕：《新诗十二名家》，高等教育出版社 2020 年版，第 117 页。

③ 见［法］罗兰·巴特：《文之悦》，屠友祥译，上海人民出版社 2009 年版。他认为语言的混杂看作是达到极乐之境的契机，判定断续可引动快乐。

在人体的黑夜里

——祝立根诗歌身体意象论

◇林喜杰

身体一直是诗歌传统中一个重要的表意符号，身体不仅是人物命运的物质载体，它更具丰富的内涵和外延。身体意象成为祝立根诗歌研究的另一个切入点，解读祝立根诗歌中的身体文本的含义，对一个读者来说意义重大。祝立根以身体投入诗歌创作中，使其诗歌出现了大量的身体意象。

一

诗歌中身体意象呈现和谐与分裂双重变奏的原因既与祝立根的诗学观有关，也与诗人个人的身心遭际、时代环境以及他对人类命运的思索相连。祝立根有明确的精神高于身体的“身心二元”观念，对永恒的精神世界的追求构成了其诗歌价值的核心，他诗歌中“身体”意象表现出了强烈的反叛个性。

仿佛我的身体里，关押着的/从来不是什么猛兽和冤魂，从来不是/而只是一个个倍感屈辱的/折断了翅膀的天使

——《在西盟县的许多个一刹那》

从成因上来说，彼岸世界的理想必须以世俗生活为依托才能显示出其价值和意义，同时，肉体的受难也是精神飞升的前提条件。

在这儿，我们玩着相互折迁的游戏/我把你的反骨拿掉，你把我的脊椎握在手中/我们还用我们的下颌骨/小肋骨，互相撕咬/撒娇。这就是我们

——《寄远》

虚无与孤独是此在面临的真实生存境遇，但是在日常生活中却遭到遮蔽，常人有意无意地回避，躲进日常的习俗之中。精神的每一次飞升都需要以肉身为依据，否则“飞升”就变成了虚空和高蹈，也难以获得持久的动力。

二

在诗歌中，身体不再是纯粹生理性的肉体，不再是精神的奴仆，甚至身体变得比精神更丰富，更神圣，成为精神家园，成为生命超越的一种路径。祝诗常常通过身体体验虚无、孤独的存在状态：

我已经很久没有梦到明月了/身体里积攒的白/全都供给了骨头和发须

——《明月照何方》

我宽慰着自己，在江上/继续做一个又聋又哑的搬运工，继续/往胸腔里搬运落日和青峰

——《江上的日子》

在幽暗中要囤积多少/白发，才慢慢从你的身体里长出来/泪水，要历经怎样的旅途/才从你的眼眶中，缓缓地流出来，你不知道/落在你身上的雪，是怎样的爱/又或怎样的怜悯与惩戒

——《群山》

诗人通过敏感的身体意识使其显现。诗歌最典型的特征就是“身体投入”，他的抒情短诗中欢欣鼓舞的呐喊、悲凉哀切的祈求无不与他的生命体验息息相关。身体能感知的边界就是我们世界的边界，我们不可能脱离自身来理智直观，这就是身体的局限。诗人感到时间之流穿过胸膛、心脏，不仅在身体中体验时间流逝，从脉搏、落发中感受生命的有限，而且以身体行动展开精神探寻，追问生命与存在的真谛。

穿过怒江，迷恋着脚下的波涛/和胸中慢慢长出的迎风羽毛

——《夙愿》

把胸膛交给一片闪电的暴风雨/这么多年了，你劈在我心间的伤口/至今保持着你的形状/一道闪电，一道狭窄的光门/我还在走向它，在无边的暗夜中/身不由己地，向那道/天空的裂缝下坠

——《再见白桦林》

这满身的刀光，以及塞满胸膛的/兴亡皆苦的，故国的遗址

——《济水边》

我也乐意做一个小地方的自己/安静、清澈，就像山下的小湖/你一眼就能看见，我胸膛里的/倒影和蓝天

——《在凤羽》

夜郎谷的琴声/真的抚平了我眉心的沟壑，胸腔里的汪洋/已被一束白茅草花照亮

——《与友书》

祝诗不断建构诗人的文化身份，从现代社会多种复杂的身份选择中，确立自我的清醒身份，这也是当代诗人必然做出的选择之一。“现代人面临持久的自我危机：文化的各种表意活动，对身份的要求过多，过于复杂，身份集合不再能建构自我，它们非但不能帮助建构稳定的自我，相反，把自我抛入焦虑之中。”① 他的诗歌展示了现代人焦躁不安的灵魂，对分裂性的反抗与对神圣之物的呼唤。

你见过怒江吗？我这儿，就有/一小条支流，我在怒江痛饮的江水/已经不再沸腾，是呀，那么多年流逝/胸腔里，早已沧海桑田/那些愤怒的灰烬/——多像一座座冷冽的雪山

——《纪念碑》

诗人的思不是哲学家的理性思辨，是感性的思，体验的思，诗人

① 赵毅衡：《符号学原理与推演》，南京大学出版社2011年版，第344页。

的存在探寻也必然是感性的、体验的。将精神融化到身体当中，身体充盈着精神，每一次伸足，就是一次身体的思想行为。

> 捧水洗脸，往那儿归还身体里的涛声/如果此刻我站在你的面前/那我一定是一只装满了波涛的器皿/如果你问我我是谁/就请看看海吧，它就是我/——具体的、放大了的一生
>
> ——《悲恸海》

> 那么多吞在肚子里烂在肚子里的/秘密，都将交付秋风/而寄往地不明
>
> ——《轮回》

身体不仅蕴含着丰富的生命体验，而且融合了超越性的精神探寻。他用身体感受生活、体验生命，用身体思想，超越了理性主义的局限，从形而上的高度把握人生，观察世界，从而使得中国现代诗歌中的身体具有了前所未有的超越性品格。

三

身体是主体感受个人经验的活生生场所，人类以“身体”冲开封闭的世界，从沉沦的深渊中跃出，从而使某种有意义的东西呈现。写作说到底是抒写个人的“身体”主体的经验和遭际，以切肤的感受将每个人人生的苦难和喜悦都谱写进生命进程中。

> 榕树从胸口抽出根须，从掌心/放下儿子，让它们在身边成家/成村，感谢神/每一场家宴都预留了一个神的席位/每一个孩子都有故乡可回
>
> ——《草木间》

诗人是一手遮住世界的黑暗，一手记下所见所感的一切的人。世人以为，诗人应该以自己丰裕的生命力去给予和赠送世人，使他们重新发现世界和自身，打破生活中鄙陋、庸俗、滞重的一面。这种写作将个人身心遭际、自然循环、时代环境、人类命运等元素结合在一起

加以创造，正如诗人的诗句“身体里的黑，被一根根白发照亮（《草木间》）”。

（作者单位：北京市海淀区教育科学研究院）

活出来的诗歌

——谈祝立根的诗作

◇卢　桢

读了祝立根的一些作品，可以捕捉到山、水、夜晚、梦境这些关键词。来自水边的漫游经验，以及故乡中的自然物象切近了诗人心中的远方，也表现出他试图在超验世界中言说自身、让灵魂自由发声的强烈愿望。在以往的阅读中，我感受到祝立根的诗歌非常强调一种个人化的经验式写作，用真实的生命体验为时代增添注脚，为个体的生存铭刻印记，既是他的诗观之一，也能有效建构起个人与时代之间的对话性。

他的几首新作，蕴含了诗人对自身与时代关系的认知，此种关系是依靠痛感维系的，这使得他的诗歌保持了一种悖论的结构。如《烟花》中所写的，诗人以自己的姓名祝福每个人，也包括他自己“到哪儿都能落地生根”，但诗人终究无法成为那棵高大的椰子树，而是“吞咽的大海上”一株孤零零的蒲公英，终究还是没有获得属于自己的根。愿景与现实的悖论，祖先的爱与担忧，这些悖论交织组合为诗歌的情感结构，激发诗人在痛感中“写波涛翻滚的诗”。在他的旧作中，这种痛感多勾连着故乡的文化记忆，现实的离乡与梦境中的故乡，地理空间阻隔与精神上对原乡的眷恋，形成诗人的一个重要诗思来源，也是造成他漂泊感的动因之一。如《草木间》一诗中，诗人依然自比为“蒲公英”，“始终找不到那种落地生根的安心”。原乡与现实之间形成难以相融的悖论存在。祝立根抒写离乡的、无根的痛感，但他笔下的痛感书写并不是一种单纯的倾诉，也不依靠语词话语的强度释放情绪的力量，随着对自己内心世界的日益洞察，他逐渐可以从容面对精神的痛感，让痛感在安静中悄悄绽放、转化为内心幽秘的力量，他强调痛感来自生活却又与生活缔结盟约，以之作为与缪斯相遇的精神渊薮。比如《深蓝》一诗中，诗人眼中的祖国“是一张泪水纵横的脸”，这或许说明，在他的视域中，痛感不仅是微小的个体之专有物，还是这个时代整体的隐喻，是他所安居的人群的精神背景，在诗歌的最后，他写道："我终于来到了大海边，喝了一口海水/泪水，终于从她的腮边，流到了我的嘴角。"从这首诗中，我看到了一种希望，苦难、痛感是人与人之间缔结联盟的契机，主动去喝海水的行为，实际就是去触碰他者的痛感，试图向他人敞开自己的举动，这里面彰显出诗人的交流意识。甚至某些时候，痛苦本身会成为诗人存在的证明，如《喜白发》中，抒情者为自己长出一根白发而呐喊，这白发"像黑山林间的一丝瀑布"般骄傲，"像我终于在敌人的中间亮出了立场"。白发的生长意味着年华的流逝，本是痛感的表征，但诗人能在其表象之外，挖掘痛感本身具有的异质性元素，将其视为反抗平庸经验，使自己特立独行的一种新鲜经验，这种思维蕴含着现代社会的英雄特质。

除却痛感经验的表达，祝立根的诗歌还着重抒写了一种人类普遍的经验，这便是难以疏解且无法摆脱的孤独感，甚至孤独感就是维系他成为诗人的重要元素。或许在他看来，孤独就是我们的宿命，如《参观钢铁厂》中，诗人写道："原来我在这儿出生，身体的模具里/藏存过那么多岩浆般的热爱和体温/原来我在这儿长大，在这儿一寸一寸变冷，一天比一天变得坚硬。"钢铁的模具不仅锻造了诗人自己，还制造出"那么多/我和别的我"，"我"和"别的我"承受了相同的痛苦与命运的碾压，"一直想要拥抱在一起，却又永远隔着/一个拥抱的距离"，这便说明，在诗人所处的时代，孤独是生存的一种宿命，渴望相聚又无法靠拢，命运相似却无法在精神上彻底融为一体，这正是当下时代每一个人的真实生存境遇。一般而言，孤独是人类普遍存在的与排斥、隔绝相关的心理体验和情绪状态，而对"孤独"主题的开掘正可宣泄这种漂泊感受。

祝立根的诗歌中经常存有这样一位孤独的人，比如《明月照何方》中写"一个人坐在孤独的路灯下/也是一种渴求"，"我只想做一个水面上的/梦游者，独坐湖心亭"（《圆通寺的一个下午》）等等。对很多诗人而言，精神的压力是来自外部的，外部像一堵墙，人冲不出去，因此感到压抑，而祝立根的压力有一部分是来自内部的，如他说的——"我真是我自己的囚徒"（《胸片记》）。如果从字面理解，或许社会化的、遵从超我命令的自己对崇尚本我体验的自己，形成了某种规训与阻碍，因此诗人体验到囚居感以及孤独意识。但当我们深入他笔下的孤独，便会可以感受到他的"孤独"乃是一种返回内心的精神实验，作为抗拒被人类主流时代“同化”命运的精神武器，它蕴含着诗人的意识先知。走进孤独、创造寂寞，正是抒情个体与超验性感受缔结关联的前提，亦是个体存在走向自觉的标志。亦即说，为了求得诗意，人应该甘于成为“孤独个体”。看祝立根的很多诗篇，抒情者都沉浸在自我的孤独体验中，降落在安静的瞬间，他带着痛感，在暗夜中行走，让思想变得可视可观，精神主体与灵魂世界的对话透过平和的话语，凝重而和缓地升腾而出。可以说，孤独点亮了诗人的内心，也赐予他寻找内心支点、重新发现自我的机缘。在《关于捕鸟的故事》中，可以清晰感受到他的诗歌观念：“我一直在黑暗中练习/如何向你们讲述/一个关于捕鸟的故事。”身处黑暗，自我放逐，以孤独建构一颗孤岛的心，看待包括飞鸟、森林、海洋在内的万物。借助这种形象，诗人让他的温情与痛感缓缓流出，他抒写的是自己的生命体验，如其所言，“诗歌也不是高蹈于世界之上的事物，它存在于世界之中”“诗歌更应该是活出来的”，而“活着就是一个溺水的过程”（《回答》），既有本能般的挣扎，也有超我般的承担，将这些勾连、平衡在一起的，是他虔诚的诗心。

（作者单位：南开大学文学院）

怀抱烈火，在精神上直立行走
——读诗人祝立根的诗歌

◇谈雅丽

创新是文学艺术创作的生命。诗人只有不断地打破自己，才能使诗歌创作更具有创造性和开拓性。如凤凰涅槃，破茧成蝶，诗人祝立根正在挣脱束缚和困境，寻找更适合自己的诗歌表达，寻找更接近自己精神世界的思想和思维方式，他在诗歌中努力塑造着与众不同的自己。

我把祝立根从前写的诗歌和在首都师范大学驻校期间的诗歌做了浅陋比较，发现他试图找到一条危险而具有探索性的诗歌路径，这对于一个诗歌写作技艺相对成熟的诗人来说确需胆量，却非常重要。诗人祝立根在《与兄书》一诗中这样写道：很惭愧，我还是不甘心/想怀抱烈火，在精神上直立行走。将这句话作为本诗评的标题，是我对祝立根所做诗歌尝试的认同，更是对他出校后漫长的诗歌写作生涯一种真诚的祝福。

诗人祝立根是云南腾冲人，那里有彝族、白族、傣族、壮族、苗族、傈僳族等多个少数民族，闭塞而蛮荒的大山，开放的边境贸易。腾冲神秘的山水和多民族文化冲突滋养着他的心灵。我了解的祝立根憨厚质朴，不爱说话，但他血液里的地域气场却非常明显。云南的雪山、荒原、怒江、少数民族、玉石、刀剑、流放、狼嚎、猿吼、峭壁，老百姓的苦难生活，艰苦的个人经历等构成了他诗歌的主要元素。无论他在做何种语言尝试，这些物事深耕于他的心灵，是他在诗歌探索中永远不可能丢弃的魂魄。祝立根早期就是一个有着深厚地域标志的诗人。他书写了一系列云南意象：比较典型的诗歌《纪念碑》：

你见过怒江吗?
我这儿，就有
一小条支流，我在怒江痛饮的江水

已经不再沸腾，是呀，那么多年流逝
胸腔里，早已沧海桑田
那些愤怒的灰烬
——多像一座座冷冽的雪山

他在首师大驻校期间的诗歌中仍这样写道：“烟花/我羡慕背着乳房去流浪的孩子/大海上，他们长成了高大的椰子树，一朵又一朵/烟花。我姓祝，祝愿的祝/祝福的祝，身体里藏存着祖先们/沉沉浮浮的爱和担忧。”我以为，这首诗表达的是：无论走到哪里，他都不忘记自己的姓氏，不忘记自己的根。他是一个背着故乡行走的人，身体里藏存着祖先们沉浮的命运。他在诗歌《烟花》中大声地呼喊故乡，希望得到回应，他呼喊自己的姓名，在漂泊无依的海上，他仍然不断地向众人指认出自己的本源。

丰盈的人间情怀让祝立根的作品富于现实观照的精神，这样一种穿透性造就了他诗歌写作的格局与气象，也是他在后来的诗歌探索中不曾丢弃的。在以往的诗作中，他强调地域性，表达苦难与命运；最近的诗歌仍有大量对现实的清醒叙述。不同的是，他更加直面社会问题，冷静观察所认识的弱者，他的声音更加坚定更加有力量。他试图突破语言的边界，直指精神生活的内核部分，这些内核，关乎生命，关乎灵魂，关乎爱与悲恸。他在细节中不断反射出的迟疑和追问，就是要建立一个微冷、黑暗，与死亡丝丝相关的精神世界。

他的诗歌《爱离别》其实就是对自己发出的一种诘问，是自我批判精神在诗歌的一种反射：

我每天都会碰上他
向他问好，在镜中
双倍的距离
让他身处阴郁的地下室
你好！你好吗？
你还好吗？
有时候我很恨他
我向他夸耀人间的烟花，圣山的雪光
他总是报以相同的动作和口型

像戏耍一只动物园里的猴子
有时候，我又很怕他
在流水的两岸
他指着流水里那个挣扎的人
对我说，你看看你自己
像不像一个小丑，像不像
一个快被淹死的人
言语里，充满了少有的悲愤和怜悯

这首诗充满了不可消解的心灵冲撞，他不是要给读者一个答案，美好的，失败的，悲伤的，暗淡的，而是直接面对自己发出质疑。他诗歌中的意象像永不停息的波动。他真正提供给我们的，是被情感积淀过的无法把握的情绪，来自激情、悔恨、茫然错失，也来自无言，停顿和惶恐，甚至无意识的自我照料和自我解放。这是他面对现实生活中展现出来的双重人格，是在与自己斑驳的内心暗疾或者精神幻象相遇的瞬间。这个批判的自我不断地从现实中分离出去，却又能在孤立无助的时候，重新回到痛哭的诗人面前，这就是诗人不能消解的、矛盾突出的个人精神世界。

在大数据共享和“泛现实”写作的形势下，个人经验正被集约化的整体经验所取消，如果说祝立根从前的诗歌呈现的多是悲悯情怀，那么他目前的诗歌还提供了一种强力回响，他用这种激烈的声响锻炼我们的听力，希望我们能听到更震撼人心的声音。他追求诗歌的异质感，在词语的深处添加了更为坚定的指向，从而让事物露出它的本质。

诗人祝立根在探索一种有魔力的写作，虽然这些诗歌仍然会良莠不齐，但强调精神世界的压抑，风向和音域，强调灵感内部的冲击力，这是现实与精神元素之间相互激发的产物。可以说，祝立根在用独一无二的方式，提纯生命的疼痛，那种对现实发问的游离，恍惚，语言的力量与张力，叙述的省略与自律，那种情感的绵延与深邃，都是他天性的自然发展，也是他打开诗歌世界另一扇门的钥匙。

（作者单位：常德市文联桃花源杂志社）

“白雪爱着枯骨”

——祝立根诗歌观侧记

◇李佳悦

在祝立根的诗歌中，我接触到了个人阅读史上，除侦探类型小说以外，最多的“骨头”：那儿不仅包含“胸前的肋骨”“可能的反骨”，还有“逃亡者的骨头”与“无人认领的白骨”；不仅存在“下颌骨”“小肋骨”，乃至还有“骨粉”“骨缝”和“枯骨之手”。通过营构富于个人性的“骨头”意象群落，祝立根在写作中有意识地强调着某种坚硬的质地。借用诗人的自我阐释：“我更乐意以一种匕首的方式写作：精悍、锋利，更适合肉搏，流血五步。我尽力剔除色彩谱系中的中间色，唯留黑与白的两极。”① 这番自陈，颇有些鲁迅在《墓碣文》中所描写的“自啮其身”的冷峻意味，鲁迅把“抉心自食”的创痛感附着在阴冷的长蛇与死尸形象上，而祝立根则将“坚硬”的个体经验有效化约到对于“骨头”及其变体的物象书写当中。

祝立根的一本诗集被命名为《一头黑发令我羞耻》，其间亦恐暗含此次诗人难以释怀的狼狈溃逃。对于男性而言，“长发飘飘”无疑属于“另类”的特征，曾有此体貌特点的诗人因而遭到了执法者带有警觉性的盘问：在“我不敢回头”的驯顺与“我开始怀疑”的反诘之间，一块“多余的骨头”艰难地生长出来。其后，诗歌环顾于叙述主体内心的恐惧、不安与焦灼，进行着延宕式的反复渲染。直至结尾，空间和时间再次合一，诗歌回到与主题相呼应的现实状态。这首诗让人读之深刻的原因之一在于，诗中所论及的自省与自疑的创伤体验，其实并不局限于偶然和个体；相反，在时代和集体的命运洪流里，时时处处都暗藏着这一危机——当代社会中的普通人对于现实的惶惑感，几乎是不自觉地弥散在日常生活中的每一处缝隙。而诗人亦是借助了这块

---

① 祝立根：《光阴的利刃一直在我们头顶上缓缓地拖行》，《保山日报》2018 年 12 月 8 日。

"多余的骨头"，才能坚实站立。对于祝立根的诗歌写作来说，由"骨头"去支撑起了诗人向内自省与向外观照的诸多可能性。

除了坚实的物性之外，"骨头"是一种有生命、能生长的组织，据此回视祝立根诗歌中的"骨头"意象，可以发现，诗人借此存放着不可细数的成长经验。祝立根成长于腾冲，求学于昆明，"云南"是祝立根诗歌当中最突出的在地经验。若是习知云南的读者，通常能毫不费力地从其笔下的言语碎片与戏剧场景中，辨认出熟悉的高原面影；而尚未造访过云南的观众，亦可以凭借诗中的"山川""草木"与"河流"，建构出独属于云南的地域经验。从雷平阳开始，20 世纪以来，云南诗人群因其庞大的数量和不俗的水平，引起当代诗界的瞩目。正如每一片土地都有着自己的秉性，一方面，诗人们受益于云南的区域特征。人同家乡，血脉相连，而诗人拥有着大地上最敏感的心灵。当诗人通过语言来为个人建造房屋时，第一步总是先与他脚下的土地所牵连。另一方面，诗人若期望在作品中葆有最大的诚实，就须写其情真意切的所感所悟，乡土和乡愁通常直指诗人本源性的所在，从此出发，坚实的骨骼框架才能日益扩张。

诗人雷平阳一直固执地囿于云南一地，书写云南一地，他曾在《亲人》中剖白："我只爱我寄宿的云南，因为其他省/我都不爱；我只爱云南的昭通市/因为其他市我都不爱；我只爱昭通市的土城乡/因为其他乡我都不爱……/我的爱狭隘、偏执，像针尖上的蜂蜜/假如有一天我再不能继续下去/我会只爱我的亲人——这逐渐缩小的过程/耗尽了我的青春和悲悯"。不得不说，这诗中的爱恋，虽偏执且狭隘，却真挚而符合人性，这种看起来自私与自恋的特质反倒成为此诗最大的艺术魅力。而祝立根亦曾多时多地谈起过雷平阳对于个人写作的重大启示，"地域性"也向来是理解祝立根创作的有效标签：在"水边述怀"之际，在"夜宿盈江县"之时，在"乡宴"之上，在"送友人往滇南又醉"的路途中，在"与兄书"的挣扎里。诗人一面沉醉，"说我爱，云南/我爱云南从没有一场雪/从没有一场雪下得像一曲歇斯底里的死亡摇滚"，一面质疑："哪一天，真的累了，我们/可有故乡可回？语无伦次的老族长/就不逼他了，我且自饮自斟/做一个不奢望未来的人"。那么写作仅仅止于乡音的蛊惑吗？我猜想诗人的心中也升腾起过类似的疑问。

在《领悟》中，诗人再次呈上有关"枯骨"的暗喻：

我想写一首关于梧桐树的诗歌，不关于栽种史和枯荣史
也不涉及修剪的技艺与挺拔的香樟，闲适的小叶榕的美学标准也不相同。它属于身与心被置于快车道上的扭曲、挣扎绝望，像一只只枯骨之手从黑暗中破土而出，仿佛收集了所有活埋的力量每次经过环城西路，我又害怕被它们的歇斯底里死死拽住直到有一天夜里，一场雪悄悄覆盖了这座城市白雪的枝桠，突然变得柔软甚至有些温情脉脉。我终于明白冷可以温暖冷，荒芜会抚慰荒芜我一直爱着这个世界只不过用了白雪爱着枯骨的方式

如果说，在《胸片记》里，诗人凭借构想出的一块“多余的骨头”，给予自身坚实的支撑感，那“可能的反骨”可谓虽虚犹实；而此处着力渲染的“枯骨之手”，喻指诗人在创作中挥之不去的“绝望”感受，反倒令读者感受到了虚无中的虚无。在凭借云南的乡土经验打开诗歌写作之门后，诗人渐渐领悟到，生活和写作不仅是相互给予，更是相互消耗的；诗人光学会抒情还不够，更重要的是具备讲述的能力。若写作立场、题材与情感都一以贯之地仅被过去的地方经验所挟持，附着其上的传统和伦理缺乏自我更新的可能性，那么，这样的书写很难不走向美学意义上的萎谢。

我确认，异乡客的眼泪又咸又苦
逃亡者的骨头，又冷又坚硬
现在，它们已经成为我身体的一部分
并拥有了珍珠的光泽，和翡翠的质地
我确认，那些泼过来的脏水
那些搅痛我的，带着血腥味的
钝器或利刃，都是命运的馈赠
都是为了确认，我一次次的破碎
终将会一次次的还归于完整
怀抱过那么多的碎石，爱过那么多擦肩而过的人
送别过那么多一去不返的纸船和河灯
我真的确认，在抵达那条混浊的大江之前

我始终是那个义无反顾，又频频回首的
满脸星光的那个人

——《夜宿盈江县》

自居为“异乡客”和“逃亡者”，诗人依然爱重“骨头”之坚实，对“过去”的位置进行审慎的自我调适，显示出在面对“精神渊薮”和日常现实时，诗人拥有在历史与当下之间折返与省思的能力。寓居北京的一年中，诗人获得了跳跃出故土经验而旁观的机会，转述诗人的近期思考：对于诗歌创作而言，写作对象是城市还是乡村并不构成矛盾，呈现事情本身最为重要。至于“白雪爱着枯骨”到底应该是怎样一种方式？我们有理由期待与相信，诗人将在未来凭借诗歌跟生命的互动，去发掘个人生活的伟大传统，为笔下过去的箴言做出最好的注解。

（作者单位：人民文学出版社）

写给生活的一帧帧家书
——论林珊诗歌的诗质魅力

◇薛　梅

我向来认为，诗歌无论力图呈现或者力图隐藏的，归根到底都是要表达一种生存态度，这是我与人类、与万物、与世界的切实存在关系，这里面有一个最为真切的“我”在，或孤独，或幸福，以及基于这两种样态所蕴藉出来的万千形态的情感表达和思想发现。甚至无意，或无“我”，但从倾诉的立场来看，也都是“有我”的化身或嬗变，为此，“我”在我的生活里面，生存里面，世界里面，我的情感也许是向外的，喧嚣而繁复，但一定归于向内，类似于皈依，内敛而深醇。但如果向外和向内刚刚好同步，一边行走，一边获得，一边观察，一边思考，这应该是难得一种圆满了。

当我读完《林珊诗选》，内心甚是敞亮，如读到了一帧帧诗化的家书，让我感知到了这种圆满。我毫不费力地在这些文字里面，看到了隐藏在生活背后的一双眼睛，她在静静地观察着生活所呈现给她的一切，这种观察特别冷静，有内敛的劲道，让我在不知不觉中随着这双眼睛看到生活的原生态，那些我们习以为常的，平时不怎么特别在意的，或者说关注的一些事情，在娓娓道来的倾诉中，让生活和世界都变成了可靠、可信的生存环境和情感依托，那样自然平易，她在打开心扉的同时，世界也打开了心扉，生活也有了之所以“生生不息活着”的安然。自然、淡然、安然，成就了林珊诗歌的诗质美。

首先是生活背后的那双眼睛，让生活渐渐柔软下来。我们常说，生活不为任何人停留，你的生活只有现在。林珊的诗歌价值就在于，她懂得把握现在，那就是把生活收放在诗歌的信笺中，并得以长存。但她的在场，不是那个喜欢站在前台，在追光灯的照射下亦步亦趋的在场，她是将“我”消隐在生活背后，浓缩为一双安静谛视的眼睛，她在认真发现，让“我”仔细思考着生活。《晚归》一诗，可以看作她为生活写下的“我在”以及观察。然而，与其说这是“我”的画像，莫如说这是生命的塑像。然而，与其说，这是生命的塑像，莫如说这是生活的镜像：

> 所以给她欢腾的黄昏，夜晚有贫瘠的土地
> 所以给她断弦的竖琴，人世有滚烫的悲喜
>
> ——《晚归》

短短的两行诗，却承载着巨大的能量。这是她这一组诗歌中最为杰出的一首，可以成为她的代表作。林珊借“她”之身，凝“真我”之眼，在不动声色的生命省察中道出深刻的人生哲理，引领我们探寻真理和智慧的源泉。“欢腾的黄昏”与“断弦的竖琴”，在悲欣之间，在苦乐之中，在起伏之间，在上下之间，从单向度到繁茂，从不可能到可能，从无生有，从极致到无限，从时间到空间，从而使“贫瘠的土地”“滚烫的悲喜”有了无限的延展性，有了浩渺的空间感，有了生活“生要活着”的理由。诗人因“她”之身而成为一名可信的亲历者，可能的见证者，却因“我”之眼成为一个悲悯的审视者，理性的反思者。生存维艰，人生多味，这也正是无穷的远方最动人的魅力。当坚硬的生活柔软下来，便可以没有“自我”，只有她（他）们，人心就能容得下世界，装得下众生了。

在林珊的诗中，始终有着不动声色的观察，有着对人间真情的珍重。《华西路》的“她”，人至暮年，面对生死，了悟生活充满了选择，态度决定了一切。一个从背后观察的“我”，又时时在省悟中走出来，自然而然地与“她”融为一体，笑对生活，两个“整个夜晚”的细节处理，将情感拉向自然，将诗意流向远方。诗人在清淡的吐露中将生活中生死别离的真相处理得柔软而有温度，在隐隐的疼痛中又充盈着丝丝缕缕的浪漫与唯美，“春风化雨”，将一种安然的力量，平静的力量，在疏密有致的叙事中，呈现出暮年最为厚重的分量，令人不由为生活的美丽而感怀，为已逝将逝的生命而动情。在“春风化雨”中，当下的一切都是柔软的，远方也是。《巴黎的春天》以一种亲人的心痛感拉开了著名雕塑家卡蜜儿的历史场景，疯人院，33 年，每一句责问里都深深烙印着女性的同质感和同理心，“众我之中，你看见了我/我看见了你”，“我”再一次从观察的背后走出来，冷静在柔软中化为女性命运的一体，巴黎春天的雨，下个不停，落在人心深处，并浇开了一

朵叫祝愿女性幸福的花朵。命运是残酷的，卡蜜儿的选择是坚硬的，但人心里仍有美的憧憬与爱的向往，真的祈祷，这已足够温暖生活的苍凉。

尽管林珊从不回避苦难，回避疼痛，《山行》中有“我两手空空/我也有不为人知的悲伤”，《黑白帖》中有“梨花盛开在来年二月/弦月照不见我悲伤的脸”，《春日》中有“漫天的雨，一直下在我们离别后的/黄昏”，《我梦见了孤独》中有“我梦见了孤独/我没有梦见你”……“雨”意象便成为林珊众多诗歌中“疼痛”的一种象征性表达，“黄昏的雨”“漫无尽头的雨”“万千雨水”“雨一直在下”“积雨云”“漫天的雨”“满世界的雨”“大雨倾盆”“萧索的雨”“宿命般的雨”“整夜的雨”“芭蕉树下的雨”，等等，但不是狂风暴雨那种躁厉，煎急和恐怖，这些“雨”都是缓慢的、绵密的，赴约似的，像一种宿命，不是好与坏的问题，而是必然的遇见，必然的存在，甚至是必然的接纳。疼痛也是，孤独也是。平静，质朴，清醒，又安然。或许“春风化雨”的禅意，“南方的雨”的温情，“细雨”的纤柔始终是内心不变的底色，在林珊的世界中，一切的他者，比如莫妮卡和她的海上钢琴师、亲爱的鲁米先生、亲爱的罗伯特、我的祖母、我的父亲，还有你，我，她（他），甚至还有菩萨，皆融为一体，构成我的生活的庞大亲属，这一帧帧信笺中，既是生活给予我的馈赠，也是我给予生活的致敬。

林珊的诗歌在人性的观念、态度、情绪、反映的维度中，始终葆有款款深情。

其次是平静的力量，让情感的缰绳听从自己的内心。陶渊明有诗云：“纵浪大化中，不喜亦不惧。应尽便须尽，无复独多虑。”（陶渊明《形影神赠答诗》）“纵浪大化中”，听从自己内心的声音，随缘素位，随遇而安。当暴烈的时候就暴烈，当温婉的时候就温婉。该承担的时候不推托，该放手的时候不纠缠。生活的缰绳在自己手里，款款深情也在自己的心里。林珊的这种深情，蕴藏着一种巨大的能量，蕴藏着一种巨大的力量，把对人生、对生活的观察，上升到思考的高度，虽然不是特别娓娓道来的那种感觉，但就是能够让人感受到“纵浪大化中”的平静力量。无疑，林珊的“背包”将无法割舍的某些精神承接做了含蓄又精准的表达。“一个背包对于我们/究竟意味着什么”，在司空见惯之物上，林珊显示了不同凡响的观照，当行走与成长，经验与隐痛，归来与家园的某种契合神秘到来，林珊的“背包”就有了平静的力量，“站在人群中/哽咽着/念悼词的/是我的父亲”，“哽咽的”又何尝不是“我”自身，不是所见到的生存世相呢，如是疼痛，也是慰藉。从而消解了生活的波澜跌宕，而在快节奏的现代生活和玉舍村肃穆的仪式更迭中，完成了“背包”丰富的寓意走进了内心，走向了精神的洗礼与救赎。

也或者说，林珊是在心灵探幽的过程中不断发现着自我的深情，她内心敏感丰富，却又平静坦诚。这决定了她总能够很好地掌控着情感抒发的节奏，不疾不徐，那双隐在生活背后的眼睛，专注，且干净，就像一个人坐在空气当中，只听得见身边的流水声，平静地感知命运：“是一阵诵经声，让我停在那里/是一阵又一阵诵经声，让我停在那里”（《寿量古寺》），“我们爱过的人/已消失在更远的远处”（《西岭街》），“让回忆布满荆棘/让今生恍若隔世”（《断章》），“我需要走多远的路/才能回到我们的家中”（《北洼路33号》），“那些无可挽回的心动/那些无可挽回的心碎/在时间里，在时间的皱褶里/微微起伏/微微荡漾”（《卢沟晓月》），“永不知疲倦/只是为了等待/一场雪/只是为了等待/一个可以共白首的人”（《永不知疲倦的雪》）。尽管“纵浪大化中，正为化所缠”（苏东坡《问渊明》），但对多变的人生如何消化，如何转化，林珊给出的答案不是歇斯底里，不是悲痛欲绝，而是平静地接受，平静地等待，平静地祈祷，因为那双眼睛告诉她，生活拥有着“那么久了”的“春日”：

而我深知田野的后面
是从来不曾厌倦的别处
是同样被春风点燃的群山

——《春日》

读林珊的诗，我们同样发现，冷静的谛视，漫长的思索，会给生活带来新生的力量。

最后是娓娓的倾诉，让生命交流走向和谐永恒。林珊不追求诗歌语言的冲击力，她只是用平静、舒缓的调子来深情告白，娓娓倾诉，像明月下草原悠悠荡起的蒙古长调，又像梅雨时节淅淅沥沥连绵不断的雨声，更像一封家书中绵密细腻的婉转文字，让生活中无比亲近的事物一一铺展开来，让曾经的不确定成为一再的确认，让生活的韵律和生命的韵律交响和鸣，感染、浸润着我们的心灵。尽管我们知道，她诉说的一些珍贵事物、一些场景和细节，都和她在时光中渐行渐远的亲人一样，缓缓携时光而去。她只是在尽力地、深情地用灵魂的歌吟来留下一些可以留下的，必须留下的。《西岭街》是尤为突出的一首：

那些摇曳的油菜花，多么明亮啊
多像一个人，顶着空谷的落日，在云朵下
奔跑。而那些樱桃树上的花瓣，就要落尽了
白茫茫的一片，垂向肃然的泥土
寻求更好更久的归宿
春风浩荡啊，青草陌陌
人世在此时，已不值一提
当我来到春天的西岭街
有的落花已成为流水的一部分
有的故乡已成为回忆的一部分
当我低着头，路过山峦，村庄，湖泊
和几株长满嫩叶子的老柳树
走向更深更绿的田野
我们爱过的人
已消失在更远的远处

——《西岭街》

林珊的文字是颇见功力的，平常的生命物象在她的倾诉中，是那样自然和灵动，充满了鲜活的生命气息和悠远的生命韵味。“油菜花”是“奔跑的”；“樱桃树上的花瓣”是寻找的；“我”和“故乡”和“长满嫩叶子的老柳树”是行走的；甚至“我们爱过的人”“消失”在远方，也是活动着的。这些变动的事物，变动的世界，变动的生活，变动的生命，“春风浩荡啊”，这一句将动的形态，像打开的滤镜，增强了柔化效果，“人世在此时已不值一提”，不知不觉间，变动的、走远的，成为一种美，一种春天，那又何忧，那又何惧，春去春又回，深情还在，爱还在，美还在。读这样的诗，像看一个武艺高超的夜行人，在潜隐和显现之间建构一种平衡，如履平地，从容余裕。《山行》中也隐喻着丰富的生命意蕴，“去得晚了一些”“下山的老人”和“擦肩而过”的“我”，“迎着风”“拾阶而上”，可以说，林珊总是有一个倾听的对象，有一个拆信阅读的人，所以她总是用最饱满的口吻和最真挚的表达，在娓娓倾诉中造境，仿如只有这样，才能栉风沐雨，同进同出。当然，这个对象和人，也是读者，也是生活。林珊的亲和就在于，她将世界和生活都化作了与自身同尘、同光的所在，她期冀在平凡的事物中体验生命永恒的意味。她的《春日》的“故土和远方”，她的《北京的秋天》的“白杨”，她的《贺兰山谷》的“师母”，她的《西三环北路》的“外祖母”，她的《盘古仙寺遇雪》的“菩萨”……她在诉说着她们，也在诉说着自己，她在生活里面看到了承担的过程，诚如她在《我们需要一场雨》中所说的：“我们需要泪水/和万物互相赞美”，显示了生命内在的本质力量，以及与生活、与世界的和解及和谐。

林珊在她的创作随笔《一朵时间的蔷薇》中坦言写作就是为了不断地接近内心的真实，完成内心的一种完整。这与她诗歌的大量倾诉成分相互印证，她的诗歌思维倾向不绕弯子，在生活中来，在生活中思，在生活中悟，对于生活本身，她是直接省察、坦然有容的；对于自身，她是直面困顿、自我救赎的。她写寺庙的作品很多，她直言“我们重新审视布满尘埃的内心”（《广宗寺》）；她普惠众施，静静祷告：“菩萨，请原谅，我太贪心/每次焚香，我许下的，都不仅仅只有一个心愿”（《寿量古寺》）；她虔敬而真诚：“那个行走在风雪中的人是我/那个跪倒在三圣殿的人是我/那个无声祈祷的人是我/那个频频回首的人是我”（《盘古仙寺遇雪》）；她被洗礼得更加明澈：“诸神脚下/都匍匐着/无数个干净虔诚的/灵魂”（《古寺》）。林珊让孤独变得坦然，让隐痛变得澄明，让“一个陌生的灵魂被安置在——/一个陌生的地方”，成为“最为声势浩大的一场绽放”，成为人性另一个维度的最珍贵的《馈赠》。

林珊是有着自己的语感的，像一封封家书的质地，在缓慢地讲述中，将一个个成长中的“我”，发现的“我”，思索的“我”，透射到无数的人身上，让生命的意味、生活的蕴藉呈现出丰富的斑斓的色彩，并洋溢着向美向好的睿智情怀。情深意笃的林珊，“人世蓬勃啊/万千浮光掠影中/我一无所见//辗转千里/我从未与你相逢！”（《小镇》）！

多么好，所幸我们见到了诗，所幸在诗意中我们一次次相逢！

（作者单位：河北民族师范学院文学与传媒学院）

精神原乡

——评林珊诗歌

◇马　丽

林珊诗歌温暖仁爱。她写亲情、乡村、乡情和大自然，温暖深情。她静观世间万物、人间烟火。诗歌富有禅意和禅机妙趣。她的诗歌语言行云流水又富有变化，语言奇妙，耐人寻味。她把我们带到了一个桃花源般的精神原乡。

一、温暖仁爱

（一）　温暖的亲情

林珊善于写温暖的亲情。祖父、祖母、外祖父、外祖母、母亲、姑姑等，温暖感人地出现在诗歌中。她将散文、小说笔法运用到诗歌当中。有感人的语言描写、场景描写、细节描写。这些生活化的场景描写，生活中的家常语，变成了令人难以忘怀的至理名言。

《冬日》这首诗，写祖母对逝去的祖父的思念。“祖父去世后/祖母依旧住在/华西路那栋老房子里/我有时去看望她/会看见她独自坐在/祖父生前常坐的那把藤椅上/摆弄一只老式手表/‘这只手表是那年在香港/他买的礼物……’/我们在一起六十多年，他怎么能/一声不响，就先走了呢？’她忽然低下头/哭红了双眼”。这样的家常生活场景，这样的细节描写，这样的家常话语，这样的叙述手法，更多地会出现在小说、散文当中，但这种舒缓的散文、小说叙事节奏却因其语言的精准性和经典性瞬间征服了读者，触动了我们每个人的心弦，催人泪下。《乌鸦》一诗，写了外祖母对儿时的“我”的教育和告诫：“当你看见了乌鸦，/记住千万不要惊动它……”，“我的外祖母，犹如村庄里的先知/这些来自童年的教育，让我多年以后/仍然心存敬畏”。外祖母教导诗人要敬畏生命，敬畏自然。《母亲》一诗写道，“杨梅还没有熟，母亲就提着竹篮爬上树/‘等天晴，把杨梅晒干给你泡水喝’”。这不是英雄的豪言壮语，却是母亲的关切之语，温暖人心。让诗人深切怀念。《梨花》一诗写道，“两个孩子曾在她出门前，异口同声地/保证过：不下河抓鱼，不上树掏鸟窝。”这些话，如同出自我们自己的口中，也曾向自己的妈妈信誓旦旦。那时，两个孩子天真烂漫，年轻的妈妈有着“年轻的脸庞，清浅的酒窝”。一切都那么美好。然而世事沧桑，诗人目睹了梨花的凋落，一朵、两朵、三朵，以及蚂蚁的迁徙。开头结尾写梨花、蚂蚁这些自然物象，象征着岁月周而复始，亘古不变，而人的一生又何其短暂易逝。用儿童稚嫩的撒娇般的话语，写出与妈妈在一起的快乐时光，充满了对妈妈的深深思念。《那些夜晚所不能带走的》一诗写道，“我八岁，后背被一枚/突然从树梢掉落的板栗壳所砸伤/我只记得，我的外婆一袭蓝衫/手持绣花针站在床前垂泪”。写了外婆对自己的疼惜之情。后背被一枚从树梢掉落的板栗壳所砸伤，应该不是太严重的事件，但是外婆却疼惜得垂泪。可见，外婆是怎样深爱着自己的孙辈。《光芒》一诗写道，“一位母亲从乡下/给她的儿子扛来一袋金黄的玉米/一只燕子从远方/给它的孩子衔来新鲜的虫子/满脸疲惫的母亲站在小区的草坪上/大声呼唤儿子的名字/叽叽喳喳的燕子盘旋在屋檐下/喂养它饥肠辘辘的孩子”。写出了伟大的母爱和温暖的光芒。《稻草人》，写“三年前的秋天，我最后一次去探望病中的外祖父/也曾路过一片稻田，稻田里也站着一个稻草人/三年后的今天，外祖父已经不在了/我看见一个稻草人，站在金黄的稻田里……”稻草人尚在，外祖父已逝。写出了对外祖父的思念之情。《1987年的雪》，写出嫁的姑姑，“亲爱的姑姑，那么多年过去了/我为何总是会想起，你身上的红嫁衣/手上的灯盏，和婆娑的眼泪”，“一把桃木梳子，把姑姑的长发梳了又梳”，“如果衰老的秋风/拥有一颗善良易碎的心”，“如果这人世间所有的爱/可以恒久一些……你的笑容，还会不会/被陌生的我所遇见”。

诗人为什么能写出那么多温暖仁爱而感动人心的亲情诗呢？

林珊是客家人。客家人重亲情，宗族血缘观念特别强烈，敬宗祭祖是各地客家人极其重要的民俗活动。从年初一到年三十，客家人重要的祭祖时间有：年初一新年祭祖、正月十五前后“上灯”祭祖、二月二春社祭祖、清明祭祖、七月十五中元祭祖、八月十五中秋祭祖、九月九重阳祭祖、十月朝祭祖、冬至祭祖、年三十祭祖。最为隆重的是“秋祭”，即中秋前后。客家人的祖先崇拜，来源于楚文化、汉文化的伦理思想。在他们的脑海里混杂有儒教、道教、佛教的综合思想，因而就把生与死看作一回事。客家人认为，人一旦死亡之后，他的灵魂就会离开阳间，进入阴曹，继续过着和人间完全相同的生活。因而就认为，一个断绝后嗣的人，就会变成无人祭吊的孤魂而不得不在阴间过着乞丐生活。“百善孝为先”。“孝”是客家祭祖的最高准则。“孝”就是子孙绵绵、香火不断；“孝”就是尊老爱幼、不忘祖恩；“孝”就是时刻与先祖分享美味佳肴，焚香点腊，叩头敬献；“孝”就是与列祖列宗共同分享今天儿孙们的和美生活。客家不仅有远祖宗庙，而且在居住的土楼和围屋、围村里，大都建有祖公堂即祠堂或曰宗祠，作为陈放祖公牌（客家俗称“龙牌”）和祭祀祖宗的地方，并且一定设在上堂屋。祠堂上厅是客家人最神圣的地方。客家祠堂设有精致的木雕神龛，里面按祖先的辈分自上而下陈列祖公牌位，虽支系纷繁却毫不错乱。逢年过节，客家人到宗庙或祠堂祭祖，仪式十分隆重。不仅要摆放猪肉、鸡、鱼，还要摆上各式糕点和水果。穿戴整齐的子孙们排列有序进入祖公堂。然后恭敬虔诚地进行烧香、点烛、读祭文、行跪拜礼。整个祭拜过程都显示了客家人对祖先的崇拜和敬仰。家族始终保持着“仁善友爱、互帮互助；本分做人，乐于奉献”的优良家风，勤勤恳恳、自强不息、不忘本源、敬祖崇礼，让家族得以繁荣昌盛、生生不息。正是因为客家人有这样的文化传统，所以传承给了诗人仁善友爱的优良家风和优秀品格。诗人对亲人们充满了深深的感恩之情，故而诗人写出了这么多令人难忘的美好的亲情诗篇。

（二） 温暖的乡村、 乡情、 大自然

林珊在诗歌中还书写了温暖的乡村、乡情、大自然。

林珊在她的散文《一朵“时间的蔷薇”》中表述了她童年时期的乡村生活，大自然对她的熏陶，对家乡深厚的情感。她写道，“我生活在一个山水莹澈的南方小城，出门抬头便能望见连绵起伏的青山，低头看到的是绕城而过的桃江水。小城的山水养育了我，也赐予了我安静淡然的天性……在我的成长过程中，最美好的童年回忆，应该是来自村庄。年少时，我曾有6年的乡村生活经历，之后随父亲举家搬迁到

了城镇。可是我上学期间的每个寒暑假几乎都是在外婆家度过。外婆的村庄临近一条汩汩的小河，每年春天，河边的草地上、灌木丛中都开满了野花，其中有一种，是蔷薇。有白色的、粉色的，单瓣的、重瓣的，盛大而灿烂，深得我心。而在村外的山坡上，苇丛、松树、水杉、忍冬等植物，最为常见。我无比热爱植物的秉性，或许就是从那时得以开始。自然与植物，总是能给我带来无限的悲悯及欢喜。”

她在《赞美诗》中写道，“走很远的路，去莲花村看莲/你猜我遇见了什么/一行白鹭，亮出一贯的嗓音/几只蜻蜓，在田野上低飞/一个女人，坐在凉亭里卖凉粉/她起得这么早/雾水打湿了她的眼睛/她起得这么早/让我想起了勤劳的母亲”。她写自己去莲花村看莲，遇见了一行白鹭，几只蜻蜓，一个起得很早、坐在凉亭里卖凉粉的女人，“让我想起了勤劳的母亲”。她赞美淳朴的乡村生活、田园生活、赞美乡村的植物和动物，还有勤劳的人们。莲花村，就是她理想的桃花源。有清雅的莲、有洁白的白鹭、有轻盈的蜻蜓、有如同仙气的雾水、有勤劳美丽的妇人。《我们想要去见的那个人》一诗中，“我和我的小狗手牵着手/去远方，见一个人/我们路过白桦林的叶子、蟋蟀的琴声/砍柴的妇人，背书包的孩子……/她们纷纷扭过头，眼神明亮地望着我们/一阵大风吹过。满池的荷花，都开了/我站在原地，忽然想起/我们想要去见的那个人/早已不在人世”。这首诗，也写的是乡村生活。小狗、蟋蟀、白桦林、满池的荷花、砍柴的妇人、背书包的孩子。田园气息扑面而来。而“我们想要去见的那个人/早已不在人世”。写了物是人非的怅然和对故乡的深厚情感。《往事》一诗，也写乡村。“我的眼前又出现了汩汩的河流/村庄，屋顶，炊烟，唢呐，白骨/以及衣衫单薄的外祖父”。乡村，就是她的精神原乡，灵魂的归宿。她对大自然、宇宙万物都充满深厚的情感。她深情地写白鹭、蜻蜓、星光、松涛、虫鸣、蝉鸣、花香、小狗、夕阳。她笔下的动植物都有名有姓。婆婆纳、蒲公英、绣线菊、满天星、络石藤、枫杨树、马尾松、苦楝树、银环蛇、茑萝、青蒿等。她尊重、欢喜每一个个体生命。

评论家徐春林在《追求精神上的逍遥游——评论家徐春林与诗人林珊的诗歌对话》① 一文中，写到林珊的诗歌观点，“我想我写作的第

① 徐春林：《追求精神上的逍遥游——评论家徐春林与诗人林珊的诗歌对话》，《金融时报》，2019年6月14日第12版。

二阶段（也可以说中途）应该更加努力抵达内心的真实，倾听到那种自我的声音，接近于天性，回返到一种精神的原乡。我第一个阶段写了很多山川草木的带有点低音性质的抒情诗，其实我们所处环境虽然经历几千年变迁，但山川草木的面貌可能没有多大变化，《诗经》中的植物，唐诗中的植物依然就在我们身旁途经的路边，陶渊明、王维、孟浩然笔下的山水依然散发出一种清澈的生命力，而我的写作是为了做到与之呼应与对称，抵达一种无我的天性，如山中自然生长的一块石头，如道边被人忽视的一株植物，那种平淡与偏僻蕴藏一种绝对的精微，这也许是我毕生之所追求，这同样也是写作的终极意义。我觉得写诗就是不断突破自我的限制，接近于那种忘我的自由。记得有一位作家说过：当我们进入阅读与写作时，四周的世界都不存在，这同样也契合庄子追求的那种独与天地精神共往来的境界，写诗就是追求精神上逍遥之游。”“我认为，和我的那些童年时光有着密不可分的关系。故乡的山水养育了我，也赐予了我安静淡然的秉性。我怀念那些檐头剥笋，池边采莲，桥下流水汤汤，炊烟袅娜到庭前的时光。”

二、禅机妙趣

她随口说出的便是禅语，具有禅意，禅机妙趣。平常心，家常风，平常语，即是道、佛语。禅意，是指清净、简洁、平淡的意识思维，是一种思虑得到平静以后得到的人生观或者人生态度。简单地说，看只是看，听只是听，嗅到只是嗅到，味觉也只是味觉，触只是感受，起心动念也只是觉察而不执着寻找，一切六根所受不在心中造作出任何分别判断、取舍意愿，也就是说不制造“自我”。彻底、清净、简捷的旁观，这样的思维方式就是禅意人生。

《在杭州》一诗，“我能和你谈论的/是那些啜饮雨水的湖泊/黄叶散尽的垂柳/那天校园安静/小路柔软/我们在雨中，走了很久”。我们谈湖泊、谈垂柳，即使“黄叶散尽”，但我们心无挂碍，在雨中，走了很久。这首诗传达了这样一种观点。拥有一颗平常心，人生如行云流水，回归本真。看只看，谈只谈，不分别，不寻找，不执着。水往低处流，云在天上飘，一切都自然而然地发生，这便是平常心，这便是参透人生，便是禅。《哦，山中》一诗，她写道，“落花是落花/鸟鸣是鸟鸣/偶尔还会有一两滴露水/悄悄钻进我的衣领”。《秋天》一诗，“现在，还是让我来说一说/那些秋天的马兰花吧/它们在秋风里/开得很好。”《梦境》一诗，“一条银环蛇在山谷里变老/一排苦楝树在晚风中等待着天黑/濒临枯萎的茑萝开满深红色的花朵”。《白露》一诗，“还是会有蝉鸣，在歌声里起伏/还是会有花香，在寂静中落下”。这些诗表达的就是花开自在，自然而然。隐含着禅意，禅机妙趣。

林珊的这些诗歌受王维影响很大。王维“晚年惟好静，万事不关心”（《酬张少府》）①，不关心人世尘俗，于山光鸣鸟中颐养身心，礼佛参禅。“兴来每独往，胜事空自知。行到水穷处，坐看云起时。”（《终南别业》）② 诗人“行”“坐”率性而为，顺其自然，不为物役，云水与人圆融相合，万物冲淡，宁静平和。王维《辛夷坞》一诗：“木末芙蓉花，山中发红萼。涧户寂无人，纷纷开且落。”③ 此诗更是王维禅诗之冠，如入无人之境，木末芙蓉花，开落两由之，不干人事。山谷溪涧，花开为春，花落为秋，任运自然。不执着，不黏滞，心念不生，如芙蓉花自开自落。天道自然，既无生之大喜，亦无死之大悲，得之自然，复归自然，无牵无挂，无滞无碍。此诗境，即妙不可言的禅境。

林珊的这些诗歌受中国传统文化道家思想影响也很大。《庄子·外篇·知北游》，“天地有大美而不言，四时有明法而不议，万物有成理而不说。圣人者，原天地之美而达万物之理。是故至人无为，大圣不作，观于天地之谓也。”④ 天地具有伟大的美，却无法用言语表达。四时运行具有明显的规律，却无法评议。万物变化具有现成之定规，却不必谈论。圣哲之人，探究天地之大美，通晓万物生长之大道，所以“至人”顺应自然，无所作为，“大圣”也不会妄加行动，这就是说，他们对于天地做了深入细致的观察。“走很远的路，去莲花村看莲/你猜我遇见了什么”。“去莲花村看莲”，这句诗，不用看前句、后句，本身就充满禅意，充满禅机妙趣。

---

① （唐）王维著，（清）赵殿成笺注、白鹤校点：《王维诗集》，上海古籍出版社 2017 年版，第 186 页。

② （唐）王维著，（清）赵殿成笺注、白鹤校点：《王维诗集》，上海古籍出版社 2017 年版，第 54 页。

③ （唐）王维著，（清）赵殿成笺注、白鹤校点：《王维诗集》，上海古籍出版社 2017 年版，第 381 页。

④ 陈鼓应注译：《庄子今注今译》（下），商务印书馆 2007 年版，第 650 页。

林珊在《转眼时间到了很多年以后》中写道，“这是我曾经想带你去看的湖泊/你听听，那流水的声音……”，“我们也曾满心欢喜过——鲶鱼在池塘里换气/大雨正穿过茂密的香樟”。在《夜宿弥陀寺》中她写道，“好吧，让我们来谈一谈虚空/风声是细小的，星光是微弱的/松涛延绵不息”。“我摔倒在路边/一抬头，就看见菩萨慈悲的脸”。“起伏的虫鸣并没有给我带来忧伤”。在《天龙山记》中她写道，“我带着小狗，穿过落日和松林/身后，禅音萦绕/悲伤汹涌”。“除你之外，没有人会明白，一首佛歌/在床头灯下所带来的救赎——”《看雪》一诗中，“我愿意在雪中/走上一天一夜”。在佛的世界里，她获得了禅修，了然了禅意和禅机。

三、语言奇妙

林珊的诗歌语言行云流水又富有变化，语言奇妙，耐人寻味。

《在赛里木湖，有致》组诗里，诗人写道：“我曾赶往皓月当空的邮局/给自己寄过一封信”。“皓月当空的邮局”，感觉很奇特。“皓月当空”，一般形容夜晚。皓月当空的夜晚。这里，却是皓月当空的邮局。更加能够显示出赛里木湖夜晚的空旷和月色的皎洁。“走很远的路，去莲花村看莲/你猜我遇见了什么”，“去莲花村看莲”，这句本身就是神来之笔，接着，又问“你猜我遇见了什么”，让人更觉奇异，有一种梦幻感和恍兮惚兮的感觉。是在人间吗？

诗句“你的嘘寒，止于问暖”。嘘寒问暖，平常连在一起使用。诗人却拆开使用，创造了异样的含义和趣味。“那么多的风止于雨”。风雨，也是经常连在一起使用。诗人却说“风止于雨”，包蕴了更多新的含义。诗句“你的笑容，还会不会/被陌生的我所遇见”。诗人没有使用惯常的主动句的语序结构，“陌生的我，还会不会，遇见你的笑容”。而是使用了被动句的语序结构。“你的笑容，还会不会/被陌生的我所遇见”。制造了新奇感和陌生感，让人久久回味。

我们不禁会想起林徽因的诗歌《你是人间四月天》：“那轻，那娉婷，你是，/鲜妍百花的冠冕你戴着，/你是天真，庄严，/你是夜夜的月圆。/雪化后那片鹅黄，你像；/新鲜初放芽的绿，你是；/柔嫩喜悦，/水光浮动着你梦中期待的白莲”。惯常语序是“你是，那轻，那娉婷，/你戴着鲜妍百花的冠冕”，“你像雪化后那片鹅黄；/你是新鲜初放芽的绿。”但这种主谓宾的结构方式就显得很平常了，诗意顿减。林徽因采用的是宾语、主语、谓语的结构方式和其他主谓宾的句式相互交叉使用，就生出了变化和新鲜感，诗意顿增，摇曳生姿。

林珊诗歌温暖仁爱，禅机妙趣，语言奇妙。她把我们带到了一个桃花源般的精神原乡。

（作者单位：中央财经大学文化与传媒学院）

林珊诗歌中的梦境元素

◇周如意

林珊的诗中常常有梦境的元素。古往今来都有以梦入诗的名篇，古诗有李白“我欲因之梦吴越，一夜飞度镜湖月”（《梦游天姥吟留别》），陆游“夜阑卧听风吹雨，铁马冰河入梦来”（《十一月四日风雨大作》），新诗也有梦境元素构成的诗作，如鲁迅《野草》里以“我梦见——”为开端的七篇“说梦诗”，戴望舒“梦会开出花来的/梦会开出娇妍的花来的：/去求无价的珍宝吧”（《寻梦者》）。

在林珊的诗歌中，“梦境”是高频率出现的一个词，也是她诗歌创作的一个重要元素。这些诗歌或叙述梦境的内容，如《梦境》《负轭》《结局》《青衣人》《为什么我梦见你的时候，只剩下悲伤》，或含有“梦境”相关的词，如《春日》《礼物》《小悲欢》《深情总是令人沮丧》。梦境是一把钥匙，能够打开通往诗人林珊内心世界的大门。

一、无意识的书写

梦给予了林珊创作的灵感，但这些灵感并不是凭空得来的，而是潜藏在林珊的无意识深处的。人的意识像一座冰山，意识领域只是露出水面的一小部分，而无意识领域则是隐藏在水下的绝大部分。法国哲学家伯格森说：“我们幼时的感受、思考和希望无一不延伸到今天，与现在融为一体，使你欲弃不能。”①

记忆不会凭空消失，人们所有所知所感的事物和感受都封存在人的意识和无意识中，而无意识比意识吸纳了更多、更精细的记忆。林珊善于从回忆中精心挑选材料谱写成诗，这些回忆材料都是她意识领

① ［法］柏格森：《创造进化论》，王珍丽、余习广译，湖南人民出版社1989年版，第9页。

域的记忆，而无意识的材料也并没有被她浪费，构成了许多优秀的梦境诗篇。林珊的一些梦境诗是对梦境的记录。比如《梦境》，记叙了诗人重复做的一个梦，《负轭》记叙了诗人关于死亡的梦境，《结局》记叙了诗人走在世界尽头的某个角落的梦境。《我梦见了孤独》，直接在题目中写到了“梦”。诗歌最后三句是极为自然的日常书写，以陈述的语气说道：“我从梦中醒来，我梦见了孤独，我没有梦见你”，每一句都提到了梦，并且每一句的关系是递进的，“我从梦中醒来”是对现实的客观叙述，接着描述梦境的内容——“我梦见了孤独”，然后进一步解释孤独的原因——是因为“我没有梦见你”，三句层层递进，最后一句的诗意空间是敞开的，给人怅然若失之感。

在《夜太深》中，前五句描写诗人在头疼、环境嘈杂的情况下，带着悲伤的情绪进入梦乡。中间三句“梦见故人离世，瘸腿的女人在窗前抽着烟/野草疯长，寂静的菜园荒芜一片/铜镜被打碎，清扫庭院的老人走来走去”是对梦境内容的叙写。最后四句“长夜漫漫，时针嘀嗒/天亮了，我又回到了人间/像一个落水的人/终于死里逃生”描写诗人对于梦的感受，梦里像落水一样窒息，而梦醒终于不再那么窒息。这首诗有个特点，就是有意识描写与无意识描写相结合，清醒的时刻是有意识的描写，做梦的时刻是无意识的描写。诗人对无意识的描写表现了对忠于自我感受的努力。

《所见》记叙了诗人梦见一个青衣人的幻影。有趣的是，在《青衣人》这首诗里也有青衣人的形象。《青衣人》：“无边的梦境使我陷入迷茫：/一只松鼠曾在树下抱紧奔跑的松塔/一阵西风曾吹乱我们乌黑的头发/冬天还没有降临/我在梦中侧耳倾听/一块巨石滚下山崖时/所发出的响声。”《春日》对梦境只是一笔带过，“每一个梦境都有一座花园”，这里诗人给梦境赋予了美好的意义，梦境也是生产花朵等美好事物的源泉。在与诗集《小悲欢》同题的诗歌中，“梦”被诗人作为开头导入全诗的元素，在诗歌开端定位了主人公的状态：“从一场梦里醒来，她黯然神伤”。

林珊在诗歌中专注于构建自己的内心世界，梦境是林珊构建自己内心世界的一个重要材料和资源。她在梦中更加接近自己真实的感受，毫无保留地把自己最真实的心灵面貌袒露给读者。

二、亲情梦的书写

林珊在她的诗里反复写到与世长辞的亲人，这在她具有梦境元素的诗中也有体现。《我们念念不忘的》记叙诗人梦见了熟悉的亲人："我又在深夜里，梦见那熟悉的脸/'我已不在人世。乖，你要好好的。'/簌簌的眼泪，一碰就碎。我无力改变什么。"诗人梦见离开人世的亲人对她的温暖嘱咐，梦醒之后诗人面对现实世界感到无力。这个梦境与诗题相呼应，正所谓"日有所思，夜有所梦"，人们日思夜想的常常会出现在梦里，而诗人念念不忘的亲人也出现了梦里。

诗人在《好久不见》里怀着与《我们念念不忘的》同样的心情，渴望见到自己的亲人，并且在梦中实现了自己的愿望："在梦里，我终于如愿以偿"。弗洛伊德在《梦的解析》中提出"梦是一种愿望的满足"，① 这首诗便是一个例证，诗人渴望梦见想念的亲人，于是在梦里如愿以偿地见到了亲人。

而《往事》与以上两首诗就显示出不同了，在这首诗里，诗人害怕在梦中见到亲人。诗人想起了故乡和外祖父，但她害怕回忆，回忆让人悲伤："我不能够回头，往事分崩离析"，她更害怕做梦，"船舶靠岸的夜晚，每一个梦/都充满了不可预知的危险"，"船舶靠岸"是一个十分巧妙的隐喻，这里的"船"可以看作是从现实世界通往梦境世界的交通工具，"船舶靠岸"意味着从现实到了梦境中，而梦中的画面过于逼真写实，诗人在梦中看见亲人会勾起深深的悲伤。

林珊曾在采访中表达她对外婆深深的缅怀："在我的诗歌里，最令我缅怀和内心充满疼痛的一个人，是我的外婆。她去世已10年，可我仍然无数次写到她。写到她的辛劳、纯朴，以及对我无尽的疼爱……我认为这便是诗歌创作的源泉，一个人若是内心没有爱，又怎么会有令人欢喜或是悲伤的文字呢？"② 林珊的外婆是林珊最为缅怀的亲人，她不断地回忆和书写外婆，甚至还梦见了外婆。《为什么我梦见你的时候，只剩下悲伤》写的就是林珊梦见外婆。诗歌第一节描写梦中的外婆与自己彼此沉默地远远坐着，诗人能够细致地观察到梦中的环境，

---

① ［奥］弗洛伊德：《梦的解析》，青闰译，中国城市出版社2011年版，第26页。

② 刘丽玲：《林珊：小悲欢里的大情怀》，《井冈山报》2017年6月2日。

却无法看清祖母的样子。第二节“我想喊你，却陷入惶恐不安/我伸出手，却触摸不到你的手/我推开门，却看不见你的影子”，人在梦中的行为不像现实里那样受控制，梦境也并不能够如人所愿的那样圆满，所以诗人喊不出声，触摸不到外婆的手，也看不见外婆的影子，三个以“我……却……”为形式构成的句子强调了诗人的个人意愿虽强烈，但人在梦中无法掌控自身的深深无力感。第三节“——外婆，这些年来/我总是反复梦见你/这些年来，我总是忍不住/在梦里哭出声音”，诗人从梦中回到现实，抒发自己抑制不住的情感，两个“总是”极写了自己强烈的悲伤和对外婆深厚的情感。

林珊自言在诗歌创作的第一个阶段写了很多“山川草木的带有点低音性质”的诗歌，写作的第二阶段要更加努力抵达内心的真实，倾听到自我的声音，回到精神的故乡。林珊称：“诗歌对我而言，是灵魂的归属，也是抵御孤独的良药。在这喧嚣的时代，寻求清澈与完整几乎是遥不可及的梦境。而写作之于我，就是为了不断地接近内心的真实，完成内心的一种完整。”① 接近内心的真实，倾听自我真实的声音，是林珊的诗歌创作理念。林珊关于梦境的诗是她挖掘自己的无意识，以此接近自己内心最真实的声音，所做的努力和尝试。在这些梦境诗中，林珊的语言简洁而充满张力，情感真挚而细腻。把无序的梦写成诗也有其风险，容易写得杂乱无章，造成整体性和逻辑性的缺失。但林珊处理得很好，没有全凭无意识使诗歌显得混乱无序，而是用清醒理智的意识来控制失控的无意识呈现。

（作者单位：首都师范大学中国诗歌研究中心）

① 林珊：《品一朵“时间的蔷薇”》，《诗探索》2019 年第 8 期，第 19 页。

迂缓的自我书写

——试论林珊近作

◇朱峻青

林珊写过一首《山行》，“山行”可作为古典情景之典型，在这一情景中，伴随着深处风景之发现的是主体与日常、自我的疏离。林珊的“山行”以遗憾的语调开篇：“我还是去得晚了一些/满山的黄叶已经落尽了”；以自我感怀结尾：“我也有不为人知的悲伤。”此“山行”是从风景中见出“我”的行走。“鸿雁与天空是我的/丰饶与枯竭是我的/整座寒山，是我的”更为率直地将“我”置于风景的中心，将“我”的寂寞与悲伤辐射至整个广远的空间。独自一人行走在空山中的形象：“唯有我，迎着风/拾阶而上”则成为烘托个体寂寞的符码。最末三行“我双手合十/我两手空空/我也有不为人知的悲伤”表现对自我的凝视，对日常语言未经辨认与对自我认知缺乏观照共同促成了这样陈旧的抒情。从以上简略的分析中我们至少可以看出林珊诗歌的特点之一，即以“我”向外投射的想象与感伤为中心的物我关系。又如《黑白帖》描写在临帖过程中与古人神会，“当我终于挥笔写下‘清明’二字”一句引起我们注意，它预示一个相当重要的时刻就要来临。终于来临的不是泛灵论思维中物我交融的神秘体验，而止步于隔膜的想象：“我想象中的寒风/无数次拂过他们衰老多褶的脸”，如果在这句诗里我们没有品读出作者对古人心境鲜活而深刻的感知，那么“那些我看不见的，他们全部得以看见/那些我听不见的，他们全部得以听见”则以模糊的代词将我们引入想象的虚浮境地。而这一切都根源于那个重要的时刻：“一些感伤，无可避免地，纷至沓来。”

林珊的自我对外在世界的遮蔽可凝缩在“人世”一词中，对任意一具体场景和具体事物的感喟总会脱离其具体意义，消失在“人世”的内涵中。在《小镇》，正“途径”人潮的她感叹道“人世蓬勃啊/万千浮光掠影中/我一无所见”，在《西岭街》，沉醉在春日风景中的她感叹道“春风浩荡啊，青草陌陌/人世在此时，已不值一提”。在林珊的诗中，“人世”一词蕴含着以经验力量洞察世相的倾向。她召唤往日、召唤故乡，以此延展人生已行的路程，“人世”在此处并非以世相的万千面貌具体出现，而是林珊对自己人生阅历的提炼，它出现在抒情主体的经验世界中。《背包》以一个旅途意象作为题目，铺陈寻常之物表现人生经历：“我的背包，也曾跟随我/从南方辗转到北方/从丘陵辗转到平原/从草原辗转到荒漠”，“我从背包里掏出过笔记本，手机，钱包/也掏出过保温杯，晕车药，止痛片”，“南方”“北方”等地理名词力图拓宽诗歌内部的空间，表现人生经历的广远，但缺乏个体经验痕迹的语词留下“想象沧桑”的嫌疑；“笔记本”等日常事物即使长长地排列，也无法进入人世错综的内部。抚摸并反复铺陈人生经历的同时，要给人生加上一点苦味，林珊给经验中的裂隙涂上碘附，让它们再出现时得以具备明显的创伤标记，如“那一年在北方看到的雪/在电影里看到的离散//让回忆布满荆棘/让今生恍若隔世”（《断章》）“如果有来生，如果有来生/我希望能够早一点儿/遇见你”（《吴堡》）。如果对时间、死亡等命题的感性认知尚具现代意味，更多时候林珊品咂到的苦楚却颇具古典的缱绻，而她在这一造境中扮演一位等待爱情的幽婉少女，在洒落的白雪中她触摸雪“从不曾磨损的翅膀”，既而转向对自身的感慨：“而我站在原地/仿佛也从不曾磨损/永不知疲倦/只是为了等待/一场雪/只是为了等待/一个可以共白首的人”（《永不知疲倦的雪》），她期待在所见皆萧瑟的人生场景里坐火车去见一个人，暮色苍茫中，“街道上仍有一人为你守候”，而“你”终于有怀抱可投奔：“空旷中/你爱上落满白雪的残笺/空旷中，你再不必转身离去”（《小镇》），林珊气质中的柔弱温婉由此可见。

也许从等待的姿势中，我们发现林珊的情感向外召唤一处落脚点。她的倾诉对象有菩萨、雕塑家卡蜜儿、诗人鲁米、父亲等，比起对话者，这些倾诉对象更像是从其无边界的感性中生发出来的承载容器，由其想象凝聚成的友人。她对鲁米讲述“这个秋天的/第一枚黄叶。你看见了吗”，讲述在地铁上见到的白发苍苍的老人使自己想起外祖母；对菩萨讲述“那个行走在风雪中的人是我/那个跪倒在三圣殿的人是我/那个无声祈祷的人是我/那个频频回首的人是我”。林珊没有还原这些倾诉对象历史中的血肉，而是将他们拉近自己的心怀，喁喁密谈如同亲近友人。有趣的是，如果将“亲爱的鲁米先生”置换为其他名字，虽在诗人的情感链条中缺乏承接，但并不妨害整首诗保持相同的诗意。这些人称构成林珊诗歌中的感叹语势，它们使整首诗的节奏更为舒缓。情感向外流溢，寻找可寄托的人名如同寻找可阻滞水流的礁石，并以此取代主体向内的收束与凝练。

林珊敏感的表皮生长着丰沛的感伤细胞，在具体技法上表现为复沓和感叹句式的使用。

复沓的相同句式装载相同内容的不同侧面，形成局部的延宕。“当我来到春天的西岭街/有的落花已成为流水的一部分/有的故乡已成为回忆的一部分/当我低着头，路过山峦，村庄，湖泊/和几株长满嫩叶子的老柳树/走向更深更绿的田野/我们爱过的人/已消失在更远的远处”（《西岭街》）以“当我”开头的两句构成一组复沓，写“我”的时间与身处其中的“我”的生存状态，“我”的行走过程是不断脱离往日、脱离回忆的过程，此刻这里有明亮的油菜花、凋落中的樱花树，而这些事物并未使“我”从当下的境地中获得深远，“我”的深远来自往日在当下残存的幽灵，它们总在提示“我”有所丧失。不断更新的生存状态与不断消退的回忆如同两列背向行驶的火车，诗意就发生在它们的拉锯之中。“有的落花”“有的故乡”构成一组复沓，这种排布方式创造了整齐优美的音韵。需要注意的是，这些相同的句式仅仅服务于音韵效果，并非作为内容所必需的形式样态出现，其句式服从于惯性而普泛的用法，其内容单薄未足以与声音形式相应和，虽如填词般补足了曲谱中词义的空缺，但同时也使“诗”滞留在想象中停步不前，无论是“从南方辗转到北方/从丘陵辗转到平原”，还是“你看见那河水的面容了吗……你听见那杨柳的歌喉了吗”，都以想象填充着诗歌的声音形式。不难从林珊的诗中发现同一感叹句式的反复使用：“人世蓬勃啊/万千浮光掠影中/我一无所见”（《小镇》），“春风浩荡啊，青草陌陌/人世在此时，已不值一提”（《西岭街》），“荒草陌陌啊，这铜墙铁壁的/十万平方米的城池”（《吴堡》）。以感叹词“啊”作为语势的制高点形成先紧凑后松弛的节奏感。上行的语势表现骤然加强的感慨，其后以平缓的语势承解，如同一个完整的情感波浪。这种句式的使用显露了林珊充沛强烈的感情，同时也显露出其诗句发生在惯性的语势与情感之中。

林珊诗中的分行和停顿亦受感情驱使。频繁的停顿划分出字数极短的音步，将长句拆分成若干部分，因而不得不时时停下才能说完一个完整的句子，恰如人在强烈的感情中不得不任由哽咽和哭泣占据发声器官，“卡蜜儿，很多时候/懊悔毫无用处/泪水也是”（《巴黎的春天》），这句诗若改写为“卡蜜儿/很多时候懊悔毫无用处/泪水也是”，则更果决，抒情主体已擦干泪水，决心对抗过往的摧毁。相比之下，原句的节奏舒缓，音步如同均匀的阶梯一级一级下行，落回抒情主体的哀伤中。缓慢的节奏加强内心顿挫，内含以此加深语词的动机，但停顿对感情的耗费似乎使单薄语词营造的诗意更加稀薄，如“我希望在雨中走过的/每一个女孩儿/都不会，是你”（《巴黎的春天》），“每次焚香，我许下的，都不仅仅只有一个心愿”（《寿量古寺》），我们可以从中读到滑过语词的一团感情。

从林珊偶尔发布在朋友圈中的动态可以见出她的生活态度，她烹制精美的饭食、临帖、摄影，这种丰盛而单纯的态度也显现在林珊的诗中，一切事物都以平凡的诗意构建了她徜徉其中的生活美感。也许对林珊的写作来说，与其计较这些诗歌在世界之中产生多大回响，不如承认它们真切有效地使她寓居于自身的存在之中。

（作者单位：首都师范大学中国诗歌研究中心）

从细处打捞人世的悲喜

——以组诗《梨花盛开在来年二月》为考察中心

◇谢心韵

林珊是一位江西女诗人，地域书写和女性身份都是她诗歌气质中的独特标识，在组诗《梨花盛开在来年二月》中，林珊集中展现了她书写地域和人事的兴趣与热情，更为难得的是，在肉身的流浪和灵魂的放逐之后，她最终总能捧起脉脉的温情，给自我以安慰，给读者以慰藉。

在诗歌《背包》中，林珊以“背包”为切入口，开篇即向大家发问：“一个背包对于我们/究竟意味着什么”，优秀的诗人要善于在习以为常的地方发现不寻常的弧光，并用特殊的处理方式赋予其陌生化的艺术魅力，而林珊恰好具有这种举重若轻、信手拈来的能力。在一个问句之后，林珊随即进入对自我经历的叙述中，她写出了自己在山水间的长途跋涉，在主观视角的带领下，读者跟随着诗人进入背包的内部——“我从背包里掏出过笔记本，手机，钱包/也掏出过保温杯，晕车药，止痛片”，背包的整体性被拆解，甚至达到了“目击成诗”的效果。诗人借用对细部的描写和展示，有力地表现出她的人生际遇，背包里的“一纸悼词”更是全诗中最为动人的一处细节——“那个披麻戴孝/站在人群中/哽咽着/念悼词的/是我的父亲”，诗人刻意打乱了现代汉语的语序，状语和名词性短语的插入以及动词的提前使诗句产生了一种颠倒而破碎的美感，这正和诗人此时内心的悲伤情绪相呼应，这样的处理使朴素的语句生发出了震撼人心的力量，整首诗因此显露出含蓄内敛的气韵。

林珊的诗歌带有明显的叙事倾向，《背包》是一首行走之诗，它描述的是一种在路上的人生状态，而《寿量古寺》《西岭街》《山行》《卢沟桥》《吴堡》等诗则是一次次具体的流连和停驻，这些诗歌里烙印着诗人行走的足迹，记录着每一次的奇旅和相遇。林珊在《盘山仙寺遇雪》一诗中，记叙了她在雪天参拜菩萨的经历，诗人在雪景中融入禅意，使诗歌的整体意境浑圆淳厚，这种意境是古典的而非现代的。诗人通透的心灵在纯洁的雪花中更显澄明，一颗虔诚的拜谒之心在天寒地冻的环境下显得愈发可贵。诗人纯净透明的语言风格与无瑕明净的飞雪构成了一种质地上的相似性，这使诗歌能够更为细腻地传达出诗人幽微而丰富的情感。另一方面，雪的确是诗人的钟爱之物，林珊还在《永不知疲倦的雪》这首诗中，将雪作为中心意象去歌咏，雪复杂的形态里凝结着诗人真诚的等待和执着的守护。

值得注意的是《西三环北路》这首诗不仅直接以地名命名，而且是林珊将北方纳入写作素材的一次尝试。“我已经很久没有去江边散步了/北方的秋天比南方更冷，更迟”，林珊不避讳口语化和生活化的表达，相反，她更乐意用一种及物性的书写，使口语显现出诗意的光芒，“更冷”“更迟”在音节上有迟缓和延长的效果，抒情的意味随之酝酿开来。诗人在与“鲁米先生”的对话中，逐渐敞开心扉，显现出她对这个城市细致的观察。“鲁米先生”这一形象在多首诗歌中频繁出现，这个称谓的指代具有强烈的不确定性，他/她是诗人倾吐心事的对象，也是诗人寄寓情感的灵魂伴侣。林珊在诗歌的后半部分展现了一个特写镜头，她将视野聚焦于一位风尘仆仆的老人身上——“她穿了一双沾满尘土的旧鞋子/她把头埋在鼓鼓的背包上瞌睡/大风吹乱她的白发/我听见她的起伏的鼾声/却看不清她苍茫的脸”，诗人用白描式的语言还原了老人疲惫的状态，结尾更是先验般地开启了一个古老的预言——“亲爱的鲁米先生，你知道吗/我早已写下这首诗的结尾‘这些年，我遇见的/每一位，白发苍苍的老人/都多么像我离世多年的外祖母啊’”，诗人在结尾转向对外祖母的怀念，这是漂泊中一份稳定的思念，也是创作者构思时的一次灵感倾斜。《贺兰山谷，给素琰师母》一诗里，林珊同样将对素琰师母的敬爱与对外祖母的想念对照来写，诗歌的语言不饰雕琢却真切感人。

《晚归》是一首有趣的诗，它只有短短的两行：“所以给她欢腾的黄昏，夜晚有贫瘠的土地/所以给她断弦的竖琴，人世有滚烫的悲喜”。诗人省略了繁复的因果关系，她直接用“所以”来表述诗思，诗歌的逻辑具有极大的跳跃性，而句式间则呈现出高度的对称性。“滚烫的悲喜”是诗人对人间世事的抽象和概括，她将具象的思考和体悟藏在了组诗里的其他诗作中，诗歌之间构成了文本的互文性，它们相互补充，留给读者巨大的阐释空间。

《西岭街》里："我们爱过的人/已消失在更远的深处"；《山行》之中："我双手合十/我两手空空/我也有不为人知的悲伤。"诗人将一种无可奈何的哀伤潜藏在结尾处，这些或浓或淡的感伤里蕴含着诗人的种种遭遇，她在写下个人化的体验时，也不经意地写出了全人类的悲欢。《我梦见了孤独》一诗就呈现出了这种经验里所包含着的悖论与无解，"穷尽这光阴的虚无/最沮丧的时刻/莫过于此/我从梦中醒来/我梦见了孤独/我没有梦见你"，孤独本就是不可名状的抽象体验，是现代人无可回避的必然感受，而在梦中梦见孤独则无疑染上了一层荒诞的色彩，这种有意为之的荒诞性在更深的层面上揭示出了现代人的精神困境，孤独如梦魇一般无可摆脱，"你"如戈多一般迟迟没有到来。在这里，与其说诗人记叙了一次自己从梦中醒来的经验，毋宁说她在试图处理一种公共经验，"我没有梦见你"的精神失落正像是现代人内心无所寄托的情感荒漠，当这种寄托在现实生活中已经难以找寻时，梦境也无法给我们缓解痛苦的机会，这是"白日梦"在多重意义上的失效。

《黑白帖》更是一首感怀颇深的诗，"当我终于挥笔写下'清明'二字/一些感伤，无可避免地，纷至沓来"，诗人对故人的哀思一时间涌上心头，"那些我看不见的，他们全部得以看见/那些我听不见的，他们全部得以听见/哪怕是在枯草下/哪怕是在孤坟里/而我深知，这个夜晚，黑暗所藏甚多/我已无法开口说出：梨花盛开在来年二月/弦月照不见我悲伤的脸"，逝去的人仿佛拥有了更多的智慧，他们在地母的怀抱中永生，而活着的人却承受着天人相隔的悲戚，诗人把那份难以言说的情感融入来年梨花盛开的时节，将心中的哀痛寄托在永恒的自然之中，一种哀而不伤的古典气质在思绪的流动中慢慢生成。如果说《我梦见了孤独》写的是人活着时的精神痛苦，那《黑白帖》则写出了生与死之间无法逾越的距离，林珊的情感力度不断加深，她在努力探寻着情感的边界，在多重情感维度的转换间，她完成了一个诗人对自我情感的探索和复写。

林珊的诗歌具有一种简约的诗意，她并不着力于语词的游戏，而是有意去构造诗歌的整体性。在语句的铺排和语词的选取上，林珊一方面利用对称性的句式来营造古朴的"建筑美"；另一方面又用名词的排列去切割句式的完整性，由此构成一种悖逆的语言张力，在精心营构之外，又有随笔而发的新境界。林珊对语言的摸索和对情感的复归体现出一个诗人锐意进取的开拓精神，她将在诗技的磨炼中，彰显出更加鲜明的个人风格。

（作者单位：首都师范大学中国诗歌研究中心）

卷中花鸟

——浅析林珊组诗《梨花盛开在来年二月》

◇王　昊

一、卷中花鸟

诗人林珊曾经自述道“哀而不伤”是其在诗歌创作中所追求的一种理想的抒情效果，也是其在抒情尝试坚持的一种方法①。“哀而不伤”一词最初来自《论语・八佾篇》：“子曰：‘关雎，乐而不淫，哀而不伤。’”② 其意思是指《关雎》这首古诗欢乐而不放荡，悲哀而不痛苦。今天人们对这个词的理解从原意出发向更宽阔的空间进行了延伸，成为长期以来影响中国诗歌乃至更广泛的艺术创作的思想因素。因此，我将林珊诗歌中的这种特质和艺术追求比喻为“卷中花鸟”。在品读林珊的诗歌时，读者会发现诗人赋予在字里行间的情感就如同是惟妙惟肖的画卷中所描绘的花鸟一样，真挚而细腻，但无论如何真挚感人，这些情感的花鸟也终究被束缚在画卷作为画卷的诗歌之中。画卷中的花鸟不管艺术水平如何高妙，也只能是“栩栩如生”，而不能真正飞出画卷。内容终究是服务于形式的，作为诗歌内容的情感就是这画卷中的花鸟，其最终应该是服务于作为“画卷”的一首诗的整体诗意的建构，这展示着“哀而不伤”这种艺术风格所要求的对于抒情的理智性限制，这种限制使得一首诗歌可以在保证抒情效果的前提下同时更好的保留诗歌所应有的诗意并展现出理性的品质。当然，这种对于抒情的限制带来的也并非完全是积极影响，其也在一定程度上限制住了诗

① 2021年5月7日，首都师范大学中国诗歌研究中心举办了驻校诗人林珊对话交流活动。在本次活动中，诗人林珊在回答师生问题时谈到了关于其诗歌创作对于“哀而不伤”的追求。

② 杨伯峻：《论语译注》，中华书局1980年版，第31、32页。

歌的格局和更加广阔的关怀。

《梨花盛开在来年二月》组诗的第一首诗名为《背包》，以一个生活中常见的客观器物作为全诗的主题，这种方式在从古至今的诗歌中都不算是鲜见的。但是与传统的咏物诗不同，在这首诗中，“背包”这一事物既不是直接的抒情对象，其也没有起到借物抒情的效果。它在整首诗中的作用更像是作为一个线索而存在，这个线索和常见的贯穿故事情节或者抒情脉络的线索有所不同，它的作用更趋近于起到提示和关联的效果。诗人在全诗开始之处便抛出了一个问题：“一个背包对于我们/究竟意味着什么①。”可是在接下来的诗歌中，诗人却并没有把对于这个问题的直接回答作为诗歌的主要内容，而是回到或是简略或是详细的生活片段之中，回味着“背包”的一次次登场。在品读这些“登场”的情景时，读者所思考品味的重点也往往会放在从背包中掏出的东西以及这些东西所代表的意义。“笔记本、手机、钱包”可以象征着日复一日的平凡日常；“保温杯、晕车药、止痛片”可以阐释为逐渐升级的对困境以及自我主体的关怀的象征。比起这两类事物，“一纸悼词”则离每个人的日常生活更远，“悼词”产生于亲友离世的特殊时期，是能让阴阳相隔的两类人进行“沟通”的唯一也是最后的桥梁，和上面的两类事物连接起来，我们可以看到情境的愈加极端。当诗人将这非一般的情感和贯穿一切日常的寻常背包联系起来时，特殊和日常之间的纠缠关系能更进一步的提升诗歌的抒情张力。每个人的生活就如同是一个个背包，人们背负着它自愿或不自愿的行色匆匆地走南闯北，不管是每个人在生活中都有所经历的日复一日的日常，抑或是人们不愿面对的生活中的“非常”，它们就好像是背包中的一样样事物，总是会在特定的时间来到我们的手边，决定这个时间的，可能是我们的需要，也可能是自然而然。

由此，再次审视“背包之间”，“背包”可以理解为诗人审视人生和生活的一个独特视角。在阅读中。可以很清晰地发现《背包》这首诗歌中所蕴含的三个层次：首先是“从……到……”这样宏观但模糊的地理位置的迁移，这种宏观上的位置迁移也可以理解为人生重要阶段的转折；然后将视角从宏观转向微观，看向背包里的事物，这些事物本身隐喻着日常生活，可以理解为人为了适应生活的需要而进行的

① 林珊：《梨花盛开在来年二月》，下同。

种种准备；最后则引入一个最为具体也最不常见的生活场景。整首诗以这样的三个层次将视角不断拉近，情感的抒发也显得更加的深刻且凝练。由此可见，如果单从情感抒发的角度来看，“背包”仅仅是起到了线索的作用，甚至完全可以将其去掉或者使用其他的生活必需的用品来进行替换，且并不会对三个层级的抒情展开造成较大的影响。但正因为这种“不重要”的作用，反而使得这个线索的安排能够更好地帮助这首诗实现“哀而不伤”的隐晦抒情效果。如同前文所述，“背包”在这首诗歌中占据了包括题目、开头等醒目而关键的位置，使得读者在欣赏时容易被开头的“背包之间”先入为主，导致对整首诗情感方向的把握出现偏差，过分关注作为抒情对象的背包而忽视了背包的串联作用。这可以说是一种有意为之且有益的“误导”，通过这种误导使得抒情变得更加隐晦和耐人寻味，以达到理性节制情感的“哀而不伤”的效果。同时，背包本身被赋予的象征意味也对营造悲伤而不痛苦的“哀而不伤”的整体氛围也起到了推进的作用。背包被动的被人带着四处漂泊，而每一个人又何尝不是在生活的驱使下疲于奔命呢？生活的苦涩和无奈就蕴藏在“在机场、火车站、地铁口”那一个个“走得极快”的每个人的每一天。但是即使这样，生活依然让人们还有一个“背包”，利用这样一个奇妙的空间能让我们为生活的不确定早做准备，能让我们在面临无可预计的生活时掏出“笔记本、手机、钱包”，“保温杯、晕车药、止痛片”，甚至是“一纸悼词”，这些东西能让我们在不确定的生活中保有一丝的从容不迫。

诗歌结尾的精妙设置也是林珊诗歌突出“哀而不伤”特点的关键之处。“哀而不伤”一词有很明显的转折的意思，因此合理的利用开头和结尾营造相互关联但又有所不同的氛围。既可以很好地体现出“哀而不伤”的艺术效果。单独看一下《背包》这首诗的开头和结尾，开头是“背包之间”，结尾则是对于“披麻戴孝”这个场景的具体描述。对比来看，开头是宏观且虚无的，而结尾处则是微观而生动的。按照一般的阅读习惯来说，进行完一次完整的阅读后，更容易给人留下深刻印象的往往是文本的开头和结尾。因此在这首诗歌中，我们很难在理解中轻易地将两者联系起来，甚至会觉得有些莫名其妙，难以理解诗人想要表达的意思。而正是这种不自然的“莫名其妙”突出了上文中提到的“误导”的效果。使得情感的抒发和理解更加依赖于读者对于诗歌的仔细品读，不仅仅是在写作时，而且能出文学接受上展示出哀而不伤的效果。但是，诗歌的结尾处将情感的落点放到了悼词和葬礼上，从诗歌整体的内容逻辑来看是符合由大到小，由抽象到具体的逻辑的。但是如果从整体的视野来看，比起前两个抒情层次，第三个最重要的最具体的情绪抒发落在了以个人经历为基础的情感上，这样做使得层次的明晰性得到了保障，但是比起前两个层次却一定程度上减少了诗歌对读者的共情能力。

二、花鸟之卷

除了从微观上单独分析每一首诗的独立抒情效果之外，作为组诗整体存在的《梨花盛开在来年二月》在宏观角度也处处呈现着“哀而不伤”的抒情趋向。就如同画卷一样，哪怕其中的花鸟如何栩栩如生，却总会有一张画卷作为形式，也作为载体来约束着这些飞翔的情感。整首组诗的题目是“梨花盛开在来年二月”，按照常理来说，梨花是春季盛开的花卉，其花期一般集中在四月春意正浓之时。而诗人却说梨花盛开在二月，对中国的大部分地区来说，二月都是数九寒冬的代名词，这绝对不应该是梨花的盛开时期。所以，要理解这个题目，需要综合作为诗歌意象的“梨花”以及作者的生平来看。

最能让人耳熟能详的包含“梨花”一词的诗句应该就是唐代边塞诗人岑参在《白雪送武判官归京》中写到的名句“忽如一夜春风来，千树万树梨花开。”① 但是这句最脍炙人口的“梨花”相关诗词写的却不是梨花，只是将边塞树木上的积雪比喻为盛开的梨花，同时将边塞的暴风雪巧妙地处理为一阵恍惚之中的“春风”，两个恰到好处的比喻将春暖花开和冰天雪地这两个几乎是反义词的情景以极富张力的方式联系了起来，也使得边塞的生活的困苦和诗人苦中寻乐的乐观精神得到了自然而不做作的流露。这种对于矛盾事物的细腻处理造就了这个简单但让人叹为观止的千古名句。而在“梨花盛开在来年二月”这个题目和整首组诗中，林珊对于“梨花”的处理也有着和岑参相似的考虑，不管是在意象的处理和情感的生发上都有相似之处。结合诗人自身的经历可以发现一些线索，林珊生长于我国西南地区的江西省，四

① 朱东润：《中国历代文学作品选》（中编第一册），上海古籍出版社 2002 年版，第 64 页。

季如春终年不见风雪。在她长大之后，虽然长期旅居乃至于定居北方，但因机缘巧合多次丧失了能切身感受到雪的机会。对此，诗人也曾确切地自述其对于雪的渴望以及这种渴望对于其诗歌创作的影响，甚至于雪对于诗人来说是“梦中的无法忘怀的情怀”①。而如果顺着这个思路来看，将题目中的“梨花”按照其常规意象引申含义来理解为雪的话，“二月”的时间矛盾也就能够理所应当地解决了。不管是“梨花”，还是“二月”都在暗示和象征着诗人对于雪的渴望，而“雪”这个事物本身在诗人长期渴望的驱动下，其意义也早已超越了一般的客观事物而被意象化了，从向往看雪到“无法忘怀的情怀”，“雪”对于世人来说可以说在很大程度上能够彰显诗人创作独创性和特殊性。而除了“梨花”和“二月”之外，作为定语的“来年”也不容忽视。如果说岑参的“忽如一夜”给人的是一种事情已经发生但让人难以置信的恍惚之感的话，那么林珊的“来年”则给人一种不确定的迷茫之感。“梨花盛开在来年二月”，如果以前文的论述作为思路再来审视这个题目，可以将其理解为在错过一场雪之后诗人所发出的一句充满诗意的自我安慰，到了来年二月，应该就会有这样如同梨花一样的满树白雪来供我观赏了吧。可是这种动人的美好期待终究要面对的是无法确定的“来年”，两相矛盾之下，诗人却并没有放下这种对雪的情怀，也不是不加掩饰地直书自己的遗憾和渴望，而是采用多重的暗示将自己的难以忘怀镌刻进了自己的诗歌之中。

如果比较一下组诗中所包含的20首诗歌都有所涉及的一些共同点，可以发现其中直接以地名为题目（具象或抽象）或再题目中包含地名的共有11首，超过了整个组诗的半数。当然，诗歌中提及的地点未必曾经确实留下过诗人游览的足迹，甚至有的地点只是一个泛指的代称（《小镇》），有的是在借用地点来对抽象的人和事进行比喻（《巴黎的春天》）。但是，大量地点的出现也可以为整个组诗定下一种“在路上”的基调，这种基调用可以由其他在题目中为没有直接涉及地点的诗歌来加以印证，如前文提到过的旅行中的必需品《背包》，直接描写旅途中所见风景或借景抒情的《晚归》等等。因此，我们可以暂时使

① 2021年5月7日，首都师范大学中国诗歌研究中心举办了驻校诗人林珊对话交流活动。在本次活动中，诗人林珊在回答师生问题时谈到了关于其诗歌创作对于“哀而不伤”的追求。

用“旅途”或是“在路上”这样的字眼来为整首组诗定调。结合组诗主标题所象征的对于无法忘怀的情怀的不懈追求，整首组诗便可以在符合逻辑和诗歌具体内容的基础上假定为这样的一个情境。即诗人为了追寻“雪”这个对于她来讲“梦中无法忘怀的情怀”而踏上了旅途，这些旅途或是切身前往，或是心向神往。旅途以及其中的见闻既能给人带来接近愿望的希望，可总也避免不了的让人陷入对于人生和前途的迷茫之中。说到这里，这篇由大多由“游记”组成的组诗实际上可以说是诗人在一段时间内的一片短小而含蓄的传记。在这本单薄且丰富的“传记”中，诗人向读者展示着她的夙愿、她的经历、她的迷思、她的心境。

在这首诗歌的结尾处，诗人从梦中醒来，而伴随着她的梦的则是孤独，整首组诗结束在淡淡的哀伤之中。但是哀伤不是最终的结尾，全诗的最后三行写道：“我从梦中醒来/我梦见了孤独/我没有梦见你”，这三句诗与常规的语序不同，尤其是颠倒了后两句的顺序，虽然“我”陷入了“孤独”，虽然我也没有梦见“你”，但我的旅途还会继续。同时，这首诗还是整首组诗的结尾，比较一下《背包》的由宏观到具体逐渐生动落实下来的悲伤，这首诗则选择了一个相对积极且更加开放的结尾，保证一首诗的内部自洽的同时也兼顾了作为一首完整组诗的整体结构。

总的来看，《梨花盛开在来年二月》全诗贯彻了诗人林珊对于“哀而不伤”抒情方式的坚持，抒发含蓄的情感，含蓄的抒发情感。全诗弥漫在淡淡的哀伤气氛中，但是读来又不会让人感受到过分的悲哀和凄凉，反而会感动于旅途的见闻和诗人对于其夙愿的坚持。整首诗就如同绘制着精致花鸟的画卷，栩栩如生的同时又能让人感觉触手可及。

（作者单位：首都师范大学中国诗歌研究中心）

风景里的悲欢
——论林珊诗歌

◇李湘宇

一、自然之眼：舒缓从容的抒情

作为一名女诗人，林珊以温柔宁静的眼光深情地注视着身边的自然，她有着细腻敏感的审美触感，语言灵动、清新，诗风干净、纯粹。她的抒情节奏舒缓而从容，以明晰而准确的表述表现着丰富的感情。在诗歌长短句的起承转合中，将细腻的诗歌情绪呈现出来，给人以温柔平静的感受。

林珊本人性格温婉，喜爱李清照的诗词。眉目间也带着古典情韵，这些也在诗歌中呈现了出来，芳馨俊逸，情感丰沛。她以女性特有的感知书写了花朵、水流与蝴蝶等意象，缤纷优美。在《山坳里的梨花》中，她写道："回望灯如花/还在等什么，还在找什么/昔日的骊歌还在枕边回荡/时光为何竟会那么匆忙/二十年前，你偏爱山水隔岸的清净/和江边满空的星辰/如果那时，我会写到蝴蝶和花朵/那就去故里的老屋/我要让你倚在那扇木格窗前，听我念诗/"。字里行间洋溢着少女般娇嗔纯净的诗情，在她笔下，山水清净，星辰静谧。时光悠然安宁地流逝，诗人以和缓的节奏叙述着岁月的多情，于是，"诗里的流水与小巷，悠长千年/那么快，那么快/青涩的过往，璀璨的烟火路转千回/人间清欢露出风声/此时，回望灯如花/我与你/守望着现世人间/放晴彼此并不圆满的夜空"。岁月逝去，诗人以温婉的眼光，成全了其间的遗憾与失落，诗句间流淌着温馨和乐观。这份温柔宁静的诗意，使得并不圆满的夜空放晴，令人莞尔。

林珊将生命的感受纳于对自然万物敏锐感受中。雨水的降落，日夜的交替，以及季节的流转都成为她诗意的来源。在《写给秋天》中，她写道："我知道/你是从西风里的第一枚落叶开始的/"，语气亲切，仿若对着秋天的一次温柔应答，秋天在林珊的笔下，幻化为一个深情的女子，于是，她那"一波秋水的眼神被落雁看穿/一朵紫薇的心事重叠一抹幽香/所有的安静与狂热/所有的告白与守候/都被赋予了种种不一样的美"。诗人聆听着蔷薇的心事，化秋天的静美于"一波秋水的眼神"，同时，以"落雁"的动态增添了秋水的生命力，形成两重深情的注视，秋水映在落雁的眼里，落雁落入诗人的眸中。此处，落雁与叙述者的地位平等，共同沉浸在秋的丰美里，满是灵气。

林珊的笔下有着丰沛的水汽，多"雨水""草木""鲜花"等意象。仿佛诗歌中都氤氲着一层湿湿的流光，植物恣意地生长，展现出生生不息的生命力。在"雨水"之下，日常生活多了一层温柔的诗意，《我爱过的事物远不止于此》中，"一只虎斑猫的出现搅乱了我的平静/四月的雨纷纷落在它频频呜咽的低音区/年轻的邮差突然出现在雨后的路口/用修长的手臂，递来一枚湿漉漉的住址"。雨后的路口，带着一种不期而遇的欣喜，在湿漉漉的住址中，藏着牵挂与秘密。同时，林珊也多将"雨水"和流动的思绪融合在一起，如她在《转眼到了很多年以后》里所写："我们也曾满心欢喜过——/鲶鱼在池塘里换气/大雨正穿过茂密的香樟"。雨水在此处，正是欢喜的载体，穿过香樟，留下湿润而芬芳的气息。

同时，林珊也将雨水与田园风景融合在一起，在《新年书信：雅溪》中诗人写道："这个村庄曾在微雨中远逝/如今我站在这里/看见篱笆汹涌而整齐/万物在雨水中俘获平静/村庄后面的田野，平坦，辽阔/没有裂隙/它们被早春的油菜花/依次占领。"轻柔的微雨模糊了诗人的视线，使得村庄仿佛"远逝"。实际上，从"我站在这里"可以看出，此处的景物也许并没有发生位移，而是诗人的主观感受赋予景物以动感，雨水的清新与朦胧，使得村庄的色彩变得更为宁静温柔，"远逝"则表现出诗人在雨中细微的感动，悠然，辽远，是隔着距离的温柔注视。与之相对的，则是静立着的篱笆，"汹涌而整齐"，汹涌表现出植物生长的勃勃生机，与其后的被油菜花占领的田野交相辉映，展现出了雨中田园风景的美丽，使人联想到"微雨杏花村"的诗意。在这些田园风景之外，诗人也以缓慢而深情的叙述融入了人的痕迹，"一株白玉兰守候在小路的尽头、怀有最后的潮汐/住在围屋里的女人，已经老去/那些蒙尘的往事/仍在恍惚间分崩离析/我爱过屋顶摔碎的炊烟/我爱过野花盛开的故乡/我也爱过/梦中的那个少年/不曾老去的你”。在宁静的自然风景中，林珊以含蓄的表达款款地道出深情，从容舒缓，温馨感人。

而这种自然、田园、山水的审美，不仅根植于林珊的童年生活经验，更来自中国传统美学，这是林珊的精神原乡。对山水、自然的书写也成了林珊自觉的诗艺追求。在与徐春林的访谈中，林珊表示：“应该更加努力抵达内心的真实，倾听到那种自我的声音，接近于天性，回返到一种精神的原乡。我第一个阶段写了很多山川草木的带有点低音性质的抒情诗，其实我们所处环境虽然经历几千年的变迁，但山川草木的面貌可能没有多大的变化，《诗经》中的植物，唐诗中的植物依然就在我们身旁途经的路边，陶渊明、王维、孟浩然笔下的山水依然散发出一种自我清澈的生命力，而我的写作是为了做到与之呼应与对称，抵达一种无我的天性，如山中自然生长的一块石头，如道边被人忽视的一株植物，（那种平淡与偏僻蕴藏一种绝对的精微），这也许是我毕生之追求，这同样也是写作的终极意义。”① 林珊以善良的心灵，将自身丰沛的诗情融入大自然中，体会着诗意的时间流动。同时，她以舒缓从容的抒情方式，于山川草木间将古典与当下交汇，创造了一个纯净的诗歌空间，荡漾着湿湿的雨水，百草葳蕤。

二、提灯的人：哀而不伤的慈悲

林珊以其幽深细腻的感受在其诗歌中描写了生命的悲欢，在其中，贯穿了一个慈悲的抒情主体，体现在她对生命无常的纤细感知中，也体现在她对自然生灵的悲悯里。与此同时，林珊在诗歌中不断地书写着以生死为距离的亲情，与浸透在雨水中的植物相映照，使得其诗歌风格洋溢着浓重的悲哀色彩。由于林珊对自己诗歌的书写有着自觉的追求：“不能写得太满了，在悲伤后要留有希望，林珊的悲哀并不浓重，是对自己诗歌的要求、也是对读者的心灵的照顾。”② 所以，其诗歌风格虽然悲哀但并不伤感，留有温柔的余地，给人以心灵的救赎与希望。

---

① 徐林珊：《林珊：抵达一种无我的天性》，《中国青年作家报》2019 年 6 月 6 日。

② 林珊在首都师范大学驻校诗人研讨会上的发言。

林珊在自然风景中感受着灵魂的律动，通过对自然与尘世的观察建立自己与生活的关系，在诗歌《白露》很好地展现了出来。“还是会有蝉鸣，在歌声里起伏/还是会有花香，在寂静中落下/这一日，我独自走在旷野//紧跟在我身后的，是小狗、夕阳/和马尾松的枯枝/我们眼神黯淡，互不言语/我们肩披暮色，互不打探彼此的身世//如果此时，你忍不住想迎风落泪/请不要忘记，秋风凉，白露降/万物都有欲言又止的悲伤//。”在白露时分，诗人独自走向旷野，直面内心。需要注意的是，白露时分，入秋已久，故此处的“蝉鸣”是诗人内心里的声音，而非外在之声，歌声起伏也只是诗人心绪的外在显现。实际上，此刻的旷野并没有声音，唯有一片寂静与秋凉、与夕阳、暮色、枯枝相映，唤起了诗人内在的生命感知，因此，诗人才讲，“万物都有欲言又止的悲伤。”林珊多在黄昏中受到启发，体悟着生命的温度，使其诗歌有竖琴一般优柔的音乐感。在《晚归》中，她写道：“所以给她欢腾的黄昏，夜晚有贫瘠的土地/所以给她断弦的竖琴，人世有滚烫的悲喜”。欢腾与贫瘠对应，断弦的寂寥与滚烫的悲欢对应，寥寥几语，展现出动与静，哀与乐的对立，悲欢转化间，贴近生活本质。

除此之外，植物也是触发林珊悲欢感受的一个重要载体。她曾讲述了童年在村庄生活的经历，“外婆的村庄临近一条汩汩的小河，每年春天，河边的草地上、灌木丛中都开满了野花，其中有一种，是蔷薇。有白色的、粉色的，单瓣的、重瓣的，盛大而灿烂，深得我心。而在村外的山坡上，苇丛、松树、水杉、忍冬等植物，最为常见。我无比热爱植物的秉性，或许就是从那时得以开始。自然与植物，总是能给我带来无限的悲悯及欢喜”①。在其诗歌中，林珊以“枯叶”与“露水”为媒，书写了生命的悲哀，在《梧桐畈》中，诗人写道：“我不知道秋天的梧桐畈，还有多少梧桐/站在路边，抖落荒芜的叶子/我不知道远逝的流水，执意拥抱过多少次/散落在原野的乡村/时间带给我们的，是浩瀚无垠的星空/和永无完结的露水/我们是荡漾在露水里的一群人。”荒芜的叶子、散落的乡村，都是生命消逝与无常的体现，展现着些许禅意，如梦如幻的露水里，流淌着悲哀易碎的时间。但林珊并没有选择消极的自怜，反而以执着的姿态勇敢地介入生命，拥抱流水，这正是其诗歌哀婉氛围里希望的体现。于是，“那么多的莲花/拥有永

① 林珊：《一朵时间的蔷薇》，由诗人本人提供，未刊。

恒的孤独/那么多的人/从远方/迢迢地赶过来……我在人群中交谈/朗诵走动/你看到夜晚带来一些迷雾/我们是走在迷雾中，手捧莲花/接受完满与破碎的那个人”，在这里，“孤独”和“许多人”形成一个悖论，众生相聚，带着悲悯，诗人手捧莲花，而莲花正是佛性与慈悲的表现。诗人将自己的内心感受融入植物里，以生命与万物对话，于是在林珊笔下，垂柳、乌桕、蔷薇，都成了岁月的寓言。

她以慈悲的眼光看待着生命的消逝，在诗歌《馈赠》中，林珊书写了一场葬礼。在她眼中，死亡似乎并不是生命的结束，而是另一种意义上的开始，“这是我所遇见的，最为声势浩大的一场绽放/在那辽阔的，无数副棺木日渐腐朽的山坡上/白茅在开，故乡的云朵还在流浪/送葬的队伍已经走出很远//一个陌生的灵魂被安置在——/一个陌生的地方//”，在死亡之前，生命成为一场值得感恩的馈赠，如同在《倒叙》中的表述，学生询问是否可以用倒叙的方式描写一个老人的生命，诗人回忆道：“在乡下，我曾反复遇见过这样的老人/迟缓、苍老，在溪流边用皴裂的双手/清洗萝卜、土豆、白菜、红薯/瘸腿的板凳，破碎的炊烟//当时光辗转，当阳光洒满多年后/野花汹涌的山坡和坟墓/墓碑上我们想要写下的，大抵不过如此：尘埃坠地/死是生的最后最好的证明//”。一方面，林珊书写了乡间老人苍老而辛苦的生活，然而却将生死至于更广阔的时空里，以永恒灿烂的阳光，与乡间生机勃勃的野花衬托着坟墓，在生生不息的自然与尘埃中，代表死亡的墓碑却是生命最好的证明，在此，生死的界限模糊了，死亡不再是可怖的东西，而是广袤乡村大地上的一种秩序与新的再生，温暖，感人。在尘埃之间，生死化作自然的循环，而诗人始终以温柔之心对待，使得生与死的悲欢成为一种慈悲。

林珊也在诗歌也以哀婉的笔触书写着亲情与爱情，与祖父母的生与死。同样以自然为媒，在《那同样些夜晚所不能带走的》里，她写道：“断墙上的虫鸣，一直喑哑持续/屋檐下的雨花，还在缓缓地开/雪白的饭粒，已被蚂蚁搬至洞口/树叶与树叶之间，闪动着微弱的光芒/六岁的表妹坐在灶前生火/我八岁，后背被一枚突然从树梢掉落的板栗壳刺伤/我只记得，我的外婆一袭蓝衫/手持绣花针站在床前垂泪/屋外一片漆黑——/伞在移动，炊烟在消失”。此处，诗人以纤细的笔触描写了乡村静谧的风景，带着些许忧伤的痕迹，牵引出诗人的回忆。“我”受伤，外婆垂泪，亲情和爱怜在诗句中流淌。即使黑夜漫漫，时光流逝，疼痛而温馨的感受却始终留存，成为慈悲而感伤的部分。于是，“又一次梦见了/我的外祖母在病中干枯的眼睛/在北风中鼓起的旧衣裳”。思念蔓延，思绪翩飞。

在诗歌《华西路》中，林珊以温柔的笔触书写了老伴离世后亲人暮年的生活状态，深挚，真诚。“后来的日子，她独自/居住在华西路那栋老房子里/她一个人按时吃饭，睡觉/一个人小心翼翼提着菜篮子/过马路，逛集市/”，带着易碎的悲哀和孤独，她独自生活着。然而新年以后，“/是他离世后的/第一次家庭聚会/她穿了一件对襟花棉袄/坐在偌大的餐桌前/笑容可掬/整个夜晚，那么多的新年祝福/那么古老，那么美好/整个夜晚，关于那个缺席者/和那场葬礼，再也无人提及/”，在悲哀中，亲人的陪伴和美好的祝福填补了失落的那一部分，尘世的暖意，照亮了孤独的黄昏，“这样多好/春风化雨/山茶树上即将长满新枝/她的暮年/没有一丝缝隙”，此处最为感人，在寒冬开放的山茶树上，希望重新萌芽，在亲情和慈悲中，安放着宁静而祥和的暮年。林珊正是这般深情地行走在尘世间，正如在《夜宿弥陀寺》里，她所写：“这多么像多年前，我摔倒在路边/一抬头，就看见菩萨慈悲的脸。”在诗歌里，她释放了疼痛，也得到了安宁。

诗意是悲伤时刻涌动的暖流，给人以丰盈的希望。而诗人林珊正是那个提灯的人，将诗句化作明亮慈悲的灯，慰藉了自己，也照亮了他人。

三、风景遥想：赣南地景与北方想象

“风景首先是文化，其次才是自然。”① 林珊的诗歌中有着生动的风景描写，这与生存的自然地理空间密不可分，她所生活的在江西赣州，森林覆盖率高达76．23%，与此同时，山峦陡峭、妩媚多姿。在诗意的山水间，深受大自然地熏陶，使得其诗歌浸染了赣南风景的灵气。诗人以清新灵动的笔触描绘出了赣南的风景，使得山脉、丘陵在其笔尖绵延。其诗歌《家书：雨中重访梅子山》《她》《天龙山记》等诗歌中都有着非常清晰的赣南特色，如“我决定去看望她/途经的路上/翻过几片寂静的松林/穿过一条汩汩的小河/就到了她的家”，“父亲，空

---

① ［英］西蒙·沙玛：《风景与记忆》，胡淑陈、冯樨译，译林出版社2013年版，第67页。

山寂寂。我是唯一一个，在黄昏的雨中/走向深山的人漫无尽头的雨中/沿途的风声漫过来啾啾的鸟鸣落下来/现在，拾级而上的天空，倾斜，浮动/枯黄的松针颤抖，翻转，坠入草丛”等诗句，展现出典型的亚热带季风湿润型气候的特征，多雨，松树分布，有明显的落叶期。自然地理空间固然先天存在，而其文学价值则在于后天的发现。① 诗人将自身对于生活的感悟融入身边的植物与山川中，使得原本无生命的自然地貌成为诗歌中的历史主体，记录了个体栖居的悲欢。

值得一提的是，在消费主义时代，林珊的诗歌并没有太多现代化的痕迹，而是呈现出辽远的自然景物书写，僻静、寂寥。她以传统中国山水画般沉浸式感悟观看风景，物我合一。“枯黄的松针颤抖，翻转，坠入草丛雾霭茫茫啊/万千雨水在易逝的寂静中碎裂，聚集/万千雨水路过我/朝向我/淋湿我”。这与柄谷行人所论述的现代文学中的“风景发现”形成对比，保留了古典的诗意。林珊对于自然、山水的观照有着自觉的意识，在此，表面上林珊为读者提供了一种安宁的阅读体验，深层却是她对诗歌存在方式的追寻，“这些所观照的风景如何反作用于人类自身的情感、审美、心灵、甚至主体结构，最终涉及人类如何认知和感受自己生活世界问题”②。一如林珊在采访中表示：“我觉得写诗就是不断突破自我，接近于那种忘我的自由。这同样也契合庄子追求的那种独与天地精神共往来的境界，写诗就是追求精神上逍遥之游。”诗人期待着在山川自然中抵达忘我的境界，以寻找生命本真的和谐。在赣南葱郁的草木中，寻找自由。

赣州作为客家文化区，有着独特的民俗特点，而在思维与诗情的构造中，“起作用的正是文化、习俗与认知，这些为视网膜上的印象赋予了我们认为美的特性”③。在林珊的诗歌中也有着明显的体现。南方沿海及相邻地区有着丰富的民间信仰，复杂多元，除了对佛祖、菩萨的信仰之外，更为有特色的则是妈祖信仰，寺庙林立。林珊本人也信仰妈祖文化。妈祖在闽南一带的客家信仰中为海神，江西省虽然地处内陆，但水系丰富，航运贸易发达，且作为与福建省毗邻的省份，自

① 梅新林、葛永海：《文学地理学原理》（上卷），中国社会科学出版社 2017 年版，第 379 页。

② 吴晓东：《郁达夫与中国现代“风景的发现”》，《中国现代文学研究丛刊》2012 年第 10 期。

③ ［英］西蒙·沙玛：《风景与记忆》，胡淑陈、冯樨译，译林出版社 2013 年版，第 11 页。

然是航运保护神妈祖的信仰传播的重要区域。① 因此，在林珊诗歌中，出现的“寺庙”意象并非偶然，这与当地浓厚的民间信仰氛围与地景特色紧密相关，如《寿量古寺》《天龙山记》等，“看门的僧人说，带小狗上山/会惊扰了庙宇里的神灵/我只好沿着溪流，慢慢走”，林珊以虔诚的态度面对着庙宇，也相信着生命中冥冥的安排和神力，在《塔罗牌》中，她写道：“这一次，想要预测什么/继事业，运势，寿命之后/这世间，剩下的/仿佛只有爱情。”赣州独特的信仰环境使得林珊的诗歌增添了一层神秘，而林珊也在诗歌中书写了自己的信仰和愿望，“山门前，两只石狮子，互不打量彼此/大殿内，诸多僧侣，在禅唱绕梁的梵音/菩萨，请原谅，我太贪心/每次焚香，我许下的，都不仅仅是一个心愿”。特殊的地理文化环境，和诗歌一起，以“它圈封起来的联想和情感赋予了这片风景以意义”②。

林珊也将地方风俗与童年回忆交织在一起，在她的诗歌中，出现了“大襟衫”“虎头帽”等意象，正是客家文化的表征。在《乌桕》中，她写道：“我记得，酷爱炊烟的人/樟木箱里的虎头帽/亮着的烛光，戛然而止的童话/——树篱下，金色的琥珀唤醒我/时间的手，又一次从记忆里抽走。”林珊根据自己的记忆，重新构造了一个风景，炊烟袅袅，树篱整齐，使得岁月拥有了琥珀的质地，保留了客家女孩的童年。“虎头帽”也成了记忆的载体，在其中尘封着永不消逝的温暖。她笔下的“一排乌桕，正站在路口掉落猩红的叶子/风把皴裂的嘴唇，凑近河水哦。/这清冷的，寂静的，苍茫的黄昏。”森林和乌桕的记忆也因此留存在诗歌中，随着祖母的死亡一起，成为客家文化的感伤民族志。

同时，作为一个南方诗人，林珊的风景书写虽然肯定了赣南的独特性，但也始终带着一种自我“偏远”的意识，并且常常在诗歌中想象北方，尤其对“雪”和北方的“黄叶”在情感和认同上充满执念。相比北方，在南方是很难看到雪的，赣州冬季的气温也多在零度以上，漫天大雪的景象在诗人的成长中是缺失的，于是，“雪”在林珊笔下就成为“美”和“远方”的重要象征。在《雪：看雪》中，她写道：“还是想去看雪/去一个只有陌生人的城市/去一个草木葳蕤的地方//我愿意在雪中/

① 林明太、连金焰：《江西省妈祖信仰的分布、传播、演变及影响》，《妈祖文化研究》2017 年第 2 期。

② ［英］西蒙·沙玛：《风景与记忆》，胡淑陈、冯樨译，译林出版社 2013 年版，第 11 页。

走上一天一夜/我愿意在雪中/遗忘那些悲伤的过往//我愿意在雪中/抱住一个满头白雪的人//喊他：亲爱的，亲爱的……”林珊赋予了“雪”以浪漫的想象，并与爱情的期待联系在一起，“雪”在她笔下，成为诗歌陌生化的重要表征，同样的情感，出现在《雪为什么总落在别处中》中，“我知道/在一首诗里是等不来一场雪的/我需要一个人/顶着满头白雪/从远方赶来/拥抱我/消耗我/挥霍我”。与此同时，她在“雪”中安放着自身隐秘的感受，在《小雪》中，她写道：“比起诸多被生活摧残的日子/我更喜欢这个无所事事的雪天/三十五年了，在这里，我逐渐沦为/一个雪中的囚徒——//这其中我失眠、疼痛、日渐衰老和消瘦/这其中我抑郁、恐慌、沉默寡言和泪眼朦胧//你看到了吗？雪天总是小心翼翼带给我——虚幻的喜悦，和无言的孤独。”在这里，“雪”实际上就是林珊向往的“别处的生活”的象征，给她以慰藉与期待。

除了“雪”之外，北方缤纷的金色落叶也成为北方的代言词，成为林珊心中的向往所在，一如《北方》中所写：“有没有一盏孤灯/可以照亮迷茫的前程/有没有人替我在风中凭吊/哭泣，腐朽，或是生长/河流仍然在静寂中流落/山川仍然在安详中存活/那无边的高空啊/有疲倦的皱褶/瞬息的凝固/我们只身前往的北方/曾在我的记忆里/落满金黄”。仿佛金色的落叶能够洗涤掉现实里的悲伤，诗歌的意义即在于此，在辽远的想象中，总是给人以希望。而林珊也在诗歌中实现了期待和期望，在首师大驻校的时光中，她写出了《北京的秋天》，“再没有比这更安静的/秋天了/一棵白杨站在我的窗外/陪伴我的晨昏/我最喜欢的，是起风的那一瞬/风掀动那些青翠的树叶/树叶随之轻轻摇晃/夕阳不偏不倚/洒落在邻居的屋顶/不管你是否认真聆听/都能听到风吹树叶的声音/不管你是否接受祝福/你都已经来到/遥远的北方”。诗人的北方想象得以实现，诗句中充满了安宁与温暖，当微风轻轻摇曳，便是诗心被点亮的时辰。

林珊生长于钟灵毓秀的赣南，灵性的风景赋予她充沛的诗意，在她的笔下，万物以温柔而慈悲的方式宁静地呈现出来。与此同时，她也带着满心的期待，在南方想象着金黄的落叶与洁白的雪，在诗歌的引领下，她得以实现自己的想象，在笔端，记录了同样美丽的南方与北方。

（作者单位：厦门大学台湾研究院）

诗歌里的秋天

◇林　珊

一

亲爱的同学们，今天我想和大家聊聊诗歌。在这里呢，我有几个问题想了解一下。

（一）你们写诗吗？

（二）什么是诗？

什么是诗，谁知道？
玫瑰不是诗，玫瑰的香气才是诗
天空不是诗，天光才是诗
苍蝇不是诗，苍蝇身上的亮闪才是诗
大海不是诗，大海的喘息才是诗
我不是诗，那使得我看见听到感知某些散文
无法表达的意味的语言才是诗
但什么是诗？谁知道？

——［英］依尼诺·法吉恩《什么是诗》

（三）你喜欢村庄吗?

米兰·昆德拉说过：人的一生注定扎根于前十年中。

里尔克说：诗歌就是经验，但他又紧跟着强调说经验就是回忆。

所以，我们的童年生活，不仅会影响我们的写作，也足以影响我们的一生。

我先做一个简单的自我介绍。我来自江西全南，那是一个青山环绕、江水湍湍的小城。地处江西最南端，毗邻广东，被称为“江西的南大门”。我是客家人，每当我介绍自己是客家人时，都会有朋友问我：客家人是少数民族吗？其实不然。客家，是一个具有显著特征的汉族民系。有关客家的起源存在多种说法，主要的有客家中原说和客家土著说。从两宋开始，中原汉民大举南迁，经赣南、闽西到达梅州，最终形成相对成熟的、具有很强稳定性的客家民系。客家有自己的语言、服饰、建筑。

接下来我要谈一谈我的写作，我的写作从2009年开始。能持续至今，我想应该感谢我童年时生活过的村庄，它的名字叫“玉舍村”。我在玉舍村出生，我有六年的时光在这个村庄度过。我在我的诗歌里反复写下过这些：河水、溪流、山谷、果园、松林、风雨桥、妈祖庙、祠堂……这都和我的童年生活密不可分。玉舍村和周围别的村庄的不同之处，在于信奉的神祇是妈祖。这在赣南很少见。

妈祖被称为天后，是以中国东南沿海为中心的海神信仰，她的原名叫“林默”，北宋建隆元年农历三月二十三日生于莆田湄洲岛，因救助海难逝于宋太宗雍熙四年九月初九。林氏族谱里有记载：林氏之先，出自黄帝高辛之后。明朝初期，我们的先祖德政由福建莆田搬迁而来，择此地而居，随之而来的，也有妈祖的神像。关于妈祖及童年生活，我曾写过一首诗，叫《隆冬记》：

我已经很少写下我在意的那些：荣耀散尽的
祖屋，日渐衰老的亲人，临睡前的祈祷
易碎的阳光，喜鹊的啼叫
现在所拥有的一切，时常会让我深感不安
我生怕我内心的潮汐，会被路过的神明看见

就像二十多年前的雪天，病中的我
被祖母带进一个神秘的院子
院子里有一棵老槐树，树下有一个神龛
圆桌上铺着一块红布，簸箕里撒满洁白的米粒
一个满脸褶皱的老妪，一边摇动
手里的那串铃铛，一边念念有词
祖母把我推到她跟前，祈求她给予我更多的救赎
那天夜里，我反复梦见
我站在村庄的祠堂前无声哭泣
此后很多年，我一直对那些我看不见的事物
——心存敬畏和感激

这首诗的写作时间大概是在 2015 年，或者更早一些。诗里写的，就是我的亲身经历……

二

今天我给大家准备了大礼包。我的诗集会在课后送给表现最出色、最喜欢我的三位同学；现在请大家来猜一猜，这个布袋里装的是什么？（窗外的第一枚落叶，李叔同故居的一枝马兰花，阿拉善沙漠的一块小石头、九江瑞昌的九品荷花……）这些，是我眼睛里所看到的、我心里所感受到的秋天。

那么，我接下来想和大家谈的，就是诗歌里的秋天。

（一）

彼采葛兮，一日不见，如三月兮！
彼采萧兮，一日不见，如三秋兮！
彼采艾兮！一日不见，如三岁兮！

——《诗经·采葛》

译文：

那个采葛的姑娘，一天没有见到她，好像隔了三月啊！

那个采萧的姑娘，一天没有见到她，好像隔了三秋啊！

那个采艾的姑娘，一天没有见到她，好像隔了三年啊！

葛：葛藤，用于织布。萧：植物名，蒿的一种，即艾蒿，有香气，古时用于祭祀。艾：菊科，可制艾绒灸病。

这是一句写思念之情的诗。那个采萧的姑娘，一天没有见到她，好像隔了三秋啊！这一句用“秋”而不用“春”“夏”“冬”来代表季节，是因为秋天草木摇落，秋风萧瑟，易生离别情绪，引发感慨之情，与全诗意境相吻合。

《诗经》是我国第一部诗歌总集，也是我们诗歌的源头，收集了自西周初年至春秋中叶五百多年的诗歌 305 篇。《诗经》是谁编的？孔子。孔子可能把好几千首诗经过筛选，最后编成了有 305 首诗的《诗经》。孔子，我们中国最伟大的教育家，关于为什么要学诗，孔子早就告诉我们了，他说：“不学诗，无以言。”

（二）

穷居寡人用，时忘四运周。
榈庭多落叶，慨然知已秋。
新葵郁北牖，嘉穟养南畴。
今我不为乐，知有来岁不？
命室携童弱，良日登远游。

——陶渊明《酬刘柴桑》

译文：

偏僻的居处少有人事应酬之类的琐事，有时竟忘记了一年四季的轮回变化。

巷子里、庭院里到处都是树木的落叶，看到落叶不禁发出感叹，才知道原来已是金秋了。

北墙下新生的冬葵生长得郁郁葱葱，田地里将要收割的稻子也金黄饱满。

如今我要及时享受快乐，因为不知道明年此时我是否还活在世上。

吩咐妻子快带上孩子们，乘这美好的时光我们一道去登高远游。

陶渊明：浔阳柴桑人（今江西九江人）。最后一次出仕为彭泽县令，八十多天便弃职而去，从此归隐田园。他是中国第一位田园诗人，被称为“古今隐逸诗人之宗”、“田园诗派之鼻祖”。

他的诗风非常平淡。他就写他身边的事，写出了个体最真实的东西。他的诗里有一种隐逸，当年他弃官而去，说了一句“不为五斗米而折腰”，一直流传至今。他努力地做自己，而且做到了。

（三）

起看历历楼台外，窈窕秋星或是君。

——龚自珍《秋心三首》（其三）

龚自珍，清代思想家、文学家及改良主义的先驱者。今浙江杭州人，主张革除弊政，抵制外国侵略，曾全力支持林则徐禁除鸦片。48岁辞官南归，次年逝于江苏。他的诗文主张“更法”“改图”，揭露清统治者的腐朽，洋溢着爱国热情，被柳亚子誉为“三百年来第一流”。他的诗融汇古今，著名诗作《己亥杂诗》共315首。

“起看历历楼台外，窈窕秋星或是君。”在茫茫暗夜，仰望苍穹，透过层层楼阁，极目夜空深处，有一颗深沉而美丽的秋星，那也许就是意中的伊人吧？诗的涵意是超乎想象外的。“窈窕秋星”究竟何指？是亡友？是自己思慕的恋人？还是只是一个朦胧的梦想？

《秋心三首》是龚自珍在异样的凄凉落寞中写就的。他在科举上不得志，27岁中举，38岁才中进士。1826年，他第五次参加会试失败，好友谢阶树、陈沆、程同文等相继谢世。此诗主旨在为亡友招魂，亦自伤沦落，写出了幻灭与希望，也写出了痛苦与执着，表达了对亡友的那份思念。

三

解析我的关于秋天的诗。

哦，山中

在山中，我听见流水的喘息
还有落叶，在石径两侧恹恹
仿佛要把一生的虚空褪尽

姐姐，就在前几日，我收到
远方的来信。那个少女
和我已有二十载有余，不曾相遇

我们谈论起昔日的校园，多变的天气
还有那年隆冬，白雪压顶
浴室拥挤。我们不谙世事的身体
冒出热腾腾的水汽

姐姐，时间以一只无情的手
搬开我们通往山顶的梯子
如今我们再也不能独坐山顶
开口述说满怀心事

如今我在佛前，听木鱼绕梁
看油灯燃尽。姐姐，那个少女
笑起来的样子，很像当初的你
那个还活在人世的你……

姐姐，如今我还是不明白
——苦难是如何在你消瘦的脸上
刻出一长串冰冷蒙尘的文字

稻草人

我看见一个稻草人，站在金黄的稻田里
夕阳陨落得太快了，我来不及看清它的面容

三年前的秋天，我最后一次去探望病重的外祖父
也曾路过一片稻田，稻田里也站着一个稻草人

三年后的今天，外祖父已经不在了
我看见一个稻草人，站在金黄的稻田里

她

我决定去看望她
途经的路上
翻过几片寂静的松林
穿过一条汩汩的小河
就到了她的家

她在灶膛前忙碌
没有叫我留下，也没有让我离开
她没有问起她爱过的任何人
没有问起我的母亲，兄弟，或是姐妹
她只说后山的板栗就要熟了

起风了，我站在翻滚的暮色里
抬头看到空空的房梁
忽然泪如雨下

北京的秋天

再没有比这更安静的
秋天了
一棵白杨站在我的窗外
陪伴我的晨昏
我最喜欢的

是起风的那一瞬
风掀动那些青翠的树叶
树枝随之轻轻摇晃
夕阳不偏不倚
洒落在邻居的屋顶
不管你是否认真聆听
都能听到风吹树叶的声音
不管你是否接受祝福
你都已经来到
遥远的北方

最好的秋天

一个人，究竟能够拥有多少个秋天
多少片树林，多少枚落叶
又有多少列火车，穿过树林
穿过落叶。从远方
驶入你的山岗，你的湖泊
你的旷野
我们永远也无法预知
每一个秋天，将会给我们
带来些什么。时光隐匿了
多少悲喜
站台目睹过多少离别
我希望你将来为我描述的
永远是
这样一个暮晚——
绵长的汽笛声
由远及近。之后，是万籁俱寂
是我们的脚边
只有风吹落叶的声音

最后，祝愿大家眼中永远有锦绣河山，心里永远有万千诗意。

从小地方出发

◇谈　骁

一

我读小学六年级时，学校组织了一次毕业春游。选定的地点是十几里地之外的伍家河大桥。可以揣测组织者的想法：大桥雄浑壮丽，代表了一种更高的文明形态，一种先进的生产力，一种更大的“世面”。那是1999年，我们还在为温饱而挣扎：衣服打满补丁，鞋子一直穿到露出脚趾，条件最好的家庭，也不能顿顿吃白米饭。一座大桥突然建起，连通了山村和城镇：镇上的吉普车、解放牌汽车，可以顺畅地开到山中了；有途经大桥去过镇上的人，必以炫耀神情夸饰这座新修不久的大桥：“走十分钟还走不到头。”这是极言大桥之长。在山中生活的人，谁不希望有这么一座通天之桥呢，横跨两山之间，免去我们翻山过河、山路辗转之苦。

春游那天，我们怀揣着干粮和对大桥的美好想象出发，步行了四个多小时，终于到了目的地。我以前见得最多的是独木桥：两根松木搭在河中，松木间用猕猴桃藤缠绕加固。也见过一些榫卯结构的木桥，走在桥上，木板摇晃，嘎吱作响。这么大的水泥桥，确实第一次见。我们列队去桥上走了一个来回，又去桥下一边玩水一边吃干粮。然而，脚下的大桥，头顶的大桥，除了给我留下“大”的印象，就再无其他了。我既不感到兴奋，也不觉得震撼，更没有因此在心底涌起“决胜小升初”的念头。后者是老师们尤其期待的，他们希望这次春游是一次无声的毕业动员。

让我记忆至今的，反而是去大桥路上途经的一个峡谷。

当地人叫这个峡谷为“铁索口”。两边是刀劈一般的石壁，既高且陡，目力尽头，两面石壁几乎合拢，只留一线天光；石壁间有小河，河边的路极窄，仅供一人通行。一群十一二岁的孩子，兴奋又惊慌地从石壁间走过，偶尔落下水珠，惹出一声声惊叫。我留在队伍的末端，仰望石壁和天光，听着水珠落入小河的叮咚之声，久久没有迈出步伐。

此前，我见过的所有山，都只是普通的日常生活背景，不足以唤起审美想象。此后，我每见一座山，都会拿来与铁索口对比；对比之时，当初在铁索口受到的震撼便再次游荡在心间——那是一种混杂了震惊、敬畏、疑惑和恍然大悟的复杂情绪，但形之于口，只是一声简单的“啊”。

那一声“啊”，就是我审美的开端。

二

为何代表了“大世面”的大桥对我毫无影响，“小地方”的自然风景却让我震惊？

要说我有多么喜欢自然，那是不实之词。自然不过是恰巧构成了我的生存背景，凝聚了我的生活经验。我生长在山中，我的家就建在一座馒头一样舒缓的山上。家对面是一座直入天际的大山，就像天地之间的一座屏风，隔绝了我的视野。家的左边，在两山的交界之处，是更遥远、更雄伟的照京山，那是镇上海拔最高之地。

这些山成了我的日常观看背景，我知道山的一切：哪面向阳哪面背阴，哪里有山风可以乘凉，哪里有泉水可以止渴，哪里有山果可以充饥。在我潜意识里，山便是由树木和泥土构成。泥土是山的血肉和皮肤，树木则是山的衣服，一年四季，或郁郁苍苍，或五颜六色。铁索口却是以铅灰色的石壁出现，更新、丰富了我对山的认识：原来石头才是山的骨骼。

比较起来，大桥太陌生了，我难以被一个初见之物震撼——没有与“震撼”相匹配的经验，本质上来说，它也是一座桥，和我所见过的独木桥、榫卯桥没有太大区别。再雄伟壮丽、气势恢宏，也只偶然地承载了一个眺望者浮光掠影的一瞥，我没有目睹它如何建造于两山之间，对它如何改变附近居民的出行也无直观印象，因此它只是作为一堆水泥和钢筋出现在我的视野，留存于我模糊的记忆。

影响一个人的经验的，不是表面的“大”和“小”，而是“大”

和“小”所分别对应的“陌生”和“熟悉”。对我来说，唤起震惊的发现，更多地存在于我熟悉的日常风景里。

三

我是一个小地方人，当我需要在简介里交代出生地，我有时候说“恩施”，有时候写“建始”。因为鄂西山地共同的地貌、生活习俗和语言习惯，我的故乡认同，可以停留在县市一级的行政区划上。我的出生地，是一个更小的地方：官店镇鱼精乡谈家堡。官方的命名止于官店镇，后面的乡和堡则要我们以民间传说和地貌来补全。鱼精乡是因为许多年前这里有鱼变成了精怪吗？老一辈人都是这么说的。谈家堡好理解一些：一个小山包，山上的人都姓谈。

鄂西山中，上山下沟，爬坡过河，都只能依靠自己的腿和脚。直接的认知当然得自步行的经验，就是书本上的知识，也要靠生活经验去印证。步行抵达，几乎是我时至今日唯一有效的生活经验。它代表的，是一种朴素的认识论：立足个人，立足一手的感受和体验，得出的只能算充满个人体温的认识，而不是强调科学的知识；再进一步，也不过是用自己的体验去印证知识，而非用知识去指导体验。

写作上的“步行抵达”意味着，我是一个彻底的经验主义者，要在写作中建立一种极端的个人视角，一种独属于自己的“个人透视法”。

我写诗之初的许多诗，写大学校园里的生活，写青春期的感伤和躁动，都是语感驱动的诗，并没有个人经验的注入。大学时期，我也丝毫没有意识到自己是一个小地方的人，或者说，我意识到了，却羞于谈及。从现代的“进步”观点来看，像我故乡那样的小地方，几乎就是贫穷、闭塞和落后的代名词。即使谈及，也多半聚焦于猎奇：我宣称我是土家族酋长的后代，我所住的谈家堡是一座真正的堡垒，堡上吊脚楼鳞次栉比，堡外关卡林立，有人拿着鸟铳守卫……神秘化是一种常见的掩饰手段，把人引向未知，从而忽略事物的真正面目。这样的叙述策略之下，我的写作当然没法进入过去的生活现场，神秘主义的烟云唬住了听众，也让我这个叙述者恍惚间信以为真。

2013年底，回老家过春节，汽车在山路盘旋。车里有几个过去生活在乡村、如今在镇上经商的亲戚，一直在谈论着过去的田间生活。经过一片陡峭的农田，一个人指着窗外的田说：“这些田这么陡，什么都种不住，种几个土豆吧，挖出来就跑了，追都追不到。”这句话突然唤醒了我童年的生活经验：倾斜的山坡上，土豆在前面滚，人在后面跑。每一面山坡都有逃跑的土豆，每一颗土豆后面都跟着追土豆的人。这一幕同时展现了山中的诗意和艰辛：土豆在自由中滚动；追土豆的人，却奔跑在生活巨大的束缚中——昨天如此，今天、明天亦然。2014年，我写出了《追土豆》，才突然意识到，小地方的文化独特性，对写作者来说，不仅不是阻塞，反而是极大的优势。

2014年以后，我写了的数量庞大的故乡之诗，也就是“小地方之诗”，我写在山坡上滚动的土豆、一下雨就涨水的小河、在河边不种地而是以捕鱼为生的人，还有带我们上坟、“怀着先人一样的心思”的祖父，打着火把带我们走夜路、在火边和我们谈起未来的父亲，在雨中奔跑、告诉我“跑得快雨就淋不到”的母亲……是这一批诗让我有了自己的独特面貌，而在此之前，我的写作毫无根基，只是在书写这个时代的普遍愁绪，现代性的普遍困境：人作为工具的困境，物化的困境，作为陀螺被鞭笞的困境。以我当时的生活经验，并不足以为这些困境注入新鲜的体验，只是对固化了的意象的简单重复。

四

对“小地方”的书写，拯救了我的写作；也可以说，系统地书写“小地方”之后，我的写作才真正成立。

小地方作为故乡，书写时不免带有追忆。追忆并非怀旧，而是探求过去如何塑造自我，从而影响现在。有时候，追忆是地理意义上的，我写的虽然是故土，但故土之上，生活的却是此时此刻的人。过去和此刻交织，记忆和现实伴随，他们对我提出的最基本要求是诚实。

诚实首先体现在语言。土家族没有自己的语言，我们的方言近于四川话，和普通话大体相似，只有音调的细微区别。我写作之时，脑子里的声音就是普通话。但方言并未在我的写作中失效，反而以一种精确和形象，更诚实地反映我的生活经验。

“摔跤”一词，在恩施方言里，朝前摔叫“仆爬”，向后摔叫“坐墩”，这种区分，实际上是经验的区分。恩施方言里有个词叫“活路”，其意思并非字面意义上的与“死路”对应，而是指“活计”，出门劳动，就叫“做活路”，而在江汉平原一带，则叫“做活”，意思相近，隐藏的却是一种无奈和悲凉：做事才有活路，做的每一件事，都是为了让人活。再如对死亡的形容，普通话里也有夭折、寿终正寝、羽化登仙、驾鹤西去等词，恩施方言里，说老人去世是“百年归山”，这则是就土葬经验对去世做了形象的表述。我曾以“百年归山”为题写过一首诗：

十年前，爷爷准备好了棺材
十年来，爷爷缝了寿衣，照了老人像
去年冬天，他选了一片松林
做他百年归山之地
松树茂盛，松针柔软
是理想的歇息地
需要他做的已经不多了
他的一生已经交代清楚
现在他养着一只羊，放羊去松林边
偶尔砍柴烧炭，柴是松林的栗树和枞树
小羊长大了，松林里
只剩下松树，爷爷还活着
村里有红白喜事，他去坐席
遇到的都是熟悉的人
他邀请他们参加他的葬礼

《百年归山》绝无虚构，每一个细节都是诚实的。但诚实之下，未免不够“惊心动魄”：这是一个朋友对我此诗的批评，他因此建议我，把倒数第二句稍加改动。熟悉的人，理所当然会参加葬礼，哪里需要邀请？如果改为“陌生的人”，则更有戏剧性。这是艺术处理的角度。从生活事实角度，“陌生的人”也不是凭空得来：现在的乡村，人来人往，一个老人出门，难免会遇到不少陌生人。

朋友说得似乎有理，我一度也将这句改为了“遇到陌生的人”。但没过多久，我就意识到这种改动是在“惊人之语”驱使下的表达。故乡的人越来越少，年轻人纷纷外出谋生路，老人出门，碰到的多半是老面孔，并无多少陌生人。出于诚实，我又将诗改回了原样，虽然这样可能会损害诗的力度。

五

出生地作为小地方，看似是地理意义上的，其实是文化心理上的，它标识出一个人的来历。

我写过一首《口信》，写我小时候翻山越岭给人带口信。害怕忘记口信的内容，只好一路上自言自语，把口信重复给自己听。没有转述，也没有虚构：我说的就是我听到的。这是童年的诚实，但与此同时，我又面对自然中各种声音的诱惑：鸟叫，山风，还有自己的气喘吁吁。《口信》除了揭示一个具体的生活化场景，也隐喻式地包含了我对经验甚至是人生的理解：一方面，我要客观呈现“我所听到的，感受到的”；另一方面，我终将卸下过去，卸下别人的消息，而去处理此刻，处理我自己的人生经验。

送达口信的人，终将离开出生之地，置身于更为宽阔的生活。“宽阔的生活”，并不意味着你摆脱了“小”而进入了“大”。新的小地方随之而来，它指向的是此刻：我永远只生活在我生活的地方，我的生活之地，它们是地理意义上的小地方。

2005 年，我离开恩施到武汉上大学，此后便再也没有离开过武汉。我一直在迁徙，从武昌的沙湖，到汉口新育村，再到武汉理工大学边的柳园路、洪山的野芷湖。沃尔科特有一个极端表述：“一个诚实的诗人，方圆三十英里就是他写作的界限。”交通的便捷扩大了一个人的生活范围，但一个人获取经验、感知世界的范围，并没有与之同步。我们对外物的理解，仍然只能建基于自己每天的落脚之处。那些落脚之处，相比于 8569 平方千米、1232 万人的特大城市武汉，可以无愧地领受“小”的标签。

我以此刻为对象的写作，就是由一个个“方圆三十英里”构成。

这些“方圆三十英里”之诗，只是尽量呈现一个普通人在此的生活。在沙湖边，我是醉心于夹竹桃和湖边散步的懵懂学生；在新育村，我是蜗居在破旧租房的拮据青年；在野芷湖，我是建立自己家庭的丈夫和父亲……在《我住过的地方》中，我说：我爱每一个我住过的地方，为了那短暂的新鲜和贫困，我付出了全部的热情。我丝毫不忌讳在诗里言说自我，我关注的不是情绪，而是生活状态。情绪是私人的，无常的，甚至是虚假的；生活则是实在的，精确的。在野芷湖边我也写过一组《野芷湖诗篇》，其中有这样的句子："我来到野芷湖边，把一个地址变成住址。"地址是公共的、冷静的，住址是私人的、热情的。我所有的努力，就是把公共经验的"地址"，变成熔铸了个人经验、建立了个人透视法的"住址"。这既可以说明我对生活的态度，也可以说明我对小地方的处理。

回忆的经验，因为文学虚构的注入，也因为必要的想象力，还存在诚实与否的问题，记忆无时无刻不在美化，那些你以为确定无疑的经验，并非真如你所想。回忆距离的缩短，则让此刻的经验有更高的真实度，也对写作者的真诚有更高的要求。

当下的一切正在发生，要建立真正的理解殊非易事。尤其是，现在已不是一个容易感受的时代，我们也不是感受力敏锐无比的人了。碎片化的信息、"浓度"极高的短视频、不断反转的新闻，都在提高我们的感受阈值。"随时随地，发现新鲜事"，类似的宣传语让我们更多地参与到八卦和消息的传播和制造中，而忽略了对"方圆三十英里"的感受；自媒体引诱我们轻易地对事物发表自己的见解，而忽略了感受的积累，王维时代的"胜事空自知"已经一去不复返了。

正因为此，认识我们的"小地方"才显得必要。我们总是说得太多而感受太少，公共的、无效的话语太多而个人的、有效的话语太少，这自然也是一种真诚，却是表面的、浅薄的、不堪的真诚——经验没有抵达，感受没有形成，语言自然没有力量。

六

2016年冬天回老家，我再次去了伍家河大桥和铁索口。

大桥这些年反复修缮，依然破败不堪，它甚至已经丧失了"大桥"的名字。二十年前，它是地标，具有极高的涵盖力，人们说起它附近之物，总以它来代替。二十年后，人们说起它，已经改用"尹家村桥"称呼。伍家河在此汇入清江，因而变得开阔、舒缓，一入夏天，方圆十几里的人都带着孩子来此游泳消夏。

铁索口也几乎消失在群山之间了。曾经，它是钟家村的百姓去尹家村的必经之路，随着当地公路的改造升级，山间环境恶劣的小路已无人走；作为景观，它又比不上几十里之外的景阳镇和黄河桥，更比不上百里之外闻名全国的恩施大峡谷。我从荆棘和杂草中间找到入山的小路，踩着青苔和落叶，艰难地走到了铁索口跟前：石壁耸立，一线天光，河水盘旋，这些都没有变；但石壁不高，天光没有加深它的险峻，盘旋来去的河水也没有侵占人的步行空间。在群山林立的鄂西山地，它其实如此普通，却在过去的十几年一直承载了一个小地方人对自然的无穷想象，成为他丈量世界的永恒标尺；在以后的岁月里，它的作用依然不会变化，所以，我再见到它时才会像十几年前一样，情不自禁地张大嘴，发出一声“啊”——虽然，让我惊叹的不再是风景本身，而是记忆的重临。

关于《嘤鸣集》

《嘤鸣集》

作者：王桂林

出版社：北岳文艺出版社

出版时间：2020 年 9 月

一、内容提要

这是当代诗人王桂林的一本读图诗选。虽为读图之诗，但其诗离开图也能单独成立。诚如作者所言："它们如茫茫夜空里的两颗星辰，独立运行，又相互映照。"作者在诗写上的体察能力、思考深度、批判精神与巨大想象，都令人叹为观止。本书在编排上将作者写诗时所面对的绘画、摄影和书法作品与他的诗并置，既给读者献出一个视觉的盛宴，也让读者借此体会语言艺术与其他艺术相互碰撞、相互激发、相互融合时所散发出的别样意味。

本书名为《嘤鸣集》。《诗经》有云，"嘤其名矣，求其友声名"，书中的这些绘画、摄影等艺术作品得到了诗人的和鸣，相信诗人的这些诗歌作品也会在广大读者中找到他的知音。

二、部分简评

《嘤鸣集》的确是一本有意思的书，且出人意料。无论绘画、摄影，还是书法，经诗人一点题，一阐释，意味立时显现。而且不但阐释得天衣无缝，甚至还扩展了画作的内涵。诗人的画作亦有天籁之感，不是刻意画出来的，而是无意间的灵感涌现。且线条轻松流畅，造型准确别致，仿佛只能是出自诗人灵感的灵异之物。

现今那种一本正经而又稀松平常的诗集太多了，所以看到这么一本虽谈不上特别重要但却颇有意思的诗集，的确会让人眼前一亮。

——著名评论家　燎原

诗人是艺术的人，诗画同体的《嘤鸣集》，别致，好看，有料。王桂林以诗入画，以画写诗，从而拓展了诗的边界。这是一本可视的诗与可读的画，王桂林就是这样一位有格调的诗人艺术家。

——著名作家、诗人　邱华栋

镜像写作是一种有参照物的写作，是一种互文的写作，貌似设定了某个写作对象，但在王桂林这里变成了一种更为自由散漫的实验写作。王桂林作为一个诗人艺术家，一只在镜像里飞翔的语言白鹳，他在个人的正统写作之外有了更多的游离与反叛，在沉重的语言之外有了更多的散漫自由。当王桂林“并不主动寻求辨认，更不为自己辩护”时，我觉得他是神秘的，当然他是诚实的，无欲无求的。

——著名作家、诗人　周瑟瑟

三、诗集目录

序　言

在镜像里飞翔的语言白鹳/周瑟瑟

第一辑　涂鸦——读素妮插画

2012 年 11 月 14 日—2012 年 11 月 18 日

裂

高举

晾晒

天空

期待一场雪

十三个太阳

月夜之音

红玫瑰黄玫瑰

美丽的隐藏

伞

树妖

胖头鱼

生命线

自我

石头里

舞者

莲花与狗

天地间

第二辑　我，你，和世界——读米卅插画

2016 年 6 月 27 日—2016 年 6 月 28 日

我是雄的，同时也是雌的

我的欲望，正如这个闭环一样

其实我身上有无数个自己

你是另一个我互相捉着迷藏

我的眼睛不只在我脸上

最柔软的有时也是最坚硬的

你知道世界所发生的一切

我和世界的距离就是一道闪电的距离

真正的美，从来都是短暂的

独自爱着，我忘了自己的双手

是的，它们也都是我的

我是一只狗对着世界狂吠

你唱出的歌，就是我唱出的歌

第三辑　汉字密语——读岳书成书法

2014 年 1 月 17 日—2014 年 1 月 28 日

致　敬

虎啸山林

九命之猫

甲骨之鱼

殷墟之牛

补钙之马

青铜之殇

酒在坛外

杂草的脸
疼痛的收获
你在石头内
死神
命运之舞
女祭司
钟
黄昏
我的依蕾托

第五辑　漫长的一天——读米卅插画

2018 年 4 月 4 日—2018 年 4 月 7 日

星期三的下午
几个人之间的对话
熟睡的人
亲爱的，我一直在看着你
听风者
欲望的阶梯
步下河流，攀上围墙
漫长的一天
冒险者
逝去，被另一种蓝取代
你从什么地方来
那些眼睛诞生于水中
我们认识
我在画面上，画了几缕光束
徘徊的乳房
撞向你的我
故事里的人
单身狗
客厅里的空酒杯
疯狂蔓生的粉红
蹦恰恰　蹦恰恰
点烛，倒酒，起舞，芳香弥漫

杂草的脸
捕获
大地的精血
系住歌声
倾听寂静
后　记
嘤其鸣矣，求其友声/王桂林

四、周瑟瑟评论

在镜像里飞翔的语言白鹳

——序王桂林诗集《嘤鸣集》

周瑟瑟

2020年5月23日，我回了故乡栗山，见到了从山东飞来湖南的王桂林。他依然保持了黄河入海口电线上禅定的白鹳的形象，修长的身体仿佛随时要飞起来，没有过多言语，但也不沉默。现在想来，我与他交谈得太少，自从某年冬天我们在黑龙江肇东一间房间里有过交谈外，还真没有深入地交换过写作的意见。

这次在栗山诗会上要给他授予第五届“卡丘·沃伦诗歌奖”，我才写下短短的授奖辞：在他的写作里有一个更大的原则，那就是寻找与发现新鲜的诗歌艺术，这是他的诗人本性，但他并不主动寻求辨认，更不为自己辩护。在中国“60后”出生的诗人中他是独行者，他的沉默与沉思让他的诗人形象清净而独立。他有知识分子写作的深度语言探险，但他有更广阔与开放的诗歌民间立场，以及与外部世界息息相关的诗歌原创精神。他既是行走户外的野兽，又是在大海边的电线上滑翔与禅定的白鹳。

“寻找与发现新鲜的诗歌艺术”，这样的界定来自这本诗集《嘤鸣集》。在王桂林的写作里，《嘤鸣集》好像是一本意外之作，在我的印象里他的写作大多成系列，有着成熟的语言体系。正如书名《嘤鸣集》，一种散漫的细小的鸣叫，这在王桂林的写作里并不常有。因而我更加好奇，读过几遍之后，我才发现这恰恰是被忽视的一种写作，一种镜像里的写作。

什么是镜像里的写作呢？按照相关词条释义，镜像（mirroring）是一种文件存储形式，是冗余的一种类型，一个磁盘上的数据在另一个磁盘上存在一个完全相同的副本即为镜像。镜像写作是一种有参照物的写作，是一种互文的写作，貌似设定了某个写作对象，但在王桂林这里变成了一种更为自由散漫的实验写作。

为什么会出现这样的意外？对于一个成熟度相对较高的中年诗人来说，要做到“自由散漫”并不容易，大多数同龄写作者往往会顾忌很多既成的写作规范，要打破固有的写作惯性，而试着写出一种新的作品，当然是有风险的。但对于王桂林这样本来就是“自由散漫”性情的诗人来说，一切都在情理之中。

从《嘤鸣集》里我读到了当代诗歌新鲜的自由气息，平时见惯了经典的语言范式，王桂林以自由散漫的方式带来了可能连他本人都不在意的游离，他游离了他个人正统的人文精神浓重的写作，而意外获得了一个冥想的写作，他在个人正统写作之外的冥想类似于开小差，偶尔偏离既定的轨道，我看到这里面所隐藏的诗歌自由价值。

当代诗人在处心积虑地构筑个人的语言乌托邦，而飘移的冥想的写作少之又少，我理解王桂林是在不经意中打开了另一扇诗歌之门，他在这道诗歌之门里准备待多久也未可知，或许只是溜达片刻，又回到他个人的正统写作里去了。

“他并不主动寻求辨认，更不为自己辩护”，我在“卡丘·沃伦诗歌奖”授奖词里如此判断，他写了就写了，我并不知道他心里想些什么，他像“行走户外的野兽”，四处走动，留下自己的气味后，然后走开，本质上他是一个沉默的写作者，他的写作是自顾自的，是长驱直入式的。这样很好，保持一颗写作的“野兽”之心比什么都重要。

同时他又是内在禅定的，所以我最终把他比喻为“在大海边的电线上滑翔与禅定的白鹳”，这个形象是我在他的故乡东营亲眼所见，结合他外松内紧的语言状态，我得出了“禅定的白鹳”的形象。我觉得在海边电线上滑翔与禅定的白鹳，它既是紧张的又是松弛的，既是自由散漫的又是静止禅定的，总之它是神秘的。当王桂林“并不主动寻求辨认，更不为自己辩护”时，我觉得他是神秘的，当然他也是诚实的，无欲无求的。

一个无所求的写作者，极有可能写出新的作品。果然他在没有预感的前提下突然画出了从没画过的现代抽象钢笔画，简约的线条勾勒出的人体，而诗与线条交织产生，形成天人合一的互文关系。不知是先有诗还是后有画，还是先有画后有诗。他的画仿佛从天而降，是从他的潜意识里溢出来的。而画中的诗呢？是从他正统的写作里抽出来的，骨架清瘦，干净内敛，完全接近于“海边电线上滑翔与禅定的白鹳”，这样的写作简约到只保留一口气，如果有第二口气都是多余，一口气吐出来再吸纳进去，一首诗一幅画就完成了。

从《嘤鸣集》，我想到了如何做一个“诗人艺术家”？不论如何做，最不该的是设定要去做一个艺术家，在不知不觉的状态下完成了内心的转换最为恰当。甚至连自己都不知道自己完成了这种神秘的转换，只有当内心获得了艺术的恩赐，如同神灵附体时，才拥有了更为灵动博大的艺术精神。它不是浮在表面的某个物体，它是看不见的围绕着你飞翔的气场，哪怕你不画画时，围绕着你飞翔的气场依然存在。一本《嘤鸣集》，弥散出的气场显而易见。

王桂林作为一个诗人艺术家，一只在镜像里飞翔的语言白鹳，他在个人的正统写作之外有了更多的游离与反叛，在沉重的语言之外有了更多的散漫自由。

2020年5月30日　北京树下书房

五、诗集后记

嘤其鸣矣，求其友声

王桂林

《诗经·小雅·伐木》云：“嘤其鸣矣，求其友声。”从我这部诗集的书名读者就早已看出，这是一部唱和之作。

唱和的传统早已有之，并非我独创。但不同的是，古今文人唱和多以诗文对诗文，我则是以诗文对画图。或许有人会想当然地认为，这是诗配画，对于这一提法，我是坚决不同意的。这在我读岳书成书法后所写的《一为二：汉字密语》和读王洪胜摄影后所写的《唤醒生命深处的影像》中都曾谈及，在此仅重复一点：艺术具有再生性，虽然这些诗脱胎于那些艺术作品，所有意象均与其母体血脉相连，气息相通。但我同时认为，这些诗又不完全是对那些艺术作品的简单解读——一件艺术作品也不可能用一首诗就能够完全解读。每个看到它的人都会因其人生经验、学识修为、灵魂深度的不同而产生不同的感动与思考。我宁愿认为，它们分别属于两个独立的精神世界，就像茫茫夜空里的两颗星辰，各自有着不同的温度和表情，独立运行又相互映照。

对，就是相互映照。相互映照，嘤鸣相召。志同道合，同气相求。尽管这种唱和大多数时候是一只鸟因为另一只鸟鸣叫，但这只鸟的叫声与另外一只又不相同，它叫出的是自己的声音。

当然，这声音需要自我辨认，也会寻求相互辨认——同类的相互辨认。在此，我除了要感谢激发我鸣叫的包括我在内的五位艺术家外，还要郑重感谢周瑟瑟亲手操刀，出版这部诗集，使我或许可以借此得到再多的同气嘤鸣。诚如《宛如约》里所说："下嘤鸣之榻，览切磋之诗，实后学快心事也。"这本即兴游戏之作，能得天才博学且又勤奋如周瑟瑟者切磋作序，同时又更荣幸地得到燎原和邱华栋两位先生的评介，也足慰我为文为艺之平生了。

关于《北漂诗篇》第四卷

《北漂诗篇》第四卷

主　编：师力斌　安琪

出版社：中国言实出版社

出版时间：2021 年 5 月

一、目录

附录

后记

最具力量和诗意的部分 / 安琪

二、代序

结识北漂诗歌，他人即是我的可能

师力斌

第四次与安琪合编《北漂诗篇》，为北漂诗歌卖力，很开心，也很荣幸。首先要感谢中国言实出版社王昕朋先生对这一品牌的鼎力支持，感谢出版社诸君的辛苦劳作，也要感谢热情关注、宣传和帮助《北漂诗篇》的媒体和社会各界朋友。

北漂诗歌是一言难尽的。因为，时事在变，新人辈出，前三部诗选出现过的老北漂难以忘怀，一拨接一拨的新北漂，浪涌至眼前，激起我大海般的言说冲动。日久生情，编得多了，对北漂诗歌、北漂诗人便有了特殊的感情，特殊的期待。如果说，前三部诗选，我还站在岸上，隔岸观海，到第四部，则蹚到水里，身在其中，萌生了割不断的情愫。其实，自己何尝不是一个漂泊者呢？想读老北漂诗人的新作，读老巢、安琪、潇潇、李荼、娜仁琪琪格、邢昊、孙恒、许多、张小云、刘不伟，想了解北漂老水手们的新思新想。想知道有哪些新来的年轻人，看看他们初来乍到的陌生与朝气，以及初生牛犊不怕虎的劲头，特别是看看，有无带来拍击堤岸卷起千堆雪百堆雪或十堆雪的诗歌浪头。

有点操心的意思。并非出于高尚，反倒源于某种自私的心理，源于一种越来越强烈的认知：他人即是我的可能。A 的尴尬可能是我的尴尬，B 的冷漠可能是我的冷漠，C、D 的焦虑可能是我的焦虑，E、F 的改变可能是我的改变。我已经养成了流行歌曲《牵手》意义上的北漂阅读习惯：快乐着你的快乐，悲伤着你的悲伤，爱着你的爱，梦着你的梦。读到下面这些诗句时，尤其感觉如此：“巨大都市里/没人在意你活得是否惬意/金风未动蝉先觉/只有保洁们才关心/街树的落叶”（刘晓峰《五道口》）。“他说，为了生存，他学会了候鸟的本事/每年在乡村与城市之间，春去冬回”（项见闻《他说》）。“我坐在暖气未至的屋里/泛起一线哀伤/不为寒冷，仅为听见风的孤独/那是一种不被理解的/庞大的，歇斯底里又认命的/孤独”（金泽香《孤独》）。身处喧嚣纷繁的都市，诸事烦恼，身心破碎，诗中的许多情绪伤我动我。比如，花语《更多时候》写出了常想获得的身心宁静："想要保持自我的完整/不被打碎/不接受过滤和搅拌/一个人，就是最好的摆放"；开车在城里奔波，坚果《车流》写出了疲惫不堪的动荡感："很多年都将车流误作河流/在东三环的起伏动荡中/水滴以八十迈的时速倾泻/人这一生就裹挟其中//不是一时/是每时每刻。"人流巨大，交通拥堵，长征和历险般的上下班，会碰到无数难以想象的奇迹。如果读王邦定《下班的路上》你能不动容，我就推你为铁人：

西四环，从北向南
右车道一男子
贴心抱着周岁模样的婴儿
单手开车
看着，看着
我泪流满面
那年，开始北漂
那年，孩子成了留守儿童

还有许多诗作，令我感触，如宋醉发《民工兄弟》，吴有《只有你》，又如李占刚《感恩于聆听》的静思之美，叶匡政《对话》自我反思力度："我对自己说：你/才是我渴望穿透的黑暗！"

北漂诗歌汇聚了诸种生活的情绪典型，是他人的，也是我的。我无意反驳"他人即地狱"观念，也不敢轻言理解别人的内心，但仍然想表达社会关系的另一个面向，那就是，在一个现代性框架下日益私人化、原子化、圈子化的城市语境中，北漂诗歌突破了僵硬的人际界限和社会区隔，越过水泥六环，冲出高楼平房车站仓库地下室，从首都四面八方来到我身边，带给我生命信息和人生启悟。强烈处，刺眼感、蜂蜇感如此切近，仿佛亲历。北漂诗歌的光和刺总能触发我将肉比肉，将心比心。

孤独、焦虑、困惑、挣扎是北漂诗歌的高频词，但我绝不认为是他们的专利。我自己也有。同时鼓舞我的，信念、梦想、光亮、飞翔也是北漂诗歌不可分割的关键词。不少诗作包含着普遍的社会关怀，超越一己之思。一些忧患之作，虽无大庇天下寒士的高蹈境界，但也不失推己及人的宽阔情怀；一些梦想的坚守，朴素真诚，又无不散发出民间朝气蓬勃的绚丽光彩。冯朝军《微信里一片洁白》写出了雪的丰富性，也表达了我心底的某种愿望："打开微信，见老板刚刚发出/一张雪的图片。同事们和活在这座城市的/朋友们/不约而同，都贴出了雪/不同的是：/有的雪在楼顶上车盖上，有的雪在茫茫的郊外/有的雪那么逼仄，只是墙和窗子之间一小块白/……/——我信这拥挤的地铁/每个人都怀着一片雪，只待我们相识。"袁丰亮《清晨的光亮》借麻雀的羽翅写出环卫工人的光亮："我看到，早起的路途/又多了一种绚美/麻雀张开的翅膀/飞高了/飞起，又落入凡间的树上。"罗佐欧《分钟寺》则呈现北漂人积极乐观的一面，仿佛让我看到世俗生活中活着的儒家精神："此时此刻，我所能感受到的美/是看见自己在这片不断拆迁的凌乱废墟上/仅剩的几所公寓里每天安然地起居。/是被这座巨大的城市和它的人群淹没后/内心依然充盈着私密的爱、回忆和渴望。"1985 年生的青青，2009 年开始北漂，认为北漂"就是摒弃一切怀疑，在残酷的生存环境下坚持梦想并为之奋斗的精神，是心怀美好的憧憬和向往"。更可爱者，甚至从历史上的北漂人物中寻找一种积极的精神支援："都说齐白石是最牛的北漂/五十多岁才开始北漂/北漂了四十年/名满京华//向您学习/齐老北漂。"（艾若《北漂》）打心底里想为这种北漂精神点赞。北漂诗人各有各的经验，无法统而言之，但在言之有物、触及生命的层面上，精确细致详尽地写出了特有的共性体验，描绘了流动时代群体性的精神地图，被媒体称为诗歌版的"北京志"，越来越体现出它在当代诗歌史上独一无二的美学和社会学价值。冯骥才先生在一篇文章中曾说，人民的经历，才是时代的经历。我认为，此言也适于北漂诗歌。这些诗作，或摄取日常生活的某个场景，或捕捉内心活动的某个瞬间，或宣泄思想情感的某种波动，虽然千差万别，但都不乏某种特有的公共性，某种我们曾看到的，听到的，或想象过的。李荼《公交车》记录了新冠肺炎疫情期间的出行体验："因为疫情/公交车里只坐了几个人//风，像生命扑进来/我们都觉得，我们只活了自己的一半/另一半，不知去哪了。"星汉《火车》的交通感受更具广泛性："我不知道自己/要用掉多少时间/不断地买票/不断地换乘/才能完成一生的旅程。"平凡而又闪光的诗句，背后都站着一个活生生的诗人，他们抵抗着都市的格式化，力图保持自我的主体性，而这正是我们脚下这座城市的活力源泉。一位网友曾跟我说，你看到的北漂诗人只是冰山一角。谁又能说清水面下的北漂者有多少呢？他人即是我的可能。我常想，假如自己没有考研，没有工作，没有结婚，或者在北京的种种际遇有哪怕一点点改变，我很可能成为无户口意义上的北漂一族。而在心理上，我自觉早就属于北漂，漂泊感如影随形。这促使我关注北漂诗人的诗生活。很多北漂者将诗作为生活支撑。安琪是北漂诗歌的热情倡导者和参与者。我关注北漂诗歌是在她的启发和感召下。老巢、潇潇、娜仁琪琪格、花语等一大批资深北漂诗人，是北漂诗界知名的活动家和组织者。还有一大批诗歌的铁粉。七月友小虎靠卖诗集为生。阿琪阿钰曾在宋庄开了一家诗歌专卖书店。前两部诗选都选了他的诗作，2020 年，我希望看到他的新作，然而没有。奔波的命运逼迫他继续奔波。他成了新的一位流浪诗人。北京来过许多流浪诗人，他们特立独行，甚至行为怪异，被常人视为异类。但他们我行我素，不为所动。陪伴和支撑他们的只有诗歌。于这些潦倒的北漂诗人而言，诗歌是他们的饭、酒、床、屋子或者伴侣。有时候，我看纪录频道动物世界的种种，寻找食物，争夺领地，求偶异性，喂养后代，那种特性和心理，与人类简直无二。我日渐理解了万物皆同的理念。风中娇艳的桃花就是人面。路上倒毙的动物就是人类。被狮虎猛兽撕咬的牛羊就是弱小的草根。在变幻莫测、力量无边的世界面前，又有何种事物能坚固不移？恰恰是漂逼出了人的本真。在我看来，北漂诗人所记录的种种生活面相，非但不是与己无关，反倒是自我的种种可能。那种奔波在路上的感慨，如此生动，真诚，贴近，我不能不说话。北漂诗歌不为诗歌而生，却为诗歌带来新生。北漂诗歌也不完美，有许多不尽人意的地方。比如，与 1990 年代早期的北漂诗歌相比，理想主义色彩淡化，社会宏大视野萎缩，讨生计成为主打题材。小农趣味、小资情调或多或少制约北漂诗歌的历史想象力。都想过自己的小日子，都想象高楼大厦间的四合院，路灯灯杆旁的向日葵，甚至停车场里蓄养绵羊。这样的生活想象，很可能削弱北漂诗歌的思想力量。这或许是时代付出的代价吧。但我相信，北漂诗歌是有活力、有后劲的，未来会更好。祝福北漂诗歌，祝福北漂诗人。

诗歌收藏家樊杰先生提供了诸多珍贵资料，在此致谢！

2020 年 12 月 30 日于和平门

三、后记

最具力量和诗意的部分

安　琪

还记得那一日，师力斌老师往北漂群发了一张照片，点开一看，是中国言实出版社授予《北漂诗篇》“25 周年最具影响力的丛书、书系”的奖状，群里一阵激动，大家纷纷下载转发到自己的朋友圈，仿佛于此嗅到了一缕气息：这一部诗选将会不断地出版下去。这真是北漂诗人的福音！编辑到第四卷时我有了一个发现，有这么一批诗人，平时从未见他们在各类报纸杂志发表作品，却在《北漂诗篇》编选时踊跃投稿，我能叫出名字的有：冷宇飞红、沈亦然、张华、张小云、牧野、老巢、刘不伟、李川李不川……这是一批特别有个性的诗人，忙于自己的生计，写着一些外人轻易见不到的诗，他们的诗和他们的人一样，因为不求发表反而有了独异的特质。我注意着他们，哪一卷看不到他们就会催一催，他们也从来不会让我失望。譬如这回，沈亦然又贡献出了她歇斯底里的爱情诗，这个渴望爱情的女人，被才华之火烧得激情洋溢，写诗、画画都泼辣、癫狂、蛮横得动人心魄！她 2020 年的第一首诗是写给爱情的，在她眼里，爱情就是一架战斗机，却在空洞地哀号。沈亦然又一次证明了，无所顾忌的人才能把爱情诗写出反常规的艳丽。编《北漂诗篇》，在我是年度大餐，好诗一首接一首涌现，吃撑了时便只好停一停，歇几天。当然我也不会独享，总是会把它们发到群里、发到圈上供朋友们一起赏鉴。我还记得赵琼《替补》一诗引发的一片点赞，诗中有一处唯有当兵经历才能写出的细节——

扣枪的食指／已经离开了身体／不得不让，从没触碰过扳机的／中指／替补上阵

这是躲在书斋里的人写不出的诗句，真实得令人心疼、心惊。身为军人，书写军营、书写热血一直是赵琼诗作的重要母题，它们与赵琼的乡村诗写作构成双璧。乡村诗有农家子弟的质朴和淳厚，军旅诗则有军人的责任和刚强，同时也不乏温暖的战友情。作为《北漂诗篇》

作者中为数不多的现役军人，赵琼入选本书的诗作以军旅诗为主。

每一年的《北漂诗篇》都有许多新人加盟，他们或者以前不知道投稿，或者系新近加盟北漂，他们丰富、壮大了北漂的队伍，也带来了新的阅读感受。且以项建新为例，这个“为你诵读”App 的创办者，他的理想是让诵读像卡拉 OK 一样谁都可以，我也曾下载过他的“为你诵读”并录制过多首诗作。这次他投来一组，每一首都有堪称奇异的切入角度，他吃小银鱼会想到小银鱼的母亲知不知道小银鱼的死活，他被一滴雨滴到会想到这滴雨曾经滴过帝王将相和农夫孩子，他从井里的月亮想到“光明有时也会被锁进黑暗里”。我曾经说过，人与诗、诗与诗的相识才是真正的相识，从这个角度而言，我是这回编选项建新的诗才认识他的。对徐书遐也是如此，她退休后到京和女儿一起生活，由此步入北漂队伍，此番她的诗作也使我对她重新认识，其中一首《出入证》从 2020 年因疫情而冒出的众多新概念中选取了“出入证”这个关键词，先是实写出入证在进入小区的作用，第二段突然引到了生死，死者在天堂没有出入证也就回不到人间了。如此联想，出乎意料又自然而然，可谓高妙。

北漂诗人们都还记得，2020 年 1 月 9 日，《北漂诗篇》（第三卷）新书发布会暨读者见面会在它的娘家中国言实出版社热热闹闹地举办。中国言实出版社社长王昕朋在致辞中表示：“《北漂诗篇》以其鲜明的定位、独特的个性、深刻的思想、丰富的内容，在当代中国诗坛占有一席之地，受到诗歌界和社会广泛关注和好评。不论是激情澎湃，不论是哲思精妙，不论是静夜悄吟，都是诗人们对文明的渴望，对生活的洞察，对时代的思索，燃放着赤诚炽热的理想之火，激荡着奔腾豪迈的时代脉搏，是北漂诗人们寻梦、追梦、圆梦的足音。”四十多位诗人现场朗诵了自己入选《北漂诗篇》（第三卷）的诗作，并向广大读者分享了自己的创作灵感和心路历程。谁也想不到，那次聚会成为 2020 年上半年最盛大的一次诗之倾诉。之后，全球便突然被一种恐怖病毒袭击，那病毒名为“新型冠状病毒”。犹记举国动员，一省包一市调集医护工作者逆行奔赴湖北抗疫第一线的壮举。将近半年的奋战，中国，终于截住了新型冠状病毒的汹汹步伐，社会生活渐渐恢复正常。在这场艰难和凶险面前，北漂诗人们没有沉默，他们用手中的笔，哀悼逝者、歌咏英雄，本书特意收入王彬诗作《留一盏灯》《最美的人逆行而上》，它们曾刊登于《中国艺术报》抗疫专版。记录时代，留存历史，应当也是诗的使命。

作为中国当代文学史上第一部北漂诗人年选，《北漂诗篇》的编选已经进入了第四个年头，正如青年学者徐蓓所言："聚焦于北漂一族，《北漂诗篇》容纳了极具讨论价值的社会热点，蕴含着雄壮的诗歌力量和可能。北漂诗人群是极富创造力且具有凝聚力的诗人群体，它包含的一批新生力量和对生活的深刻体验带来的是未知的诗歌方向。"据我所知，应首都师范大学吴思敬教授邀请，《北漂诗篇》主编师力斌正全力以赴调研、撰写一部反映北漂诗人的"学案"文章。汇聚每一位北漂诗人身上最具力量和诗意的部分，我愿意做这项光荣而有意义的工作，一年又一年。

关于《中国当代诗歌年鉴》（2019年卷）

《中国当代诗歌年鉴》（2019年卷）
主　编：邱华栋　周瑟瑟
声音艺术总监：李峻岭（岭上云）
出版社：阳光出版社
出版时间：2020年11月

一、目录

北乔诗选

耳朵：多余者

祟左时间

空镜子

肖歌诗选

中秋夜月

酷夏

识鸟音

魏天无诗选

在海门，兼致卞之琳先生

白鹭

在余东古镇

阿翔诗选

将进酒，给鲁布革的诗

乡村酒馆

大雨滂沱

姜念光诗选

一个人出门远行

谒李白

独角兽

田原诗选

鹿

冬日遐想

作品二号

杨庆祥诗选

我在万物的腐朽中

饮冰第七

饮冰第十二

何向阳诗选

淬火

后山

箴言

二、序

当代诗歌四十年

周瑟瑟

自1978年到2019年，当代诗歌四十年。历史留下了重要的诗歌作品，作品在历史中闪光，捕捉当代诗歌耀眼的星光，让每一束星光传递出不同的光谱，是我们编选《中国当代诗歌年鉴》的出发点。

每个诗人都有各自写作的真相，但每个人的写作真相构成了他人的假象。我是一个纪录片导演，客观记录是我的职业习惯，不加入个人过多的情感倾向，世界是怎样的我就怎样记录，你们怎么写我就怎么照此存录。编者不能代替作者，《中国当代诗歌年鉴》只是为了让人看清当代诗歌的本来面目。

《中国当代诗歌年鉴》决定从2019年开始编选，当代诗歌四十年的历史直接投射在上面。我们面对一个巨大的诗歌沙盘，时光飞逝，风沙淹埋了多少明亮的眼睛，那些鲜嫩的诗歌转瞬成灰，那些写作的冲动慢慢变得迟钝，那些光彩照人的诗人暗淡了，甚至彻底消失了，残酷的现实摆在眼前，当年的先锋被一只无形的手按下了暂停键，一支雄壮的乐曲突然无声无息，一段时间以来，甚至取而代之的是平庸的诗歌美德与无休无止的拉锯战。剩下为数不多的孤狼奔跑在孤零零的荒野，身后跟着一群寻找猎物的幼兽。

当代诗歌的真实历史与现状如何记录？情况看起来很复杂，实际上也简单，关键是如何梳理。我们的想法是要真实地将发生过的诗歌历史，尽最大可能客观、清晰、简单地呈现出来，让人一看就明白。

编选体例是一个选本的骨架，本年鉴的骨架建立在生动的历史血肉之上。全书分为六辑：第一辑：口语写作；第二辑：知识分子写作；第三辑：民间写作；第四辑：先锋实验写作；第五辑：抒情意象写作；第六辑：日常生活写作。六辑六种写作，六种诗学走向，把当代诗歌40年来的写作钉在了历史的柱子上了，一目了然。六种诗学走向是好是坏，任人评说，我们只是重现它。

六种诗学走向为中国当代诗歌40年贡献了相应的成果，有的处于旺盛的状态，持续发力，有的逐渐走向平静，写作人数越来越少，甚至早已出现了衰落的迹象，其历史使命似乎可以暂告一段落，但并不能否定其历史影响力，它所造成的一拨又一拨顽固的写作分子，还在坚持其诗学主张，并且写出越来越只有自己阵容里的诗人才会阅读的作品，孤独与悲哀属于他们理所当然。

六种写作不管哪种写作，只要不更新就会停滞下来，就会面临衰败的结局，这是诗歌历史的必然，也是被写作证明了的事实。所谓的当代诗歌传统，在我看来往往是一种假象，短短40年不可能形成不可更新的诗歌传统，如果有，那只是暂时的假象，而这样的假象让大批诗人原地踏步踏，能够写出传统意义上的好诗虽然成了既定的目标，但这是一种没有远见的表现，保守的诗歌标准差点要让具有探索精神的当代诗歌成为一种落后的文学艺术。

六种写作有的后来居上，有的退而求其次，坚守阵地与夺下阵地，轮番上阵或彻底打趴，坚持游击战还是集团军作战，这部当代诗歌的历史大剧，大家看得应该很清楚了。写作虽然并无弱肉强食、适者生存的动物界规律，但如果只看表象，也大抵如此。真正的内行会看一种写作主张在一个写作者名下有没有更新，更新得是否有生命力。生命力是活的，传统是死的。宁要死的传统，不要活的生命力，这大抵是当今的诗歌现状。

历史潮流滚滚向前，但对于中国当代诗歌来说并非一直向前，出现倒退或久久停摆，在某些诗人那里由来已久。如果你是真不写了，那还可接受，如果是心里积怨太深，顽固不化，那就是自绝于诗歌艺术，你归根结底证明诗人生涯结束了，你的写作主张死了。

六种写作里都有死了的诗人与写作，也有在一种写作之上再生的写作，所以，相互交叉是每一种写作的历史宿命，主动或被动的互动无可避免，无可厚非。当然我要祝贺那些把某一种写作发挥到极致的诗人，我更要祝贺那些把多种写作完全打通了的诗人，这两类值得我祝贺的诗人为中国当代诗歌的发展无疑贡献得最多。

“把某一种写作发挥到极致”与“把多种写作完全打通”，这两类诗人都必须要有不断更新的能力，还有个别诗人在某一种写作上更新出更有价值的写作，这是最让人兴奋的写作，是让当代诗歌保持生命活力，从而推动当代诗歌滚滚向前的诗人。这样的诗人越多越好，但40年来，真正有此更新与再生写作能力的诗人不会超过三五个。

至于是不是真的只有三五个具有更新与再生写作能力的诗人？或者还有更多？有成百上千的诗人？或者一个也没有？现在下结论其实

并无意义，所以，《中国当代诗歌年鉴》立此存档就有必要。

《中国当代诗歌年鉴》是邱华栋与我继《中国诗歌排行榜》之后，再次推出的一个新的诗歌年选品牌，感谢阳光出版社社长唐晴的支持。本年鉴采取“当代诗歌年度百人团，100 位诗人 300 首诗”的编选原则，100 位诗人其实不多不少，或许够多了，但分散到六辑六种不同的写作中，最多的一辑 22 人，最少的一辑 12 人。没有厚此薄彼，只是在某一种写作里成熟的又可以约稿来的诗人就这么多，当然 100 人的总数设定了，在总数里自由取舍，不同年龄与新鲜面孔有所倾向，大原则是以诗歌文本的艺术价值来选取。

“第一部诗歌声音年鉴”，是出版上一个创新的开端，感谢我的老友李峻岭的专业声音团队的加盟，55 位全国优秀的“诗歌声音创造者”，他们把 300 首诗变成了声音的再创造。他们证明了当代诗歌在声音创造领域有更多的可能，打破传统意义的“诗歌朗诵”，而建立一种声音再生的诗歌空间，有的声音创造者以灵魂对话的方式，有的以情感呼应的方式，有的以情景演绎的方式进入当代诗歌，冷客观的、介入的、平静的、起伏的等等，不同的声音处理都是新的创造，就像当代诗歌一样，让我们听到了新鲜的有生命活力的声音艺术。

“影响诗歌进程的年鉴”，是要通过更长的时间才能听到回响，如果给我们十年八年，一部持续编选出版的年鉴，相信会从一个侧面记录与呈现当代诗歌新的历史进程。

2020 年 5 月 13 日　北京树下书房

关于《2019年中国诗歌排行榜》

《2019年中国诗歌排行榜》
主编：邱华栋　周瑟瑟
出版社：百花洲文艺出版社
出版日期：2021年10月

一、目　录

第十三辑　2019 年度小说家诗人

蒋一谈　时间不早了

刘　汀　喂海

唐　晋　陌生人来了

远　人　这村庄没有人来过

起　伦　落日

秦巴子　那些年我听过的塑料歌

张广天　邻家的妹妹

鲁　亢　戏仿希姆博尔斯卡

严　彬　我并不能安慰你（仿萨福）

第十四辑　2019 年度台港澳及海外诗人

洪君植（美国）　纽约的初春

杨小滨（中国台湾）　舍不得美好指南

李　笠（瑞典）　嗫嚅

胡　冬（英国）　寸土

王　敖（美国）　绝句

萧　萧（新西兰）　大海是一块蓝色的补丁

章　平（比利时）　树林温情的午后

冯桢炯（美国）　老土方

雪　迪（美国）　甜的爵士

陈铭华（美国）　风景

欧阳昱（澳大利亚）　缩短

厉　雄（西班牙）　午后

舒　然（新加坡）　对牛弹琴

秀　实（中国香港）　收拢

秋　玲（中国香港）　抽烟的男人

向　云（中国香港）　牵牛花

郭　辉（加拿大）　赌注

第十五辑　2019 年度微信公众号及网刊创办人

韩庆成（《诗歌周刊》）　敬亭山

皮　旦（《北京评论》）　喜欢木匠还是喜欢打铁的

李之平（《华语实力诗人联盟》）　暴雨间歇

雪　鹰（《长淮诗典》）　绝顶

之　道（《诗人文摘》）乌云祭

田　庄（《幸存者》诗刊）　鸽子树

袁　魁（《世界3》）　土石方回填工程

张明宇（《诗锚》）　无题

徐甲子（《甲鼎文化》）再小一点

张红伟（《诗半岛》）　早晨

刘合军（《诗坛周刊》）　一些鸟粪在我小院坐禅

吴焕唐（《读一首好诗》）　大江东去

拉　萨（《拉萨的春天》）　买只羊吧

第十六辑　2019 年度诗歌民刊主编

中　岛（《诗参考》）　唤醒

江　雪（《后天》）　维纳斯断臂

罗广才（《天津诗人》）我来送你，像一片叶子看另一片叶子——悼诗人简明

黄礼孩（《诗歌与人》）　留在白鸟与灰鸟之间

马启代（《山东诗人》）　望星空

易　杉（《圭臬》诗刊）　雨水

王长征（《中国汉诗》）　丛林四脚蛇

李永才（《四川诗歌》）　时光的旧账单

张　尹（《乌丝》）　居留地

康　城（《第三说》诗刊）　当时

胡仁泽（《屏风》诗刊）　立夏说

邓如如（《湖南诗歌》）　云图——给光之暗面

第十七辑　2019 年度诗人

李　云　看蜀锦

杨森君　夜宿邽山下

刘　晖　涟漪

侯　马　呼和浩特

杨献平　有所祈愿的人

刘向东　椁椤叶，哗啦啦

李寂荡　在溪边

吉狄马加　一个人的克智

李　皓　歇马山的早晨

高建刚　大海与钢琴调律师

黎　阳　叙旧偶记

彭惊宇　唯有宝古图沙漠苍远如幕

曹宇翔　车过故乡

敕勒川　祈祷

古　冈　屋檐下

田　禾　水边村庄

霍竹山　刘井匠

汤松波　故乡

马慧聪　稻草人

紫穗穗　烛光

阿　毛　海边生活

敬丹樱　而祖母只是一个名词

曾　蒙　乌拉河

慕白飞　云江

白　木　大伞盖下

蒋兴刚　过黄鹤山隧道

罗凤鸣　笼中兽

梦　野　我在家里

星　汉　葵花地

山　鸿　落叶经

早布布　滂沱之书

林　萧　魔术

蓝雪花　坝口

陆　渔　儿子

叶德庆　上海站

涂　拥　夏至

爱　松　谷雨

赵俊杰　礼遇

王德光　无题

图　雅　树荫下的老妇

庞琼珍　寻访王维

张小云　田畴

温永琪　痛
刘一君　误拨
李　锋　无题
虎　子　最后的日记
宋壮壮　老前辈
赵立宏　春夜
乌　城　马
绿　鱼　速写（16）
邢　昊　只听嘭的一声
杜思尚　林间
刘　健　无题
大　友　我种下一片海
查文瑾　石窟
周晋凯　三月
安海茵　游弦
李自国　旧家具
周占林　放马金银滩
陈泰灸　罗浮宫
卢　辉　我所知道的 15 瓦灯泡
田字格　练习
罗鹿鸣　磨镜台
唐兀特　未驯服的时光在马鬃上发亮
王跃强　如果
龚学明　羽毛下的温暖
尹朝晖　伐薪记
陈惠芳　枯荷的灯
成明进　海的纪念
大　九　太阳部落
张　后　木洞街上的那只猫
老　巢　给你座衣冠冢
林忠成　如何处理恨
周碧华　尾随
刘雅阁　忙

周　簌　冬日栾树
李　冈　在湖中
周伟文　蚂蚁的声音
安　谅　诗的洗礼
沈奕君　广仁寺
鲁　橹　水袖
叶菊如　苇荡深处
蒋　娜　三个男人
杜　华　群鸟的故乡
苏丽雅　猪饿得嗷嗷叫
洪宗甫　守船
李雄飞　散步
姚　娜　孤独
何大伟　我在凌晨五点醒来
苏启平　风吹落叶
徐亚平　暖阳
汤红辉　隐于市
林春泉　做棺材的木匠
唐　晴　贺兰山东路变奏曲
胡　昕　棱冰
董向荣　钉子
尘　轩　悔悟
周石星　人群
董喜阳　顺生论
北　琪　我看到了那几匹失散的马
北　野　崩塌
曹有云　馈赠
柴　棚　道具
海　湄　感谢
陈忠村　指纹缝隙中的痛声
德乾恒美　东方意象
二月蓝　催眠曲
冈居木　黑暗中

宫白云　白色花
顾　北　在暮色之城等待一架飞机
顾　今　昙花
寒　玉　一念
贺　颖　六月海
红色药水　坠
胡权权　樱花，樱花
马萧萧　白云村
梦天岚　丛林深处
高　星　马尔康的余晖
沙　克　一首诗……
姜普元　伟大的生命必然自带能量
蒋兴刚　金家埭
蒋雪峰　和永见坐高铁回家
袁振华　想象一只鹰
老　刀　怀念父亲
桂　杰　一只小猫在隔壁
李鲁燕　雨
林　荣　渡口
李文俊　一个达尔罕牧民的奇幻之旅
徐　厌　端午节
刘　溪　正午
路　亚　米色风衣
罗秋红　母亲的木箱子
绿　夭　圣彼得堡
马　行　准噶尔盆地的下午
寿州高峰　傍晚
田　人　被桐子坳煎熬
向天笑　五祖寺的钟声
彭永征　蝉的挽歌
吴　涛　人闲桂花落
徐汉洲　沙漏
晏略殊　作古

小城雪儿　落叶
杨章池　铲勺挥动
姚　彬　最可怕的是……
依尔福　同一律
云经立　大地真是神奇
张沐兴　鸟的无限
张　随　雨下了一周……
周菊坤　在地铁上冥想
子　空　黑夜里的鸟
李　立　丽江谣
南　鸥　夜读
刘福申　如果你还爱我
何　旭　一个孔洞
张　杰　在重庆
月光雨　荷采场，一个巨大的鸟巢
冯书辉　美的本身
巩本勇　玉米
月色江河　带泥的萝卜
幽林石子　凝视画外
宋峻梁　夜晚降临时，天空还有光
风　言　与母书
唐学雷　人间八月天
李建华　也一直这么蓝着
阿　贵　今夜小雨
田文凤　大寒
郭杰广　冬天的树
杨　罡　答 Miss 谢
琚建波　回忆之殇
周春泉　苍山如海
鲁　子　未说出来的话
许　军　再写黄公望
谢亭亭　湘西石林
王保友　向春的蛇蛋

徐春芳　传统与先锋
梁智强　最后的图腾
徐　庶　乐村
甘建华　衡山白糖李
叶秀彬　虚构桃林
柳　苏　小区门口那排钻天杨
陈志敏　摩擦
高宏标　去爱那些可爱的事物
孙　梧　硕鼠硕鼠
杜　杜　火焰
梁志宏　一截断裂的矛尖
易清华　在你没有到来之前
张　联　那是一只青的白的玉的鹤
阿琪阿钰　银川
刘　威　在乡野漫游
李尚朝　冬天
刘晓平　远村的石头
段　钢　贾斯汀
王爱红　望海
纯玻璃　极简主义
吴昕孺　鸟儿飞去
周朝惊　蛰辞
谢小灵　时间的同行者
白　兰　你的盛情让我成为罪人
也　人　雨水之后
段光安　沙柳的高度
朝　颜　空
阿　成　园艺
包容冰　把苦难嚼碎咽成壮骨的蛋白
梁积林　红星砖厂
张绍民　种子回头看小孩
远　帆　碎片
侯乃琦　受难

无定河　蓝天
李冬平　现实
谷　频　旧物
凤　鸣　缩影
宁延达　篝火传
马　累　傍晚纪事
第广龙　暂时
池慧泓　虚构
孙梓文　雨夜南山
杜　鹃　冬回故乡
陈　颉　时光总是那么相似
文佳君　丈人峰相遇松鼠
王　迪　落日
空蓝蓝　老火车像黑猪一样冲进张家界
梁敬泽　迷路
佘　晔　有些爱
张浴葵　午饭
青　柚　正午我出生
周　步　一只鸟在雪地里寻找春天
吴茂盛　红马
永　强　致山南
高作苦　虎有其难
黑骏马　喝酒与开车
吴　晓　最美的庄园
楚天舒　下雪了
马德刚　挽歌
于大于　消失
卞云飞　我不是我的独立存在
朱建业　在白云之上
陈　勇　涛声有多么深邃
刘不伟　拆那・幸福山
应文浩　单摆
瑞　箫　天上的云朵也能用作教育的材料

苇青青　风雪夜，路边一只猫

简　明　反方向的叙述

祝凤鸣　瞬间

游子雪松　大寒

洪　烛　我的名字叫沉默

二、编后记

游走诗歌江湖的三种人

——《2019 年中国诗歌排行榜》编后记

周瑟瑟

2019 年我到南岳衡山开展“中国诗人田野调查”，在磨镜台看了半天，我对唐代南禅七祖怀让与禅宗北宗僧人道一很感兴趣，他们曾在此磨镜斗法。我独自一人上了磨镜台，寻找他们留下的痕迹。唐玄宗先天元年（712）怀让来到南岳衡山，他修的是惠能的“顿悟法门”。而道一于唐玄宗开元年间从四川来到南岳衡山，他对怀让和尚心存芥蒂，不把他放在眼里，只顾自己打坐修禅。有意思的是怀让想把道一归附门下，要改变道一北宗修行方式。这就像当今的中国诗歌江湖，不同写作主张的诗人相互看不起对方，每个人都认为自己的写作主张才是正道，互不买账，但谁又能把谁收归于自己的主张之下呢？诗人们常常讥讽与嘲笑，甚至老死不相往来。

话说有一天道一正在坐禅，怀让跑到道一的对面不停地念惠能的梵语：“生来坐不卧，死去卧不坐，一具臭骨头，何为立功课。”道一开始不为所动，后来眨了一下眼皮，等到他呼吸加快，有所触动时，怀让就此打住。第二天怀让又来了，他拿着一块厚砖头在道一对面“嚓嚓嚓嚓”磨起来，直到把道一磨得受不了，道一忍不住开口了：“你没完没了地磨砖头烦死人了，你到底要做什么？”怀让说：“我在磨镜。”道一反问：“你磨砖还能成镜？”怀让答：“既然我磨砖不能成镜，那你坐禅岂能成佛？”道一有所悟：“坐禅是北宗唯一修行的方法，南宗还有什么好方法吗？那又如何才能成佛？”怀让说：“你驾车时，如果车子不走你是打牛驱车，还是打车催行呢？你是学坐禅，还是学坐佛？若是坐禅，禅是坐不出来的，若是坐佛，佛又没有一个固定神态，你能坐成？用坐禅求得成佛，这条路是走不通的。”

道一接受了南宗的“顿悟法门”，拜怀让为师，归于南宗，专修“我身即佛”。道一自创禅林宗派，他离开南岳到江西弘扬禅宗南宋学说，获得江西马祖的尊号。南岳现有道一的马祖庵，又名传法院，内悬“砖镜重辉”的匾额。

我为此写了一首诗《走江湖》：“道一和尚/面相奇异/牛行虎视/引舌过鼻/我跟着他/背着砖头/我们从磨镜台出发/到江西佛迹岭/后至临川/又迁至南康/创建禅林/我一天天消瘦/但身心轻松愉快/即心即佛/大众！梅子熟也/道一和尚说/道不用修，但莫污染/从湖南走到江西/这就是走江湖的源头。”

传统经典写作

传统经典写作被认为是最为正统的写作，上接传统下接世俗，但归根结底是有参照系的写作，参照的是经过或长或短的时间检验了的“经典”标准，从语言到感受都建立在“经典”标准之上，少有个人的心灵参与，甚至少有个人的生活。传统经典写作是当今约定俗成的一套标准化的写作，这样的写作大行其道，捕获了读者与写作者的芳心。

在一个尊尚传统的国度，传统被指认为是最有价值的财富，如果谁要否定传统那谁就是破坏者。但如何处理传统却是一个从来就没有解决的问题，传统是前人栽下的大树，在大树底下写作肯定是安全的，也一定是小富即安的写作。写作时我们到底要从古典诗歌传统里获得什么？从新诗传统、现代诗小传统、当代诗歌小传统里获得什么？对于想从传统里突围出来的诗人来说，不管是古典诗歌与新诗的大传统，还是现代诗与当代诗歌的小传统，都是令人窒息的绳索，勒得你喘不过气来。并不是所有的传统都可以转化为写作的一部分，也不是所有的传统在当代都可以重新利用，我们处在一个缺少对传统经典进行反思与怀疑的时代。我们不能否定传统经典，但要看到太多被传统经典禁锢了的写作，我们在传统经典里打转。传统经典产生了，大可放在一边，尽情欣赏但不可模仿。当今的写作者以模仿传统经典为能事，模仿从来就是最省事的方法，因为有传统经典的召唤，拙劣的模仿者前赴后继，拙劣的写作者毁掉了传统经典。

海子的诗是一个典型的例子，当年模仿海子的人如果现在还在写作，应该是会脸红的。海子热催生了一大批模仿者，海子式的抒情与意象耽误了多少年轻的诗人，诗人最大的悲哀莫过于在最有创造力的年龄误入了拙劣的模仿。跟风的写作从来就是低级的，不管你跟的是谁。历史深刻的教训，今天又有多少人能够汲取呢？

未知先锋写作

未知先锋写作才是真正值得尊重的写作，因为未知，我们暂时还给不了结论，只有经过更长的时间，历史才会下结论。但写作享受的就是现在，写下就成了历史，暂时的结论当然很重要，我们活在暂时的状态，如果暂时都把握不了，那还有何未来？

未知先锋写作或许也有隐形的传统经典在里面，只不过被强大的创造掩盖掉了，一般人看不见，让人很难发现或根本就不让你看见，是未知先锋写作的特征之一。这样的写作在当今出现了，但并未被大众熟知，被忽略甚至是必然的，否则就不是未知先锋写作了，如果像流行偶像剧一样被大家模仿，未知迅速变成了已知，先锋降为了传统，理应打入玻璃罩里封存，仅供大众观赏。

未知先锋写作一般会以反传统经典的异端姿态出现在众人面前，把人吓一跳，把人惊艳得哇哇叫唤也理所当然。相对于保守的诗歌标准它一定大逆不道，是不能容忍的写作。这正是未知先锋写作的价值与意义。现实写作中，大多数人会选择逃避它，拒绝受其影响，就是从中获得了有益的东西，也会假装不是来源于它。

未知先锋写作在我们的诗歌史里时有被人接受，这不是它的幸运而是它的不幸，当接受它的那一刻开始，它就失去了继续下去的意义，必须马上意识到它的“未知先锋”荡然无存了，“未知先锋”归入“传统经典”了，始作俑者可以撤离了。如果还赖着不走，或坚持固有的写作，势必沦为平庸的腐朽的写作。这就是残酷的现实，由此可见，我们的写作要多难有多难，任何轻而易举的写作都是平庸的腐朽的写作。

生命体验写作

生命体验写作当然是值得投入的写作，也是写作者可以找到自己的写作，我们往往不去找自己，很多时候我们把自己丢弃了，而抱着所谓的传统经典去写，写出与自己无关的诗，这样的写作不管获得多少现实层面的成功，但终归是没有自我生命体验的失败的写作。

生命体验可能是奇异的，也可能是平常的，但必定是真实的。生命体验写作是要给出一个整体的生命状态，某一时刻的体验只能构成某一首诗，无数的诗才能构成你的生命。生命与诗捆绑在一起，写作不只是写作，而是在写作里活命，如果是苦命人，这样的写作或许会累，如果是畅快淋漓的人，那就在写作里享受生命赐给你的所有感受。

生命体验写作一眼看穿，谁贴着语言与内心在写？谁游离于语言与内心之外？生命体验有多种途径，“诗到语言为止”将语言推尊到了很高的地位，语言呈现生命体验的全部状态。

田野调查式的写作，让你在生命内部看清了语言的自然规律，以及语言与人的关系，语言进入生活现场时的真实反应被你即时捕获到，诗歌语言艺术的发生得以完整保留。

生命体验写作让你走向诗歌人类学的现场，人类生活的细节均可转化为诗，人类诗意地栖居于大地之上，语言展现了人类的全部秘密，诗与思得以拯救贫乏的人类。

年度榜单的历史切面

《2019年中国诗歌排行榜》年选试图给出新鲜的历史切面，每个人的写作都成了历史。我来到一座森林，砍下一棵棵大树，切开树身察看生命的历史纹路。每一棵树都有不同的树纹，每一个人的写作都有自身的伤痕与轨迹。

沈浩波的树纹里有了更多的生命感叹，“我从来没学过/如何操持一场葬礼”，他沉到生命的底部发出呐喊，这一年他有家庭亲情与社会事件两大系列作品秘而不宣，我读过后感到人到中年的诗人在语言与精神上均捕获到了历史给人深深的烙印。一年的时间对于一个诗人来说过于短暂，但把留下的印记写进诗里就构成了历史切面不可磨灭的重要部分。

伊沙在“点射”与“梦”系列里密集的丰沛的创作是一个历史的整体，而不是历史的切面。他的每一天都是完整的，虽然“点射”与“梦”及其他写作看似随心所欲，实际上构成了历史的整体，很多个“点射”与“梦”及其他写作蜂拥而至，“蝙蝠倒挂在菩提树/仿佛黑色的风马旗”，口语诗人把意象写作推向一个高峰，这短短两行构成了历史的整体。我编选诗歌年度选本，唯一要做的就是从一个诗人一年的写作里选出最能说明问题的作品，这就是我选这一首诗的理由。

车前子，中年老诗骨，他留给当代诗歌史的是《三原色》，近年的作品更加仙风道骨，语言的实验达到了一个新高度。他的诗集《正经》《新骑手与马》《发明》以及画册，我都有，诗人与艺术家的双重身份，在他身上货真价实。他有一首诗就叫《同时我也不喜欢先锋诗》，我想象他是一只冥想的鹅、鹤之类的动物，他在“未知”的水中游动，他写当下并不存在的“未知”的诗歌。“游走诗歌江湖的三种人”到底是哪些人？他在自己一个人的江湖走，世俗意义的诗坛对于他并无意义，别人的写作在他的写作里等于零，他的写作在当代诗歌里是一个常写常新的神秘莫测的庞然大物。

臧棣在2019年推出了历史总结式的“入门”“协会”与“丛书”系列的三卷本诗集。《狸花猫简史》进入简物历史写作，小历史与小事情，他强化了语言逻辑与生活细节之间的关系，归根结底，他揭示了语言与人的未知性。

杨黎在南京“远飞”，他的飞行没有尽头，“废话”无限制，“未知先锋写作”在一个平面时代的命运在他身上得到了持续的体现。“狮子座的最后几天/我们在公路上看见一头狮子”，我认为这头“狮子”就是“废话写作”本身。在这个时代，神秘的写作快消失了，所有人好像都在裸体写作，没有了写作的秘密其实是不正常的。

严力，他是远去的“朦胧诗”时期的诗人，历史无可更改，但历史给了当代诗歌一个活生生的先锋诗人，他在北京与上海之间，在中国与美国之间，以静制动，以艺术家敏锐的语言解剖世界的诗人还有谁呀？我环视一圈，没有了，就他站在历史的“开放式咖啡馆”，给“现代派的命运”下了“另说”的结论。这个“另说”的历史性结论，朦胧而深刻。

谷禾是深沉的，也是深情的。他在2019年出版的诗集《北运河书》预示着一个诗人把异乡与故乡同时带入了历史，“那些永恒的事物都在消逝——”，“永恒”与“消逝”是两个不同的生命。生命体验写作更多时候从生活中看见历史的面孔，谷禾的定力在于他相信情感是永恒的，消逝的只是生命与时间。

张执浩的“咏春调”里有生命体验写作最高的法则，在生与死之间回返往复，传递哀伤与怀恋，他的写作让当代诗歌有了爱的调性，“我背着不幸的母亲走/在开满鲜花的路上”，读来让人动容。

胡弦俯身擦拭事物，他把语言打磨成一面镜子，照见内心细小的变化。“一夜微雨，大地献出丹青”，他走向语言的另一面，他的身后有微雨，那是情怀，那是个人气息，他独自走向天空与大地，走向精神的“飞天”。

徐江是微胖版徐克，他的“杂事诗”系列是他的写作历史与未来，生生不息的杂事诗，现代性无处不在，看不见“雷鸣电闪”，不需要看见的现代性，“看不见的/巨大洗衣机在搅”，杂事诗的“未知先锋写作”是他的一块实验模板，可以尽情涂抹，以徐克的手法。

梁平来了一次“语言变法”，他由纯粹抒情转变为尖硬的生命体验，这里面有一个重庆男人的酒神精神，“除了我可以流血，植物、花草都安然无恙”，他加大了写作的重量，重到随时要崩裂，语言承载生命之重，当代诗歌处于历史性的十字路口，每一个诗人都有机会选择一条生命体验的路。梁平面对“很多意外猝不及防”时“知道伤在哪里”，当身体打开时巨石滚了出来，生命体验写作带着血。诗歌不会总是玫瑰，玫瑰也会变成巨石，梁平的酒桶炸裂，酒液四溅，诗冲天而飞。

李元胜白面长身，躬身于森林山野，他的镜头对准“十万山鬼，十万少司命”。他是一个细细倾听昆虫叫声的诗人，昆虫摄影师与诗人是一个奇妙的组合，自然虫鸣在他体内堆积，“还能有什么别的命运”，他在户外行走与发现，他的写作清晰如触须，而又四两拨千斤。

梁晓明如一头体量笨重的野兽，以“悄无声息……”的生命状态行走在“大雪”中，他的写作并没停止在某一刻，随着生命体验的变化他丰富了诗歌的语言声响。如果整体来看他过去一年来的作品，你会发现他将生活的现场真实地拉开，在庞杂的事件里写出了当代诗歌语言的跳弹，他制造出的诗的声响，有节奏地撞击、回荡在语言的空间。

王小妮，一个发光的诗人，光就在那里，进来或消失，她像一个预言家在写作。正面迎接或转过身去，王小妮在我们中间，又仿佛不在，她神秘又敞开。诗人在诗歌文本之外，或在诗歌文本深处。她并不说话，她通过诗把预言说出来，“冬天的光亮有点抖，我不配享受那光。”

余怒无疑是我所说的“未知先锋写作”的诗人，他的写作虽然大家很熟悉了，但我觉得应该还有不为人知的一面，那一面是什么呢？我企图去察看，他的语言“披着鳞甲”，“就看你如何看待一只穿山甲”，未知的才是最有意义的，“未知”可能是他的全部，语言的装置与材料的利用，都是通向“未知”的重要途径，他“无可奉告”的写作吸引你去探险。

王小龙，我在“磨铁诗会”上第一次见到他，上海人，瘦，真实得人诗一体。我早年读他的作品，留下深刻的印记，近年他的写作又达高潮，读来爽快，喜欢他的语言的干脆利落，没有水分的诗人太难得了，我觉得他有一身的轻功。

诗人个案印象就说这么多，选本的厚度与篇幅限制了更多优秀诗人的加入，遗憾不可避免。

微信公众号与诗歌民刊

《2019年中国诗歌排行榜》年选把“微信公众号及网刊创办人”与“诗歌民刊主编”拎出来做成了单独的两辑，记得在2013年首次编选这本年选时是有这两辑的，后来想法多了，我就把那个编选框架舍弃了，邱华栋好像还为此表达过惋惜。这次恢复是基于诗歌微信公众号近年已经成为主要的诗歌传播平台，必须把目光投向创办这些诗歌微信公众号的人，他们是一些什么人？他们处在诗歌第一现场，是当之无愧的诗歌观察者，我相信他们的经验。

相对于诗歌微信公众号的热，诗歌民刊却有点冷。但诗歌民刊的意义不会消失，相反在移动互联网时代，纸质诗歌民刊显得尤为可贵。2019年中国老牌诗歌民刊《诗参考》30年，过去的30年对于中国当代诗歌来说是一个黄金时期，诗歌民刊自然功不可没。我参加了中岛策划的《诗参考》30年颁奖盛典，严力、伊沙、徐江也来了，伊沙与邱华栋等人在发言时回顾了一个诗歌民刊的历史，历史恍若隔世，正进入壮年或晚年的诗人们就在眼前。所以我们的年选再次将诗歌民刊主编拎出来示众，很有必要，感谢他们在诗歌历史的进程中艰难的付出。

"我心即诗"

我越来越觉得诗人与苦行僧没有什么区别，不管我们一年又一年在写作上如何去"磨镜斗法"，还是脱离诗坛而行走江湖，或在田野荒山搭一个茅屋，把身姿低低放下，过起托钵乞食的写作修行生活，最终如果能像道一和尚那样"顿悟法门"，我就知足了。任何围绕诗歌写作的争议与诗人之间的是是非非，我都听不到，那是多么清净。这个叫排行榜的书名，我希望你尽可忽略，读诗即读心，"我身即佛"也可以是"我心即诗"。

因为这些诗人与这些诗歌文本，我对诗歌年选的编选依然保持了必要的热情。选本的意义到底何在？我的怀疑时常冒出，但看到我感兴趣的作品后又打消了怀疑，否则我无法保证有足够的热情来看那么多的作品。编选诗歌年选是一项沙里淘金的工作，需要反复比较作品的优劣，从中发现最能说明问题的作品，这个过程既折磨我，又给我带来惊喜。如果我不做这些，我会有更多的时间精力写作，不做我当然轻松。2019 年度的选本延迟到 2020 年初出版，我不断接到询问，等不及的人不少，可见每年期待这个选本的还是大有人在。所幸得到百花洲文艺出版社领导章华荣先生的大力支持，责任编辑朱强先生的编辑付出，主编邱华栋先生的信任，选本我如期交稿了，等待与读者见面，接受大家的检验。

春暖花开，山河无恙，再多的磨难终将转化为生命的爱。

2020 年 1 月 13 日　北京树下书房

“首都师范大学驻校诗人祝立根诗歌创作研讨会”综述

◇朱　瑜

2020年7月8日，“首都师范大学驻校诗人祝立根诗歌创作研讨会”在腾讯会议平台召开。本次会议由首都师范大学中国诗歌研究中心（以下简称诗歌中心）主办。李少君、赵敏俐、吴思敬、孙晓娅、刘福春、霍俊明、谷禾、刘汀、王巨川、安琪、王士强、卢桢、聂权、蔡丽、梦亦非、王单单、杨碧薇、祝立根等40余位学者、诗人以及首都师范大学、辽宁大学、四川大学部分硕博士研究生出席了此次会议。会议由诗歌中心副主任孙晓娅教授主持。

祝立根，1978年生于云南腾冲，毕业于美术系油画专业。参加诗刊社第32届青春诗会、《人民文学》首届“新浪潮”诗歌笔会、第8届《十月》诗歌笔会及第8届青创会，曾获华文青年诗人奖、云南省年度优秀文学作品奖、滇东文学奖等奖项，出版诗集《一头黑发令我羞耻》《宿醉记》。2019年，祝立根被遴选为首都师范大学第16位驻校诗人。此次会议旨在总结祝立根驻校期间的收获，研究祝立根的诗歌创作经验，以推动中国当代诗歌的繁荣与发展。

会议伊始，诗歌中心主任赵敏俐教授首先致辞，他认为祝立根的诗歌非常注重吸收中国传统文化的营养，有自己鲜明的独特性，并代表诗歌中心向祝立根出站表示祝贺。《诗刊》主编李少君在致辞中强调了祝立根在驻校期间取得的巨大进步，他认为祝立根的诗歌风格发生了两方面的变化，一方面是祝立根开始在诗歌里面隐藏故事；另一方面是祝立根的苦难通过诗歌得到了化解，并高度肯定了祝立根诗歌的中年智慧及诗歌写作的自觉意识，希望祝立根能够早日确立自己的诗歌风格和诗歌形象。随后，与会者围绕着祝立根诗歌的中年心态、地域特点、诗歌语言、诗歌形象、乡村体验、精神困境、物我关系等议题，进行了热烈而深入的讨论。其中，建立词语库以及打破惯用意象对其创作的影响等问题，得到了与会者们的重点关注。这些讨论不仅有效地总结了祝立根驻校一年来的创作实绩，而且剖析了他目前创作中所存在的问题，为他今后的创作提出了建设性的意见。总体而言，讨论涉及的主要内容包括以下几个方面。

一、祝立根诗歌的写作资源

云南之于祝立根，是生命和精神的双重原点，他在这片土地上积累起真实而厚重的日常生活经验，酿出对苦难生活以及底层人民的悲悯之情，亦不断体味着个人生命的疼痛之感，地域、日常生活、个人情感体验是祝立根诗歌生成的重要精神源泉，部分学者从诗歌发生学的角度对祝立根诗歌的特质做出了恰切的总结。

谷禾（十月杂志社）的《祝立根近作阅读札记》认为祝立根的诗歌能够形成自己的思考和主张，主要得益于他扎根生活，对日常生活投入极大的热情，从而保证了他诗歌创作的持续性和有效性，也保证了他诗歌写作的丰富性和现场性，祝立根已经具备了在诗中处理日常生活的娴熟技艺，他那些立足于田野调查的诗歌已经变得难能可贵。此外，谷禾指出祝立根应该重点思考如何走出云南诗人的影子及建立自己的词语库，才能在诗歌创作的道路上走得更长远。王士强（天津社会科学院文学研究所）强调祝立根的诗歌是从日常生活和个人生命体验中生成的，跟时代、现实、当代人的精神困境密切相关。同时，他指出日常生活经验具有局限性和片面性，如何将诗歌创作引向更加丰富开阔的境地及如何更自如地处理历史和语言，是诗人应该着重把握的问题。安琪（中国作家网）从“诗歌地理学”的维度出发，梳理了云南诗人的水平谱系与纵向谱系。她指出在水平谱系中，于坚、海男和雷平阳分属于三个不同类型的诗人，祝立根则归属于雷平阳谱系，踏实真切地书写着云南大地和现实生活，并以平视的角度对底层大众抱以悲悯的关怀。此外，她还强调了祝立根诗歌的古典性及历史意识。梦亦非（诗人）指出在当代诗歌写作传统中，除了白洋淀一脉，云贵高原也呈现出比较隐秘的流脉，他从祝立根的诗歌中看到了云贵高原诗人群的诗歌共性，如连绵浓密的意象，而如何在后现代主义的视野下观照中国乡村的发展进程，进行思想性哲学性的写作，是他对祝立根今后诗歌创作的希望。陈亮（《诗探索》编辑部）同样认为祝立根的诗歌有鲜明的地域特征，具体到诗歌写作中，表现为对云南山川风物、多民族聚居文化的呈现，以及具有自我救赎感的宗教色彩和神秘色彩。另外，他提及祝立根曾经的绘画经历，认为其诗歌是绘画的延展和生长。谈雅丽（常德市文联桃花源杂志社）在《怀抱烈火，在精神上直立行走——读诗人祝立根的诗歌》中同样强调云南之于祝立根精神建设的重要意义，她认为祝立根的诗歌强调地域性与苦难命运，并试图以此为支架构建一个微冷、黑暗、与死亡丝丝相关的精神世界，同时她认为祝立根观照现实的精神造就了他诗歌写作的格局与气象。朱瑜（首都师范大学中国诗歌研究中心）的《祝立根诗歌的地方性问题》认为祝立根诗中的“地方”具有层次感和复杂性，总体来说在某种程度上决定了祝立根大部分诗歌的厚度和精神走向，“回乡”则是祝立根在不断地寻找灵魂安置之地，而基于“地方问题”之上的对自我主体性的追寻是祝立根对地域写作的超越之处。

二、祝立根诗歌的基本特征

回溯、总结祝立根诗歌发生与发展历程是此次会议的重要主题之一。尽管祝立根是一位正处于“发展上升期”的诗人，但他已经取得了坚实的创作实绩，这使学界对他的诗歌基本特征做出阶段性的判断成为可能。对祝立根诗歌基本特征的描述，一方面是学界对一位诗人及其诗歌研究的应有之义；另一方面也为诗人廓清自己的创作范式以及反思创作症候提供了有效参照。

卢桢（南开大学文学院）谈及祝立根诗歌中对诗人与其时代关系的认知，并认为痛感经验的表达是维系此种关系的情感纽扣，这使祝立根的诗歌蕴含着现代社会的英雄特质。同时强调“孤独感”是祝立根诗歌中体现出的人类普遍经验，这是祝立根寻找内心支点、重新发现自我的重要表征。王巨川（传记文学杂志社）的《自省者与布道者：祝立根诗歌漫谈》认为祝立根的诗呈现出现代人的真实境遇和精神感受，精神自省者与诗歌布道者是祝立根诗歌的两个基本特征，两者在实践中互为交融与补充，并以《同行云岩洞》《乡宴上》《寄远》等诗篇具体说明了祝立根诗歌所蕴含的上述两方面意义。吴丹凤（肇庆学院文学院）的《物及自我：促逼、怀疑与导向——谈祝立根的诗》，以祝立根诗歌中的“物我关系”为讨论中心，并依次从物我相遇、物促逼自我、物我结合三个方面呈现出祝立根诗歌的及物性以及诗人自我在物中运动的轨迹，认为祝立根的诗歌在物与人交接的复杂景象中，达到诗意与忧思的结合、物与自我的融合。寇硕恒（诗刊社）从漂泊感与自我建构两个方面论述了祝立根诗歌的基本特质，认为故乡成为祝立根无法返归的原点，造成了他在精神层面和肉体层面的双重漂泊，这是祝立根诗歌创作的内在动因，建构自我则是祝立根实现与漂泊和解最为有效的方式，也是诗人不断前进的方向与动力。张福超（首都师范大学中国诗歌研究中心）的《怀着孤岛的心，与一场大雾对峙——评祝立根的诗及其宗祠诗学观的确认》主要提出了祝立根诗歌的“宗祠诗学观”这一概念，他认为在祝立根的诗歌中，自我与故乡、居所一直处于“不在而在，在又不属于”的状态中，这是祝立根将自己的诗歌作为寄放灵魂的宗祠的根本原因。刘芮先（辽宁大学文学院）的《“我身体里积攒的白，全都供给了骨头和发须”——论祝立根诗歌的悲悯情怀》主要从情感角度关注祝立根诗歌的悲悯精神，她指出祝立根诗歌对人类命运的深切思索，凸显了他的悲悯情怀和人文精神，同时也启迪着读者对生命意义与人生价值重新进行反思。

三、祝立根诗歌创作的新与变

自驻校以来，祝立根不仅在诗歌数量上取得显著成果，他还积极革新已有的诗歌写作范式，探索更为多元的诗歌书写技艺。前期他的诗歌在感情上偏于苦涩、隐忍，表现为经验式的书写，而随着中年经验的丰富，他在诗歌创作上有了更为自觉的意识，在诗歌风格上也产生了较大的变化，这极大地拓展了祝立根的诗歌世界。

霍俊明（诗刊社）首先指出“诗”与“人”之间的关系是进入祝立根诗歌的重要入口和基石。其次，他认为祝立根近期的诗歌表现出鲜明的“两我争辩”意识，比前期诗歌增加了更多自审意识和精神剖析的自觉性，同时他还强调出现这一变化与三个要素有极大的关联，其一为祝立根中年经验的到来，使他的诗歌更为自觉地承担起突破自我精神困顿的功能；其二为祝立根不断强化的悲悯情怀；其三为祝立根与地域空间之间的关系，并提出云南这一空间与祝立根个人的生命态度、异乡人的精神处境以及出离者的精神姿态等存在密切关系。刘汀（人民文学杂志社）的《快慢、轻重与写作的中年状态——祝立根诗歌的进化史》指出了祝立根近期诗歌的三个变化：其一为从形式上看，祝立根的诗歌节奏从抑扬顿挫发展为平和舒缓；其二为从内容上看，他的诗歌技艺已从举轻若重进化为举重若轻；其三为他写作的中年状态使其对事物的表达更为稳定平和。聂权（诗刊社）认为祝立根近期的诗作已经跳脱出雷平阳诗歌的笼罩，在关注点上，祝立根的诗歌从关注自我逐步走向关注人心、他人，同时题材范围和情感向度的扩大使祝立根的诗歌呈现出更为开阔的格局，这些变化都显现出祝立根诗歌向外敞开的更多可能性。蔡丽（云南大学文学院）主要从象喻体系这一维度探析祝立根近期诗歌的变化，她通过《参观钢铁厂》等诗作的解读，分析祝立根诗歌由传统向诗歌现代性转型的意义，同时肯定了祝立根为物象所赋予的新隐喻意，认为这一方面和传统诗歌相关联；另一方面又确实为中国新诗写作的创新贡献了力量。杨碧薇（北京大学艺术学院）的《漂移中的找寻——谈祝立根诗歌的否定性》从价值内核和写作路径出发，以肯定型—否定型—建构型为线索指认祝立根诗歌创作的新变，她认为祝立根前期的诗作为肯定型，即通过他人的创作来确认自己的写作路径。同时她强调在祝立根近期的写作中则出现新的增殖，并从自我判断、价值质疑以及诗歌言说三个维度阐明祝立根诗歌出现否定特性的趋势。另外，她指出建构型写作表现为"无中生有"及"有中破有"，肯定了祝立根诗歌从否定走向建构的可能性。何方丽（辽宁大学文学院）的《评祝立根新作——兼谈祝立根诗歌处理历史的两条路径》认为相较于祝立根旧作的在场感，其新作的历史感表现得更为强烈。同时她从个人历史和地方历史两条路径入手，以《参观钢铁厂》《爱离别》等诗歌为例论述了祝立根对个体生命经验的重视以及对当下的反思，用《孤山上》《江上的日子》等诗歌为例说明了地方历史呈现出祝立根诗歌的外部联系并揭示了其诗歌自由与现实的深度，她还提及祝立根的地方史是小人物、景观风物以及精神文化的历史。胡正刚（诗人）的《祝立根近期诗歌读后》指出祝立根近期诗歌在写作题材的广泛性上和把握诗歌节奏的娴熟度上都取得了长足进步，认为祝立根性格的深沉细腻以及其工作生活的持续负重状态使其诗歌具有了深沉感，同时强调驻校诗人经历进一步明确了祝立根的诗人身份。

四、对祝立根其人其诗的总体印象

除上述几个层面，与会学者们还对祝立根诗歌及其本人进行了总体观察与评述。对其诗歌的随感式阅读，可在既有研究之外深入挖掘诗人写作的多元特质；对其人的印象式观察，可为后来者研究祝立根其人其诗提供更为丰富的材料。

刘福春（四川大学文学与新闻学院）认为祝立根驻校期间取得的诗歌成绩不容小觑，他梳理了首都师范大学驻校诗人制度与诗探索杂志社之间的关系，并对驻校诗人制度的建设与完善提出了有益建议。阿华（诗人）在《祝立根：寻找生活与诗歌的对等式》中阐述了自己对云南的偏爱，同时描述了祝立根在其心中的立体形象，她认为祝立根悲悯、充沛，是一位对原野和故乡充满无限热爱的青年诗人。另外，她以《胸片记》《草木间》为个案，论述了祝立根诗歌的深沉及掷地有声的特质。彭鸣（诗人）的《小谈祝立根诗歌的“挖井”体味》以颜色譬喻祝立根诗歌的意境及所表达的情感，并赋予祝立根其人以“挖井者”的形象，同时细读了《纪念碑》《喜白发》等诗篇，从中发现祝立根在诗歌中一直孜孜不倦地挖掘日常生活与个人情感。赵青（诗人）的《读祝立根〈回答〉所想到的》认为祝立根在此诗中将自我情绪做了极端化处理并取得了显著成效，同时她结合自身的生活经历与感受，强调自己在祝立根《回答》这首诗中找到了情感共鸣。叶德庆（子闻诗刊杂志社）讲述了自己对祝立根诗歌四个层面的阅读感受，一是祝立根诗歌多书写对静物的探索与思考；二是祝立根诗歌多指向我与自我、人、物、虚无的对话；三是祝立根现在的诗歌与前期相比有了较大变化，并在逐步形成自己的语言风格；四是祝立根诗歌对人类、生存环境、自我都有较为鲜明的悲悯之情。王单单（云南省昭通市文联）认为祝立根诗如其人，安静是祝立根最为突出的性格特征，与之相呼应的是他诗歌素朴、内敛、沉静、缓缓道来的叙述品质。而在纵深方面，当个体与现实发生摩擦时，隐忍感是其诗歌向外传递的声音，“孤独者”是其诗歌塑造的个人形象。雷杰龙（边疆文学杂志社）的《立于存在之根上的诗意独行——祝立根诗歌印象》提及了他与祝立根交往的具体情节，并以“易武茶”深受欢迎为类比，重点强调了优良的综合素质是祝立根诗歌能够获得成就的重要原因。

研讨的最后阶段，祝立根汇报了自己在驻校期间的成果并回望了其十几年的创作历程，对大家的帮助及出席表示了感谢。诗歌中心副主任吴思敬教授做了总结发言。他表示，祝立根是近年来在云南涌现的最具有代表性的青年诗人之一，本次研讨会是他走向全国诗坛的重要标志。祝立根的性格内向、古朴、执着、厚重，他的诗歌也给人一种踏实感、扎实感，是一位能够做到“诗”与“人”相统一的诗人。同时祝立根早期的作品与驻校后的诗歌相比有了很大的变化，他是一位可塑性很强的诗人，必然能够成长为我们时代又一位优秀的青年诗人。他期待祝立根以此次研讨会为动力，使自己的诗歌创作迈向新台阶。最后，孙晓娅教授高度肯定了本次会议成功举办的意义，以“春风在路上，我们在一起”表达了对诗歌和生活的期望，并对出席会议的各位嘉宾表示了衷心的感谢。

《诗探索》创刊40周年纪念暨学术研讨会综述

◇康　俊

2020年11月28日，《诗探索》创刊40周年纪念暨学术研讨会在北京举行。《诗探索》创刊人及学界专家谢冕、张炯、洪子诚、刘登翰、蒋朗朗、程步涛、白烨、杨匡汉、叶橹、吴思敬、林莽等出席了此次会议。

会议开幕式由北京大学中国诗歌研究院院长蒋朗朗主持。开幕式上，谢冕（北京大学）表示，《诗探索》诞生在1980年是一个必然的历史事件，1980年开启了拨乱反正、改革开放的新时代，《诗探索》也在这样的历史时刻高举诗歌的大旗、迎接了诗歌的新时代。张炯（中国社会科学院文学研究所）回忆了《诗探索》创刊的艰辛和发展的曲折，以及《诗探索》以书代刊传统的形成，总结了《诗探索》刊物及办刊同仁的坚持不懈、以理论促进诗歌发展和重视“百家争鸣、百花齐放”的包容性特点。程步涛（中国诗歌学会）指出，《诗探索》的40年不仅记录了诗歌发展的历史，也记录了我们民族文化转变的历史，《诗探索》的意义就在于它参与了当时的思想启蒙，参与了时代的思想变革，参与了诗歌的发展。白烨（中国社会科学院）认为，“诗探索”的名字很好地表现了《诗探索》的探索精神，它不仅是诗歌的探索，更反映了思想解放初期的时代背景，所以《诗探索》不仅是诗歌事件，更是一个文化事件，体现了一种历史精神，其贡献已经超越了诗歌界。赵敏俐（首都师范大学）回忆了《诗探索》与首都师范大学中国诗歌研究中心的渊源，感叹了《诗探索》发展的不易，并对吴思敬教授等“诗探索人”的付出表示敬佩和感谢。他指出，《诗探索》虽无正式刊号，但已经是诗歌界、理论界的一个标志性符号，为中国新诗的发展贡献了巨大的力量。马自力（首都师范大学）从首都师范大学与北京大学中文学科共建的角度阐发了《诗探索》与首都师范大学的密切关联，表示此次研讨会就是学科共建的成果之一，希望以后继续加强合作，祝《诗探索》越办越好。洪子诚（北京大学）指出，《诗探索》是1980年代中国新诗发展的一个重要象征，是谢冕、杨匡汉、吴思敬等人的付出使《诗探索》取得了应有的成就，为此向他们表示真诚的感谢。叶橹（扬州大学）高度肯定了《诗探索》的理论性与包容性，并以自身为例说明了很多文章找不到合适类型的刊物发表，却能在《诗探索》找到栖身之地，参与诗歌理论的建设。刘登翰（福建社会科学院）对自己与《诗探索》的错身而过表示遗憾，并对《诗探索》及其同仁专注于诗歌的精神表示致敬。他提到，《诗探索》具有挖掘、培养和提携新人的志向与情怀，这也正是《诗探索》能有人为之前赴后继并历久弥新的原因。

"《诗探索》创刊40周年纪念丛书"首发式由《诗探索》主编、首都师范大学教授吴思敬主持，出版社代表与各分卷主编分别介绍了丛书的出版与编写情况。吴思敬（首都师范大学）表示了四个"感谢"：感谢首师大诗歌中心和文学院对《诗探索》的经费支持；感谢《诗探索》的编委和丛书九位分卷主编的辛勤付出；感谢学苑出版社在出版上的尽心谋划；感谢这套书收录的所有作者。李耕（学苑出版社）代表学苑出版社介绍了丛书出版的紧迫与高效，并对《诗探索》创刊40周年及丛书顺利出版表示祝贺。刘福春（四川大学）总结了《诗探索》得以顽强生存的诸多特性：丰富性、理论互动性、低调性、包容性、当下性、个性等，并进一步陈述了《诗探索》有刊物而无刊号、有稿费而无编辑费、有主编而无领导、危机不断而又总能绝处逢生的情况，提出了对《诗探索》的重视度需要进一步加强的建议。林琳（中国教育科学研究院朝阳实验学校）认为，《诗探索》走过40年，它的精神一直没有消散，纵观1980年至21世纪以来的新诗发展，可以说《诗探索》不仅是新诗建设的见证者，更是建设者。林莽（《诗探索》）指出，《诗探索》现在既有诗歌，又有理论；既有刊物，又有奖项，还有年选，形成了一个良好的诗歌生态，《诗探索》是一本既注重诗歌理论，又与当下诗歌现场紧密联系的有机生态刊物。张桃洲（首都师范大学）指出，《诗探索》是一个在当代诗歌发展历史上具有特殊地位的理论刊物，主要表现在：刊物名为"诗探索"，具有探索和包容的意味、多元与中和的态度；栏目的设计呈现出立体化、多层次和有机性的特点；《诗探索》与其他报刊具有密切的关联和互动性，在彼此的应和与互补中逐渐构筑出了一个公共空间。他表示，我们可以把

《诗探索》看成中国当代诗歌发展40年的一面镜子。王士强（天津社会科学院）谈到了在学院评价体系之外创办刊物的艰难和《诗探索》所面临的精神、经济等方面的压力，并由此向谢冕、杨匡汉、吴思敬、林莽、刘福春等“诗探索人”表示致敬，赞颂了他们投身诗歌的人文精神与人格魅力。曾白凌（中国传媒大学出版社）代表中国传媒大学出版社表示了对《诗探索》创刊40周年的祝贺，并表示将用朝圣与修行的态度参与《诗探索》今后的编辑出版，为《诗探索》的未来发展全力以赴。

随后，与会者围绕对《诗探索》及“诗探索人”的感念、对《诗探索》精神属性和诗学品格的分析、对《诗探索》发展历程和历史贡献的陈述、对《诗探索》今后发展的建议和期待等议题进行了两场研讨，分别由林莽、张桃洲主持，沈奇、唐晓渡点评。研讨的具体内容如下。

一、对《诗探索》及“诗探索人”的感念

《诗探索》能够在改革开放的洪流中应运而生，在时代的浪潮中顽强生存，并在中国当代诗歌史上留下独特的印记，都离不开“诗探索人”的付出与坚持。与会者通过讲述《诗探索》对自身和广大诗人、学人的影响，及“诗探索人”的人格魅力，表达了对《诗探索》及“诗探索人”的感念。

邱景华（福建省宁德市高级中学）的《相伴到老：我与〈诗探索〉》对《诗探索》的主要编委进行了逐一评说。在他看来，谢冕师承了中国诗文评的传统，又兼具西方的逻辑性，这样的主编胸怀奠定了《诗探索》探索、对话、包容、多元的基本精神；吴思敬以研究者、编辑家和文学活动组织者的三重身份为《诗探索》带来新的思路和新的气象，其批评与理论并重的方法也启发了许多后辈；林莽提议创办《诗探索·作品卷》，提出“培养创作和研究兼备的复合型诗歌人才”的办刊思路，极力构造“诗探索”的完整体系；刘福春以一人之力收藏新诗史料之多在当代中国当属第一，在“以论带史”的环境下提倡“论从史出”，开一代之风气。他认为，在他们的带领下，《诗探索》始终以清醒的理性、独立的观察和明确的方向，对当代诗歌产生积极而深远的影响。西渡（清华大学）的《我与〈诗探索〉》从自身成长的

历程讲述了《诗探索》编委的宽阔胸襟，并表示，无论作为读者、作者还是批评的对象，他都从《诗探索》和编委们身上受益匪浅，他认为自己作为一个诗歌评论者的成长，与《诗探索》特别是吴思敬老师的鼓励、奖掖和扶持分不开。古远清（中南财经政法大学）的《一群"大孩子"办的文学刊物——贺〈诗探索〉创刊40周年》回忆了与《诗探索》诸位编委的交往，赞扬了他们为学为人的品质，并提出《诗探索》是中国文坛上鲜见的老年人办的刊物、"大孩子"办的刊物，或者说是年长的青年学者办的刊物，他们的诗心与童心让刊物始终充满青春朝气。敬文东（中央民族大学）认为，《诗探索》是一份有人情味、有担当的刊物，编者们的人格令人景仰，如果没有《诗探索》的义气，很多诗人都不会有今天在诗歌史上的地位。"诗探索人"坚持了他们的自由，没有为"以物易物"的规则牺牲自己的想法和坚守，他们以君子如玉的品格塑造了一份绵里藏针的、有个性、有追求的宽容的刊物。唐晓渡（作家出版社）用"灵魂的朋友"和"温厚的兄长"两个形象总结了他和《诗探索》的关系，在他看来，《诗探索》是与时代共同生成的，它的存在具有一定的边缘性和公益性，同时也具有其多样性和公共性，为诗坛营造了共同生长的公共空间，形成了自己的"小传统"，在学院和江湖的游离中与诗歌保持着血脉相连的关系，保持自主自律，永远对诗歌负责。

二、《诗探索》的精神属性和诗学品格

《诗探索》以理论立刊，在理论的争鸣中显现出博采兼容的特点，具有深远的理论与实践意义。与会者通过对《诗探索》刊物品格的多维挖掘，阐释了它的多种精神属性和诗学品格。

卢桢（南开大学）的《作为新诗理论史形象的〈诗探索〉》认为，对艺术民主的重视、对民间立场的坚守、对重点命题的引领、对新诗历史的发掘，聚合成了《诗探索》的精神属性和诗学品格。在他看来，刊物一向避免自身的"强势"声音对艺术民主的干扰，在对话性的场域中保证了思想的多样化呈现；对重点命题的引领主要聚焦在对新诗发展道路问题的探索、对"字思维"问题的长期讨论、对"中生代"诗人的研究三个向度上；对新诗历史的发掘则主要体现在对新世纪诗学与文化语境的关注、对新诗接受与传播的理论视野的拓展、

史料意识的增强三个方面。他认为，《诗探索》以诗为本，以争鸣创新为驱动力，保持理论的锐气和对诗歌的敏感度，在新诗理论史中已构建起独标一格的专属形象。沈奇（西安财经学院）的《情怀、立场与历史位格》认为，《诗探索》情怀大于立场，而又兼顾情怀与立场，不拘一格尊老扶新、不拘一格约稿用稿，坚持“兼容”与“并举”。在他看来，《诗探索》既不是经院式的“诗学殿堂”，也不是散漫无序的“诗学广场”，其基本风格和主体格局是“博采兼容”“多元并举”“纵横呈现”，既关注历史纵向“节点”问题研究的呈现，更重视即时横向“热点”问题的探讨跟进；既有“学院论文”式的高头讲章，又有随笔杂感式的散议散论；既有学界学科专业师生之论之言，又有广大民间诗人学人之言论。舒晋瑜（《中华读书报》）认为，《诗探索》刊物的独特品质主要体现在三个方面：一是有锋芒、有争论、有问题意识，既有学术至上的包容之心，又有和而不同的君子之风；二是记录、呈现、推动了诗歌的创作和研究，对诗人生活和诗歌现象一直保持在场的关注姿态，同时具有一定的学术前瞻性；三是致力于发现和培养新人，如驻校诗人制度和春泥诗歌奖等。卢笑歌（四川大学）认为，《诗探索》具有理论先导的品格，对当前的诗歌理论发挥了引领作用。此外，《诗探索》还具有多元的、与时俱进的姿态，不仅展示了重要的诗人、评论家的作品和观念，还展示了普通人的见解、国外诗人作品译介等，它不仅仅是一份刊物，更是与时代同行的，是我们反窥时代的“窗口”。布兰臣（诗人）认为，《诗探索》对诗学问题的感知具有敏锐力和先锋性。他以《诗探索》关于“字思维”的理论探讨为例，论述了《诗探索》对重点问题的理论关注及其对诗坛产生的重大影响。在他看来，《诗探索》关于“字思维”的探讨展现了绘画、雕塑、音乐、建筑、美食等之间的跨界生成的过程和相互促进的作用，它们的交叉运作给《诗探索》的读者以多重刺激、多重启发。胡军（文艺报）认为，《诗探索》最可贵的品格即在于它的“探索”，这种“探索”包括两个方面，一是对诗歌本身的探索；二是用诗歌的方式介入社会历史的探索。借助于《诗探索》，报刊媒体可以很好地把握诗歌的当下创作状态，也可以以此窥探社会的某种面貌，随着人类历史不断发展，这种探索会不断地继续下去，《诗探索》也会永远有它存在的价值。刘婷越、荣光启（武汉大学）的《一位温润又不断反抗的诗人——〈诗探索〉与张枣形象》从个例分析阐释了《诗探索》对诗歌文本的理论关注。他们认为，《诗探索》是一本专业性的诗歌和诗歌研究刊物，对张枣及其诗歌的关注更多的是放在文本的分析和阐释上。这些专业批评抓住了张枣诗歌传统与现代、东方审美与西方文化并置的特色，看到张枣作为一个诗人对待诗歌的严肃认真，在与时代和世界的矛盾之中保有一颗专注写诗的赤诚之心，也能发现张枣诗歌中的元诗写作方向和复杂的人称代词变化的细节。

三、《诗探索》的发展历程与历史贡献

《诗探索》诞生在特殊的历史时期，经历了曲折的发展历程，坚持至今，为中国当代诗歌的发展做出了不可磨灭的贡献。与会者通过对《诗探索》发展历程的梳理，论述了其相应的历史贡献。

陈太胜（北京师范大学）的《面向新诗的分歧路口——为〈诗探索〉创刊40周年作》认为，《诗探索》对新诗的批评与理论建设的贡献，在中国当代占据着不可替代的重要地位。它几乎对中国新诗自诞生以来的任何重要诗人、流派都做了专文或专题的研究，于新诗史上的各种问题无不涉及。同时，它也具有鲜明的当代性，几乎总是在有意无意间介入了新诗发展过程中的所有方面。《诗探索》在创办之初就站在新诗发展的一个分歧路口上，并在谢冕老师的带领下做出了自己可贵的选择，为中国新诗的发展做出了重要的贡献。同时，新千年以来，中国新诗又走到了一个新的分歧路口，《诗探索》在新诗的“分歧”路口如何继续探索，值得期待。张大为（天津社会科学院）的《〈诗探索〉与中国新诗理论的品格》认为，《诗探索》坚持纯正的诗学理论品质，具有深远的理论与实践意义。《诗探索》代表的是中国新时期以来以先锋诗歌、现代诗歌为主体，同时兼容主流诗歌及其他诗歌走向的学院派诗歌理论研究与诗歌批评的基本阵容，它坚持诗歌批评与诗歌研究的主体性，对当代端正、严肃的诗歌批评与研究风气，起到的是标杆与灯塔的作用。近几十年来，诗歌领域的各种重要问题、思潮、争论、走向，都在《诗探索》留下了历史性的印迹，《诗探索》也有效地促进、介入、引领了此类诗学动向。冯雷（北方工业大学）的《〈诗探索〉与“新时期”以来的诗歌研究》认为，《诗探索》在相当程度上反映了“新时期”以来中国诗歌研究的整体面貌。自创刊之初，《诗探索》便积极倡导和维护“艺术民主”；40 年来，《诗探索》

始终坚持学术品格，保持对当代诗歌的追踪，促成许多重要诗作的“经典化”；在长期的活动过程中，《诗探索》坚持扶助新人，力避理论分析与创作实践脱节，为当代“诗学共同体”的建立做出了重要贡献。王永（燕山大学）的《我与〈诗探索〉》认为，《诗探索》是我国首个专门的诗歌理论批评的刊物，也是20世纪唯一一份全国性的诗歌理论刊物。《诗探索》始终感应时代召唤，勇敢承担为新诗的思想解放提供理论支持的使命，几乎所有有影响的当代诗人和诗评家都在《诗探索》发表过文章，而且很多有着不同立场和观点的文章都并行不悖地出现在这份刊物上，具有难得的包容性。古远清（中南财经政法大学）认为，《诗刊》和《诗探索》在中国当代诗歌发展史上堪称双子星座，功不可没。《诗探索》立足于中国当代诗歌的时空结构，把“探索”作为研究和影响创作的路径，通过对不同风格诗人的“结识”和探讨，阐发了诗歌的探索性、实验性与传统性的交互关系，并通过对台港澳新诗特性的归纳和总结，重绘了中国新诗的空间地图。《诗探索》还经常发现来自各省市的新人，扶助基层作者的成长，为诗歌研究的在地性提供了新的理论路向。荣光启（武汉大学）从参与《诗探索》成长的角度讲述了《诗探索》对诗人研究的重视，《诗探索》通过举办研讨会等诗歌活动梳理重要诗人诗歌，保护中国诗歌“遗产”，为诗人与研究者营造了良好的共生关系，为青年学者和诗人的成长提供了不可替代的平台与机会，为许多诗人与诗歌的经典化做出了不可磨灭的贡献。

四、对《诗探索》今后发展的建议及期待

在高度赞扬了“诗探索人”的辛勤耕耘、客观分析了《诗探索》的品质属性、充分肯定了《诗探索》的历史贡献之后，与会诗人和学者还提出了对新时代《诗探索》发展之路的建议，表达了对《诗探索》继往开来的期待和祝愿。

张大为（天津社会科学院）为《诗探索》今后办刊方向提出了两点建议：一是作为一个明确以理论定位的刊物，如何面对“理论退潮”的问题，《诗探索》在今天应该如何接续乃至光大40年来坚持的诗学理论传统，如何重新打开现实性与合理性之间的理论与批评空间，是值得认真考量和慎重研判的。二是如何调理“大传统”与“小传统”之间的关系，在一个更加深广的层面上开展古今中西诗学理论的融会

贯通与综合创新。这是诗学理论发展的新的契机与起点，面向新世纪的《诗探索》应继续发挥自己的先锋与引领作用。沈奇（西安财经学院）则认为，包括新诗研究在内的整个现当代中国文学研究陷入了西方文学的精神统治中，加上当代中国的学术产业化，整个当代人文社科领域越来越平庸化、同质化、功利化、娱乐化。真正纯粹的诗人和学人，应该保留纯粹的思与诗，“关机重启”，潜行修远。他提出，《诗探索》应该在当代汉语诗学及诗歌理论与批评的“关机重启”上挺身而出、有所作为。王珂（东南大学）为《诗探索》今后的发展提出了三条建议：首先要继续坚守自己的原则，但也要适度变通，有海纳百川的气度，同时也应具有一定的批判性；其次，编辑队伍要适度地年轻化，从而为《诗探索》做更多更具体的事情；第三，刊物要适度地同行化，尽量适应高校的考核制度，同时也要适度地商业化，考虑发行、推广等问题。

会议闭幕式由首都师范大学中国诗歌研究中心副主任孙晓娅主持，她指出，1980 年和 2020 年是两个特别的年份，《诗探索》在改革开放的洪流中诞生，如今走过了 40 年，值得庆贺，并希望对《诗探索》的纪念和研讨在会后能够以其他方式继续进行，以发扬《诗探索》的精神。最后，中国社会科学院文学研究所研究员杨匡汉做了会议总结，他指出，《诗探索》40 年的风雨历程、40 年的酸甜苦辣，归功于三个“坚持”：坚持异和同的兼容性、坚持诗和史的延续性、坚持道和术的建设性。他用陆游诗句“万卷古今消永日，一窗昏晓送流年”叹惋了老一代学人对《诗探索》的未竟之志，用“王师北定中原日，家祭无忘告乃翁”表达了对年轻学人的期许，用李白诗句“何处是归程，长亭复短亭”表达了对《诗探索》的回顾与期待。

（作者单位：首都师范大学文学院）

理想的异乡

——《白鲸文丛》、《白鲸》丛刊创刊号座谈会实录

◇王家铭

时间：2021 年 1 月 16 日

参加人员：路东、冯晏、周瓒、西渡、敬文东、张桃洲、吴情水、王东东、江汀、李琬、李浩、伽蓝、钱浩

一、《白鲸文丛》编委、作者谈文丛缘起、宗旨

西渡：《白鲸文丛》四种先后问世。路东的《睡眠花》、我的《天使之箭》，还有连晗生翻译的《贾雷尔诗选》去年夏天就印出了。桃洲译的巴克斯特的诗集这两天刚刚上市，已经有了很好的反响。由李琬担任执行主编的《白鲸》丛刊的创刊号也问世了。借这个机缘，我们召集朋友们开一个小型的座谈会。我代表文丛和丛刊的编者，感谢大家的光临和支持。

我先简单介绍一下《白鲸文丛》和《白鲸》丛刊的缘起。详细的情况，一会儿请我们的总策划吴情水来介绍。追溯文丛和丛刊的缘起，实际上都源于友谊。吴情水、桃洲、文东和我，我们几个平时交往比较密切，见面比别的朋友多一点，就想一起做点事情。实际上，这个事情主要还是情水在推动。情水做事的能力特别强，热情又特别高，反复动员我们几个，终于把我们说动了。

文丛和杂志都筹划了很长时间。第一次正式探讨这个事情，我记得是在 2018 年的 7 月。那年 7 月份，我们为这个事情碰了好几次头，中间还有别的朋友参与。到年底，基本上定下了《白鲸文丛》第一辑的选题，甚至第二辑也已在考虑之中。第一辑的选题，当时定下是 6 种，除了已出的四种，还有钟鸣和宋炜的诗集。这两种后来因为各种原因没有出版，是非常遗憾的事情。从 2018 年 7 月到 2020 年 7 月第一辑前三种问世，经过了整整两年。这个时间跨度，就足以说明中间的

不易和曲折。

为什么要策划这样一套丛书呢？简单来说就是想给一些对当代诗歌有贡献，却较少得到出版机会，甚至没有出版过个人诗集的优秀诗人提供出版机会。用桃洲的话说，就是要发掘当代诗歌中“隐匿的汉语之光”，通过出版单行本的方式，让那些谦抑自退的诗人的光芒显露出来。事实上，《白鲸文丛》和桃洲、王东东主编的“中国当代诗人研究集”秉持了相近的理念。从1980年代以来，当代诗歌的出版一直是一个瓶颈。1990年代出版的有价值的诗集也就那么数得过来的一二十种。2000年以后，情况有所改善，特别是最近十年，问世的诗集、译诗集算比较多了。但是，也存在一个突出的问题，有限的出版资源大多被少数的名诗人所占用，这些名诗人的诗集重复出版很多，而更多的诗人依然很难获得自费以外的出版诗集的机会。《白鲸文丛》就是想起到一个拾遗补阙的作用，给那些出版机会比较少，然而又优秀的诗人，提供出版机会。《白鲸文丛》也包括译诗。在译诗的选题上，我们执行同样的思路。对《白鲸》来说，市场不是第一位的，那些卖得好的诗人、诗集，不是我们考虑的目标，我们更不愿去做重复的事情。外国诗人中，我们首先考虑的是较少被翻译、没有出过中文译本，或者虽然有过译本，但介绍不够全面的诗人。当然，诗人本身肯定要足够重要，诗艺也要足够出色。第一辑的巴克斯特、贾雷尔都属于这种情况。

创办《白鲸》丛刊的想法则是基于我们对当下诗歌刊物情况的一个判断。我们几个都觉得，当下的几种主要诗歌刊物对于新人的发现，不但力度不够，而且在辨识上存在偏差，不能反映当下青年创作的实际状况，很多优秀的青年诗人没有获得展示自己的机会。关于这点，我们眼前就有很好的例子。伽蓝写诗二十多年了，已经是非常成熟、非常出色的诗人，写作的数量也很大，但在正式刊物上还是一个生人，几乎没有发表过诗作。我曾向多家刊物推荐，只有《诗潮》《扬子江诗刊》各发了一组，其他刊物还是石沉大海。实际上，像我和周瓒这样的老面孔，发表也还是一个问题，我们自己中意的很多诗作依然只能锁在抽屉里。所以，我们更感觉年轻人需要一个展示自己的平台，通过这个平台把优秀的年轻人集合在一起，在交流中推动当代诗歌的发展。有了这个想法之后，情水就去找李琬、江汀和王东东几个商量编刊的具体事宜。为什么找他们几个来做执行主编？就是希望用他们的眼光去发现新人，发现更年轻的有才华的写作者；因为他们几个都是青年，我们几个包括桃洲都年过半百了，不在青年写作的第一现场了。他们几个年轻，能够从青年写作的现场去发现新人。这点我觉得是很重要的。

《白鲸》丛刊的文体不限于诗。这一期除了诗，还有王东东的诗剧，钱浩的小说，冯强、砂丁的批评，连晗生、倪志娟的翻译。我们希望打通诗人和小说界、诗和其他文体的界限，让诗和文学进入一个更广阔的交流空间。

我定一个发言的顺序吧。我们先请情水、桃洲、文东几个丛书的编委发言，接着介绍文丛的设想、规划和出版过程中的甘苦。然后请路东作为文丛的作者，谈谈他了解的情况。之后请丛刊的几位轮值主编介绍丛刊的情况，包括下面几期的编辑情况。最后请其他朋友对文丛和杂志提出批评和建议。好，现在我们请情水来说。

吴情水：感谢各位朋友出席这个首发式座谈会，感谢上海教育出版社、东方出版中心相继出版《白鲸文丛》第一辑及《白鲸》丛刊创刊卷“理想的异乡”。《白鲸》的缘起刚才西渡已经介绍得比较详细，我就简单做个补充。

决心做《白鲸》大约是三年前，桃洲、文东、西渡和我，在今天首发式座谈会的这里喝茶聊天（我平时和诗歌圈来往少，在京期间也就我们这几个朋友定期或不定期聚一聚），我提议是不是可以一同做个诗歌杂志，当时的想法也挺简单，我并不是太了解当下诗歌刊物及诗歌出版的现状，就是觉得可加强维系我们这几位朋友精神往来的这根纽带，不至于自己离诗歌地带太远。最有益于生命与情谊的，往往是有一件共同的事去牵系。恰好也可继续去完成一桩未竟的心愿，早在南京求学的时候，就和桃洲有过合作做民刊的经历，是一道情结。大家竟都应允，我们就开始张罗此事。

“白鲸文丛”这个名称与美国小说家赫尔曼·梅尔维尔在19世纪中叶出版的长篇小说《白鲸》同名，又是在今天首发式这个地方几个人思想激荡出来的，当时在场的除了我们4个编委之外还有一位资深编辑前辈及复旦大学出版社的宋朝阳，宋朝阳是非常热心、干劲十足的小伙子，《白鲸文丛》和《白鲸》杂志创刊号最终能够出版离不开他的运作和艰苦付出。定下“白鲸”这个名称，倒不是完完全全与《白鲸》那部著名小说有关，也没将其与《白鲸》小说复杂象征联系起来，而是几人讨论的时候脑海里映出它“自然之子”的形象，白鲸以其响亮、清晰的叫声而闻名，它们经常“歌唱”、响彻百里，能拟声各种动物、汽船声甚至人语，庞大身形巡跃于白色月光的海上。倒是后来我们启用“白鲸诗学”公众号的时候，借用过梅尔维尔小说《白鲸》里的两句话：“无知乃恐惧之母。创造的失败强于模仿的成功，因为前者永远是创造，后者永远只是模仿。”命名即创造，如果说“白鲸”有何寓意，无非是这一诗歌作品出版品牌呈现上多些形象感，物象多于意象，更切合创造的直观威力，我们没去取过于抽象或理论化的名称作为文丛品牌。

并没有畏却于诗歌出版的艰难，我们筹划了《白鲸文丛》的第一辑，西渡推选了连晗生的翻译集（《贾雷尔诗选》），并贡献了个人最近几年的原创诗歌作品，文东推选了宋炜及钟鸣，桃洲贡献了自己的首部翻译力作《耶路撒冷十四行·秋之书》，我推选了路东，原定是6本，大家看到出版的是4本，宋炜和钟鸣经多方努力也没出来，甚是可惜，希望以后能弥补这个遗憾。这里也特别感谢上海教育出版社对诗歌出版给予的巨大支持和表现出的使命担当精神，令人振奋的是，座谈会召开前我们又收到上海教育出版社的好消息，《白鲸文丛》第二辑拟推出的哑石、池凌云、杜绿绿、伽蓝的原创诗集和王东东翻译的英国诗人缪亚诗选已经通过选题申报，正式进入出版流程，预计2021年夏初可与读者见面。

关于《白鲸》杂志，大约是2019年8月底或9月初我应西渡邀请参加清华大学的一次诗歌研讨活动，会后我拉上王东东、江汀、李琬一起简单聊了半个小时，大意是想从青年的视角去发现新的写作者，为优秀的年轻作者打造一个高质量、高品位的发表平台。特别是发掘、推出那些尚无“资历”的年轻作者，整合有限的出版发表资源去帮助他们，引发更多关注，以期完成当代诗的新集结、分野与潜沉。关键是要以更年轻的打量姿态、更新颖的审美视觉、更差异化的诗学思想，来打造这份杂志。以诗歌为主并不限于诗歌，也兼纳戏剧、小说、文学评论和随笔等，能聚焦当下写作变化、充分表达思想性和文学性。我问东东他们有没有兴趣参与进来，他们非常乐意地接受了这份邀约。接下来我又和《白鲸》的其他三位编委沟通了这一想法，西渡、桃洲、文东都表示愿意极力支持，于是《白鲸》丛刊也就应运而生，拟定每年出版3—4期，由王东东、江汀、李琬轮值主编，他们除了在个人创作上备受关注外在年龄上也有优势，更趋年轻化，更理解年轻一代作者。

《白鲸》杂志的核心定位、栏目策划几个人陆陆续续探讨了数月时间，其间也观望着《白鲸文丛》第一辑的出版进程，文丛与刊物推进的步伐竟也奇迹一般趋于一致。李琬执笔了《白鲸》杂志的出版方案并担任创刊号的轮值主编，办刊宗旨提道："发掘、表彰持续活跃并为当代中国文学做出努力的写作者，无论其知名度、年龄、地域、性别如何，都在我们关注的范围内，但我们格外欢迎尚无'象征资本'积累的年轻作者……每一期有主题词，主题词来自某个与当下作者的写作状态密切相关但又带有启示性的问题，希望能借此打开新的观察视域和表达方式。当期杂志应当围绕这一主题组稿。"决心与方向既定，宋朝阳又帮联系上中国出版集团东方出版中心的编辑马晓俊，在晓俊的帮助推动下，东方出版中心的领导也表示了极大兴趣和重视。从创刊号开始组稿到2020年11月申报第一期《理想的异乡》的选题，再到2021年1月份正式出版，东方出版中心尽显匠心，印刷之精美、装帧之工艺堪称一流，这正是高品质的诗歌载体该有的样子。由王东东轮值主编的第二期《雅努斯的面孔》也完成了选题申报，并进入出版流程。

今天的首发座谈会，尽管宋朝阳没来到现场，上海教育出版社责任编辑曹婷婷以及东方出版中心责任编辑马晓俊也没来到现场，但是他们为《白鲸文丛》及杂志的顺利出版作了巨大付出和艰辛的努力，他们的超常耐心和专业的品质值得钦佩！要谢谢他们，也要感谢两家出版社为文学事业所做的无私的贡献！他们是值得尊敬的。

以上是关于《白鲸文丛》及丛刊问世的一个基本脉络的补充介绍，后面桃洲、东东、李琬他们会讲得更细致、深入，我们也期待在座的各位作者、诗人、批评家朋友就未来如何把"白鲸"系列做得更好多提宝贵建议，无论多难，我们有信心坚持下去，五年、十年，只要坚持去把这个事情去做实、做透，星光不忘赶路人，异乡也有知己，总归是一件有意义的事。

此外，《白鲸》编委会还启动了高校图书馆诗歌阅读计划，先期也向全国218所高校图书馆、中文系资料室，以及诗坛活跃诗人、诗歌研究者赠阅了已出版《白鲸文丛》诗集三册1000套，分别为《西渡：天使之箭》《路东：睡眠花》《贾雷尔诗选》（感谢一位不愿具名的企业家资助10万元购买并馈赠），在首发座谈会前已陆续收到不少受赠者的反馈与赞誉，后续出版的诗集也会继续给他们赠阅。

心里满满的是久违的喜悦。

张桃洲： 毫无疑问，这套文丛和这本刊物的问世，是基于一种文学友谊或情谊，也基于我们对诗歌和文学的热爱。

我们这几人中，吴情水（宋劲松）年龄最小，不过他出道很早。他在中学时就编过一些诗歌报纸、刊物，参与过一些诗歌活动，算是比较活跃的校园诗人，也出版过个人诗集。后来他到南大读作家班时我还在南大任教，我们的文学交往是很多的。劲松工作经历比较丰富，走南闯北干过不少行业，这些年主要是工作方面的原因（离文学有点远），他自己的写作慢慢停下来了，但他一直没有放弃对文学的关注，工作之外来往比较密切的如路东、赵刚、王东东等，都是出于对文学的兴趣；他本人也始终怀揣一个文学梦，葆有一份对文学的热爱，最近几年他在本职工作中发展得不错，总想回归文学在这方面做点什么。

在一次聊天中，劲松提出办一份纯文学刊物，最好以诗歌为主。当时我的看法是，目前各种诗歌刊物已经不少，且出现了同质化趋势——不管官办还是民办，在栏目设置、作者队伍等方面，给人的印象是面目相仿、界限模糊；在这样的情形下，要想办出特色是很难的，即便每期推出了一两个有个性、有潜质的作者，也很容易被淹没在"速读"的喧哗声中；因此，与其用刊物把一些我们认为好的作品聚拢在一起，不如挑选一些有实力的作者，以专辑形式一本本推出来，慢慢累积，其效果会比用刊物把作品混在一堆好。聊着聊着思路就清晰起来，初步确定下来做文丛，于是又找到西渡、文东两位出谋划策，我们4个人决定成立一个文丛的编委会。

文丛的名字"白鲸"是我们几个人在一次聊天中产生的，当时一块儿谈的还有复旦大学出版社的编辑宋朝阳，另外邀请了一位资深的出版人，打算依托上海的出版社和出版资源、渠道，尽快将我们的计划付诸实施。那位资深出版人由于个人原因后来没有参与，而在与出版社的洽谈过程中也颇费周折，最后上海教育出版社愿意接手、合作。

我们商议：文丛的基本定位是寻找并推举当代的卓异的写作者，特别是那些有实力、有潜质但又没怎么公开出版过作品集的作者。文丛的板块呢，主要包括三个部分：原创诗歌、翻译诗歌和诗论著作（包括原创与翻译）。我们分头物色，末了遴选的第一批作者有6位：

原创的有路东、钟鸣、宋炜、西渡，翻译的诗歌包括我翻译的新西兰诗人巴克斯特的诗集和连晗生翻译的美国诗人贾雷尔的诗集。路东、宋炜写诗多年，但从未出过诗集；钟鸣、西渡有很长时间没出过诗集，各自的新作已经积攒了不少；巴克斯特和贾雷尔都是重要的诗人，但国内缺乏系统的译介——这些，正是我们迫切要把他们的作品推出来的理由，当然也是“卖点”。可惜宋炜坚决不肯出诗集，钟鸣的诗集在出版社审稿环节被否决了。这样第一批作者变成了4位，而巴克斯特的诗集在联系版权过程中又一波三折，耽误了整体的出版进度，后来实在没办法，只好把路东、西渡、贾雷尔的诗集先出版，巴克斯特诗集的版权终于落实后才单独出来，不知不觉前后经历了近三年。

在策划文丛的同时劲松仍然没有放下办刊物的念头，于是在文丛确定下来后推进的过程中他又找到几位年轻的诗人王东东、江汀、李琬，请他们担任刊物的共同主编。刊物的定位更多是面向年轻的作者，希望能够及时、迅捷地把一些前沿性、探索性的作品推出来，文体也不限于诗歌。这样也好，有一份刊物跟文丛形成互补，各司其职、彼此呼应。

现在文丛的第一辑4本和刊物的创刊号都出来了，应该说是符合我们当初的预期的，“白鲸”的名字就算亮出来了。实际上我们的初衷说白了就是“反热闹”，避开那些热点人物和话题，拒绝诗歌界的鼓噪喧哗之声，把关注点放在那些沉潜的有分量的作者身上，以我们的方式显示对当前写作的认知和态度。比如路东写诗这么多年，他的诗和诗歌观念都很独特、有自己的个性和对诗的独到见解，他早年的诗作曾入选《探索诗集》《朦胧诗选》等选本，并同昌耀这样的重要诗人有密切的交往（昌耀给他的诗歌写过评论），但所谓诗坛知道他的人实在太少了，他平时也基本上与诗坛的各种嚣嚷无涉，只跟很少的人来往。劲松跟路东交往比较多，比较了解他写作的路数和特性，自然在第一辑把他的诗放进来。我相信这套书的价值会由此得以呈现。

至于诗歌翻译方面的想法也是如此。近几年诗歌的翻译和出版似乎比较活跃，这当然是好事，不过总体上显得有些参差不齐，重复性的翻译、出版，或者扎堆似的冲着名家，或者未经过充分准备就仓促上阵等，不一而足。翻译质量是一方面，翻译对象的择取是另一方面，都有可圈可点之处。我们的关注点仍然是在那些有特色、分量也重却受关注不够、较少被译介过来的诗人。我本人有一些关于外国诗人的偏好或取向，其中包含了其实是带有私人性质的一个愿望，就是要把自己中学起就很喜欢的巴克斯特的诗歌译介过来，特别是他晚年的两部诗集。这套文丛恰好提供了一个契机，我主动请缨，提出承担巴克斯特诗集的翻译，这算是了却了我多年的一个心愿。需要说明的是，巴克斯特诗歌的数量丰富，我选译的是他晚年的两部完整的诗集，再加上另一些十四行诗。以后有机会将进一步译他其余的诗作，并且还想从他四卷本散文集里选译部分诗论，成一本诗论集。

在此我想借机说几句拿到巴克斯特诗集样书后的感受。那天收到样书以后，由于中间的出版过程颇为曲折，看着书的小巧模样反而有点平静了，不过后来在翻看时慢慢产生了一点感觉，有那么一些感慨。相比我以前出的任何一本书，这本译诗集有非常特殊的意义，它勾连着我年少时期就开始的阅读记忆，那是一种潜隐的深沉的似乎已经模糊的某种感觉和情愫，当然那时完全没有想到有一天自己会翻译巴克斯特的诗歌。这本译诗集确实带给了我一种微妙的自我满足的感受，手握着它心里还是挺兴奋的。

顺便感谢一下，在劲松和朝阳的协调下，上海教育出版社还是很给力的，在版权落实后迅速进入了出版流程。我原来有点担心，会不会被拿掉部分作品而使两部诗集不完整，那就存在缺憾了，此前一家刊物曾想选登一些译作，但因为题材而未获终审通过。

说到今后的设想，我想如果持续做下去，每年文丛出4—5本、刊物3—4本，有条不紊地累积，几年以后它们的积极效应会体现出来。这是我们参与当代诗歌的一种方式，不用急，我们就默默地做自己的事。我们处在一个十分驳杂的环境，有各种各样交错的声音，不必在意那些，我们把自己的做好就行了。这个很重要。

敬文东： 我们特别感谢劲松，如果没有他的这种热情的话，这件事肯定成不了。因为这种具体的事情特别让人感到纠缠，而我没有能力做这种具体的事情。我们每个人都知道如今的出版情况，我自己有5本书都在出版社压着，也就是2016年底到去年年底写的这5本书，合同早就签了，但是到现在一本书也没有出来。而且我个人认为我写的东西没问题，对不对？但是有没有问题，这种解释权从来不在我们这里。比如说，我们最早在谈这一套书的时候，应该是2018年，我们就介绍宋炜了。

我倒是觉得刚才西渡提到的那个理念很好，我们编这本杂志主要是按年轻人的眼光去选他们认为好的作品。所以有这样一个刊物的话，能够让这帮年轻人把他们中间写得不错的人尽快地推出来，我觉得这是一个很重要的工作。所以，如果说劲松在呕心沥血带领我们做的这件事情有意义的话，这或许就是其中一个有较大意义的方面。尤其是让年轻人当主编，这很好，我在民族大学文学院，我们的教研室里边也是这样，让年轻人多去做。我觉得有这样一条的话，至少在诗的方面我们还能够有一点小小的功德。就这么多，我先说这一点。

路东：情水他们让我出这本诗集。这几年我没想出诗集，我准备到70岁再出诗集。我对发作品也没太在意，几十年一直在写，深度喜好，写作是个人的游戏或者说是某种隐私。后来情水要我的作品，我就选了一部分诗，给出版社的作品原来比较多，一些作品送审没通过，被砍了之后还剩1/3，现在看到的是这本很薄的诗集。

我觉得出版诗集这事很不容易，对年轻诗人来说，尤其如此。像我们这些人出不出诗集，可能不太重要，如果谈原因，主要是从没觉得自己的诗写得很好，满意的诗作太少。写作之事，可能出于存在的急迫，也可能只是一种自己和自己玩的私下的生活，玩到了孤独状态，也会有急迫感。

中国当代权威诗人似乎越来越多了，年轻诗人要出场，会受到了某些力量的挤压，40岁以内的年轻诗人要出版诗集是比较难的，这是个事实，因为出版社要书号费。出版社的书号比以往少了，书号费特别贵，年轻诗人大多数没钱出诗集，所以，我觉得这个平台的建立，应该对优秀的诗人或有倾向的诗人，提供更多的关注和支持。

做好这个平台，一定程度上也能改变当下的中国诗歌秩序，这样的事持续下去，刚才你们讲十年能弄出一些名堂，而且三五年就可能会做得很不错，如果真有可以持续十年的条件，你们可以事先将这个平台筹划得更好一点，可以做一个稍微长一点的筹划，在选稿、选择诗人和作家这方面，要有好眼光，要有非同一般的判断力，尤其在批评力量的加强方面，应更加重视。中国当代的文学批评，需要多一些曙光。如此这般，这个平台就会有一些较劲的资本了，就可以一定程度地改变这个时代的写作秩序了。

这个平台刚刚建立，开端较好，有一群好眼光的人聚集在这里，它以后会变得更加坚实，平台的影响力也会不断提高。现在是靠朋友圈的关系往外展开，往后如果有必要，可以做一些有创造性、有意味的事情，让这个平台更深地介入当代写作秩序中去。

刚才桃洲和情水都讲了，要让更多的年轻诗人出场，要让有大潜力但未被留意的诗人出场，平台在这方面能起推动作用，是大好事。

这个平台要保持它的竞争力。平台竞争力从哪里产生？作者的选择，编辑的观念和编辑方式尤为重要。我以为，编辑们发现和选择出好作者，是首要的事。

这个平台，可以做一些深度对话，关于文学的话题，不一定只从文学去展开，话题的维度可以更丰富一些。

我期待好的文学事件，能从这个平台产生。

二、《白鲸》丛刊轮值主编谈丛编辑理念、规划

王东东：首先是觉得情水提供的这个机会很珍贵。我们这一套丛书，包括《白鲸》杂志，其实都要尽量做好。要做好这个杂志看起来好像很简单，只要把朋友们的作品汇编一下，就可以成功。但其实并非如此。当然朋友们的作品汇编，是杂志成功的一部分。但真正要编好，还是需要在编选思路上多下一些功夫。我现在有一个基本的感觉，这个杂志还是应该加强批评。杂志的主体部分是诗歌，在诗歌方面可能还要加强批评的分量，并且能够从批评当中突围，然后能够推出一批更年轻的诗人。21 世纪的前二十年已经过去了，但诗歌的面目不清，缺乏真正的批评。从理论上，我们对于 21 世纪诗歌的设计和想象也不充分，甚至是不足的。

我们现在的诗歌批评，还是“90 年代诗歌”批评的遗留，是“90 年代诗歌”批评在新世纪的一种延续。所以从批评本身上来讲，我们也需要发明更多的概念，更多的方法。当然首先是找到最近这些年真正有价值的作品，那么在这个意义上我想年轻的诗人还值得我们不断地去推，从中要去挑选，尤其是对我们的文学习惯构成挑战的这样一些诗人和作品，可能还需要我们去发掘。现在来看的话，第一期还有我编的第二期，仍然有些保守。另外也可以说是守成，说明和 1990 年代的诗歌有一定的延续性，我想这个也是无法否认的。但是我们的确需要在更年轻的诗人和批评的突围方面做出更大的努力。今天我正好翻了一下王国维的《人间词话》，里面有一则就说习惯杀人，社会上的习惯杀死一些善人，文学上的习惯就是杀死天才。

90年代诗歌已经形成了一整套的思想方法，还有表现的方法，而且有它的常规主题，比如说日常生活，世俗生活，可以说是微观政治，在风格上也有一定限制。现在的写作到底和1990年代写作及其延续拉开了多大的距离，其实可能是我们每个人面临的问题。我觉得简单地说，这既是我们个人才能的限制，同时也甚至是一种时代精神的限制。但是我觉得我们一定要突围。我在2016年写过这方面的文章，《21世纪中国新诗的主题、精神与风格》，但应者寥寥。其实现在的写作已经发生了很大变化，只是大家还没有合适的批评术语与概念去说出。重要的是去说出这一点。具体的办法，还是要不断去发掘年轻的诗人，更年轻的诗人，包括“90后”们，但也不能唯年轻人是举，1990年代诗人的代表之一如臧棣自身也在寻求变化，在这方面不同年代的诗人其实是在合流，都在寻求突围。编选对于这个时代来讲，真正有价值的作品，重要的作品，其实是需要我们去努力的。

加强批评的分量，在杂志的栏目设计上要更多样化。当时李琬写了一个策划，其实是非常精彩的，而且甚至试图想要有一种文化上的和思想上的趣味，或者说意义。现在来看，我们这本杂志还是停留在一本文学杂志，当然这也是我们这些人的本色当行吧。

江汀：首先，在本期《白鲸》杂志中，让我感到惊喜的是王东东的“剧诗”《铸剑》。请注意，东东兄自己称其为“剧诗”，而非中文语境里常见的“诗剧”。初次读到这首诗时，我就和东东兄有过交流，他举例说，“拜伦称自己的《该隐》为 a dramatic poem，叶芝也写过这种剧诗”。我非常赞赏他的这种文体意识。从文本内容来看，《铸剑》重述了我们熟知的鲁迅的同名小说，而王东东做了一次“重述经典”，他沿用了故事的基本脉络，但改变了故事的矛盾冲突。鲁迅的主题是“复仇”，而王东东剧诗的重心却几乎全部在抒情者眉间尺的身上。在王东东这里，眉间尺呈现的形象为“一个诗人的头/被我抱在怀里/你死了还不忘抒情。//一个哲学家的头/被我抱在怀里/你死了还不忘思想”。

从整本杂志的情况来看，质地非常均匀，它体现了我们的编辑思路。一些优秀而低调的写作者的名字，出现在这一期的目录上，让我重又想起诗人马雁那个谦逊的说法“几个好朋友”。从中也能看出编者的眼光和判断。

我也第一次拿到张桃洲老师翻译的新西兰诗人巴克斯特的诗集，

《耶路撒冷十四行诗·秋之书》，同样非常惊喜。巴克斯特是20世纪英语诗坛的重要存在，但囿于译介较少，因此中国读者和研究者了解不多。《耶路撒冷十四行诗·秋之书》的出版非常重要，这和《白鲸文丛》中的另一本《贾雷尔诗选》一样，都是填补空白的出版工作，也将随着时间的推移，越来越显示出它的重要性。

由于我自己的本职工作也是出版社编辑，因此，我更加明白这些出版选题的重要性。我的好友陆源，优秀的小说家、同时也是一位优秀的出版社编辑，之前在漓江出版社主持出版了一套丛书，叫作“拾珍铺子”，这套书也是在拣选一批优秀的、然而被国内出版界不经意地忽视的重要作家，比如穆齐尔和麦尔维尔的短篇小说集，等等。

今天置身这个讨论会，同样一批师友相聚，我不禁又想起自己上一次参加类似的讨论会，是2019年在清华举行的《隐匿的汉语之光·中国当代诗人研究集》出版研讨会。那套当代诗人研究集的思路和今天的《白鲸文丛》一样，都是尽力去发现并呈现隐匿的光芒。

吴情水兄嘱我再介绍一下《白鲸》杂志的约稿情况。《白鲸》杂志第三期由我负责，目前已经约稿的作者有孙磊、远子、流畅等一批诗人、作家、译者。其中有一位1999年出生的年轻诗人，叫作沈耳，他的诗作已经非常好，也许不需我推荐，大家也会渐渐认识他。他有一系列“考古学”组诗，届时会在杂志中呈现，也请大家关注。

李琬：一开始觉得自己会有比较多空闲来做这件事情，但是后来工作忙，就没有如期地约稿子，拖延了很久，所以好像今年只有这一期，其实应该是3期。

因为里面有一些我只是约到一部分的我认识的作者的稿件，然后还有很多是其他的几位编辑，所以我一开始是说这个就不要放我的名字，但是大家比较坚持。所以我觉得并不能代表主编来发言。

我自己是编辑，感觉做本土的诗歌的书还是比较少的，除了余秀华那种级别的畅销诗人以外，大部分的诗人出诗集都还是比较困难的，除非是自己花钱出。所以我觉得可能很多普通读者还是没有读诗的习惯，特别是读本土诗人的习惯。我认为这不太好，可能也跟小说的对比还是比较大的，因为本土小说还是有很多的读者的。其实本土也有很多很好的诗人，但是好像在普通读者的视野之中，他们的存在感就会弱很多，所以《白鲸》就编成一个以诗为主的刊物，希望更多的作者有机会在正式的刊物上发表自己的作品。我也是借此机会读到了一些平时我自己也没有关注的诗人的作品。

三、《白鲸》丛刊作者、其他朋友谈文丛和丛刊

钱浩：感谢各位老师的帮助，让我的作品得以入选《白鲸》创刊号。之前我不知道这篇小说的立意与篇幅能否与这本刊物的风格相合。刚才听大家说要鼓励创新精神，甚至是一定的叛逆性，在这方面我觉得《姐》也许能尽一份微薄之力，因为这篇小说正是求索开拓的产物，在形式上它采用了一种新的元叙事手法，人物、语言等方面也都力求独树一帜，因此与传统观念里的小说有较大距离。这次发表实现了我的一个心愿，对我的创作也是莫大的鼓励。祝愿我们的刊物和丛书能够文运长久，永葆朝气，今后我会永远地支持《白鲸》。再次感谢大家。

伽蓝：很荣幸有机会参加《白鲸文丛》及《白鲸》丛刊创刊号发布会，而且还有15首诗作与众多我所仰慕的诗人一起出现在《白鲸》丛刊创刊号中。这对我个人来说，真的是一件大事！

《白鲸文丛》的开本和设计，非常精致；内容也好，编委会和编辑们眼光独到，遴选的诗人和译者的作品非同凡响，处处显示着策划者的眼界、胸怀与魄力。《白鲸文丛》这套丛书坚持做下去，它的意义是非常重要的。我希望这套丛书能够给当代文学一种不同的视野，让更多的人看到诗人们各种不同的尝试。

作为一个基层的作者，我特别了解高质量的、可信赖的诗歌读物，以及一个公正的发表平台的重要性。1999年我偶尔在《京郊日报》上读到一篇介绍海子诗歌的文章，从此对诗歌产生浓厚兴趣，到处找诗歌读物却找不到。学校小图书馆里面关于诗歌方面的读物很少，有一点也都是古诗的。门头沟区的书店也没有什么像样的诗歌。我订过一些刊物，但发现大多刊物鱼龙混杂，甚至鱼目混珠，后来就不订了。主要是读诗集。我曾经一次花了半个月工资去图书大厦买了海子、顾城、艾青等人的诗集。一本好的诗集，就是一个好的老师，不仅是写诗的老师，也是生活的老师，把我引向更美好的生命。

现在好的诗集出得多了，买书也比以前方便了。家里积攒的诗集几乎读不完。但是凡有好的诗集出版，我还是会第一时间买入。就像近一两年，张桃洲老师他们编的那套《隐匿的汉语之光》，一出版我就

买到三本：西渡、朱朱、王小妮研究集。看后面的书目，还有多多、钟鸣、张枣研究集，就在孔夫子、淘宝、当当、京东到处找，后来才知道是还没有推出。现在基本上都买到手了。

但是刊物的情况，跟十几年前、二十年前相比，似乎没有根本的改善，有太多粗制滥造的、非诗的东西。总之，缺少专业的眼光。在这种情况下，《白鲸》丛刊的创刊有特别重要的意义。它由真正的诗人来主持，选稿，在专业上就值得信赖。此外，刊物在编选方针上又特别强调青年性，关注无名的作者，可以说具有未来性。这就更有意义了。几个轮值主编都是优秀的青年诗人，我相信在他们的主持下，这本刊物会办得越来越好，既受到青年诗人的重视，也会受到普通读者的欢迎。我也希望能够为《白鲸》丛书和丛刊，做一些力所能及的工作。

周瓒：首先祝贺《白鲸文丛》第一辑和《白鲸》杂志创刊号的面世。我翻开这本《理想的异乡》吃了一惊，看到我的稿子排在了第一个，有点意外，感谢主编李琬。对于编委会的各位提及的创刊宗旨，我非常认同。因为个人的阅读视野和趣味的限制，我经常感到需要有类似《白鲸》这样的刊物与文丛，能带我认识新的、优秀的作者，不管年龄大小，只要是“持续活跃并为当代中国文学做出努力的写作者”。

观察近年中国的诗歌出版环境，存在一种从诗歌不好卖因而不出版诗歌，到出版诗歌但仅出版成名诗人的诗歌因而造成大量出版重复的现象。在这个现象下，一方面，一些写得好但不够有名气以及写得好且根本不在意出版与否的优秀诗人得不到出版的机会；另一方面，即便是名诗人，也因出版社为了销量，而总是被迫出版诗选集，他/她的新作反而得不到完整的展示。刚才听劲松谈到的《白鲸》丛书和杂志坚持至少五年，最好十年以上的计划，如果这一计划得以顺利实现，我相信，《白鲸》是能为破解中国诗歌出版的这种困境而贡献一份能量的。

当前体制内诗歌与文学刊物总体也相当保守，大概是一个求稳求安全的办刊状态。艺术上的新锐、先锋、个人化的写作比较难以进入这些刊物的视野。这种出版与发表环境对致力于实验与探索的诗人、作家尤其是年轻作者是很不利的。刚才江汀说民刊的时代已经过去了，我倒是觉得也许现在更需要“民刊”了。当然，《白鲸》并非民刊，但可以低调地保持一种独立的精神，这一点已难能可贵。

《白鲸》不仅刊发诗歌，这一期里还有诗剧、翻译和小说，如果要我提点意见的话，我期待能够读到更多一些戏剧和批评。希望能译介国外重要的剧本和剧作家，刊登国内作者的剧作，并且持续发表有分量、有见地的批评文字。当然，如果有好的非虚构作品、随笔文本，也希望可以在《白鲸》上读到。总之，就是期待她能成为一本内容丰盈、面貌新颖的综合文学刊物。

冯晏：首先祝贺"白鲸"系列丛书和刊物出版。这套书我很喜欢，对于写作者来说，怎么衡量"精品"这个问题很纠结，但是在专业研究者眼里绝对是有一定的学术标准的，当然，许多写作者和读者也都具备高水准的鉴赏力，但是也有许多人在对作品的鉴赏和评价中容易摇摆不定。所以，专业的出版和评论的引领非常重要。大家都渴望能有真正高标准的选本能被系统地呈现出来，而且具有持续性，经得起时间的考验。"白鲸"出版的这套书和刊物今天我一拿到手里就感到了精品的重量，我希望能够一直持续下去。在当代的文学创作中想确认真正的精品，我认为首先要看到创作者所具有的未来性，未来性是衡量一个作家创作方向上最重要的一个标准。对于诗人来说也就是他作品在艺术上的可靠性。衡量一个作者的未来趋势有两点，一方面是看他的作品；另一方面就是他作为一个诗人或者作家的综合素养能够支撑他的写作多长时间。目前作为一个诗人，写一些好诗并不难，参照、启发、模仿都可以获得很好的灵感。但是在技术上和思想上完全成熟起来，依靠自我的内在持续写作，作品形成独特的风格，甚至能够始终保持前沿性，这需要很多因素。一本好的刊物在选择作者的时候，关于这些，我觉得也应该是在考虑之中。好编辑的眼光都应该具有对未来的预知能力。或者说，只有天才才能鉴赏天才。目前，我国的当代写作非常需要真正的高标准艺术审美的选编，事实上，这里真正需要的是一种专业审美为一些不确定性来捋顺秩序。办好这样的刊物或者出版物绝对是做最有意义的事，这需要付出的不仅是精力，还有一种责任和使命感。做一件事如果没有坚持，这里的意义就无法实现。坚持才是最重要的。对于一个热爱文学或者写作的人来说，除了作品，剩下的就是考虑能为写作作点什么贡献，作品方面就是他围绕词语所创作的观念和细节的完成度对审美是否有效，再就是他围绕写作给这个社会和未来都做了哪些有意义的事情。专业的知识分子和有责任感的学者大多都会考虑这些问题。做一件事情依附于一个共同体也好，同人也好，精英合作总比一个人向前推进更具有爆发力。我从来不认为存在什么圈子不圈子的问题，只要有共同推进艺术精品的理念和认真投入的热情，这样的合作就够了。我觉得“白鲸”所要做的就是让精品说话。

李浩：能够在众多诗人之中，见证《白鲸》丛刊的诞生，还是挺惊喜的。此前，西渡给我寄过《白鲸文丛》中的《贾雷尔是选》《睡眠花》《天使之箭》三部诗集，我收到得比较早，但是我读得很慢，毕竟一本一本的书，都是需要一页一页地用心来读的，尤其是对你想要深入了解的诗人与他们的作品来说。今天看到《白鲸》丛刊创刊号和《白鲸文丛》中的另一部成果，即张桃洲翻译的新西兰诗人詹姆斯·K.巴克斯特的《耶路撒冷十四行诗·秋之书》，这些成果的出版，体现了《白鲸》丛刊与《白鲸文丛》的内涵、精神构架、对美学实践的探索，也是他们对当下文学现象的反思，以及参与者、组织策划者、编辑们的眼光与智慧，还有就是对时代、历史的敏锐洞察与积极有效的反馈。因为《白鲸》丛刊、《白鲸文丛》的参与者与贡献者，是非常丰富与综合的，他们中有优秀的诗人、译者、学者，有当下非常重要的批评家。我认为他们带着各自的经验、思想学识进入《白鲸》丛刊的编辑中来，是对当下文学秩序的审视，并起着具有启悟性的推动作用，他们在这上面的工作将会给我们带来更多的欣喜与精神馈赠。其实，我想说的另外一个方面是，参与遴选与编辑稿件的过程，也是对自身软弱的一次突破。当然，任何一个人都有他自身的局限，而这个遴选与编辑稿子的过程，也在考验着编者的心胸与境界，通过这样的一份具体的劳动，不断地完善自我与我们的精神中匮乏的东西，就像张桃洲刚才提醒我们说的那个意思：我们做这个事情，我们要努力把这个事情做好。我想这也是对我们自己的淬炼。我觉得作为一个写作者来说，这也是他们的责任，“天才之为责任”的责任。最后，我想谢谢《白鲸》丛刊的编者们，谢谢你们带来的一份新鲜的礼物。路东的诗歌和钱浩的小说，我也会保持阅读。

（作者单位：清华大学人文学院）

新诗史料与“百年新诗学案”学术研讨会综述

◇康　俊

2021年6月12日，新诗史料与“百年新诗学案”学术研讨会在京召开。此次会议由首都师范大学中国诗歌研究中心主办，谢冕、洪子诚、吴思敬、程光炜、张清华、郭娟、陈徒手、王秀涛、徐庆全、孙基林、姜涛、易彬、王士强、张立群、刘波、张立军、王永、王学东、李文钢、吴昊等专家学者出席了会议。

“百年新诗学案”是首都师范大学中国诗歌研究中心精心策划的一项重大科研项目，于2016年向教育部提出申报，2017年由教育部正式批准为“教育部人文社会科学重点研究基地重大项目”（项目批准号为：17JJD750002）。

会议围绕“新诗史料的收集、整理的意义、现状”和“如何加强新诗史料的建设与研究”两个议题进行研讨，着重讨论了口述史在新诗史料中的重要性及可操作性问题、新诗史料的挖掘与保存问题、新诗史料的史学观与诗学观的关系问题以及对“百年新诗学案”的总体评价与建议等。后又对“百年新诗学案”的项目进展与史料实践展开了具体研讨，对“百年新诗学案”各卷写作的体例、体量、风格及具体的内容和标题等提出了详细建议，并形成了结项共识。相关内容综述如下：

一、“拒绝遗忘”的历史态度

谢冕在会议开始即响亮地提出“拒绝遗忘”，为会议奠定了主题基调。他认为，不论是《中国新诗总系》《中国新诗总论》，还是现在的“百年新诗学案”，都是在为新诗百年“做寿”，是在提醒我们不能遗忘历史，因为遗忘就是犯罪。在他看来，“百年新诗学案”就是在编一本活的诗歌历史，“百年新诗学案”的工作即是对新诗史料的“结绳记事”，“学案”即“记事珠”，这样的工作不仅是纪念性的，而且是建设性的，意义非凡。孙基林重申了谢冕“拒绝遗忘”的历史态度，认为在历史面前仍然需要某种坚守。他还重述了程光炜多年前提出的“返回80年代”的主张，认为虽然“新时期”只是阶段性的，但依然不能忘记，所以不仅要“返回80年代”，还要返回“新时期”，返回“原点”。

二、“口述史”作为文学史料的价值

程光炜提出可以在“学案”中增加“口述”的史料，甚至可以单独做一个“口述史”的编外卷。但“口述史”说起来容易做起来难，大多数人不愿意接受口述采访。且口述史属于社会学的研究范畴，需要很多社会学的方法。张清华表示非常同意“口述史”的史料形式，尽管口述史不尽可信，但还是可以通过其他材料相互佐证，他还提议可以像程光炜、唐晓渡等以“口述”的形式挖掘顾城、海子、《诗刊》社的历史等。王秀涛也对“口述史”的挖掘和研究表示赞同，他认为，当代文学可拓展的资料空间十分有限，口述就是很重要的部分。虽然口述不尽可靠，但研究者可以在与其他史料互证的基础上进行甄别。洪子诚也认为，对特定时期诗人如邵燕祥和公刘等的口述史料的呈现应当与对报刊等资料的呈现相并峙，以作互证，通过比较作家的叙述与实际落实“罪行”的修辞，以认识中国政治运作的方式。徐庆全则在讨论的基础上提出了新诗史料中的“后设叙事”观念，即记录者只选择对自己有利的记忆。他认为朦胧诗的后设记事就很严重，1980年代的诗人往往都在强调自己的先锋地位，抢夺诗歌的话语权，所以很多人就在“后设”的记事中获得了先锋者的形象。他还指出：口述/回忆不如传记，传记不如年谱，年谱不如档案。易彬则进一步指出“后设叙事”是很显著的现象，譬如他看到1964年的穆旦诗歌材料时就发现和穆旦的相关口述之间存在很大分歧，如果没有其他材料可以佐证，处理起来就比较困难。

三、新诗史料的挖掘与保存

王学东以他所做的《星星》诗刊与20世纪四川诗歌发展史的研究为例，提出了查看档案与搜集史料的过程之艰辛。他表示，史料的挖掘看似容易，做起来却由于社会政治形势的限制和史料本身的保存等问题而十分困难。史料繁杂无穷尽，搜集上却不甚容易，所以需要继续探讨史料在保存和挖掘上的方法。张立军认为，史料是对记忆的强化和对真实的追寻，在具体的挖掘和研究过程中可能会困难重重，但中途的曲折也是证明方向之正确的一个必要方式。他指出，史料的保存是一个重要的问题，有些史料必然不能公开发表，但仍需要将其完全原本地保存下来。另外，他还指出文学中尤其需要增强“档案化”的意识，做完的事情需要立即存档，以便于史料的建设。吴昊以《王贵与李香香》的经典化问题为例，指出由于战争等历史原因，许多一手材料目前还未发现，限制了研究者对经典文本的初版本研究，提出应该更多地关注原始史料的保存情况与传播问题等。程光炜认为，在朦胧诗、第三代诗部分，史料尤其欠缺。加之这些诗人爱好修改自己的作品、修正自己的历史，提供的很多都只能算作“伪证”。他提到曾亲眼见到肖开愚修改已出版的诗作，认为这可能是一个普遍现象。另外知青们也可能大都根据新的形势修改过自己的作品。易彬以他做的“穆旦诗歌汇校”为例，指出应该注重史实考证，譬如穆旦晚年诗歌的呈现样貌就包含了编者的意愿，不尽客观。洪子诚则补充说明，很多作品如果不标注时间就会失去历史价值，只有放在具体的历史语境里才会显得重要，如牛汉的《华南虎》和北岛的《回答》。张清华认为，应该更多地挖掘一手史料，譬如可以通过找到杨键进而了解《“文化大革命”中的地下文学》中所使用的一手材料。

四、新诗史料的史学观与诗学观

张清华表示认同史料在诗歌研究中的重要性，认为史料是一种更加丰富的诗歌史。同时他也指出，在史料的选择和梳理上要有自己的价值立场，譬如对“贵州诗人群”“白洋淀诗派”究竟是否存在的判定，亦如对“盘峰论战”的情景还原与价值判断、对食指的双重性的认知等。王秀涛认为，历史事件固然重要，关于历史事件的叙述和描述也同样重要，后者固然具有主观性，但叙述和描述本身也构成了历史事件的一部分。事实修辞本身也是一种事实，它反映出叙述者的态度和感情，及其所处的社会历史环境。刘波提出了从本体的诗歌批评转向做诗歌史料研究的困难，表示这是一种艰难的转型。在他看来，在从当下回到历史的过程中，如何甄别、如何选择、如何取舍、如何处理，都是值得思考的事情。回到历史现场不能只是一个“还原”，落脚处或许还需要一种人文价值关怀。“学案”作为一种方法论，依然需要体现一种价值观。吴昊指出，20 世纪八九十年代作为诗歌转型的重要时期，很多诗歌事件由于政治敏感而难以得到正常的体现，如何把诗歌和历史相结合就成了一个值得探讨的问题。她还以《王贵与李香香》的经典化问题为例，提出应该更多地关注原始史料的保存情况、地方史料如何与普遍性诗学问题相结合，以及地方性诗歌的传播问题等。李文钢以对邵燕祥和公刘被打成右派的过程的研究为例，提到他为此联系上了邵燕祥本人，获得了最新的第一手资料，表示对原始史料的梳理可以让研究者获得新的视野。但同时他也指出，邵燕祥和公刘的艺术水平仍待探讨，如何避免把史料当作政治性问题去做、如何把史料与诗歌艺术联系起来成为一个值得思考的问题。他认为，要用新的观点提炼新的史料，用新的观点照亮旧的史料，用新的观点为文学史贡献新的眼光。

五、新诗史料与“百年新诗学案”

姜涛以《晨报·诗镌》为例，阐述了“学案”对新诗史料的实践方法：按照一般的写法，会陈述其创刊的过程、人员的组织及其格律化主张，并将其定位为新月派的前身；按照“学案式”的研究，即应返回《诗镌》原刊，可从《诗镌》第一期的“三一八”专号切入，谈及闻一多“诗歌要以现实情境为依托”的主张，从外部环境入手，探讨 1920 年代政治变动产生的诗学反映。易彬提出，在“学案”的编写过程中，如何处理既有材料与旧材料的关系是一个值得思考的问题，如何处理不同作者对新材料的不同呈现度、不同“学案”之间出现的史料使用上的重复等情况，同样值得思考。吴思敬认为，“学案”应当充分挖掘各个时期的史料，力求还原“百年新诗”的历史面貌。如艾青、郭小川等诗人的曲折遭遇和思想变化都值得在史料上做进一步挖掘和研究。他以第三卷为例，指出徐庆全、李文钢、王学东、邱景华等撰写的部分在史料的挖掘上值得肯定。另外，无论就当时的影响而言还是就现在的主流意识形态而言，延安和晋察冀文艺的内容都要有所增加，尤其是要增加史料的挖掘。王士强则以第四卷的编写情况为例，提出徐庆全撰写的三篇关于1970年代后期的文章挖掘了很多珍贵的一手材料，堪称“学案”典范。另外，李建立关于《今天》杂志和朦胧诗的几篇，也在史料的挖掘上做出了表率。张立群结合第五卷的编写情况，提出应该如何处理“百年新诗”史上距今最近部分的问题。在他看来，这部分稍有不慎就会落入史实的梳理或情景的再现，背离“学案”的初衷。另外，在与“五四”等时期的对比之下，如何处理晚近历史的篇幅与体量等也是一个值得思考的问题。如何在挖掘新诗史料的基础上探究1990年代以来诗歌批评的发展也同样值得思考。除此，他还提出可将各时期各版本的当代诗歌史作为史料，探讨诗歌史的经典化问题。

六、对“百年新诗学案”的总体评价与建议

洪子诚认为，“百年新诗学案”布局宏大、材料扎实，不仅关注文本、诗人作家，而且关注了很多跟诗歌生产有关的外部环境因素，包括外来影响、传统因素、出版和教育等，是一次带有总结性的研究，是对近20年来新诗研究成果的一次总结。同时他也指出，在文学史的研究中，对年代较远的部分更好把控，而对年代较近的则难以做出确切的判断，虽然研究者对较近的部分做出的判断不一定确切，但也为历史留下了宝贵的痕迹，这也是“百年新诗学案”面临的问题和呈现的价值。除此之外，他还指出了“百年新诗学案”现下的两点不足，一是没有单独提及谢冕的《在新的崛起面前》，忽略了谢冕“引领者”的身份；二是对1950—1970年代汉语新诗跟外国诗歌与世界诗歌的关系问题研究有待深入，相关史料也有待进一步挖掘。徐庆全提出了四个建议，一是每一卷的卷首应该写一个序言或总结，尤其是1980年代需要着重提到新诗与时代的关系，介绍思想解放的时代背景与新诗话语体系的构建之间的密切关联。二是要把此前新诗史上的纪念活动也纳入进来，每次纪念的主题不同，反映的内容也会有所差别。三是要

在史料的挖掘上更丰富和深入一些，他表示愿意贡献私人收藏的关于“三个崛起”的一手史料、关于“黄皮书”“白皮书”编审过程的内部出版史料，以及臧克家致信郭沫若商讨《中国新诗史》目次的信件原件供“学案”的其他研究者使用。他还认为，“百年新诗学案”最终要处理的一个是结构体例的问题、一个是史料挖掘的问题、一个是“面”的问题。郭娟建议可以在写当下健在诗人的“学案”后面附上诗人自己的回顾和反思。另外，她认为，“学案”是一个个的点，虽然丰富博大，但依然需要一根内在的“线”作为脉络贯穿其中。作为职业编辑，她还提出希望加强史料研究在书写、发表、出版方面的规范化。陈徒手也认为应该增加谢冕《在新的崛起面前》的比重，提出应该进一步挖掘相关史料，了解谢冕在1980年代面临的形势压力。王秀涛指出，“学案”与洪子诚提过的“事件”有相通之处，从以往的以作家为中心转向“学案”的以事件为中心，能够不断地生发出一些新的题目和新的研究。他认为，以前的研究带有一种目的论的色彩，对事件本身的关注往往被忽略，而“学案”以事件为中心的研究不再局限于观念及表征，更加注重与实践的结合，注重对历史轨迹的考察，可以弥补目的论研究的缺陷。他还注意到很多著名的小说家最初都是写诗的，譬如莫言、路遥等，他们的诗歌纵然在诗歌史上价值无多，但从小说家的立场挖掘和研究，或许也能发现之前被忽略的独特价值。姜涛认为，“学案”中距今较久远的部分，在以往的研究中已经有了相对完备和稳定的认识，怎么处理“学案”和以往新诗史的关系成为一个值得思考的问题，尤应避免使“学案”成为以往新诗史的一次注脚。他重申了王秀涛关于当下新诗史过多受到目的论叙事支配的观点，认为这样的叙事过于强调文学现象和作家流派之间的衔接性与演进性，而未注重其本身所面对的历史问题，所以新诗的丰富性还远远没有呈现出来。在此意义上，“学案”的工作打破了以往新诗史叙述的封闭性和局限性，纳入了更多的问题，也打开了更广阔的空间。吴思敬认为，尽管在聘请特约撰稿人、中期成果发表等方面存在一定的困难，但“百年新诗学案”仍然在留存鲜活的历史，在为历史“存照”，由于历史限制，我们这代人无力完成的部分，则交给子孙后代。

（作者单位：首都师范大学文学院）

多元诗性思维的交融
——郑敏访谈*

◇孙晓娅

引言：这篇访谈的对话是2017年3月在郑敏先生家完成的，时隔多年未发表，借郑敏先生101岁寿辰之际，刊发出来，特此纪念。

一、多维的诗歌

孙晓娅：冯至对您的影响很大，除此之外，您的诗歌接受史中还有很多的人物可以探讨，比如说巴金曾经编了您1942—1947年的诗集。

郑敏：那个是他帮助编选的。因为在一九四几年的时候突然有很多人发现了我的诗，可是我没有机会跟人交流。我写诗的时候是按照个人习惯，知道些什么就写什么。过去的几个大学对中国诗歌比较忽视，总认为中国诗歌是群众无法理解的。中国新诗跟世界新诗是有联系的，中国应该极力追赶，要跟世界接轨。结果中国轻视新诗，好像只把它作为语言上的革命态度似的。大学教育也轻视白话诗。前面说的像冯至他们其实已经走得很深远了，可是大家都不知道他们的工作内容。中国新诗的介绍缺少稳定性。在中国和西方的几个新诗发展的时代，譬如说早期冰心的阶段，一直到后来，对我们的影响是不一样的，每个阶段有每个阶段突出的特点。

如果要真正地研究中国诗歌的发展，就应该深入找到各阶段中国和世界的交流。中国新诗在研究上除了几个大学教授，都是很年轻的人，老作家对新诗不感兴趣。新诗在事实上没有得到很好的整理。青年人在“五四”时期和“大跃进”以后突然对中国的新诗很有热情，但中国并没有开这种课，也没有阅读诗歌的路径，没有那些书，也没

* 本文系教育部人文社科重点研究基地重大项目“中国现代散佚诗集的搜集、整理与研究”（项目批准号：17JJD750003）阶段性成果。

有人在大学里强调要把中国新诗讲一遍。我们的中国新诗是很混乱的，到现在都没有一个人能准确地讲出中国新诗的定义。

冯至、卞之琳还有更早的诗人，他们的出现其实是跟世界的新诗是很有关系的。中国的白话诗就是从他们这些人的创作才开始呈现出一种成熟的感觉。冯至和卞之琳两个人对西方的介绍很成熟。我一直都在说我们写评论的人要很有 sense（感觉）地去做这些事，我们也积累了一些成果，应该让世界理解我们。可是诗歌界一直缺乏相应的工作。譬如冯至和卞之琳，可以说他们俩在那个阶段的成就是可以拿出来跟世界解释的。他们既是东方的，又很适应“二战”以后世界的潮流，没有人研究他们。

孙晓娅：中文系讲解诗歌的能力有限。诗歌是一种特别需要诗性的、悟性的文学。

郑敏：咱们中文的研究一定要知道世界的文学潮流，要跟上时代的感觉，大家才能来看新诗。由于念哲学，我认为西方哲学非常重要。因为没有哲学便看不懂诗歌，更无从介绍。

孙晓娅：您 1940 年代有很多文本的创作，我感觉您从中汲取了里尔克雕塑的艺术空间感受，很像一幅画。

郑敏：我在很早就接触到西方的雕塑、油画，还有音乐艺术，这些都是我在高中时忽然接触到的。

孙晓娅：您高中在哪里读的？

郑敏：四川南余。我的初中是南京司城中学，一次看画展时我开始对绘画感兴趣。西方音乐和绘画丰富了我的感性。我感觉中国人文学科的障碍来自两方面：一方面是哲学思想方面，因为有老子、庄子这些传统，还受了基督教的一些影响；另一方面是很反对 material（务实的）的科学。我们仅把西方的自然科学当作一种手段来使用，在科学思想上一直不太能接受。老一辈不能接受是因为他放不下老子、庄子。西方的自然科学和人文科学，特别是哲学，它们在十字路口各自交换一点，继续往前走，一会儿又分开了。人文科学和自然科学到一个时候，历史就使得它们自然结合了。

孙晓娅：因为您有美国留学的经历，又有西方的哲学背景和诗歌背景，视野非常开阔，储备也非常雄厚，那么在翻译美国诗选的过程中，您有没有遇到过什么障碍？有哪些可以提供给后辈学者借鉴的经验吗？

郑敏：我很少翻译，没有出版什么翻译作品。对于翻译，我无法保证它一定反映了作者原来的东西。因为我也写东西，我的感受是有的时候写出一句话来，这句话底下还有几米的暗道我没办法表示出来，很难那么准确地表达。

孙晓娅：作为女性诗人和学者，您是如何看待我们中国新诗建设中女性诗歌创作的？

郑敏：任何评价都不能说它一定就反映了真实情况，我很不愿意去评价。我感觉中国文学领域和历史学领域的研究，尤其是诗歌，和美国比是不够开放的。因为我们的脑子里始终是有孔孟之道的，什么是正确的什么是错误的，教育已经告诉你了。实际上，有很多在一个时代里好像非常了不起的学问，到另一个时代被发现有很多问题，人的知识在时间里会得到不停地纠正纠正再纠正。我不认为谁能拿到绝对真理。

孙晓娅：西方玄学思想对九叶派诗人在1940年代的创作影响是很大的。每一片叶子都是一道独立的风景。

郑敏：因为我们受的教育都是零零星星的。抗战时期，我们这些人家庭背景很复杂，但是由于共同的动机，被吸引到一起。我们当时共同的方面是希望自己能够多知道一点儿，但并不等于你知道的我也同意。就人类是否有一定的真理来说，那时我处于一种很恍惚的状态，也不相信宗教。宗教的那种自己让自己什么都忘掉的思想也很可笑。我们西南联大一个最突出的特点，就是把所有过去认为很高尚的、很深厚的、很哲学的那些信念，一概都打上问号，什么也不信，什么也不反对，因为我不知道它对不对。西南联大的学生来自四面八方，各种不一样的都放一个锅里煮，到底什么味道只能自己选择。大家都是知识分子，都不相信知识，也不信宗教。后来大家都穿上制服，表面上都很和气了，但不能深问，因为谁也说不清楚。

孙晓娅：那您1980年代之后跟九叶派诗人当中谁走得比较近，联系比较多的是哪几位呢？

郑敏：在诗歌上，可以说我从来没有归属于过中国哪一派的诗人。我认为诗歌很复杂，你不能说谁对谁错，老话说我们的脑袋就像一个碗，有很多复杂的根本弄不清是什么的东西都装在这个碗里头。我认为宗教信仰完全是自己欺骗自己，你假设一个东西说它就是永恒的，你先告诉自己、告诉大家，咱们相信这个永恒，那个永恒，你有什么客观证明？真理得在某种条件之下，符合社会大多数人的要求才能被相信。

孙晓娅： 在具体的创作之中，您是如何将哲学理性的思考，音乐感性的、艺术性的东西和诗歌神秘性、感悟性的东西结合起来的呢？在具体的创作中会有意识地去融合它们吗？还是说这个创作是水到渠成的？在您的创作生命里，这三个元素的融合落实到文本的创作之中，是自然而然地流露还是刻意的修炼呢？

郑敏： 我不可能说它们是自然而然的，因为白话文也要经过很多人很多次试验后才能比较像样。我认为语言的创造还是要跟内容有一定结合，诗的感情确实是从灵魂深处涌现出来的。

孙晓娅： 您用了一个词叫“心灵的书写”。

郑敏： 对，你只能用心灵的语言把它抓下来，然后慢慢里头就有某种倾向可以培养成为一个东西似的，就像培养学生，不过那都是在实践很久以后慢慢发展的，很少能下命令说以后一定要怎么样，要那样做就不合适了。语言的审美感不是孤立的。我们现在必须承认，语言很难绝对化。中国的文言文是文化的语言，是艺术性的语言。西方保留口语，我们参考西方，后来也就成白话了。这些东西到现在还很难说，古典汉语的美和白话的美之间怎么比较？汉语是很特别的，它和古诗是配合的，可是我们现在不可能去写古诗了。古诗的美和我们的生活还是有很大距离的，就像说话和唱歌一样，你唱歌唱得很好，可是你不能拿唱歌代替说话。这些东西，要很耐心地不断在各时代总结自己的经验。语言可能还会有发展。

孙晓娅： 我们说诗歌已经脱离了音乐的层面，它更多的是内在情绪、内在节奏的消长。读新诗的人要有一定的修炼才能够读进去，那这是大众没法评价的。一方面，中国人本来就缺少哲理的东西，是十分抒情化的；另一方面，您提的几个问题我都非常赞同，这也恰恰是中国尤其是当代诗歌界最匮乏的。譬如像我特别欣赏的古代诗人杜甫、苏轼，他们都是有大境界的人。这种主体精神的建构是当代没有提及的，甚至现当代不会提及主体精神的建构。

郑敏： 不管是资产阶级也好，旧社会的中国式的也好，还是无产阶级作为领导也好，这些都对人民的境界有直接的影响。中国最早是受孔子的影响。中国的哲学，自白话文诞生以后，就使得你感觉哲学很晚才从西方拉进来。从西方拉进来的有两种影响：一种是浪漫主义，这是很容易推销的。因为 19 世纪西方浪漫主义很符合中国古诗的气质——古诗里头也有它的浪漫主义；另外一种就是哲学。中国引进来的哲学，倒是没太被读者理解。因为西方的哲学在新中国诗里运用得很少。譬如冯至是完全理解西方哲学的，但他又非常喜欢中国的古典文学，他不愿意在语言中融入太多西方的东西。对西方和中国，你如果要从思维的两极去考虑语言，那是永远走不到一块儿去的。

中国的语言需要极大的突破，因为以前它就是诗意的、模模糊糊的对宇宙的感觉。可是今天只要活在现代的人，无论诗人或不是诗人，只要是知识分子，对理性和心灵、灵魂多少都需要很深刻地再去把握它，不能否定它。要想一下子抹掉那是不行的。西方很快拥抱宗教了，能把宗教都用到美的、高尚的地方去。这种做法有好处也有坏处，坏处就是这不能跟着时代发展，因为它已经成为宗教性了。可是中国没有。中国的古典诗里头有很多下意识地对物理世界之外的那个世界的感受，可是没有人在讲课中从古典诗里挖出来。因为后来我们很注意唯物，我们在课堂里一定是讲唯物的东西。老实说，要是把整个人类的灵魂都唯物过来我看也没什么好讲的，因为大家都一样。西方是非常注意心理学的，其实后来西方心理学也就跟神学、宗教结合起来，它就能跳出生活中绝对物质的面貌，我们自己好像就看透了似的。以前许多古人还想分析恍惚的感觉里的东西，现代人虽然知道人的心灵和灵魂的复杂，可是只是停留在字面上说复杂，却没有勇气，一步都不敢迈出来。可是你知道物质不是能够不变地吞进去，你还要经过智力才能化成一种人性的智慧。我们这种到后来特别是革命以后思维僵化：只要道理没说明白，就甭说。那不能说的东西太多了，比如宗教，宗教的东西当然是说不清楚的，但宗教是哪里长出来的？还不是从人的肉体里长出来的吗？肉体跟灵魂撞击的时候有没有别的东西？不能说因为在世界上找不到就说不存在了。

我们思维僵化得一塌糊涂，中国的诗歌是用说不清的科学暗示了一种科学的东西。科学不断发展，过去古人就不会讲什么心理学，现在越来越多了。可是人摸不着看不着的那个逻辑或者灵魂，不能扔掉，要是扔掉你就不是人了。可是我们现在却是尽量地不要。只要说不清道不明的你就甭说。中国人要是老那样怎么行啊？因为我们的科学没有发达到一种程度，我不能穿透看见你的脸是什么样，我不能知道你背后的事情：没那么方便！死板的物质和非物质过渡中国人一概不管，认为这个是物质的，那个就是空的。

西方人内心确信有个神存在。可是有一点，虽然那是很讲科学的国家，但承认目前科学还只有一个范围的。宇宙并不是你这点科学就能解决的，人究竟是一种什么样的生命？不能说百分之百都懂了。像人跟环境的关系，大自然的变化那么多，我们都了解了吗？你得承认人目前对于宇宙的认识还是差得远得很。说了如指掌是不可能的。

孙晓娅：那您是有神论吗？

郑敏：我没有。因为把神变得跟人差不多，那不是在那儿自个儿捏个娃娃吗？人必须承认宇宙有很多东西是根本摸不着的。等那些doctor（博士）都弄清楚了，像解剖后对身体每一丝一毫都了解一样，那还早着呢。必须承认认识是有限的。承认有限以后，对于很多说不清的东西，还不能否认它的存在。必须说，人并不是对宇宙无所不知。

孙晓娅：对，就像德里达所说的延异，其实是恰恰契合了这个时代的一种多元格局的变化。到了21世纪这种生态变化就更大了，更快了。

二、新诗教育：白话的介入

郑敏：对社会上一些新诗的活动，我是带着一种感情的。我对二战以后西方新诗非常感兴趣。因为我也写诗，我也很高兴能够开这样的课。主要是我们的诗歌教育放在中文系，而中文系没有习惯去看外国的东西。无论是新中国成立之前还是“文化大革命”以后，都没有介入相关领域。我一直感觉到，我们的新诗在这方面好像很可惜，不像西方，它们彼此很容易看懂。中国的新诗确实应该有一个机会，应该让大学生和研究生对于新诗能了解更多的细节。因为中国国语经过多次变化，由文言到白话，文学的白话一直是我们正在经历的，还没有到达高峰。希望多普及新诗教学的课，不要教得很深，要让大家对于中国的诗歌跟世界的诗歌——毕竟是同时产生的诗歌——多关心一点，不是光考虑怎么写新诗，还要考虑中文的诗歌语言是怎么慢慢地发展的。因为你写诗不能像说白话一样。语句也有语言艺术。其实我很希望中国的新诗能够和世界的诗歌有交流，去吸收它们的一些经验，因为它们的经验积累得比我们多。而我们的新诗还是很新的东西。这方面工作应该需要中文系、外语系还有所有关心诗歌的人多花一点时间研究的。中文系和外语系要根据自己的教学经验多交流一下，想想怎么样更快地能从西方新诗里获得交流经验。只有这样才能够有益于中国的青年学生和诗歌界。在这方面，我们是有所欠缺的。我想所有中国人，尤其是受过高等教育的中国人，都会感觉到我们新诗的语言问题还没有解决，语言还在刚开始的阶段。

这涉及一个根本的白话文的成长过程，触碰到一个非常具体的、专业的问题。因为诗歌不像小说或者是散文，诗歌是小众化且在语言上有它独特的特点。中国的新诗完全可以说是从西方的新诗里找到当代世界诗歌的艺术，或者说是一种表达方法，而不能在古典诗里故步自封。白话文有强烈的艺术性，诗歌是最典型的。古诗的语言也是完全根据诗歌的需要创造的，我们现在等于要给中国的新诗创造一个适合于它丰富内容的语言。要不然的话，翻译可以翻过来，但会有很多人能看吗？感觉好像很不习惯，因为从前没有这种感觉。中国的白话文，还有很多很多的提升空间。事实上我们整个文学，不是在我们自己古典文学中培养出来的，而是跟世界交流以后我们的白话语言吸收了很多世界的语言。大学中文系应该让研究中文涵盖文字方面，有必要让它进一步发展，使得中国跟世界文学的交流更通畅。虽然我们总是拿白话文做基础，实际上不是每个文学都可以变成白话文的。中文系从中国的语言和世界交流的角度看，是深度讨论得不够。诗歌是其中最困难的一种。我们的白话诗走到现在，也就是因为白话既没有完全口语化，又找不出诗歌的文字应该是怎么样。大家喜欢怎么写就怎么写，到现在都没法讨论这个问题。这个问题实际上影响中国的白话诗在世界上的价值。不解决这个问题，就会有很多人尤其是对古典诗非常满意的人对白话诗嗤之以鼻。因为一进入诗歌，音乐性、表现、色彩都需要呈现，可是白话本来就是口语，口语又不能解决这些问题。

孙晓娅：这个问题其实在这些年的研究中还是有部分的学者有所关注。而且说到汉语的发展，像“百年汉诗”“现代汉语”，都提出了当代汉语诗歌的建设。

郑敏：很多人对当代汉语诗感觉是“这哪儿是诗啊？”我知道的很多，二战以后中国的新诗都是用这种西方化的语言写的，结果被各式各样的人嘲笑得一塌糊涂。

孙晓娅：据我所知，像冯至的十四行诗和他的十四行集，在外国诗人看来都是非常好的。比如顾彬就曾经跟我说过，他非常敬佩的中国诗人第一位就是冯至。为什么呢？他说一个中国诗人能够将十四行体能够写得那么得心应手，他连想都不敢想。您怎么看待这个问题呢？

郑敏：他认为汉语在冯至先生的运转之下已经解决了一些白话为诗歌服务的问题，能做到些许保留它的艺术的优点。那当然是我们对白话的应用已经超过前人了。可是古人不用白话，完全用文言。譬如英语里文学体的英语，和普通说话的英语不一样。英语就解决了这个问题。

白话不能期望一两代诗人很快就解决了。可是诗歌的文字不等于日常口语，这点我们得有思想准备。白话的口语也有很多发展，譬如有一阵子我写白话文，文字就很有诗意了，不是所有人都看得懂的。如果说诗歌或者散文要带有诗意的话，那白话文还是可以想办法慢慢地调整过来。不能跟古典诗比，他们解决得已经很好了。可白话还是有解决的可能性的，我后来也写了 sonnet（十四行诗），我发现我们在这方面基本上解决了。你知道我们现在有个障碍，有一种语言本身是白话，它不是日常口语。可是有些人脑子里头就说这种白话是什么东西啊，那么复杂。他就把白话唯一的好处跟一听就懂的日常口语完全等同。这种概念是错误的，我们不应该支持。任何的语体都不能等于日常用语，因为一个诗人想问题的时候他不是从实际生活解决什么问题去想。诗歌的语言，一定要有它的独特性和它诗性的魅力，不能没有边界，发展到最后，诗歌的形式的边界、语言的边界都没有了，那么诗歌也就不能够称为一个独立的文体了。白话诗的 quality（品质）是什么东西？不能等于文言，文言压根就跟普通的话不搭边。可是去看西方的诗，它还是在日常语言的范围之内，有一种诗的色彩，中国也应当一样。

如果看历史的话，要把时间拉长一点，不能定在一个角度。中国的白话文，它的寿命到现在才有多少年？应该从两头想，不能因为一下子就能变出一个充满了诗意的白话，哪能那么方便？可是我不认为白话文在这过去——起码是新中国成立前后一二十年——已经有很大的发展了。早期的白话是什么啊？刚开始追求符合日常的口语，到后来就认为那种追求是不合理的。文学语言永远不会等于你一听就懂的语言，不然还写什么啊？写一首诗，是白话诗，也不见得一句话就看明白了，这种文学语言一定跟日常用语不同。可以从两方面努力：写诗的人为什么非得弄得那么复杂，难道不能找出一种比较容易看得懂的诗意很浓的语言？这种是有的。不能消灭白话，白话也不能消灭文言，只是说咱们互相在运用的过程中要想怎么样使得中国的语言更能够被运用。因为你看现在白话其实也不是停顿在一个角度的，从“五四”到今天，白话不是也被接受了？事在人为吧。

孙晓娅：对，其实您是给中国新诗的发展提出了一个期望，而且这个期望是持续的，始终在您的诗学建设和诗歌创作的理念之中。

郑敏：因为我们在把白话 daily comprehension（日常理解）变成 poetic language（诗性语言）方面做得很晚，西方从宫廷诗尝试起都已经有好几个世纪了。我们刚做，不能就这么不耐烦。你要把白话用来写新诗是比较困难，最好继续创造，再调整。白话文、散文，转换成更诗意的创造是有极大发展空间的，也不能说一个晚上就把各种东西都弄好了。我们的现代思维跟民国初年那些人的思维不同，他们从不会说出现代的这种白话，语言还是在发展的，我们也要跟世界交流、吸收一些。

孙晓娅：是，民国时候的诗歌翻译在语言的选择问题上还存在争执。曾经有相当的一段时间，人们在辩驳究竟应该用文言翻译还是应该用白话、口语翻译西方的作品。其实这个争执也是话语权力的问题，就是写作权力。

郑敏：没关系，都可以用，看用到后来你解决了多少问题。如果一点都没解决问题，你把白话文反而翻译成特别困难的文言文，谁会看呢？这些东西可以敞开去试验。

孙晓娅：民国时期有一段时间，也做过这样的尝试，用文言翻译歌德的作品。

郑敏：白话本身也不要太以为就是以口语为基础，路还长呢，不是吗？你说你就拿英文举例，它是完全口语的英文还是诗歌的英文？两者不是也差得很远吗！我们的语言也需要让大家理解这是一种诗歌式的语言。需要你自己去创造，没有一件衣裳能各种场合都穿的。但我想这不要紧，只要我们有钻研的精神。譬如音乐性，用什么方法可以达到？用纯洁的文字就可以。

孙晓娅：其实刚才您提的这些问题，完全是从一个大的格局——汉语诗歌的建设——以及进一步的改进去说的，是提供了一个发展的线索和路径。您都 90 多岁高龄了，还在关注、忧虑以及推动中国汉语诗歌的这种建设。作为晚辈来讲，我是非常受益的。

郑敏：西方人对音乐更敏感，他们的语言，他们的诗歌，好像没有音乐就失魂了似的。中国古典诗歌中音乐是必须在的，可是我们的诗歌变成白话诗以后，新诗的音乐性出不来，白话还是没达到解决诗的问题的程度。可是我们也并不能因此就说中国新诗不行。我有一段时间因为中国白话文根本不考虑音乐性，感觉中国的诗什么都成问题了。文学的白话不见得一定都和口语一样，语言还是可以发展的，现在我们应该鼓励白话文，但不要停顿在最初是什么样就永远只能是这样的状态。因为最初它没涉及人类的心理问题、神经状况等。英语是一会儿就出新的东西来，因为那些新的东西是生活里的，它这样说才能表达自己。我也在考虑这个问题，就是说诗歌不见得不能表达最现代的一些复杂的思想。

中国白话文的诞生很了不起，多少亿老百姓在很短的时间就可以掌握这个语言，表达他的思想，这已经达到很高的水平了。可是作为一种语言艺术，我们积累的历史、哲学都得用现在的语言来表达。可是这很难，因为我们后来对于白话文有点太关心普及应用了，造成它都是非常及物的，好像一点抽象的东西都没法说，只能用旧词代上去，这使后来的语言发展有点停滞了。我们的白话文没有走到西方现代英语表达多样性的程度。白话文的这个问题把我们阻拦了。我们很习惯注意那种抽象美，道德观念很严重，好像白话文就得白的才对一样。其实现在我们已经到了一个阶段，不能再那样白下去了。美国也有时候忽然把一个新的字用在生活里，可我们中国人就老守着这点，根本不涉及你灵魂深处的东西。有一个阶段，人们就拿你是不是能够跟上白话来看你这个人的现代化。

很多老夫子啊，他们实在是因为一晚上跟不过来，结果就变成落后的了。那么他们一落后，几千年中国带有很深的文的 quality 的成分的语言就被淘汰了。自从走出封建制度以后，文言被否定了以后，我们的诗歌简直成了儿歌。而且这个影响之大，很少有人意识到。西方的心理学等的东西都在语言里头融合进去了，假如几年不去，有些语言就不知道它们到底意味着什么，它们是这样创造性的语言。而中国的语言太难更新了。

孙晓娅：其实这些年，一直还是有一批非常优秀的探索汉语诗歌建设的诗人，他们还常关注语言的建设。

郑敏：我听到呼声了。

孙晓娅：比如说像陈先发、臧棣，他们对语言、对汉语诗歌的建设，他们的创造力，都是非常可喜的。

郑敏：最近我也听到了。可是这有一个很大的问题，英文你要有时候几个月没注意，已经有好多新词冒出来了。中文呢，怎么听都差不多，好像我们没有那个习惯。

孙晓娅：也有一批诗人现在不断地在尝试着突破和不断地改进，像西川，他这些年在尝试着语言的变形、诗歌形式的突破，做了很多努力。还有一些比较前沿的诗人，这些年他们也在做一些这方面的探索。

郑敏：可是我很奇怪，西方人做这个东西显得很自然。而我们是除非你已经下定决心去背叛大家公认的东西才会这么做。我们研究语言没有西方的高度，西方人把语言当作哲学，就是说你人性的一方面、非常智慧的东西都跟语言连上，他们没有放弃语言。而我们认为白话文已经行了，认为我们不应该变，谁也不敢乱动了。我们就没有把语言和人的心灵联系在一块。

孙晓娅：您说的这个是我们现在的一个问题，比如说很多诗人他意识到诗歌的重要的突破就是语言的层面，这是毋庸置疑的。把它和心灵、宗教，包括我们说的这种玄秘的东西联合起来，在中国来讲它一直还是一个问题，有待于我们自己去完善它。

郑敏：问题是我们好像小学六年念完了、初中念完了会这种标准语言就行了。我也很奇怪，古人凭什么就编出那么多文言文？它肯定不是日常口语对不对？从小说可以知道那个时候小说的语言也是口语，散文就变成一种艺术了，它的语言是可以艺术式地发展。可是今天没有一个人说我们的标准话可以艺术式地发展，这么说简直就是很大错误似的。可是不变的话，我们就像一个人织出一件毛衣，永远都只能这么穿，永远只能这么大，你再胖也得穿上。中国的文科它有文理相交的一部分，你看起来是文的，可是它的背景，它的基础是理性的，是科学的。

孙晓娅：我非常佩服您这种敏锐的深度，鲁迅在《摩罗诗力说》里就提到了科学精神的问题，他说“科学就是诗”。作为一个现代知识分子、启蒙知识分子，他能够把科学和诗自然地从逻辑的角度、从根本上连接起来。目前我们谈到鲁迅的时候很少有人去关注他这个层面的问题。鲁迅在起点处就打开了，就把诗歌真实的精神点破了。可是我们不断地还在走这种自我封闭的路径。

郑敏：我们的课本太陈旧了，事实上不能够这样。

孙晓娅：您说得特别对，文化的变化势必会导致教育的变化。我们现在的文化，包括传播媒介，与日俱增的变化、迅速地更迭，而我们的教育始终是匀速地发展，包括它传播的方式没有跟得上我们整个大的文化格局，有些方面都还是比较滞后的。

郑敏：对年轻人的脑袋不要给它定那么多方方框框。或者说在我们的教育里，当你介绍一个定理，说这是我们到现在认为最正确的，最好加上一点，不要就是说永远就是对的。因为事实上你不可能掌握宇宙，宇宙这么复杂，你就完全都掌握了？而且宇宙也在变。西方人永远是在看谁有突破了。我们的立足点是永恒，他们的立足点是变。

三、生命和哲学

郑敏：对于生命这个整体我们看到的是最简单的吃喝睡，其实它是非常非常复杂的。因为一个人，也许你对你自己的复杂性都没有意识到。世界是作为整体存在的，有一些人知道这是一个非常复杂而且分分秒秒在变化的世界，他又必须在这里头生活几十年，可是你必须说什么是对的、什么是错的，这个本来是做不到的，可是人就是得这样做，因为他的整体生存必须有个共同的认可。我们这样做，我们才能共同生活。人并不是在一个很理想的状态生活，你无法控制自然，你又必须活下去，你只能对自己提出一些要求。在这种情况之下，我很早就摆脱了那个像宗教似的东西。

孙晓娅：1980 年代的时候，您一接触德里达的东西，就能够将他的解构主义和老子、庄子的哲学思想融合起来去谈。

郑敏：其实我是为了理解生命才去念哲学的。要说在世界上怎么用哲学，其实是很难的。要理解整个是一个大问号的宇宙，又必须满足于今天这点、明天那点。永远知道得不完全，可是你又得当自己知道了。这种人生观跟我念哲学是有关系的。

孙晓娅：对生命的理解，对生命的探究的这样一种方式。

郑敏：哲学给我一种勇气。人生和世界都是非常复杂的东西，谁也不能说自己真的懂得真理。每个人都有时代的局限，个人的局限，因为他不可能一个人去理解这个宇宙。

孙晓娅：在创作中，您是如何处理哲学的理性和诗歌的感性呢？尽管我们说常常说“哲学的高处和诗歌的高处是相接的”，实际落实到笔端的时候，您这种理性的精神和诗歌的感性是怎么做到很自然地处理的呢？

郑敏：在我身上，理性的和感性的其实是不可分的，它只是一件东西从这个角度看、从那个角度看而已。要证明自己是绝对真理就没什么意思了，可是又不能不说在一定的时间空间里，某一个认识是符合具体客观的情形的。可是几秒钟以后也许就不对了，没有一个东西它是不变的。

孙晓娅：那就说无论是哲学的思考还是诗歌的写作，永远是对一个瞬间的把握。

郑敏：瞬间的具体把握。可是你要如果把这个具体神化了，或者对某种人崇拜极了，把他的某个时间的什么东西当作 absolute choice（绝对选择）。就已经没有什么意思了。

孙晓娅：我曾经看过一篇您的采访文章，说您 1940 年代去冯至家听他和文化界的名人交流，您从来不发一言。您坐在一旁静静地听，吸收到了很多有意义的东西。

郑敏：我上过冯至的德语课，他比较鼓励我写新诗。我是从哲学走到诗的。作为一个人，到世界上来理解世界，一方面是感性的，另一方面是理性的。感性的这个方面比较容易，可是理性地理解环境这方面，我们往往被预先有的偏见蒙上了一种色彩，当我们恍然大悟以后，发现它不是绝对真理。最后的绝对真理可能没有。

结　语

孙晓娅：今天非常荣幸应作家网的邀请向郑敏先生做这样的采访。正如郑敏先生所说，我们常常要回过头看每一个生活的瞬间。那么今天这样一个生活的瞬间，相信从诗歌发展的角度来看会对中国百年新诗的建设以及它的发展有所助益。今天，最让我感动的是郑敏先生对于新诗百年建设以及存在的问题的思考，对我们后来的研究有很多帮助。郑敏先生 96 岁的高龄还能够如此健谈，如此智慧，敏锐地提出了有待于我们后辈进一步去探究、挖掘的问题。最后我谨代表诗界的朋友感谢郑敏先生。“三八”妇女节很快就要到了，在此也祝郑敏先生节日快乐！永远智慧！永远美丽！

（访谈者单位：首都师范大学中国诗歌研究中心）

沉默中我们不得不发声
——祝立根访谈

◇霍俊明

祝立根，出生于云南腾冲，现居昆明。曾参加诗刊社第32届青春诗会、《人民文学》首届“新浪潮”诗歌笔会、第八届《十月》诗歌笔会及第八届全国青年作家创作会议。已出版诗集《一头黑发令我羞耻》《宿醉记》。2018年获得第16届华文青年诗人奖，为2019—2020年度首都师范大学驻校诗人。

霍俊明，河北丰润人，《诗刊》副主编、中国作协诗歌委员会委员、中国现代文学馆首届客座研究员、首都师范大学中国诗歌研究中心兼职研究员。著有《转世的桃花——陈超评传》等专著、史论、诗集、散文集等十余部，另有译注《笠翁对韵》，编选《年度诗歌精选》《天天诗历》等。

霍俊明：立根兄，近好！庚子年几乎改变了每个人的生活和世界观，本来有限的驻校时间因为疫情而被空前压缩了。还是老话题，先谈谈在首都师大驻校一年来的感受吧！

祝立根：俊明兄好！这注定是许多年后会被我们反复提及的一年，也会是被历史记录的一年，这种感觉很奇怪，让人觉得自己真切地活在了历史年代中。但历史肯定不会记住这些：我们那么具体的担忧、恐慌、茫然，悲伤和愤懑、煎熬和承受，深深的无力感和每个人的付出……但这些又都会烙印在我们的心中，在未来很长的时间里，影响我们的思索，指引我们写作的方向。

也不会有哪一位驻校诗人，再遭遇到我这样的情况——大半年的时间都在隔离和限制中度过。但我依然觉得收获甚丰：疫情之前，再一次在毕业多年之后在充满学术气息的大学校园中徜徉，和老师、朋友们畅谈诗歌，思考诗歌；疫情发生后在京时，对自己十余年来的诗歌创作从思想、技艺等方面进行了较全面的梳理和总结；对北京这个城市有了更深的感情，比如看风吹动杨树的叶子，听知了的叫声和楼下的阿姨拉家常的声音，感受一座古都的情绪在天光晦明中变换。有一点遗憾的是，去年年底在几场雪景之后，一直期待的在春天看杨树发芽的场景，终因疫情封锁没能看到，驻校之前我很少在北方长时间驻足，这一次深刻地体会到了北方的开阔、苍茫、浑厚，大气和粗枝大叶，让我对一直以来萦绕在心间的，南方诗歌和北方诗歌的区别和根源有了明晰的判断；在《诗刊》从事实习编辑期间，拓宽了对当代诗歌的理解，也对文学编辑严格的三审三校制度有了更深的认识和实际操作经验；且收获了诸多的教诲、得到了许多的关心。所有这些，点点滴滴我都铭记在心，我也深信，它们会帮助我在诗歌的道路上越走越远，越走越开阔。

霍俊明：这半年多来人们的生活方式和态度都变了——甚至是被迫的调整，我在和一位西北诗人聊天时谈到诗人对诗歌和生活的认知也发生了巨大变化，甚至“后疫情时代”已经在改变着文学的态度和写作者的世界观，而诗歌的功能以及诗人的眼界也在发生调校。平心而论，现在诗人的文本越来越精致和利己化了，而思想和难度越来越缩减。北京和云南确实在气候和风物等方面存在不小的差异。你也和此前的很多驻校诗人一样提到了白杨树，它们也许只是干燥而粗糙北方的一个缩影而已。你生长在腾冲，现工作在昆明，谈谈故乡以及云南给你的生活、工作以及写作上的影响吧！

祝立根：正是因为看见了北方冬天单调的灰暗和粗糙，才特别想看看杨树发芽的样子，那会是多么震动人心的绿和生机！可惜错过了。我的故乡腾冲是一个很独特很有意思的地方，她是中原传统文化钉在少数民族地区的一个钉子户。600 年来，一直以堡垒的形象矗立（隔绝）在边境线上，葆有了正统也死硬死硬的儒家礼法思想。每家人的堂屋正中间，挂的牌子是“天、地、国、亲、师”位，我的父亲和几位叔叔的名字取的是：礼、智、仁、义、信，我还在学前班时，吃饭的时候碗要怎么摆，筷子要怎么放，都被严格地教育过；腾冲基本都是戍边武人的后裔，且一直在频繁的战乱中繁衍生息，有着讲忠义、一根筋，悍不畏死的一面；恰恰又因生存环境艰难，腾人重视经商，加之相邻的缅甸一直是英属殖民地，接受现代西方文明熏陶较早，显示出周边地区少有的开放和圆融。这种极其矛盾的社会环境和人生观感，让我的性格和处世态度在这三方面都受到了多多少少的影响。离乡二十载，我在昆明过得并不太坏却又一直找不到归属感，一直是一个心理上的异乡客。说了那么多，实际上我想表述的是：之前很长一段时间，我的诗歌一直都是向内的，针对的是自我的生存境遇和内心世界，是一个具体的精神异乡客的心灵简史，并没有刻意地强调或突出云南的山川人文。我想这也是未来我会持续探索的写作方向之一：以“推己及人”的方式，通过具体的个体角度，展现一代人在这时代洪流中的心灵遭遇和可能的救赎。

霍俊明：腾冲是一个矛盾体，你的诗歌写作性格也同样如此。在外人看来，云南就是一个整体，即被想象化和整体化的“云南”，而当你谈到在昆明自己一直找不到归属感的时候，我们也愈加注意到每一个人的归属感以及“故乡意识”是具体而尴尬的，它们只与个人的童年经验、生活态度以及经由空间所建立的世界观有关。几乎每个人都在谈论“故乡”，尤其是在整体“断崖”的新旧对立的时代。

祝立根：14 岁那年，我一个人离家去县城寄宿念书，之后慢慢和熟悉的乡村生活渐行渐远，许多年后，在经历了许多人事之后，当我想要认真审视我自己的人生经历时，才猛然发现，那些曾经熟识的、在心底渴望恒久不变的东西，其实早已物非人非。我终于意识到，沿袭数千年的农耕文明的生产生活方式，终于一去不返。正如俊明兄所说的，这是个整体断崖的新旧对立的时代：农耕文明的生产生活方式在高歌猛进的现代化中分崩离析，每个人都暴露在“世界”的天光之下，每个人都没有了“出入世”的资格，每个人都是一朵飘散而下的雪花。故乡，成为我们不堪重负和茫然四顾的乌托邦和避风港。她的温暖、安全感被人无限放大了。可惜这只是一种臆想和虚构，一种躲避或麻醉剂，是一脚踏空之后想要降落其上的柔软白云。当然也是一种最常见和有效的文化心态。在诗歌中谈论故乡，无疑是谈论我们的精神归宿，灵魂四处游走，寻找野花盛开的伊甸园，其实这样的状态在人类社会中一直存在，桃花源的踪迹一直是个谜，一直在追问“我们从哪里来，到哪里去”，陶潜每过一段时间又被放到重要位置就是一个证明。但毫无疑问，我们这一代中国人，承受的精神和现实压力更大，无根的异乡人的身份更为明显，李子柒被多方追捧也是一个很好的证明。我想这种状况将持续很长的时间，直到新的文化道统得于建立，此种纠结的症状或许才会稍稍缓解。

有时候我觉得，我真的愿意将汉语作为我的故乡，因为除了写作，再很难找到那种全身心的幸福感和安全感。

霍俊明：空间是一个极其复杂的时间体结构，它与具体的情感、经验、记忆、感受以及想象有关，而一旦空间发生了变化，那么人的精神体系必然发生改变，甚至记忆的根系也会被连根拔起。在日常交往中你很少说话，甚至很多时候处于旁观者、倾听者和沉默者的位置。越是沉默的人可能越需要另一种精神渠道来予以化解和发声，比如诗歌、绘画等等。每个人被诗歌“找到”的情形都不一样，那么，是在什么样的契机下使得你找到或“发现”了诗歌?

祝立根：确实，我始终都不是一个善于表达的人。但我心中自始至终又有许多讲述的冲动，胸中有翻滚的火山。对现在的我而言，诗歌是最好的表达方式。感谢诗歌，如果没有诗歌，我不知道现在的我会是什么样子。绘画和诗歌都有着倾诉的功能，他们是很好的表达自己心灵和感受的方式，但相较于更强调形式感和技巧的绘画，诗歌无疑在表达上更为自由。在我因生活和现实无法进行绘画创作之后，苦闷和无望让我开始用文字舒缓压力，我把她当作了生活压力、苦闷心灵的泄洪口和减压阀。现在想来，我和诗歌之间最初的相遇其实完全是因为绘画。在大学期间至2006年停止绘画之前，我已经阅读了戈麦、西川、欧阳江河、陈东东、海子、周伦佑、肖开愚、韩东、于坚、杨炼、钟鸣、大仙、顾城、北岛等等那一代人很多的作品，喜欢的还专门买了书认真读，甚至因为何多苓阅读过翟永明，因为伦勃朗和小弗洛伊德啃完了《比萨诗章》，因为康斯太勃尔把济慈的《秋颂》等背得滚瓜烂熟。仔细想来，那个时候我接触文学已经很深了，我已经阅读了爱伦坡、博尔赫斯、卡夫卡、川端康成、艾略特、叶芝、加缪、福克纳、陀思妥耶夫斯基、何塞·埃尔南德斯等一系列作家的主要作品，甚至啃下过艰深晦涩的盗版的《尤利西斯》。但在我不得不放弃绘画之前，这些阅读都被我当作了“功夫在画外”的知识储备，从来没想过自己会完全地走上文学的道路。

霍俊明：你觉得绘画对你的诗歌表达有影响吗？我个人觉得绘画对于一个人观察、理解和表现事物乃至整个世界来说非常重要，它不只是视觉化的表现方式，它同诗歌一样具备了拓展一个人精神视界的功能。我曾对绘画也非常着迷，极可惜后来也荒废掉了。也许，诗歌能够更为及时地与日常境遇和精神自我相遇，而方式也较绘画更为省时。在1980年代先锋诗歌和先锋绘画发生了极其密切的关系，而今天二者却几乎是完全分立开来的。

祝立根：有，且是正面的。但之前是相对被动的影响，现在变为了主动。任何艺术方式都是一种世界观（任何行业也是），都是观察同一世界的不同方式，多一种观察和解析世界的方式，总是好的。小弗洛伊德对现实世界的毫不修饰的屠夫式的展现，在很长的一段时间内，就影响了我在诗歌中看待世界的角度和表现真实的方式。1980 年代先锋诗歌和先锋绘画都属于后现代艺术的范畴，以观念先行为主，指导方式一致，结果也会趋于合流，但随着艺术对社会的发声需求（能力）降低，个体的觉醒，分道扬镳和分崩离析也在所难免。俊明兄在之前提到的现在诗人的文本越来越精致和利己化，其实也是这种个体精神觉醒的一种延续。但相较于更强调形式感的绘画（架上绘画），诗歌无疑在表达和创造空间（空间切换）上更为多元和自由。

霍俊明：理解了你的阅读史，也就大体知道了一个人自己的诗歌传统，而阅读对于当代诗人来说不只是个人兴趣问题，还带有文化“补课”的性质。尽管早已经是全球化和城市化时代，云南的文化地理景观和地方性知识也发生了很大的变化，甚至在于坚和雷平阳的写作中越来越突出了对现代性话语的质疑。而在我看来，云南可能在地方性知识方面仍然带有它的特殊性。

祝立根：是的，到现在我都一直在努力地补课。云南山川纵横，河水流往四面八方，有点像传说中的伊甸园。特殊的地理条件让云南较为封闭，封闭的结果是落后的同时又保留了一些其他地区消失了的东西。有一个故事很有意思：据说有两位古董商人用云南华宁烧制的青瓷，敲碎之后带到北京，当作宋代的青瓷卖掉了。在云南之外，传统的青瓷烧制早已绝迹，但云南一直到 1980 年代，依然保有着这古老的技艺。如果说世界礼崩乐坏，只剩残山剩水，那云南的山水，应该也是剩下的山和剩下的水的一部分。在那儿，人们还可以和自然相对，神迹和巫术还在人群中偶现，信仰的神也还长着不同的样子。一棵小树，还有机会长成树神，即使这样的机会越来越渺茫。

现在我的家乡生态环境已经非常好了，处处是青山，处处皆绿化。这一方面得益于环境保护，更重要的则是现代化带来的电、气使用，人们做饭等等不再需要上山砍柴。没人砍树了，环境自然就变得很好。但如果你走进这些茂密的森林，你会发现整个森林都是一些速生林、经济林，难于再找到不同的树木，曾经众多的野果、菌子或兰花，也踪迹全无。这种沙漠般的同质化，同样让人焦虑，让人悲伤。

霍俊明：由你的环境、生活和写作，我也总是会想起整个云南青年诗人的写作群体，甚至可以肯定，云南的青年诗人整体上看是十分具有实力的。当然，我也听到了一个声音，说很多年轻诗人不同程度地受到了雷平阳等诗人的影响，而“影响的焦虑”使得一些诗人并未最终走出“前辈诗人”的影子。对此，你是怎么看的？你的阅读和写作中受到过雷平阳的影响吗？或者说你对他的写作如何看？

祝立根：绘画有临摹，书法需临帖。学习先贤和长辈的得失经验本就是一种好传统。屈原之于李贺、鲁尔福之于马尔克斯、卡夫卡之于舒尔茨……概莫如此。中国新诗历时才百年光阴，照搬照抄不行，食古不化更不可取，能直接参照的坐标貌似很多其实很少。于坚老师和雷平阳老师都是当下在新诗写作中有大建树的诗人，在云南写诗，受其影响当然也就不奇怪。或许是因为有着和雷平阳相似的农村经历和异乡人身份，又或因他在文本变化、思想深度和想象力拓展等方面的探索和成就令我钦佩，受他的影响也就自然而然。实际上在当代诗人中，我个人觉得在某一段时间里，西川、欧阳江河都对我有过影响，戈麦尤其。至于如何“破壁”，则自始至终都是每一个严肃的写作者都会去，也必须去认真思考和实践的事情。“我手写我心”谁都知道，但其中的努力，是“手”的更是“心”的，是众口问询的更是需要独自去探寻的。

霍俊明：戈麦其实是一个很少被谈论的诗人，当年对他的谈论也是更多与1980年代末期开始的“诗人之死”联系在一起的，而对于戈麦的诗歌特质以及精神人格却缺乏足够的认识和剖析，而戈麦能够对你产生影响必然是因为精神气息的相近或某些共通之处。身处于云南空间以及诗人写作群体之中，你对云南的诗歌生态满意吗？或者说，你觉得青年诗人的写作中是否存在着缺陷和不足。

祝立根：戈麦是一个敏感、哀伤，心怀“修远”的孤独的诗人，或许我也是一个孤独的人吧。写作开始之后的很长一段时间，我都是自己一个人在摸索，我甚至没有赶上许多人谈论的论坛时代。对我而言，最初的写作纯粹是精神需求，接触的圈子也相对狭窄，我一直认为文学是神圣的纯洁的，然后爱屋及乌，觉得写作者都是善良和明净的人，时至今日，这种思维依然影响着我。这样的想法也让我吃过不少亏。当然如果有人进行此类社会调查，跟其他行业相比，我还是相信写诗作文的人会更良善一些。

青年诗人大都靠才华写作，但事实证明，经验非常重要。才华强调的是写什么，经验强调的是怎么写。这也是我一直在努力的地方，从靠才华写作转向经验性写作，由被动式写作转为主动式写作。

霍俊明：是的，对于诗人来说日常经验和写作经验都是非常关键的，尤其是写作经验更是需要不断迭代、变化和调校才能使得诗歌更为持续和有效。从你参加诗刊社青春诗会至今，你觉得自己的诗歌有调整吗？是否遇到了写作的瓶颈期？

祝立根：我觉得我一直在调整，从心态、技艺、题材，观察方式和写作动机，一直在警告自己“我手写我心”。我觉得参加青春诗会之后的这几年，就是我的瓶颈期。这两年来，心中有些壁垒出现了很大的松动，似乎有什么就要出现。谢谢青春诗会，让我看见了围墙，也感谢这次驻校的机会，让我看见了围墙之外的天空、白云和雨水。

霍俊明：对于一个已经累积了越来越多写作经验的诗人而言，也会形成一定的封闭性和惯性。“写作经验”应该是不断予以生长甚至调校的。那么，谈谈你的写作经验或者阅读和写作过程之中的一些感受吧。

祝立根：在我的阅读中，我发现了一些对我的创作产生了很大影响的经验。我把这样的经验反而视之为我阅读和写作诗歌的手段和杠杆，如同破解暗门的密码。且在不断地反复地测试中，我发现这样的密码是行之有效的。当然，这需要建立在将一首诗歌拆开为一些基本的要素时才能实现。比如诗歌的文本、审美、语言……就我个人而言，在之前的创作中我更在意诗歌的整体感觉——即在阅读和创作完成一首诗歌之后，它留下的感受、情绪，也就是说，在此时所有的诗歌的语言、文本架构和内容，全都变成了诗歌的背景（被弥漫的情绪所掩盖忽略），这是我更为认可的诗歌的样子。这或许跟我喜欢杜诗和绘画经验有关：整体大于细节。当然，在整体的基础上完成细节，是需要一直努力的事情。对此，我非常赞同俊明兄关于“写作经验”应该是不断予以生长和调校的提法，唯有如此，写作才会避免僵化和枯竭，唯有如此，诗歌的疆域才会不断扩大，诗歌的写作才会从驿站跋涉到另一个驿站。

霍俊明：有时候读你的诗往往会感受到沉滞和压抑的东西，甚至你的诗歌也很多次涉及“死亡”场景或主题。这既是每一个诗人在面对存在的终极问题的时候都要必然面对的，又可能与个体的具体遭际有着不可分割的关系。

祝立根：2001年，从故乡到省城的公路上，当时的车辆是夜班卧铺大巴车，车况很糟糕，仿佛随时都可能散架。那天晚上，我一直心神不宁，总觉得车会出问题（我一点没有虚构或夸张那种感觉），因为这种感觉，我一直没有睡觉。凌晨2点左右，车子进入南华县境内时，冲出公路，侧翻在三米多高的路下，我右肩受伤，却一点也没有慌乱。当我从车窗爬出来，一个人坐在车头上时，我发现那是一片苞谷地，月光稀疏，苞谷的叶子在月光下像一把把镰刀，也像一个个小小的拱门。我突然发现自己内心安宁，仿佛大石终于落到了地上。

霍俊明：是的，有时候一个人对冥冥之中要发生的事情会具有不可思议的直觉和感知。当年马骅（1972—2004）在明永村小学做义务教师时曾几次在梦中惊恐于同一个景象，他乘坐的车子坠入澜沧江中。这个情景反复出现在梦里，马骅直接把这个可怖的场景写进了诗中，甚至还在给朋友的信中（2003年7月20日）专门提及："车子在澜沧江边的山腰上迂回前进，土石路上不时看到滑坡的痕迹。江风猎猎吹着，连续阴雨了一个月的天气突然好起来。落日在雪山的方向恍恍惚惚，神山卡瓦格博依然躲在云里。挤作一团的二十多个学生开始在车里唱着歪歪扭扭的歌。薄薄的日光时断时续地在车里一闪即过，开车的中年男人满脸胡茬儿，心不在焉地握着方向盘。学生们把会唱的歌基本全唱了一遍，我在锐利的歌声里浑身打战。有一个瞬间我觉得自己要死了。这样的场景多年以前我在梦里经历过，但在梦里和梦外我当时都还是一个小学生。《圣经》中的先知以利亚曾在山上用手遮住脸，不敢去直面上帝的荣光。在那个时刻，我突然想起了遮住自己面孔的以利亚，我觉得自己不配拥有这样的幸福。"然而更具悲剧性的是2004年6月20日这个死亡的梦幻场景竟然在现实中重演了……

祝立根：2003年，曾经和我很要好的一个小学同学的妹妹，她刚刚考上大学，在我面前很怯懦地叫了我一声哥，那种眼神我至今难忘。她的哥哥早在多年前就死于一场车祸，葬身于南天门下的薄雪草中。我身边同辈人中，我的堂兄、同学、朋友等，非正常死亡的已经超过了10人，他们在我的身边无声地凋零，死在异乡的悬崖之下或废弃的公厕里。现在，已经没有多少人还记得他们了。

初中时，每年秋天我们都会像羊那样，穿着要求的白衬衣被赶到县礼堂的广场上观看公审大会，那些即将被枪决的犯人，脖子上挂着的牌子上打着的红叉，随意又粗鄙，在蓝天白云之下，异常的醒目。

还有一次，我从保山回腾冲，所乘坐的中巴车的司机是我的一位小学同学，因为同学的关系，我坐在了驾驶座的旁边，在翻越高黎贡山时，他突然跟我说：你看，现在一车20多人的小命，都捏在我的手中。我憋了好半天，才回了一句：××，你这个狗日的。

我很小就知道死亡终将到来。活着的人还得活下去，有时我觉得向死而生不单只是精神层面的，更是每日实际在发生的事情。对于诗歌的死亡，有时是一种极端情绪，有时是真的在发生，有时是时间的代名词，我觉得和时间对抗就是和死亡对抗。即使知道一定会输。

霍俊明：说到“死亡”这个话题确实会有些沉重。关于诗人的“真诚”，这个问题你怎么看？

祝立根：我觉得真诚是最重要的，在我的诗歌创作中，我一直信奉的基本底线是“要想打动别人，首先打动自己”，当然这是指抒情方面的基本要求。除了情感、经验、思想之外，“真诚”也包括修辞和技艺的态度，“修辞立其诚”，如果语言不指向具体的事物，那么它只是白纸上空洞的墨痕，无法像森林和石碑那样站立起来。并且，在不同的语境之下，“真诚”同时意味着语言的边界和生活的边界。“不真诚”确实容易导致套路化和自我仿写。

霍俊明：能不能用几个“关键词”来概括下你对诗歌的认识？或者说，诗歌在你这里具备什么样的精神功能？

祝立根：救赎：诗歌对于我来说有救赎的功能，她使我安宁下来；澄清：诗歌使我分清了爱恨，看见了尘世中的自己；微光：诗歌像漫长的暗夜中远处的灯火，我一直走向的灯火；拓展：载渡着我个体的生命，去抵达现实中无法抵达的时间与空间；安顿：在另一个世界里，漂泊的灵魂在那儿可以安顿下来。

霍俊明：似乎当下汉语诗歌中越来越增加了“杜甫的回声”。质言之，我们越来越主动或被动地谈起诗人与“现实”“时代”的关系。而“现实”或“时代”本身就是极其复杂的，每个人面对的不一样，而每一个人对社会和世界的认知也不一样，至于这一切落实到写作中更是差异巨大。对此，你怎么看？

祝立根：其实我觉得把杜甫的诗歌完全和时代、历史关联在一起，是社会、历史，公共知识等学科给予他的并不全面的定义。“诗是吾家事，人传世上情”，站在诗歌的立场上来看，杜甫的诗歌，只是他对他一生的记录和讲述，他走到哪写到哪，他发现，他记录，他创作，他叹息。更像是他用一生的时间，完成了一个规模巨大、气势恢宏，涉及方方面面的行为艺术。他一直以一颗入圣之心关注着他的世界，他一直以“我”的视角，完成了他颠沛流离又缤纷绚烂的一生。但作为公共文化的关注对象，人们更愿意从这个巨大的诗歌宝库中，取出众人皆喜或刻意放置于高光之下的珍宝，从而形成了另一个杜甫的再造。但我自始至终认为，杜甫一直在书写自己，书写他看见的、感受到的自己身处的世界。

霍俊明：放在“同时代人写作”的角度，你觉得目前我们的诗歌大体处于一个什么样的水准或状态？从“未来读者”和“终极写作”的角度，我对当下的诗歌却并不满意。诗歌的面貌和功能实际上被一个个诗人给缩减和降低了，“诗人”不仅是写诗的人，更是具有精神能力和思想载力的“知识分子”甚至行动者。而我们看到的诗人却很多都是精神疲软者，更谈不上什么思想能力，而更多是沉浸于日常经验的平庸，他们并没有在诗歌技艺和思想能力上来应对这个时代境遇和个人现实。

祝立根：每个人的写作都会受其出生环境、阅读背景、个人性情、生存现实等诸多方面的影响。由此类推，在纷繁复杂的现世之中，诗歌观念和审美趣味异彩纷呈是必然的，诗歌呈现不同的风格、类别，甚至派别，是必然的结果也是目前最好的结果。难以想象在只有一种诗歌观念的诗坛是多么地可怕，那些总是想着一统诗歌江湖的人或组织要么会成为丁春秋要么会成为岳不群。在我看来，目前的状态虽然称不上好，但也至少处在一个稳定发展的状态，新诗无疑已经越来越成熟了。

当诗歌不再轻易地被当作铁喇叭和冲锋枪，也避免了格言警句和心灵鸡汤，不再承担大于自身能承载的文化和社会责任的时候，她指向了两个关键的方面：从精神内核上指向了人生；从技艺层面上指向了艺术，即审美趣味。抛开诗歌的技艺不论，人生呈现出来的，至少又有两个方面：一是情感；二是思想。情感源于心，思想源于大脑，二者缺一不可，在我看来，诗歌在情感和智性上不能偏废，必须要见心性，也必须要有足够的精神能力，诗歌终归只是诗歌，终究不是单一的思想工具或感情器皿，我想这也涉及诗歌的边界问题。作为情感、思想，语言艺术等各方面的统一体，过分强调情感的诗歌难有令人沉思的力量，完全只强调智性，缺少感情的诗歌，往往容易产生出一些学术遗址或高阶段子。

当然，在精神层面上，诗歌也必须坚守个人的尊严（这是最基本的），保持在时间和现实大潮中的独立性和牢固性。有一次我去南京，在南京老城墙的城砖上，看见上面有许许多多的姓名和留言：烧制×××、里长×××……×××到此一游、×××我爱你……它们被垒砌成一堵黝黑、森严、千年不破的城墙，有时候我觉得，如果现实和历史是那堵高墙的话，那些留言和名字，就是诗歌。

霍俊明：我们几乎无时无刻不处于新媒体技术的狂欢中，甚至AI智能写作正在赢来越来越多的欢呼声。电子化、屏幕化、即时性的诗歌平台随处可见，我们也身处其中。新媒体和自媒体的平台使得诗歌的生产、传播、交互和评价的整个生态都发生了变化。那么，你觉得媒体和诗人以及写作之间存在着怎样的关系？

祝立根：表面上对诗歌的宣传和推广有好处，其实它混淆了诗歌边界，降低了诗歌的门槛，带来了诗意的支离破碎。当然也不乏严肃的自媒体和新媒体从事着严肃的诗歌工作，这种即时性的推广，可以让所有人在接受观念和信息时，处在了同一起点，抹除了因地理空间和时间带来的阶梯性，同时也减少了优秀诗人被埋没的可能。

霍俊明：我记得你曾经谈论过诗人与传统文学（文化）的关系，在这里再来谈一谈吧！而“传统”既是过去时的又是当代化的，那么你觉得尤其是2000年以来我们的当代诗人们是否在建构着属于“新诗”自身的传统？

祝立根：我觉得现在已经在建构属于“新诗”自身的传统了。但这样的传统，没有唯一的标准，她只是一种倾向，一条模糊的边界，这种传统没有确立什么才是诗歌，她基本确立的是什么不是诗歌。其实新诗的传统至少有两个，一是中国古典诗歌（文学和文化）；二是西方诗歌（文学和文化）。中国古典诗歌有天地山川和农耕文化作为其创作的基本盘，由此中国文化（诗歌）曾经得以在文明和自然、出世和入世之间进退自如。所以我总是用我们村的宗祠来形容我对诗歌传统的理解：宗祠处在村庄的尽头，旷野的起始；同时也是旷野的尽头，人世的起始。这种处于自然和人世边缘又仿佛处于二者中心的位置，使得它像一个天平的平衡点，平衡着中国传统文学创作中的一些要素，所谓“文胜质则史，质胜文则野”。在文化道统和体验发现之间，“文”

使诗歌葆有了文化的传承和滋养，从而防止诗歌流俗于粗鄙，而不至于变“野”；而“质”则使诗歌具有了对现实世界的体验、观察，以及创新拓展能力，如果诗歌没有了这样的能力，那么诗歌也就没有了耳朵、眼睛、鼻子、指尖，没有了动人心魄的花香和水声。没有了个人生命体验的诗歌，必然走向堆词垒字的空泛和乏味，变得“史”了。另外，宗祠背对人世面向旷野，背对旷野面向人世，背负着通神的事务又不是严格意义上的宗教场合，故一方面它有着通神的一面，具有宗教的崇高感和心灵救赎的力量，又不会一意孤行地走向教义和哲学。另一方面，宗祠置身于村庄和原野，倾听着季节里的花开和虫鸣，看顾着人间的烟火熄灭又升起。在城市文明（审美）还没有完全建立起来之前，我想它将在很长一段时间内长期有效。

霍俊明：现在有没有新的写作计划？除了诗歌之外的文体有没有进行尝试？

祝立根：有了新的写作计划，想要把一些想法和观点呈现出来，视角和方式也改变一下，或许会回到自己的出生地。也想写一些那儿的散文或随笔。

霍俊明：我们谈论了这么多，当离开文字、书本和诗歌，我们还不得不面对近乎重复的日复一日的生活和工作。回到云南后，祝兄一切顺利，多多保重！

祝立根：是，唯有文学令人持久亢奋和幸福！但生活和工作也需要去努力。多事之年，万物萧萧。请兄珍重！

（访谈者单位：诗刊社）

文心异同之发现与文学史的再审视[①]

——张松建教授访谈录

◇苏文健

张松建，新加坡国立大学哲学博士，清华大学人文学院博士后。现为新加坡南洋理工大学中文系终身制副教授、博士生导师。曾在美国哈佛大学、荷兰莱顿大学、台湾“汉学研究中心”、台湾大学担任访问学者。主要研究中国现当代文学、海外华文文学、比较文学和批评理论。在海内外学术期刊上发表论文七十余篇。在中国大陆和台湾地区、新加坡出版六部学术专著：《现代诗的再出发：中国四十年代现代主义诗潮新探》（北京大学出版社，2009 年）、《抒情主义与中国现代诗学》（北京大学出版社，2012 年）、《文心的异同：新马华文文学与中国现代文学论集》（中国社会科学出版社，2013 年）、《后殖民时代的文化政治：新马文学六论》（新加坡八方文化创作室，2017 年）、《重见家国：海外汉语文学新论》（北京大学出版社，2019 年）、《华语文学十五家：审美、政治与文化》（台北秀威资讯出版社，2020 年），另编学术著作若干种。

苏文健，文学博士、讲师，现任教于华侨大学文学院，硕士生导师，主要研究海外华人诗学、批评理论与文化研究。

一、世界文学与比较文学的省思

苏文健：张老师您好，很高兴有机会对您进行访谈。据我所知，在 1990 年代初，您曾在河南大学完成本科阶段的学习。彼时的河南大学文学院有任访秋、刘增杰、刘思谦、关爱和、解志熙、沈卫威等知名教授在此执教，薪火相传，形成了一脉深厚绵长的学术传统，河大

① 本文为国家社会科学基金重大项目“华人学者中国文艺理论及思想的文献整理与研究”（18ZDA265）阶段性成果。

文学院成为国内中国现代文学研究的重镇之一。据悉，河大文学院即将迎来百年华诞，作为校友，能否请您谈谈当时求学的一些情况？这段经历对您后来的学术研究产生了怎样的影响？

张松建：河南大学历史悠久，最早可追溯到成立于1912年的河南留学欧美预备学校，它是当时中国的三大留学培训基地之一，在1942年改名为国立河南大学，在2017年正式进入第一批“双一流”高校学科建设计划。许多著名学者当年在此任教，包括冯友兰、高亨、范文澜、董作宾、郭绍虞、萧一山、姜亮夫、嵇文甫、任访秋等。我考入河大的时候，中文系的专业非常齐全，有一百多位教师，阵容很强大。我修读了五六十门课程，发现许多老师学识渊博，教书认真，给我留下深刻美好的印象。

在河大读书的那四年，物质生活很简单，很少有娱乐活动，只在周末去学校电影院看一场电影。好读书的学生占了大多数，他们现在都事业有成，在省内外工作，我和一些老同学经常保持联系。河大的校园宽阔幽静，周围环境也很好：北边有铁塔公园，尽头是一个小湖，东边是一段荒废的古城墙。这样的环境很安静，让大家沉下心来读书。我也经常泡图书馆，当时还没有普及电脑，借书都用一张小卡片。我借阅了哈代、巴尔扎克、托尔斯泰、契诃夫、莫泊桑等很多外国作家的作品。我对中国古典文学的爱好从中学时代就开始了，一直保持到本科和研究生阶段，许多诗词古文，当时耳熟能详，现在记忆犹新。有时候，我和同学们去逛书店街，节衣缩食，买了不少书，我现在的书架上还保留着当年买的《包法利夫人》，人民文学出版社的版本，是李健吾翻译的。

如今追忆逝水年华，我对老师们的指导充满了感恩的心情，我也怀念当年的同窗情谊。河大四年对我最大的影响是：培养了勤奋读书的习惯和健全的知识结构。这两点对一个学生的学术起步奠定了基础。

苏文健：本科毕业后，您考入浙江大学，攻读“世界文学与比较文学”方向的硕士学位。您对西方现代诗学有浓厚兴趣，硕士论文选择T. S. 艾略特为研究对象，相关的成果是《艾略特“非个性化”理论溯源》，也在您毕业前后发表在《外国文学评论》（1999年第3期）上。对一名刚毕业的硕士生来说，能够在顶尖学术期刊上发表论文，这是莫大的肯定与鼓励。这篇文章后来被人大复印资料全文转载。请问：您当时的这个选题是出于哪些方面的考虑？“世界文学与比较文学"的研究方向对您的学术道路来说，最大的收获与启示是什么？

张松建：从1995年到1998年，我在浙江大学中文系读书，专业是"外国文学"，后来改名为"世界文学与比较文学"。我当时很喜欢里尔克、艾略特等西方诗人的作品。硕士论文的选题是艾略特的"非个性化"诗学，这是一个可以小题大做的题目，通过研讨这个焦点问题，能够把近现代西方文论的许多论述贯穿起来，为人们重新理解现代诗学提供一个观察角度。为了准备这个硕士论文，我阅读了不少西方文论著作，例如伍蠡甫、缪朗山、韦勒克、朱光潜等人编撰的书籍，很长见识。这篇论文先后写了四万多字，注释有一百多个。导师、外审专家和答辩委员都给予了很高评价。毕业后，我把硕士论文的其中一章加以修改，投给中国社科院外文所的《外国文学评论》，后来被采用发表。对于一个硕士生来说，这是一个很大的鼓舞。此文被人大复印资料转载，当时我没有得到通知，二十年后的今年，一位朋友发来微信截图，我才得知被转载这件事。

"世界文学与比较文学"的研习，使我在中国古典文学、现当代文学之外，打开了一扇新的窗口，学术视野得以拓展。多年以后，我在分析中国现代文学、海外华语文学的文本时，试图超越民族-国家的地理疆界，而与西方文学展开跨文化对话，丰富和深化了我对文学现象的认识。例如，我的第一本书《现代诗的再出发》就在史料发现的基础上，讨论英美、德法两个现代主义谱系的四位诗人——艾略特、奥登、里尔克、波德莱尔——对1940年代中国作家的影响。我现在南洋理工大学讲授一门课叫作"新加坡华语文学"，也提醒学生从西方文学的角度进行对比思考。我现在开设了一门本科生的课程"比较文学研究：理论与实践"，算是重返我的硕士专业了，感到很有意思。

苏文健：2002年，您来到新加坡国立大学，攻读现代文学专业的博士学位。博士论文后来经过修订，以《现代诗的再出发：中国四十年代现代主义诗潮新探》为题在北京大学出版社出版。王润华教授在序言中指出：这本书是对1940年代现代主义研究的再出发，重写1940年代中国现代主义诗歌史，重绘1940年代现代主义（诗歌）的文化地图，有许多重大突破，很多新论点，扩大了现代主义诗歌的领域，建立了"新诗现代性"的多元化论说，而且方法与视野均具有典范性。的确，中国学人在新加坡留学，博士论文选题做中国1940年代的现代主义诗潮研究，这本身就是一个饶有意味的话题。能否请您谈谈当时的研究体会，或者说，在中国大陆做这项研究会不会更有优势/劣势?

张松建：我去新加坡留学是一个偶然，没想到后来改变了我的人生轨道。我在读博第一年，修满4门课程，在第二年的2月，通过开题报告。开题报告原来的题目是《T. S. 艾略特对现代中国诗人的影响》，可是后来发现，这不足以构成一部二十万字的博士论文，于是，我把论题扩展一下，变成了《中国1940年代现代主义诗歌研究》。为了取得原创性，我决定下大功夫去搜寻新材料。在中国做这个研究当然有资料搜集上的便利，可是也有劣势，那就是英文学术著作的严重匮乏。为了扬长补短，我从2003年8月到11月，花费了80天的工夫，去上海、北京的几个大图书馆搜集资料，圆满完成了计划。又充分利用新加坡国立大学的海量的英文图书，把两者结合起来，实现了预定的目标。你翻看这本书每一页的注释，就会发现其特点所在：一方面是新发现的第一手史料；另一方面是广泛引用权威英文论著。有一位老师在讲课时经常提醒学生们："学术研究的价值有两点，要么是新材料，要么是新观点，如果两者都没有，那么你还做什么学问呢?"这话说得够犀利。新加坡大学的硬件设施非常发达，英文图书浩如烟海，工作人员的态度极好，对学者们的研究工作提供了强大的支持。可以这样说吧，如果我在国内大学读博，那么，根本不可能有机会接触如此众多的英文学术著作，视野必然大受限制，在这种条件下所写出的博士论文，恐怕就是另外一副面目了。

二、中国现代诗学研究的再出发

苏文健：我注意到，在您的相关研究中，形式、审美、文化与政治之关系，是您念兹在兹的话题。如《现代诗的再出发》中的"诗史互动与话语协商""城市地理、现代主义与政治乌托邦"等，《抒情主义与中国现代诗学》中的"抒情主义的知识根源：美学、政治、技术与市场""文类转换与形式的政治""现代汉诗中的'杜甫'发明：美学、政治与形而上学"，甚至《抒情主义与中国现代诗学》原来也定名为"抒情主义的美学与政治：中国现代抒情诗学之研究"，《后殖民时代的文化政治：新马文学六论》中的"记忆书写的诗学与政治"等，以及《华语文学十五家：审美、政治与文化》等。我想这不仅与您的研究对象密切相关，而且与您的文学观念、理论视野、研究方法等相互纠结。可否请您再谈谈中国现代文学研究中的审美、抒情、政治的（再）定义及其相互联系？

张松建：根据 M. H. 艾布拉姆斯的说法，作者、作品、读者、世界这四个元素构成了一个互动的系统，不同的批评流派专注于某一个特定的方面。韦勒克区分了两种批评模式：内部研究（internal approach）和外部研究（external approach）。近代以来，西方文学理论有一个突破“文学性”而朝向“文化政治”的倾向。英美新批评、俄国形式主义、神话-原型批评、结构主义、解构主义等批评流派，喜欢把文学作品封闭起来进行研究，视之为独立、自足的审美客体，以寻求文学性为职志，是为“内部研究”模式。早先的社会-历史批评属于“外部研究”的范畴，后来，精神分析批评、读者-反应批评离开了文本自身，转向外部元素。至于女性主义、后殖民主义、新历史主义、意识形态批评等批评理论，以及稍后崛起的“文化研究”，更是大幅度离开文本自身，专注于阶级、种族、性别、身份认同等面向，表达新左翼政见，开启了一个进路和可能性，这些都是典型的“外部研究”。

女性主义者有一句口号“The personal is the political”（个人的就是政治的），这里的“政治”有特定含义。人们惯常理解的“政治”包括政党政治、国家政治、议会政治等传统政治学（politics）的层面，属于“宏观政治”的范畴。后来，政治哲学家、文化批评家扩大了“政治”一词的含义，把“政治的”（political）理解为关于一群人的言说和行动的“生活方式”，这就属于“微观政治”了。英国社会学家吉登斯的《现代性与自我认同》讨论过两种政治：一种是“解放政治”；另一种是“生活政治”。所谓生活政治就是微观政治。关于这方面的论辩，福柯《生命政治的诞生》、阿伦特的《人的境况》、施密特的《政治的概念》、威廉斯的《现代主义的政治》、伊格尔顿的《当代西方文学理论》等著作，都有精深研究。根据韦伯的论述，现代性之出现伴随着政治、审美与道德的历史性分化，所以，文学批评领域出现过强调形式主义、纯文学、审美主义之重要性的许多论述，后来转向文化政治的批评分析。但是中国语境与西方不同。政治性在中国文学理论中堪称大宗，从先秦就开始了，近代以来尤其如此。新时期以来，中国学术界开始翻译和介绍英美新批评、韦勒克的著作，出现强调审美、形式、文学性的一股学术潮流。但是“纯文学”从来就是一个神话，在 1980 年代的“文化热”当中，文化政治是隐藏在“纯文学”背后的一个话语实践，意义重大，不可忽视。

从《现代性的再出发》开始，拙著讨论的“政治”包括了上述两个方面的含义。你列举的例子都是我关于文学作品之文化政治的粗浅思考。在2008年，我着手研究“抒情主义”的课题，当时的大陆学术界很少有人注意到这个问题的重要性。迩来海内外关于“中国抒情传统”的讨论，渐成显学，各种杂志专栏、学术研讨会都在谈论。拙著考察抒情主义的中国性特质、现代性变迁、历史性分化的多重图景，在众多话语的竞争中彰显语词、观念、理论之跨文化运动的踪迹。抒情主义不是一种纯文学的事实，而是与政治、意识形态、技术与市场有密切的关系。历经晚清以来的内忧外患，现代中国的物质资源非常稀缺，政治运作要依赖于人的主观能动性的发挥，“文学”作为一种能量巨大而成本极小的形式被调动起来，人们对新诗的“抒情”潜力极为看重，这非常自然。所以，抒情主义不仅是“美学的”，而且也是“政治的”。从诗学的一面来说，在抒情话语与社会现实之间出现了矛盾之后，理论家不断反思和修正自己的知识根源，把一些新元素编织到抒情诗学中，维持这种“抒情阐释学”的活力。从政治的一面来看，现代中国的新诗运动采取各种民间化的、民族化的、大众化的形式，激发人的主观能动性去参与政治变革，使得现代中国政治带上强烈的“主观性”，这似乎与英国的光荣革命、美国革命不一样，前者是王权、贵族和资产阶级相互妥协的结果，民众被排除在政治参与之外，后者只是依靠一次独立战争就一劳永逸地为制宪会议提供了保障，无须采取大规模的群众运动或者游击战争等形式，甚至连美国历史上是否存在过一场“革命”都是有争议的。法国革命、俄国革命与中国革命的相似之处在于：广大民众的参与，但是民众参与的广度、主体觉悟的程度、过程的复杂程度，仍然比不上中国革命。现代中国政治不是一上来就直奔和平主义的制度建设，不追求议会合法斗争，而是坚持要走马克思、列宁的暴力革命的路子，强调从情感、态度、心理、精神等人文的、文化的层次，塑造个人的自我意识。林毓生说的“以思想文化解决社会政治问题”，麦斯纳说的“文化主义”，都与此相关。文艺、诗歌、抒情主义都有强烈的主观性，许多政治人物（例如李大钊、陈独秀、瞿秋白、毛泽东、冯雪峰）都是文学家，经常用诗歌等抒情文艺表达世界观，这是有趣的现象。就这样，抒情主义与政治从两个相反方向走到了一起，相互渗透、相互转化、相互支援、相互定义。

总之，抒情主义不单涉及微观诗学层面、艺术思维层面或者价值功能层面，而且是个体的行为方式以及政治运动的特征。我把 Political（政治的）作为一个分析范畴与抒情主义建立起逻辑关联，乃是基于两者共享了“主体介入”这样一个结构特征，而这种个人能动性在后革命时代、去政治化时代、全球资本主义时代的消失，让德里克大失所望。

苏文健：在《现代诗的再出发》第四章第一节，您就论述到现代主义诗潮的抒情主义话语。后来在《抒情主义与中国现代诗学》中，您更认为：“抒情主义虽是一种话语建构，却不是虚幻空洞的神话而是活生生的现实，在其兴起、流变、壮大和胜利的过程中，我们目睹了中国现代诗学从审美到政治、从幻想到现实、从理论到历史的转换和过渡。30 年后，新的诗学知识不断输入中国，抒情几乎沦为‘前现代’的话题了，但在 1990 年代关于‘叙事性’的论争中，抒情主义的幽灵再度君临，所以，我们不得不回到历史，重新思考现代诗的基本问题。”中国新文学/新诗受到启蒙、革命、救亡等话语的复杂影响，1940 年代更是中国历史上一个不折不扣的“史诗时代”。“史诗时代的抒情声音”也是近些年王德威教授援引陈世骧“中国抒情传统”，而挪用到中国现代文学研究的“新发明”。中国新诗在“史诗时代的抒情声音”，或现代汉诗抒情传统的理论建构，已成为当下研究热点议题之一。请问，抒情主义与中国现代诗学的建构和“中国抒情传统”这一“学术形态”有着一种怎样的内在对话辩证关系？这对于百年新诗史、百年新诗理论批评史的书写/改写/重写有哪些启示？

张松建：“中国抒情传统”的研究最先起源于陈世骧、高友工等美国华裔学者的讨论，他们认为中国古代的文学艺术具有抒情特质，这被认为是民族风格的表现，从而与西方文学的叙事传统——在古希腊时代是史诗（长篇叙事诗），从 18 世纪以来被小说取而代之——构成明显的区别对照。针对中国抒情传统的研究，首先在中国台湾地区产生了一大批追随者，在中国香港地区、新加坡也有几位学者踵事增华，近年来中国内地学者也闻风而动。

《抒情主义与中国现代诗学》从知识考古学和观念史的角度，考察中国现代诗学中的抒情主义话语，我称之为“抒情阐释学”。这种抒情主义与中国古代文论构成德里达所谓的“延异”关系：一方面是连续性和承传；另一方面是差异性和断裂。不过，中国古典诗学中的“情”常与其他概念纠缠在一起，例如“文”“理”“气”“道”“性”“神”

“心”，含义复杂。王士祯的“神韵说”，袁枚的“性灵说”，翁方刚的“肌理说”，背后是宇宙论、神秘主义、礼乐文化、文统和道统这一套东西。而且，古人所谓的“情”也有分歧的含义，根据刘若愚的考察，有时候是普遍的人类感情，有时候是个人的性格，或者是个人的天赋和感受力，有时候是一种道德情操，不一而足。现代抒情主义的崛起，乃是由许多因素所导致，“理”“气”“道”“性”等概念消失了，但“抒情传统”的活力因子保留下来，与其他元素结合起来，随物赋形，重现活力。我指的是原始主义的表现论（“诗歌起源于普遍的人类感情”），它相信诗歌写作就是诉诸纯粹的情感表现，这种抒情主义从“五四”到1980年代，延续70多年之久，直到1990年代之后，新诗界不再把“抒情”指认为诗歌本质而是从语言方面重思诗的本质，这是一个结构性的变化，虽然关于抒情性和叙事性的话题还会出现，但不再作为一个支配性的解释框架了。

俞平伯、周作人、于赓虞、郭沫若、戴望舒、孙毓棠等人的纯诗化的、浪漫化的抒情主义话语，当然与源远流长的“抒情传统”有关，不过强化了个人主体性的一面，这与普实克所谓的现代中国文学中的“主观主义”有关。另外，则是大众化的、写实的抒情主义的崛起，并且压倒了纯诗化的、浪漫化的抒情主义，前者强调情感与社会结构的对应性，看重抒情主义与集体、国家、民族认同、政治动员的关联，例如穆木天、蒲风、任钧、林焕平、蒋锡金、王亚平、黄药眠、胡风、阿龙，就是典型的例证。当然，这种思想不能说古代完全没有。宋代理学家邵雍就认为，情感与时代或者当代的社会政治情况有关，他因此谴责只表现个人情感的诗，而提倡显示对时代的关怀或者具有某些现代批评家所谓的“社会意识”的诗歌（参看刘若愚《中国文学理论》的分析）。

进而言之，一方面，中国现代诗学论者在探讨抒情主义之时，经常从古典诗学中寻找奥援；另一方面，中国抒情传统与抒情主义的差异性在于：古人偏重情感的优美、和谐、真诚、真挚，重视中和节制之美。诗可以怨，但要“怨而不怒”“乐而不淫”“哀而不伤”，发乎情而止乎礼，所以孔子才赞扬《关雎》的“乐而不淫，哀而不伤”。现代的抒情主义强化了情感力度，推崇雄浑抒情。成仿吾说情感不到燃烧点就不作诗；胡风强调主观战斗精神；黄药眠要求每一句话每一个字都注进激情，都是著名例证。不少理论家认为，抒情主义不仅是一种语言完成而且是道德完成，甚至是政治完成。从接受美学的立场看并不稀奇，古代就有“诗可以观”“使顽夫廉，懦夫有立志”之类的论述；但是，像艾青、胡风、阿垅和黄药眠那样，认为抒情主义具有突入事物的内部秩序、揭示现实世界真理的作用，这种功能论是一种非常“现代”的观念。所以，同时从连续与断裂这两种视角，观察现代中国的抒情主义与中国抒情传统之间的辩证关系，也许会有新发现。

苏文健：《现代诗的再出发》第九章“新古典主义的实验”论述了吴兴华、沈宝基、罗大冈“对古典诗传统的再发现”。特别是关于吴兴华，后来您在《抒情主义与中国现代诗学》第八章“知识之航与历史想象：重读吴兴华及其他”再次专门展开深入论述，对“中国现代文学史的失踪者”重新挖掘，很大程度上深化拓展了吴兴华研究。2017年，广西师范大学出版社在《吴兴华诗文集》（两卷本，上海人民出版社2005年版）的基础上，推出了五卷本的《吴兴华全集》，对当下的吴兴华研究起到了重要奠基和推动作用。从百年新诗发展史来看，新诗对古典诗传统的再发现可谓其来有自，吴兴华的“古典新诠”具有重要意义。可否请您谈谈吴兴华的创作实践及其当代意义？未来吴兴华研究“再出发”的可能性何在？

张松建：文学史本来就是一个动态的、开放的系统，而不是一个静止的、封闭的结构。看一下西方文学史吧，一些作家去世之后，过了几十年甚至上百年才被人重新发现，被给予公正的评价，获得文学史上的一席之地。例如，德国的大诗人荷尔德林生前寂寂无闻，直到20世纪初期，才享有大师的美誉。法国的司汤达辗转流落，孑然一身，突然倒毙在意大利米兰市的街头，70年后大家才认识到他的价值。奥地利的卡夫卡，生前是一个毫无名声的小职员，死后才被人追认有卓越的才华。经过学者们的努力，中国文学史上的“失踪者”已经寻获不少了，这使得我们重审一些作家作品的位置，甚至有可能重写文学史。《现代诗的再出发》是我的第一本书，在新材料的发掘上下了大功夫，发掘了一批诗人：除了你刚才提到的吴兴华、沈宝基、罗大冈，还有叶汝琏、王道乾、罗寄一、王佐良等。

吴兴华是高才硕学、旷世不遇的作家兼学者。吴兴华、朱光潜、钱锺书、冯至等民国时代的作家和学者，学贯中西，博古通今。吴氏天才早慧，博通西洋文学，旧学根底扎实。他在二三十岁的年纪，就已经写了不少文章，其中一些与中国古代学术有关，涉及经、史、子、集。吴的新诗写作，见出他与古典文学有深厚的渊源，他指出，写诗是一件严肃的事，是出于对文学的一片忠诚，写诗是为一个新传统立下稳固的奠基石。我认为，他的新古典主义诗学，融汇古典文学与现代意识、西方文学与中国经验，背后有一种类似于双重焦点和主体间性的思维方式。至于未来的吴兴华研究，是否有再出发的可能？我觉得，很难再有什么突破性的成果。因为一来吴兴华在当时和现在都很难说是一位大诗人，影响非常有限；二来他自身也有过分尚古、泥古的倾向，一些诗作缺乏现代生活的气息，只是知识的堆砌和想象力的游戏。我们研究任何作家，都没有必要把他/她抬得太高，以至于丧失必要的分寸感。

苏文健：《现代诗的再出发》和《抒情主义与中国现代诗学》就体例而言，有很大的一致性，例如，两本书都设置九个章节，前四章属于宏观的理论阐释，后五章则落实在微观的个案研究。宏观的理论阐释着眼于对“现代主义”“抒情主义”等概念的理论渊源、历史演变和文化政治等深入考辨，显示出了宏阔的理论视野；而微观的个案研究则聚焦于“主要的文学现象，把数量可观的诗人分门别类，进行审美、语言、形式和主题的考察以凸显多元的新诗现代性”，展示细腻独到的文本分析。在宏观与微观、理论与文本、考辨与论述等的两相结合中，对 1940 年代现代主义诗潮与中国现代诗学的中国性、现代性、抒情性等进行了纵深的剖析。请问，您是否一开始就有对这种体例的自觉追求？或者当时还有其他想法？能否介绍一下当时的相关情况？

张松建：不同学者的论著有各自的学术风格和著作体例。我的文章通常都比较冗长，大多在两三万字，属于“长篇专题论文”，所以，八九篇论文放在一起，就是一本书的规模了。我的研究，注重文本、历史与理论的融合。研究一个作家，首先会通读其全集，发现一个文学现象或焦点问题，注意到这个东西在不同类型作品中的重现和互文的现象，思考如何把这个问题给予概念化和历史化的处理。我也尽量阅读有代表性的权威观点，加以引用注释，或支持，或辩难，或引申发挥。这样，在文本、历史和理论之间，就构成了一个三边互动、张力对话的框架。单个的文学作品，一部文学史，作家的不同文类的作品，理论家的著作，学术史的概述，历史、社会、政治、哲学等跨学科的知识源流，这些元素交织在一起，我希望把相关问题的讨论引向深入。

三、海外华语文学重审

苏文健：王润华教授在《现代诗的再出发》序言中指出，您“所完成的研究部分只是中国大陆部分，还有1940年代的中国台湾、东南亚、美国各地的华文现代诗的地图也是亟须完成的”，“张松建的1940年代现代诗版图研究，如果扩大到中国台湾，很多问题便解决了”。他还说道：“张松建是最具资格把1940年代现代诗的地图扩大到海外的学者。”在新近出版的专著《华语文学十五家：审美、政治与文化》中，您不但对旅美台湾诗人杨牧的历史诗学、张错的离散诗学、香港作家梁秉钧的食馔诗学进行了扎实的研讨，而且以一篇6万余字的长文对中国台湾现代诗于新加坡的影响展开了缜密的探究，还对力匡、杨际光、燕归来等冷战时代的离散作家做了细致的论述。可以说，这既是您对王润华教授之学术期许的回应，也构成了您的新的学术生长点。如何有效勾连中国大陆（内地）、台湾地区、香港地区、新马和美国等地的华文现代诗，这的确是一个有潜力的课题。在您现有的学术基础上，您是否有进一步挖掘的计划？是否想把它做成一本专著，堪与《现代诗的再出发》《抒情主义与中国现代诗学》构成“中国现代诗学研究”的三部曲？

张松建：“五四”以来，中国现代诗在纵的方面不断迂回前进，在横的方面蔓延到其他华语社会，这种时空交错的结果，形成了奚密、王光明、梁秉钧所说的“现代汉诗”。我非常欣赏这个概念，我认为它没有政治意识形态的动机，纯粹着眼于语言媒介的共通性，而又打破地理疆界，扩大研究者之学术视野，把中国内地、台港澳地区、东南亚、日、韩、欧洲、北美、澳洲等地的中文现代诗放在一起，合而观之，发现其间的相似性和差异性如何交织互动，构成全球范围内的“华语文学共同体”。

《华语文学十五家》由7篇长篇专题论文构成，涵盖中国台湾和香港地区，新加坡、马来西亚等国家的一众作家，有诗人、小说家、戏剧家、报章编辑和社会活动家。如何把不同区域的华语文学以一个主题贯穿起来，在文本分析的基础上，兼顾历史纵深和理论论述，这颇费思量。我目前还没有推出“中国现代诗学研究三部曲”的想法。

我目前正在研究一个课题，主题是“文化冷战”，以东南亚（新加坡、马来西亚、印尼）为主，旁及中国香港和内地，打算完成8篇长篇论文，构成一部专著，暂时取名为《抒情的流亡：冷战、离散、华语文学》。此书之出版，表明我的海内外华语文学研究进入了“收官”阶段。

苏文健：您的新马华文文学研究有显著的问题意识、理论视野和方法论自觉，在行文及架构中，一系列理论或术语——例如，现代性、全球化、后殖民、离散书写、身份认同、历史记忆、文化政治、身体书写、风景叙事、移民社会学、人文地理学，等等——经常出现，又进行充分的历史化、脉络化和文本分析，对作为后殖民现象的语言政治与国族想象均有精致绵密的探析，往往令人耳目一新。您在《新加坡华文文学未来五十年》这篇访谈中，在总结新加坡华文文学过去五十年风雨历程基础上，对新加坡华文文学未来五十年的美好前景提出了三条建议：一是开拓国外市场，二是翻译的新加坡华文文学，三是培养文学读者。新马华文文学交织着传统与现代、全球化与现代性、在地性与中国性等复杂问题。新加坡华文文学，在代际、血缘、地缘等方面，其文学创作和文学研究存在怎样的差异性，未来它在哪些方面可以寻求突破？

张松建：新马华文文学有明显的“代际差异”。在马来亚于1957年独立之前、新加坡于1965年独立之前，新马华文文学有大宗的中国题材、侨民意识和原乡想象。这并不奇怪。因为当时的新加坡、马来亚不是主权独立的国家而是殖民地，在这两块土地上居住着大量的中国移民，他们是离散华人，从唐山到南洋的目的就是讨生活，抱着衣锦还乡、荣归故里的梦想。他们从不把南洋当作故乡，他们笔下的祖国就是遥远的中国，他们对危难中的祖国充满“远程民族主义”的热忱。后来，有的作家在1950年代被英国殖民当局驱逐出境，于是返归祖国，是为“归侨作家”。还有的华人仰慕社会主义新中国，于是离开亲人，孤身回归中国。第二次世界大战以后，更多的华人选择了落地生根，在新加坡、马来亚定居下来，归化入籍，开枝散叶。这样一来，独立后的新马华文文学就有了本土意识、国族认同，所以他们的文学题材就转向了新加坡和马来西亚。

还有一些出生于20世纪四五十年代的作家，在其早期作品中确认血缘神话，流露原乡追逐的意思，英培安、希尼尔的作品就是例证。当然，1980年代之后，本土意识变得非常强大，扎根在新马华文文学中。出生于1960年代以后的新生代作家，基本上丧失了对原乡追逐的兴趣，中国对于他们变成了真正的“他者”。最重要的是，在文学流派和思潮方面，老一辈作家喜爱的写实主义大幅度衰落了，现代主义成为新生代作家的新宠。从地缘上看来，新马华人作家都是来自华南省份的中国移民的后裔，主要是福建人、广东人、客家人、海南人。所以，新加坡有许多宗乡会馆，例如福建会馆、海南会馆、晋江会馆、潮州八邑会馆。新马华文文学中有时夹杂着这些地区的方言土语，形成独特的语言混杂的现象，例如，苗秀、赵戎的作品中就有很多粤语。

创作方面，关于新加坡华文文学的未来，我有四点期待：第一，文类选择上面，作家们要少写微型小说，改写中长篇小说，挑战自己的艺术胆量。第二，题材不要局限于本土名物、日常生活和都市地理，要拓展想象空间，把审美触觉伸向东亚、东南亚、甚至欧美地区，自由出入乡土社会和历史世界，追求“世界主义”。第三，作家最好是超越自己族群的文化，追求真正的跨文化写作。第四，作家们要有决心和信心，超越“地方文学”的套路，写出优质的文学作品，推向国际社会，真正成为“世界文学”的一部分。

学术方面，有人专注于文学史研究，有人从事当代文学批评，以个案研究为主。近年来，学院派学者在这方面的研究，以文化认同、离散研究、后殖民理论为取向。我认为，将来的学术突破点在于：把中国内地、港台地区和新加坡、马来西亚等国家放在一起，寻找一个剧情主线，把众多的文本贯穿起来，追求既有历史纵深、也有理论思辨的研究路数。

苏文健：随着现代诗研究的推进，以及身处新加坡华文文学的现场，您对新加坡华文现代诗也开始了持续的关注，与张森林合编《新国风：新加坡华文现代诗选》（2018）。此书选入新加坡建国以来31位诗人的代表作，重画新华现代诗的历史版图。在《缪斯的踪迹——新加坡华文现代诗的半世纪回顾》这篇导论中，您对新加坡华文现代诗的历史脉络、阶段性特征进行了归纳和分析。相对于中国内地和台港澳地区、马来西亚、欧美地区的华文现代诗的创作与研究，新加坡华文现代诗的创作与研究具有哪些美学特质及历史地位？接续此诗选的编撰，将来或可撰写一本新加坡华文现代诗史/批评史？或者说要完成这项工作，应该如何进入和开展？

张松建：在欧美地区，华文不是官方语言，而只是作为少数族群的华人的语言，华文文学无法进入居住国的文学史，除非被翻译成英文等主流语言，所以只能算是游走于民族-国家之间的“离散文学”。在中国大陆，中文/汉语是中国公民的母语和唯一的官方语言，中文文学是主流形式，没有沦为边缘、弱势之虞。在新加坡，华文是四种官方语言（华文、英文、马来文、淡米尔文）之一，华人人口占据全国总人口的78%左右，一百年来都是如此。但吊诡的是，在新加坡，英文是四大种族（华族、马来族、印度族、欧亚裔）的第一语言。这是后殖民时代的语言政治（linguistic politics）。在新加坡，英文文学（典型的 Anglophone Literature，英语语系文学）是强势和主流的文学形式，华文文学和马来文文学、淡米尔文文学一样，均处于弱势和边缘的地位，这就产生了“语言正义”（linguistic justice）的现象。1986 年以后，华文教育走向没落，所有的华校被关闭了，华校生被国家边缘化了。另外，新加坡是一个具有热带海洋气候的岛国，在 1965 年独立后，加快了商品化、现代化、都市化的国家发展战略，导致乡村彻底消失，变成了一个城市国家，一个金融中心，一个全球城市。

台湾曾被荷兰、西班牙、日本殖民统治，香港曾被英国、澳门曾被葡萄牙殖民统治，马来西亚曾经是英国的殖民地。它们长期处于殖民统治之下，后来实行了“去殖民化”政策，也是程度不一，留有余绪，导致文化建制带有后殖民特征。在此意义上可以说，台港澳的文学和新加坡文学一样，属于地地道道的“后殖民文学”。同时，这些地区都是由不同种族的移民构成的离散城市，与中国内地一起被称为“大中华地区”（Greater China Region），表现出语言混杂、方言歧出、华文不标准等现象。

从这种历史的、比较的视野出发，见出新华现代诗的区域特点和民族性格：离散华人与原乡追逐，冷战政治和历史记忆，国族认同和本土意识，都市病，乡土怀旧，华文教育的危机和文化伤痕。至于你所说的“撰写一部新加坡华文现代诗史”，谢谢你的抬爱，不过我目前尚无这种打算。

苏文健：2013 年 7 月，您重返新加坡，在中国大陆和台湾地区、新加坡出版了三部专著：《后殖民时代的文化政治——新马文学六论》《重见家国——海外汉语文学新论》《华语文学十五家：审美、政治与文化》，加上此前出版的《文心的异同：新马华文文学与中国现代文学论集》以及合编的《新国风：新加坡华文现代诗选》，至此，您硕果累累，好评如潮，有力地推进了海外华文文学研究。这些论著多是扎实深入的个案研究，讨论的作家有王润华、林方、南子、希尼尔、梁文福、谢裕民、英培安、鲁白野、吕育陶、郭宝崑、白垚、杨牧、张错、梁秉钧等，篇幅往往是好几万字，涉及小说、诗歌、散文、戏剧等文类。新马华文作家中，请问有没有在创作风格、精神气度与您个人精神最为契合的作家？或者说这些作家之于您的研究意味着什么？通过众多扎实的个案研究，您将来是否有打算写一部当代新马华文文学史的计划？

张松建： 这些作家的风格、成就和影响都不一样。林方、南子是活跃在20世纪七八十年代的现代派诗人，颇受台湾现代诗的影响，是比较纯粹的现代派作家，其作品没有涉及文化政治。王润华从1980年代开始，致力于书写马来西亚的殖民地经验和冷战年代的历史记忆，凸显南洋色彩和本土意识。希尼尔、梁文福的诗文主要是关于华文教育危机和华人社群的创伤记忆。谢裕民的小说，题材和主题更加多样化，涉及都市经验、男性气质、离散华人、青春文化、国民性格、文化认同等。鲁白野是活跃在1950年代的作家，在马来亚、印尼和新加坡都生活过，其散文和小说关注新马历史、华人拓殖、种族融合、独立建国、工人运动、国际主义等重大主题。吕育陶是马华中生代诗人，早期迷恋后现代的都市经验，后来转向华社的历史创伤和抗争政治。

在这些作家当中，我最为倾心的是杨牧、英培安、郭宝崑、谢裕民，因为他们的作品体现了丰富性和复杂性，兼有深度和广度。杨牧的诗、散文、翻译、评论都有很高成就，已然成为全球华语文学中的经典，在此无须多言。郭宝崑深思明辨，风骨凛然，参与人文精神和公民社会，他的跨文化剧场艺术，实在令我心折。英培安的小说，写华校生的奋斗与失败，写小人物对文艺理想的坚持，使用繁复精湛的叙事技巧，让人一见难忘。谢裕民的小说，风趣幽默中有讽刺和知性，旁及国族历史、族群经验、都市现代性、性别政治，他的技艺不断生长变化，令人惊喜赞叹。

上述作家，各有所长，各显其能，为全球华语文学增添了新鲜独特的声音。我在新加坡有十五年的生活经验，耳闻目睹本土、区域和全球的巨大变化，研究中国的港台地区、新加坡和马来西亚等国的华语文学，对我而言有三种意义：第一，拓展了我原先已有的学术领域，扩大了一己之文学视野，产生了知识上的好奇心。第二，我根据生活经验和现场感，对于南洋文学易有了解之同情。第三，东南亚国家具有相似的殖民地历史记忆、多元种族文化、与中国的互动关系，使得东南亚成为理论的实验场。我在文本、理论和历史的三边对话中，体验到学术探索的无穷乐趣。

四、现代文学研究论衡

苏文健： 中国现代文学的学科建制越来越成熟，后之来者要想有所创新与突破，殊为不易。《现代诗的再出发》的修订和《抒情主义与中国现代诗学》的写作几乎同时进行，二书之翔实的史料和缜密的分析，令人印象至深。在“史料钩沉、文本细读、理论诠释”等方面，这两本论著后出转精，确有不少的创新和突破，很好地体现了您的学术特色：“渊博的知识结构、谨严的学术识断和开放的文学趣味”。请您结合中国现代文学研究的现状与问题，谈谈这种“语文学”研究的范式转换对中国现代文学研究的启示。

张松建： 文本、史料和理论的综合，是我倾心的研究方法。青年学生正当身体健康、精力充沛的时候，只要有一心向学、求知若渴的态度，日积月累，必然有所收获。只要你用心阅读，广泛阅读，比较对照，深入思考，时间长了，自然而然就会有自己的学术识断。此外，也不能故步自封，墨守一家一派，而应该与时俱进，因地制宜，博采众长，转益多师。你提到的知识结构的健全和开放的学术趣味，起因于我从大学时代就开始的读书经验和多次转换个人的研究领域。《现代诗的再出发》和《抒情主义与中国现代诗学》在史料搜集方面下了很大功夫，《一个杜甫，各自表述》也有语文学方法的运用。

我对史料的热爱和对文献学的敬意，最初起因于解志熙教授的启发和影响。解老师学问淹博，他在中国现代文学的研究领域卓有贡献，论对史料之精熟，海内外几无出其右者，真正是这个领域的“通人”。独立准备资料，独立思考问题，论从史出，不尚空谈，既大气磅礴，又扎实绵密，这是他的学术个性。他潜心治学，不慕荣利，结合古代学者之博雅传统与现代学术的理论方法，他的每一本著作都是心血凝聚的结果，读者拜读之后，每每有史料丰赡、胜义纷披的印象。我在写作博士论文的时候，经常向解老师请教。我在清华大学从事博士后研究，他是合作导师。

这种文献学是中国古代的正宗学术。笺注、勘误、辑佚、编校等等，都有一套严格的要求，在这方面积累了丰富经验，涌现出郑玄、马融等汉代经学家，以及阎若璩、钱大昕、王氏父子、段玉裁等清代考据学家。这种考据学在西方被称为“语文学”（philology），起初是对于古希腊、古罗马之文化的研究，所谓“古典研究”（classical studies）。根据韦勒克的说法，近世德国语文学研究产生了四位大师：沃斯勒（Karl Vossler，1872—1949）、施皮泽（Leo Spitzer，1887—1960）、奥尔巴赫（Eric Auerbach，1892—1957）、库尔提乌斯（Ernst Robert Curtius，1886—1956）。奥尔巴赫的《模仿论》若干年前出现了中译本，陆陆续续出现了一些介绍文字。库尔提乌斯的巨著《欧洲文学与拉丁中世纪》刚出版了中译本。这两位学者的其他著作的英译本，我也曾读过。阅读施皮泽的《语言学与文学批评：文体学论集》于我而言是一次美妙的经历，但是此书至今没有进入中文学术界。至于沃斯勒，大家闻所未闻。语文学的方法在现代已经式微，一方面是知识爆炸的年代很难出现极其渊博的学者；另一方面是各种批评理论轮番崛起，成为学术界应时当令的工具。但是，语文学方法自有其优势所在。萨义德在《模仿论》新版导论中盛赞语文学方法给自己的启发。批评家保罗·德曼撰文曰《回到语文学》。理论家詹明信一再肯定奥尔巴赫对自己方法论的影响。

我认为，任何一种方法都有其长处，运用得当，就有上佳之表现，何必一味地追新逐奇？此即古人所说的“运用之妙，存乎一心”。说实话，我不赞成站在今天的学术高度，把过往的理论方法贬低得一塌糊涂。1950年代，在英美新批评如日中天之际，美国批评家斯坦纳（George Steiner）逆流而上，故意将其文集《托尔斯泰，或者陀思妥耶夫斯基》的副标题取名为“一种老式批评”（An Old Criticism），强调旧方法仍有其生命力。

苏文健： 新马华文文学是少数文学或吉尔·德勒兹所谓的“弱势文学”，精彩作品少，加之与历史政治环境有很深的纠缠，局外人不易入戏，像您具有中国大陆与新加坡等多重身份，开展相关研究自然具有某种优势。从知识化、学科化、经典化等角度，请结合新马华文文学研究的具体例子谈一谈您的研究体会与经验、或问题与方法。

张松建： 自从我在2013年7月重返新加坡、任教于南洋理工大学以后，东南亚华文文学成为我的教学对象和科研领域。这些年来，我出版了一些初步的研究成果，也鼓励学生去写这方面的本科、硕士和博士论文。在新加坡的《联合早报》对我的几次访谈中，我也期待新马华文文学被其他国家所翻译、流通和消费，真正成为“世界文学”（world literature）的一部分。新马华文文学由于国情特殊而导致处境艰难，缺乏广阔的阅读市场，大师和经典较少。与中国大陆的学科建制相比较，新马华文文学的研究同行不多。但是，这两国的华文文学包含丰富的历史内容，见证东南亚的社会变迁，也为全球华语文学做出了独特贡献。大量的理论论述都可以在此找到运用的空间，例如，离散研究，后殖民研究，移民社会学，国际冷战研究，跨国主义等等。所以我觉得投身其中，自有收获的乐趣。

苏文健：您曾经说道：“面对众多的文学文本，如何有效地进入文本，进而产生一些生产性的、批评性的观点？我认为，需要打开、照亮、唤醒、激活文本，否则，文本就是一堆僵死的数据，它们永远在黑暗中沉睡。”20 世纪西方批评理论流派林立，各领风骚三五年，而且术语满天飞，晦涩难懂。研究者对此吃不透，往往会把自己的研究弄成理论与文本“两张皮”的尴尬。您的研究力图发现评论对象的文心之异同，却又有清晰辩证的理论穿透力，受到学界的一致好评。在华文文学的研究过程中，在理论、问题与方法方面，哪几位西方批评理论家对您帮助最大？

张松建：从 2011 年开始，我致力于海内外华文文学研究，以东南亚为主，旁涉中国台湾和香港地区。理论方法主要受益于一批洋人学者和华裔学者的启发。例如，韦勒克（Rene Wellek）、吉登斯（Anthony Giddens）、霍尔（Stuart Hall）、萨义德（Edward Said）、詹明信（Fredric Jameson）、霍米巴巴（Homi Bhabha）、阿帕杜莱（Arjun Appadurai）、法农（Frantz Fanon）、安德森（Benedict Anderson）、James Clifford、泰勒（Charles Taylor）、王德威、周蕾、奚密等。

苏文健：让我们进入最后一个问题。您的《文心的异同》下编是“中国现代文学论衡”，属于书评，所评对象涉及日本的秋吉久纪夫，香港的梁秉钧，新加坡的王润华，美国的史书美、王德威、奚密，英国的贺麦晓，及中国大陆的汪晖、解志熙、谢冕、孙玉石、吴思敬等十几位学者的论著。他们大都是学界名人，既有师长辈学者，也有海外汉学家。有分量的书评不容易写好，如果处理不当，或沦为曲解逢迎，或滑入哗众取宠。但是，您的书评扎实厚重，持论公允，普遍受到评论对象的肯定，也令读者深有所获。在当下学术体制下，学术书评的位置曾一度处于尴尬境地，但其对学术研究发展的意义又不容忽视。能否请您谈谈当时撰写相关书评的一些情况，以及哪一篇书评是您写得酣畅淋漓、得心应手或最让您满意的？撰写书评应该注意些什么，或如何撰写一篇好的书评？我相信，这些问题对于处于成长中的青年学者来说，也是比较期待的。

张松建：在研究生时期，学术正是起步阶段，所以，广泛阅读优秀学术著作，然后写下书评，可以锻炼个人的思考能力，培养自己的学术趣味。我在读博期间，修读了几门课，而每一门课的任课教师都开列了大批的参考书目，让学生在规定时间内写出读书报告。从 2002 年到 2010 年，我大概写了 15 篇左右的书评，大部分已经收入了《文心的异同》的下编。

《文心的异同》下编是中国现代文学研究论衡，讨论海内外十几位学者的论著。正如你刚才所说，书评其实不易写，写得不好就变成了廉价的吹捧，丧失了学术研究的严肃性，意义不大。这十几篇书评，我感觉写得比较认真，评价比较到位。记得当年读博时，我选修过一门研究生的课，老师在课堂上询问同学们：“你们觉得，写书评应该注意什么呢？”大家面面相觑，我大胆陈述了看法，大意是：书评最好不要就事论事，而应该从学术史的脉络出发，上下比较，点出你要评论的著作的贡献。要有赞扬有批评，有肯定有质疑，有补充和发挥，这样才比较合适。老师对我的回答非常满意。十几年过去了，这个细节我还清楚记得。

现在总结起来，写书评主要有两个要点：一是学术史的眼光，二是公正的态度。萧功权在《问学谏往录》中指出，“以学心读，以公心述，以平心取”，意思是以学术之心（而非功利之心）去阅读，以公正之心（而非个人之私心）去叙述，以平常之心（而非故意抑扬之心）去选取。有位陌生的网友说过，他/她看过我的一些学术评论，印象中我都是首先勾勒出学术史脉络，接着对所评之书加以叙述和评论，最后是进行学术史的定位。应该说，这位网友的眼光是准确的。

（访谈者单位：华侨大学文学院）

梦亦非：想象的变构
——诗歌的另一种传统

◇张炜彤

2020年2月28日晚上，诗人、评论家梦亦非通过网络连线的方式为首都师范大学文学院研究生带来了一场题为“想象的变构——诗歌的另一种传统”的线上讲座。讲座由首都师范大学中国诗歌研究中心副主任、博士生导师、评论家孙晓娅教授主持。

梦亦非，1975年生于贵州，布依族，诗人，小说家，评论家，创办民刊《零点》，“地域写作”发起者与理论建构者；“东山雅集”召集人。出版有《苍凉归途》《爱丽丝漫游70后》《儿女英雄传》《碧城书》《没有人是辜的》等诗歌、评论、小说、随笔与学术著作三十余部。

讲座伊始，孙晓娅教授首先对主讲人和本次线上讲座做了简要介绍。梦亦非在中国诗坛是典型的另类存在，其大量的汉语诗歌写作已处于完成时，目前集中精力主攻英语诗歌写作，他在当代汉语诗界是独异的存在。受疫情影响，本次线上讲座通过网络视频会议（webex meeting）举行，同时梦亦非还安排了抖音直播，让更多诗友受益。这种讲座形式在首师大中国诗歌研究中心尚属首次。聆听本次讲座的首师大学生位于天南地北，他们居家在河南、山东、四川、重庆、广东、黑龙江、福建等地，通过网络聆听讲座，并参与讨论互动。经与梦亦非沟通，讲座从诗歌写作历程、诗歌传统、未来诗歌想象三个维度展开。

梦亦非回顾了自己三十多年的写作历程。经过三十年的写作实践，他写出了《苍凉归途》《素颜歌》《空：时间与神》等八首长诗。这八首长诗在中国现代诗坛上的确是另类的存在，其思维的建构、想象的深度、文本的实验均可称作奇观。

随后，梦亦非分享了他对中国的诗歌传统的深入思考。他认为他的诗歌之所以是另类的存在，主要在于他跨领域、跨学科、跨文化的知识摄入。因为他曾长年累月地深入研究少数民族文化、古印度文化、西方哲学与美学、现代科技（包括网络游戏）、中国古典诗歌传统等。梦亦非亦深情地朗诵了一节诗，让同学们和听众体会诗歌的美。

除此以外，梦亦非以自己的《BUG质数中的甜度副本》《庄子与毕达哥拉斯》等汉语诗作以及自己的一些英文写作为例，畅谈了一些关于未来诗歌走向的构想。他还与同学们分享了一些自己的英文诗歌写作和小说、评论等其他文类的写作经验。

最后，孙晓娅教授做了总结发言：梦亦非多向度的学识、个性化的理论建构、踏实的人类学调查研究，以及多元大胆的文本实验、有效的跨文体写作丰富了中国当代汉语诗歌写作，是值得关注的研究对象。在互动提问环节，首师大的师生们和抖音平台的听众朋友纷纷就《诗经》传统的转化、诗歌抒情问题、未来诗歌走向、地域写作资源、读者接受等话题与梦亦非进行了探讨。

本次线上讲座将祖国各地的诗友和学生聚集于网络平台，开启了中国诗歌研究中心讲座的2.0时代，也是疫情中持续学习的诗意方式！

（作者单位：首都师范大学中国诗歌研究中心）

周航：诗与非诗
——抗疫诗潮内外

◇彭　昊

2020年3月13日晚上，长江师范学院教授、批评家周航老师通过网络在线直播的方式为首都师范大学文学院研究生带来一场题为“诗与非诗——抗疫诗潮内外”的线上讲座。本次讲座由首都师范大学中国诗歌研究中心主办，博士生导师、评论家孙晓娅教授主持。

周航，男，1971年生，湖北咸宁人。北京师范大学文学博士，四川大学文学博士后，美国弗吉尼亚大学英语系访问学者。长江师范学院教授，涪陵区第四届、第五届拔尖人才，重庆当代作家研究中心主任。系中国当代文学研究会理事、中国文艺评论家协会会员、中国比较文学学会会员、重庆作协全委委员、重庆文联全委委员、重庆比较文学学会理事、重庆文艺评论家协会理事等。出版《中国诗歌的分化与纷争（1989—2009年）》《中国诗歌观念的流变（1989—2009）》《诗歌是心灵的唤醒与据守》等专著8部，曾获第十五届中国当代文学研究优秀成果奖、第七届重庆艺术奖、乌江文艺一等奖等。

讲座伊始，孙晓娅教授对周航教授做了简要介绍。她提到，周航教授的人生经历和学术视点在中青年学者是非常独异的，这使得他能从多维的角度进入诗歌现场、深入发掘当代文学既存的问题和“平常”的现象。近来，周航教授身在湖北咸宁老家，对疫情有更直观和多面的感受，针对抗疫诗潮也发表了有建树的论文。这次讲座题目是孙晓娅教授给出的一个半命题，希望周航教授的讲座将学生们带入灾疫时期的诗歌和文学评论的第一现场，引发更有价值的议题和反思。

周航教授从王蒙、阎连科、陶东风等作家、学者对文学、诗歌的一些看法引入，向大家展现了当下尤其是疫情中文学思考的多维向度。他以弱水吟的诗作为例，细致地讲解了在抗疫诗潮中“平凡英雄”形象大量涌现这样一种诗歌现象的来龙去脉。随后，周航教授又就灾难文学中的写作伦理、抗疫诗潮的社会功能及审美功能等诗学问题与同学们分享了他的思考。周航教授深情朗诵了弱水吟、清歌等人的抗疫诗作，细腻地剖析了抗疫一线诗人真切的情感。

互动环节，同学们就诗歌的英雄叙事、抒情问题以及诗歌的自由边界、隐喻性等诗学问题与周航教授进行了深入探讨。之后孙晓娅教授对本次讲座做了简要总结，她感谢周航教授带来的精彩讲座，她说：这次讲座不仅选了一些名家优秀作品分析，也选了不少名不见经传的民间写作者的有特色的诗作，这给我们充分评价当前的诗歌创作提供了更为开阔的视野，她认同周教授所言，疫情过后，还会出现一批有深度有反思价值的经过沉淀的优秀文本。她还提醒同学们要认识并破除对诗歌的“前置”认识，应该抛除个人偏见，从审美、艺术价值、社会担当多个角度给予评价。此外，孙老师认为在这个特殊时期，灾疫激发了汉语的多样化觉醒。最后，孙老师对周航教授和各位诗友表示衷心的感谢，本次线上讲座圆满结束。

（作者单位：首都师范大学中国诗歌研究中心）

颜艾琳：我的创作觉醒

◇李湘宇

2020年3月20日，正值春分，南风吹来了海峡彼岸的诗意。当晚，台湾著名诗人、中生代诗人代表颜艾琳女士，通过网络为首都师范大学文学院的研究生带了一场线上讲座，分享其诗歌的创作历程。

本讲座由首都师范大学中国诗歌研究中心主办，由博士生导师、评论家孙晓娅教授主持。除首师大的研究生外，《诗歌风尚》主编娜仁琪琪格，武汉地区部分诗歌爱好者亦参加了本次讲座。

颜艾琳，1968年出生于台南，台湾当代著名诗人，曾任台湾联经出版社主编及几家出版集团总编辑，在传媒出版业有二十余年经验，因此与华文知名作家多有接触，其创作与编辑工作互为交融。她13岁开始发表诗歌，诗创作从生活切入，探讨女性成长的多元面貌。著有《颜艾琳的秘密口袋》《已经》《抽象的地图》《骨皮肉》《昼月出现的时刻》《漫画鼻子》《黑暗温泉》《跟天空玩游戏》《点万物之名》《让诗飞扬起来》《她方》《林园诗画光圈》《微美》《吃时间》等诗集、散文集十余部；重要诗作已译成英、法、韩、日、西班牙文等多种语言。

孙晓娅教授首先对主讲人和本次线上讲座做了简要介绍。作为台湾中生代著名诗人，颜艾琳在台湾诗坛上具有了重要地位。受疫情影响，本词讲座通过网络视频会议（webex meeting）举行。颜艾琳还邀请了她在大陆的诗人朋友们参加，此次讲座加强了两岸诗歌文化交流，拓展了同学们的视野。

颜艾琳真诚地回顾了自己五十余年的成长历程。她出生于台南乡下的农家，自小聪颖好学，从小学开始便以出众的文学天赋斩获大量奖项，且兴趣爱好广泛，曾于职高期间参与校刊社的企划编采撰写，创立摇滚乐团，大学时与同好创办剧场、读书会。

生于台南的颜艾琳对家乡有着深厚的情感，大自然开启了她对万事万物的观察力和觉知力。在诗歌创作的路上，她受到了众多台湾前辈诗人的影响和提携，尤其是少年时期参加的两个文艺营，确立了她基本的文学创作观念。与此同时，受原生家庭环境的影响，诗人对“性别”“感情”议题做了深入思考，这成为其创作的主要源泉。由《抽象的地图》到《骨皮肉》，她直视女性身心，大胆坦率。此外，怀孕经验带给了她新的性别体验，收录于诗集《她方》中，诗人以诗歌《焦点》《白兔篇》等为例，讲述了自己的创作观念。准确入微地描绘出女性的生理特质和女性面对情欲的自觉，完整地呈现出女性经验，是其诗作与前辈诗人最大不同之处。

在互动环节，《诗歌风尚》主编娜仁琪琪格与颜艾琳进行了深入的对谈，同学们也纷纷进行了提问。最后，孙晓娅老师进行了总结性发言。

本次空中讲座跨越了疫情和空间的限制，将两岸诗人学者汇于一堂，为首师大师生带来了新的诗意，更为武汉诗歌爱好者带去了独特的问候。我们于春暖花开之际，携手共进，共盼疫情后的晴朗明天！

（作者单位：厦门大学文学院）

驻校诗人祝立根线上诗歌交流会成功举办

◇周　青

2020年4月3日晚上，首都师范大学第十六位驻校诗人祝立根的诗歌交流会在网络视频会议（webex meeting）网络平台成功举办。本次诗歌交流会由首都师范大学中国诗歌研究中心主办，博士生导师、评论家孙晓娅教授主持。著名诗歌评论家吴思敬教授以及一些青年学者、评论家、诗人朋友应邀参加了此次网络会议。

孙晓娅教授首先对前来参加会议的各位嘉宾朋友表示热烈欢迎，并对祝立根老师和嘉宾们做了简要介绍。随后，与会嘉宾围绕祝立根的诗歌创作发表了各自的意见，并与祝立根做了交流探讨。中国艺术研究院研究员王巨川就祝立根诗中的“云南书写”以及诗人的责任承担问题与祝立根做了深入的交流。云南大学文学院副教授蔡丽老师则结合自我经历和具体诗作，指出祝立根的诗歌是来自于云南个人真切的生活体验，传递出了当下人生存的痛苦与心灵的挣扎。天津社科院文学研究所研究员王士强则就诗歌中超越性、神性的书写方式与个人经历之关系，与诗人祝立根做了探讨。云南诗人胡正刚指出人品与诗品在祝立根这里是完全合二为一的，并敏锐地指出其短诗写作具有“刺刀见血”的锐利性质。云南诗人果玉忠则与祝立根探讨了如何处理当下个人繁杂琐屑与寻找自我诗意写作之关系的问题。对此，祝立根强调，不是我们在打磨石头，而是石头在打磨我们，正是彼此消耗中才获得了自我诗意写作的成长。云南诗人张翔武则就祝立根诗歌中孤独感的表达发表了自己的见解。诗人安琪指出祝立根诗歌语言上的朴实性和情感上的底层关怀，以及就撇开自己诗作通常的切入点之后诗歌该又如何走向的问题，与祝立根做了探讨。北方工业大学副教授冯雷就全球化与云南的地域写作关系与祝立根做了深入交流，祝立根认为正是在真实、自然的基础上，云南地方文化才能焕发出现代性，诗歌亦是如此。之后首都师范大学诗歌中心和文学院的研究生也就诗歌的乡村与城市书写、驻校收获等问题请教了驻校诗人。

会议接近尾声时，吴思敬老师做了简要总结。他对与会嘉宾表示了感谢，并认为这次网络隔空对话是非常成功的。此次对话会对祝立根的诗歌创作是非常有益的。他非常期待在疫情结束之后能够与大家欢聚在北京，再论诗歌。

（作者单位：首都师范大学中国诗歌研究中心）

首都师范大学中国诗歌研究中心举办第十七位驻校诗人林珊入校仪式

◇彭　杰

2020年10月9日下午，由首都师范大学中国诗歌研究中心（以下简称诗歌中心）主办的“首都师范大学第十七位驻校诗人入校仪式”于线上线下同时举行。赵敏俐、吴思敬、李少君、徐可、林莽、刘福春、孙晓娅、张立群、王巨川、冯雷、安琪、王朝军、谈雅丽、陈亮、彭鸣、叶德庆、傅菲、简心、范剑鸣等数十位著名学者、诗人参加了这次会议。会议由诗歌中心副主任孙晓娅教授主持。

林珊，1982年生，女，江西赣州籍，中国作家协会会员。出版诗集《好久不见》《小悲欢》；组诗发表于《人民文学》《诗刊》《中国诗歌》《星星》《草堂》等刊物；曾就读于鲁迅文学院第36届中青年作家高研班；参加《诗刊》社第35届青春诗会、《人民文学》第四届新浪潮诗会、第八次全国青创会；获第十七届华文青年诗人奖、第二届中国诗歌发现奖、2016江西年度诗人奖等奖项。

会议伊始，《诗探索》主编林莽肯定了首都师范大学驻校诗人制度近年来的成绩，认为林珊的写作从生活中取材的同时又具备极高的准确性，反映了一个生命个体真切的体验，并祝愿林珊在驻校期间能获得更好的成绩。鲁迅文学院常务副院长徐可则以林珊的诗集《小悲伤》为对象，指出林珊的写作以短诗为主，情感细腻，哀而不伤，对节奏的把握缓慢绵长，体现了她对生活的体悟，文本清新灵动。四川大学教授刘福春对诗歌中心在疫情期间仍坚持驻校诗人制度的做法表示赞扬，肯定了诗歌中心对诗歌研究的贡献，并期待林珊创作出更优秀的作品。林珊的友人傅菲、范剑鸣更多从林珊的成长经历出发，提出她的文本在高度成熟的同时仍需要经过更多的磨砺，成为驻校诗人是她写作生涯中一个再出发的起点。《诗刊》主编李少君对林珊的创作做了统述，认为林珊早期的创作是一种“咏叹诗学”，是对情绪的反复书写，其语句时而低沉，时而婉转，类似提琴的合奏，展现出一个始终在等待的女性形象；随后，李少君朗诵了林珊的作品《华西路》，提出以《华西路》为代表的后期写作从生活和社会中汲取内容，眼界更为开阔，具备清醒的自我意识。此外，其他参会者也从林珊诗歌中的女性感受、自然属性、诗歌形式、阶段变化、亲情体验等方面表达了各自的观点。

随后，林珊从自己的童年经验出发，讲述了自己写作的精神源头是故乡与童年，同时表达了北方陌生风物给她带来的新奇和震撼，并表示要用实际写作来匹配驻校诗人制度带给她的鼓励与鞭策。最后，吴思敬教授做总结发言。他肯定了本次会议参与者的广泛性与发言的高水平性，认为线上会议得以让来自全国各地的诗人学者汇聚于此，发言指出了林珊诗歌的基本特征，对她未来的写作道路有指导作用。他希望林珊能充分利用生活环境的变化与首都师范大学的资源，突破惯用的意象、思维、题材，发展出多元的写作面貌。

（作者单位：首都师范大学中国诗歌研究中心）

首都师范大学驻校诗人林珊为我校师生带来精彩讲座

◇周如意

2020年10月23日下午，首都师范大学第17位驻校诗人林珊为我校师生带来了一场题为“诗歌里的秋天”的精彩讲座。本次讲座由首都师范大学中国诗歌研究中心副主任孙晓娅教授主持，我校部分研究生及本科生参加了此次讲座。

讲座伊始，孙晓娅教授对林珊做了简要介绍。她对林珊的诗歌创作表示充分的肯定，希望林珊借由创作缘起、诗歌观念、创作经历的介绍对学生的写作、阅读以及生命感悟产生不同层面的启发，并希望同学们可以通过这次讲座，打开被遮蔽的诗性世界和日常生活感悟的维度。

本次讲座，林珊以“诗歌里的秋天”为主题。她的讲座由三个问题导入。第一个问题：“你们写诗吗?”在座写诗的同学不多，林珊希望有更多的同学们通过本次讲座能够开始写诗。第二个问题：“什么是诗?”林珊播放了《诗刊社第36届青春诗会》的宣传片，并详细解读英国诗人依尼诺·法吉恩的诗歌《什么是诗》，启发同学们对诗的理解。第三个问题：“你喜欢村庄吗?”由此林珊介绍了她诗歌创作的起源、童年生活背景以及客家风物等。

接着，林珊引出中国古代诗歌里所描绘的秋天，从《诗经·采葛》中描写秋天的诗句，谈到陶渊明以及龚自珍描写秋天的佳作。

随后，林珊分析讲解了她所创作的与秋天有关的诗歌，介绍了《哦，山中》《稻草人》《北京的秋天》《最好的秋天》等诗歌的创作背景及诗歌里的语言、情感等。林珊也结合自己的创作经验，分析总结了如何很好地完成一首诗，如何在写作过程中反复修改，如何写出打动人的瞬间，在小我中见大我，在诗歌创作中如何合理安排大千世界中的物象与自我的一种关系等。

最后，孙晓娅教授做简要总结。她指出，林珊的讲座不同于学院派讲座，她通过引用名家作品，结合自己的个人体会，分享了自己的创作经历和诗歌观念，她的诗歌能够拓宽同学们写作的路径，思考如何实践生命经验的诗性表达。同时，孙晓娅教授对林珊驻校期间和首师大学生密切互动有更深切的期待，并预祝她这一年的学习能够进一步丰富、创作水平进一步提升。

（作者单位：首都师范大学中国诗歌研究中心）

河北师大宫立副教授为我校师生带来精彩讲座

◇朱峻青

2020年11月30日下午，河北师范大学文学院的宫立副教授为我校师生带来了一场以“中国现代诗人集外诗文的整理与研究”为主题的精彩讲座。本次讲座由首都师范大学中国诗歌研究中心副主任孙晓娅教授主持，我校部分研究生参加了此次讲座。

宫立，文学博士，河北师范大学文学院副教授，主要从事现代文学史料研究与学人研究，著有《中国现代作家佚文佚简考释》。

讲座伊始，孙晓娅教授对宫立老师做了简要介绍。她提出，做学术应当积累跬步，在学术训练中，材料的发现和整理以及理论的突破这两方面同学们都应当经历，在这过程中逐渐发现自己的所长。她希望同学们通过这次讲座在散佚文献的整理与研究方面有所启发。

宫立老师以“中国现代诗人集外诗文的整理与研究”为题，从如何选题和史料的整理与研究两方面展开。在如何选题的问题上，宫立老师提示同学们关注学术前沿，提出具体的选题原则和依据。以几个外国文学立项选题、语言学立项选题、中国文学立项选题佐证前述方法和原则。他认为，做文学研究有两个面向：提出新的视野，或进行史料整理。在史料整理与研究方面，宫立老师罗列出2020年国家社科项目中的史料整理项目，并逐一讲解来启发同学们的研究思路。他指出，现当代文学学科既需要保持文学研究的现实感与时代性，坚持中国现代文学研究的当代性，也需要保持学术研究的科学性与历史感，坚持中国现代文学研究的古典化与史学化；既需要宏观研究，也需要微观研究。而无论是哪种研究路向，都离不开中国现代文学史料工作的长足发展。他引用樊骏的话指出史料工作的重要性，史料工作不是简单的劳动，而有其复杂性。从事中国现代文学史料研究，无论是辑佚、校勘、考证还是版本研究，既需要水磨功夫，也需要具备一定的问题意识和广阔的文学史视野。史料整理是现代文学研究的“加法”，但在具体研究过程中，具体史料的重要性需要甄别。在具体操作上，宫立老师指出：根据笔名发掘作家的集外文或佚文时，考证与确认作家的笔名是关键的一环；另外，要尽量避免重复劳动；再则，进行集外文的整理与录入时，要注意首发报刊和转载情况，尽量以初刊为依据或底本，并应避免文字讹误。最后，宫立老师提出发掘文献，最终要回到文学。并以自己所恪守的“不矜才使气，不炫博争奇”，“叙述明白晓畅”，“字句平易浅近”几点原则给予同学们勉励，希望同学们珍惜在校时光，提高对数据库等资源的利用率。

讲座结束之际，孙晓娅教授对这次讲座进行总结，她感谢宫立老师带来的这场讲座，认为这次讲座是宫立老师多年研究经验的浓缩，即使是十年后，也依然会给坚守在学术道路上的同学们带来启发。她也表达了对同学们的祝愿，希望同学们通过宫立老师传授的经验找到更多现当代文学研究的土壤。

（作者单位：首都师范大学中国诗歌研究中心）

首都师范大学驻校诗人林珊对话会在京举行

◇张福超

2021年5月7日上午，首都师范大学中国诗歌研究中心邀请驻校诗人林珊在诗歌中心会议室与校内外师生做了一次关于林珊诗歌创作的对话交流会。这次交流会采取线上与线下结合的方式，由诗歌中心副主任孙晓娅教授主持。

讲座伊始，孙晓娅教授首先介绍了首都师范大学的驻校诗人制度。随后，肇庆学院吴丹凤老师以细读《背包》等诗作为例，谈了林珊诗中主体性“我”的作用与内涵，同时也指出林珊诗作中的“我”是有局限性的，有待于从小我上升到大我，让诗歌语言和内容更加丰富，从而展示出现今更多面的生活。诗人安琪从诗人代际经验介入到对林珊诗作的认知，她认为林珊很善于在大自然中汲取素材，有敏锐的内心感受，能把细微外物迅速转化为诗歌。此外，安琪认为多元丰富的江西诗学现场与首师大诗歌中心，为诗人林珊提供了很好的学习成长平台，她也很期待林珊未来诗集的面世。中央财经大学副教授马丽从温暖、亲情、散文小说笔法几个关键词细腻解读了《梨花盛开在来年二月》《乌鸦》《一九八七年的雪》等几首诗。马丽认为林珊的诗是感人至深的，因为她的诗虽从自己出发但总能达到人类通常之情的爱，这样动人的情感是温暖的，寄予了诗人对大自然、宇宙万物的关怀与慈悲。

厦门大学硕士研究生李湘宇就林珊诗中自我的拯救、客家民俗文化的关联影响等方面与诗人林珊做了深入的交流。海南师范大学本科生蔡英明则就《巴黎的春天》这首诗从时间、空间在诗歌中的营造与展现表达了自己独特的看法。三峡大学本科生谢心韵也结合自己的写作心得，在南北方文化、创作激情、诗歌取材、文辞追求等方面深入到文本的语词之中，还原了诗人写作过程，并借此而向诗人林珊请教了诗作艺术营造的技巧与风格的形成。诗歌中心其他硕博研究生也就诗人影响、当今诗学现场、诗作意象与创作过程等方面与林珊做了简短的交流与请教。

诗人林珊对以上问题做出了自己的回应与自我诗学的阐释。最后，孙晓娅教授对本次驻校诗人交流会做了简短的总结。她认为这次交流会是非常成功的，增进了驻校诗人与校内外师生交流的深度与高度。

（作者单位：首都师范大学文学院）

“首都师范大学驻校诗人林珊诗歌创作研讨会”在京召开

◇王　娇

2020年，林珊被遴选为首都师范大学第17位驻校诗人。一年后，在林珊即将结束首都师范大学的驻校生活之际，诗歌中心举办林珊诗歌创作研讨会，会议旨在总结林珊驻校期间的创作成果，深入研究林珊的诗歌创作并总结其创作经验，力图推动中国当代诗歌的繁荣与发展。

本次会议由诗歌中心副主任孙晓娅教授主持。会议伊始，孙晓娅教授致开场辞，欢迎与会嘉宾的到来并依次介绍了各位嘉宾。随后，诗歌中心主任左东岭教授发表致辞，他首先谈及了驻校诗人的价值和意义，认为驻校诗人的意义就在于使当代诗歌创作和诗歌批评紧密结合起来。他指出，诗歌创作与诗歌批评的有效结合有助于加强新诗体例和范式的完善。驻校诗人制度还使高校的科研机构和研究人员更多地了解诗歌创作实践和诗坛状况，使诗歌研究更加落到实处。这一制度还能让高校的学生直接接触到诗人，有助于学生们提高对诗歌和诗歌创作的理解。最后，他对与会嘉宾的到来和支持表示了感谢。

接着，《诗探索》主编林莽发表致辞，他肯定了林珊在首师大驻校期间取得的成绩，并以“期望中的转折”为题，对林珊的诗歌特质进行了独到的分析。他认为林珊的诗歌感性、自然，有源自内心的忧伤和满怀思绪的回顾。同时，他还指出林珊近期诗歌发生了一定的变化，相信林珊一定会在调整中走向新的高度，并对林珊驻校生活的圆满结束表示了祝贺。《诗刊》主编李少君在发言中指出，近些年来林珊越来越有诗歌的自觉意识，这主要体现在两个方面：其一，体现在林珊对诗歌创作的不断探索上；其二，体现在她对诗歌语言和修辞的自觉追求上。他还提出了两种类型的诗人人格：动物型人格和植物型人格。动物型人格主动出击，巨兽般地吞噬一切资源；植物型人格推崇内心修养，应和天地万物，不断自我提升、自我超越。他认为林珊属于植物型人格，并期望林珊能够再接再厉，把诗歌提高到一个更高的境界。

鲁迅文学院常务副院长徐可首先对林珊表示祝贺，他认为林珊来北京驻校后所写的诗歌和以前的诗歌对比有了可喜的变化，并对她后期的写作充满期待。江西省作协副主席、秘书长江子在发言中指出，昨夜北京下雨，特别有林珊诗歌里的语境。他非常感谢首都师大驻校诗人制度，让17位中国诗人受益，也因此呈现出了近年来中国诗歌发展的崭新秩序。希望林珊以此为起点，写出又精微又宏阔的诗歌，让诗歌呈现出飞翔质地的同时，遍布精神的硬翎。江西省文联副主席、赣州市文联主席李雷在发言中对研讨会的成功举办表示祝贺，并简要介绍了赣南文化生态，指出此次举办林珊诗歌创作研讨会，是对她文学的鼓励和肯定，同时对赣南文学的发展也是一个巨大的促进。

之后，各位与会者围绕林珊诗歌的地域特征、乡村体验、诗歌语言、诗歌意象、回环手法等议题，进行了热烈而深入的讨论。其中，林珊诗歌中的原乡意识探究以及林珊诗歌创作的变化等问题得到了与会者们的重点关注。这些讨论不仅有效地总结了林珊驻校一年来的创作实绩，而且剖析了她目前创作中所存在的一些不足，并为她今后的创作提出了宝贵的意见。

讨论之后，驻校诗人林珊发言，她汇报了自己在首都师范大学驻校期间所取得的成果和收获，并对诗歌中心、《诗探索》编辑部以及所有出席嘉宾表示了诚挚的谢意。

最后，诗歌中心副主任吴思敬教授做总结发言。他表示，林珊的成长离不开以下几个方面：首先是她的家乡赣南，带给了她创作的灵气；其次是江西省作协、文联、党委等机关的关怀，给了她巨大的支持；再次是她自身的努力和对于诗歌的热爱，造就了她现在的诗歌成就；最后是诗坛和评论界对她的关注和肯定，使她能在诗歌创作的道路上越走越远。吴思敬教授还认为，此次会议不只是一个研讨会，还为诗人提供了与公众交流的机会。在全球化的现代社会，如何妥善地处理诗人空间和公共空间的关系非常重要。他希望林珊能够保持创作的初心，将各种文化及文学资源自然而然地化用到自己的诗歌中去，稳步推进诗歌创作。吴思敬教授对林珊寄予了很高的期望，希望她在未来的诗歌创作道路上迈上新的台阶，并对出席会议的嘉宾表示了衷心的感谢。

（作者单位：首都师范大学文学院）

首都师范大学第18位驻校诗人谈骁在我校举行讲座

◇朱峻青

2021年9月24日下午，首都师范大学第18位驻校诗人谈骁为我校师生带来了一场题为“从小地方出发”的精彩讲座，本次讲座由首都师范大学中国诗歌研究中心举办，诗歌中心副主任孙晓娅教授主持，我校部分研究生及本科生参加了此次讲座。

谈骁，1987年生于湖北恩施，2006年开始写诗。出版诗集《以你之名》《涌向平静》《说时迟》。曾获《长江文艺》诗歌双年奖、扬子江青年诗人奖、华文青年诗人奖。现居武汉，工作于长江文艺出版社。

讲座伊始，孙晓娅教授向同学们介绍谈骁，他是一位目前十分活跃的编辑与诗人，年纪较往年驻校诗人与同学们更为接近，经验也更为相似，孙晓娅教授对同学们与谈骁之间生机勃发的交流表达了期待。

谈骁的讲座以“小地方的经验”为线索展开，首先他借用柄谷行人的“风景”概念，讲述自己如何从习焉不察的风景中发现属于自己的“风景”，在他的经验中形成鲜明刺激的是故乡的一座大桥和一座峡谷，他说自己的写作只是发生于熟悉的风景、熟悉的生活之中。那个年代双腿是山区间的主要交通工具，由此他将获得经验的方式称为“步行抵达”的诗学，它意味着对外部经验的不信任感，主体将一切信息都求诸自身感受，知识也要再经由自身的转化。这带来的结果是，之后的很长时间中，身体经验较之其他经验更带给他确切的感受。在讲述经验生长与转换的过程中，谈骁插入自己不同阶段的诗作，认为自己早年的写作展现的是语感经验。写于2014年的《土豆》将人生场景转化为隐喻，后来他才意识到自己在其中有效地利用了切实可感的乡村经验，由此它意味着谈骁自我经验的发现。他认为“乡土写作”实际上是在返回童年经验中对故乡的书写。

发现了经验之后，谈骁讲述这些经验如何促进他的写作。小地方的经验首先是“封闭”的，在信息闭塞的环境中形成的经验具有更强的切身性；此外，作为经验之一种的方言词汇朝向更大的世界。他展示余秀华的诗歌《我讲的小狗，名叫小巫》，分析其中所用的“活路”一词，它表现种地、做工等繁重的工作，比其他词语更能展现出农民经验中痛楚的一面。他将运用经验的方法称为“个人透视法”，展示了范宽的《溪山行旅图》和保罗·塞尚的《圣维克多山》，前者没有个体，后者有确切的主体位置，他以此为例说明“个人透视法”即确定个体在经验中的位置。对于处理个人经验，谈骁提出“诚实”的自我要求，它要求经验主体卸载别人的信息，直面此刻的世界。最后，谈骁分享了在“匮乏”的时代，如何建立个人感受。他引用沃尔科特的话“一个诚实的诗人，方圆三十英里就是他写作的界限。”表达了自己的观点。

讲座结束之际，同学们就诗的本质、小地方经验的局限等问题与诗人谈骁展开了对话。

（作者单位：首都师范大学中国诗歌研究中心）

首都师范大学第18届驻校诗人谈骁入校仪式在北京召开

◇朱峻青

2021年9月28日，首都师范大学第18届驻校诗人谈骁入校仪式在北京召开。左东岭、林莽、孙晓娅、敬文东、师力斌、王巨川、黄国辉、吴玉垒、高昌、王士强、刘汀、马丽、林喜杰、李壮、陈亮、符力、杨军良、张兴涛、孔令玥、何旭、朱林国、刘祎、许劲草、吴丹凤、马泽平、徐晓、王家铭等国内知名学者、诗人以及首都师范大学部分研究生参加了此次会议。

会议由诗歌中心副主任孙晓娅教授主持，首先，诗歌中心主任左东岭教授发表致辞，他表示首都师范大学驻校诗人制度对诗人、师生双方都有价值。他讲述自己研究倪瓒的经验，从倪瓒的漂泊经验中可见诗歌的力量；还幽默地表示，因为喜欢湖北土家族作家野夫，所以准备因此喜欢湖北土家族的诗人谈骁。希望谈骁多体悟、多感受、把自己对诗的感受传播给师生，也希望谈骁从此喜欢上首都师范大学。接着《诗探索》主编林莽发言，他认为谈骁已跨越青春期写作，找到自我，是一个有自己写作个性的诗人。他写自然生活、生活体验、语言简洁干净、有空灵感。从谈骁的创作谈能看出他是一个对自己有要求的诗人，不追逐时尚、先锋，立足个人经验，发现个人有效的话语，这也是一种真诚，这种自我要求使他进入了优秀诗人的行列。由于吴思敬教授抱恙，孙晓娅教授代他致辞，吴思敬教授认为谈骁是近年涌现的优秀诗人，他的诗生活感厚重，其中可见出对湖北底层经验的书写，他的诗有现代色彩、思辨意识，具有智性写作的特色，是一位有潜力的诗人，他长期在出版社工作，为繁荣诗歌出版做出了努力。吴思敬教授希望谈骁在首师大驻校期间积极参与学生对话，对首师大学生的诗歌创作予以支持，同时也希望他在驻校期间写出优秀的作品。最后，他表示自己正在逐步康复中，对大家的惦念和出席会议的嘉宾表示感谢。随后，首师大研究生与本科生精彩地朗诵了谈骁的代表作十余首。

会议进行下半场，敬文东教授从汉语伦理与文学观的角度对谈骁诗歌做出评价，他认为如果要为汉语找到一种伦理，“诚”是其一。诗这种文学体裁容易让人疯狂，成为一个正常的人，才能做一个诗人。五四运动之后，我们找到了现代汉语，现代汉语是伟大的，也是逐渐败坏的，评价一个好诗人的标准在于他是否拓宽了母语和诗的表达力。在“诗言志”的工具论文学观之下，古典汉语以“诚”为伦理，中国的古典诗不擅长虚构；而现代诗像诗人自身一样，有自己的本体，在这个角度上，应该强调诗的虚构功能，“虚构”不仅意味着反映现实，还意味着发明现实，诗人应该要具备让真正的现实模仿发明的现实的能力，在这个意义上，我们回到了伟大的诗教传统，让诗来教育我们的现实生活，让它变得更加美好，写诗的意义应在此处。谈骁的诗是文学反映现实的体现，期待他在发明现实方面有所提升。王巨川首先对谈骁成为第18位驻校诗人表示祝贺。他认为谈骁的语言干净、素朴，有智慧、温度、机智，在对素朴对象的述说中蕴含着深刻的东西，最后就谈骁诗歌中标点符号的问题与谈骁展开简单对话。刘汀以一个编辑的身份肯定了谈骁在众多文本中脱颖而出。他指出谈骁的诗一方面是现代田园诗，通过诗歌的方式使人与物重新结合；另一方面是生活之诗，节奏平缓、内容妥帖，既不形而上，也不形而下，难得之处在于切身的经验。2018年之后的诗可算是一种中年人的诗，这可以从他对标点符号的考量中见出。刘汀从谈骁强调个体经验中，一方面看出他对个人经验的自信，但另一方面也担心形成经验“合并同类项”的限制。师力斌则认为谈骁在写作中摸索出了一条通往自身和自然的道路，不夸大经验也不仅仅摹写生活表面，通常在最后两句表现自己的思考，完成对经验摹写的升华。谈骁是信赖自然的人，在诗中回避了自己的城市经验。在音韵方面，谈骁的一些诗有很强的格律性，通过潜在的对仗形成节奏感。其他与会者围绕谈骁诗歌的个人经验及其限制、现代田园诗、诗歌节奏、意象的线条感等论题做出精彩发言。

会议结束之际，谈骁表达了他对《诗探索》、首都师范大学和与会嘉宾的感谢，他表示自己接受各位老师的批评意见，认为以诗歌虚构现实、经验写作“合并同类项”等弊病是自己需要改正的；同时认为有一些表扬自己也需要改正，如卒章显志的写法，因为这种表达方式遮蔽了事物的呈现，对“朴素”的崇拜和对知识的崇拜都需要警惕。

他认为自己需要找到一种新的感受方式去消化庞大的经验，来到首师大，既是作为驻校诗人，也是作为一个渴望被填充的学生，期望在这期间收获一些写作上的体悟。

（作者单位：首都师范大学中国诗歌研究中心）